IL BLOGGER

Questo libro è un'opera di fantasia. I nomi, i personaggi e gli eventi descritti sono frutto dell'immaginazione dell'autore. Qualsiasi somiglianza con persone viventi o defunte, luoghi o fatti reali è puramente casuale.

PATRICK BROSI

IL BLOGGER

Traduzione di Elena Papaleo

emons:

Titolo originale: *Der Blogger*
© 2015 Emons Verlag GmbH
Tutti i diritti riservati.

I edizione italiana: gennaio 2017

Impaginazione: César Satz & Grafik GmbH, Colonia
Stampato presso: CPI – Clausen & Bosse, Leck
Printed in Germany 2017

ISBN 978-3-7408-0142-7

Distribuito da Emons Italia S.r.l.
Via Amedeo Avogadro 62
00146 Roma
www.emonsedizioni.it

Elenco dei personaggi

René Berger – blogger d'inchiesta
Marie Sommer – stagista presso la redazione del *Berlin Post*
Andreas Nagel – commissario di polizia criminale
Irene – moglie del commissario Nagel
Nadja Freundlich – collega di Andreas Nagel
Nikolas Pommerer – comandante di polizia
Schrödinger – collega di Nagel
Martin Sperber – noleggiatore di barche sul lago Titisee
Thomas Sessenheim – caporedattore del giornale *Berlin Post*
Simon Wenig – curatore di una rubrica tecnica del *Berlin Post*
Michael Balsiger – capoufficio di una casa farmaceutica
Rudolf Küchlin – collega di Michael Balsiger
Jonas Steinbach – fidanzato di Marie Sommer
Sybille – moglie di Michael Balsiger
Peter e Gisele – figli di Michael e Sybille Balsiger
Friedrich – suocero di Michael Balsiger
Claudia – barista sul lago Titisee
Jürgen – amante di Sybille Balsiger
Franz Unterberger – manager della casa farmaceutica dove lavora Balsiger
Jacqueline Ysten – amministratore delegato della casa farmaceutica dove lavora Balsiger
Frank e Bernhard – tirapiedi di Jacqueline Ysten
Manfred Söndner – agente del nucleo elicotteri
Schneider – agente del nucleo sommozzatori
Signora Wischnewski – giornalista del *Badische Zeitung*
Sabrina – stagista del *Berlin Post*
Annette – blogger di moda
Viola – stagista del *Berlin Post*
Jana – segretaria di Michael Balsiger
Barbara – titolare dell'osteria dove alloggiano Frank e Bernhard
Ernst Schreiber – direttore dell'hotel La corte della Foresta Nera

Sebastian – capo di Frank e Bernhard
Walter Spander – vecchio cacciatore
Signora Spangel – receptionist dell'hotel La corte della Foresta Nera
Mayer-Spandau – direttore del reparto di pubbliche relazioni di una compagnia farmaceutica
Urs Lassbein – segretario del consiglio d'amministrazione di una compagnia farmaceutica
Kirsten – figlia del commissario Nagel
Borner – sindaco della località omonima del lago Titisee
Professor Schenker – neurologo che si occupa di Nagel
Heinrich Lossberg – medico di famiglia e vecchio amico del commissario Nagel

PROLOGO

L'uomo lasciò vagare lo sguardo sul lago, poi si avvicinò. Martin gli diede più o meno una trentina d'anni. Aveva il viso gentile, attraente. Il rampollo di una famiglia ricca, pensò. Indossava pantaloni di velluto a coste beige e una giacca di pile, anche quella color terra, con il colletto alto chiuso. Sulla spalla sinistra portava con disinvoltura uno zaino di cuoio. Martin aveva l'impressione che non fosse una faccia nuova. Durante la stagione conosceva di vista la maggior parte dei turisti, prima o poi diventavano quasi tutti suoi clienti.

"Si può ancora noleggiare?" Il ragazzo indicò la fila perfetta di barche a remi tirate in secco.

"Rannuvola," si limitò a rispondere Martin e buttò all'indietro la testa. Quella mattina il cielo era stato sereno, ma ora il tempo cominciava a cambiare. Era inizio settembre, l'alta stagione lassù era già finita. Gli ultimi clienti li aveva avuti quasi due ore prima.

"Non fa niente. Quanto per un'ora?"

"Dodici il pedalò, dieci la barca a remi." Martin cercò di ricordare dove aveva visto quel viso.

"Allora una barca a remi per un'ora."

"Una persona?"

"Sì," rispose controvoglia.

"Sono dieci euro."

In televisione. Lo aveva visto in televisione? Non ne era sicuro. L'uomo gli diede una banconota spiegazzata.

"Grazie." Si girò e sistemò il pezzo da dieci nella cassa.

"Quanto è profondo il lago?" gli domandò l'uomo alle spalle. Martin chiuse la cassa. "In certi punti arriva a quaranta metri." L'uomo annuì. "Bello profondo, eh? Non sembrerebbe."

"Se la cava con la barca?"

"Certo." Il ragazzo tirò fuori dalla tasca della giacca una confezione di farmaci, estrasse una pillola dal blister e se la infilò in bocca. "Bella giornata, no? Mette proprio di buonumore!"

Era una battuta sarcastica riuscita male, quella? "È sua fino alle cinque e dieci."

Lo aiutò a trascinare la barca in acqua. L'uomo si allontanò dalla sponda con remate energiche e Martin lo seguì per un po' con lo sguardo. Dal Feldberg avanzavano sulla valle dense nubi grigie, il vento aumentava. Martin si chiuse la giacca, si strofinò le mani, percorse i pochi metri sul lungolago ed entrò nel bar.

Dietro al bancone vide Claudia, che lo salutò con un sorriso. Lui si sedette su uno degli sgabelli alti.

"Senza latte?" chiese Claudia, che quel giorno portava i capelli sciolti.

Lui annuì.

"Arriva subito." La ragazza sparì in cucina, poco dopo si sentì il sibilo della macchina del caffè. Dalla pila di riviste Martin si prese una copia logora dello *Spiegel*, ma la rimise a posto dopo aver dato una scorsa al sommario.

Claudia tornò e gli mise davanti la tazza, sul bancone. "Vai via subito?"

"Ho un cliente uscito in barca." Prese un sorso di caffè e ripulì una goccia dal bordo della tazza. "Un tipo strano."

Claudia lo fissò. "Il cliente?"

"Però se la cava."

La barista guardò il lago al di là della finestra panoramica alle spalle di Martin. "Cosa intendi?"

"Rema bene," Martin scosse il capo, "ma è da stupidi uscire con questo tempo. Non si vede un tubo!" Si chinò sul bancone per afferrare la scodella di arachidi che Claudia si preparava sempre.

"La barca blu?" domandò, aguzzando la vista.

"Sì, quella blu. Mi puoi...?" Martin trafficava invano con la mano sotto al bancone in cerca della scodella.

Claudia la spinse verso di lui senza perdere di vista il lago. Poi corrugò la fronte.

"Martin, sulla barca non c'è nessuno."

PRIMA PARTE

Shake it, shake it baby.
Shake your ass out in that street.
You're gonna make 'em scream someday.
You're gonna make it big.
Regina Spektor, *Ballad Of a Politician*

MARIE (I)

Un mese prima – 5 agosto

L'intercity sfrecciò rapido per una cadente stazione di provincia, situata da qualche parte prima di Wittenberge. Marie provò a decifrarne il cartello. Probabilmente Glöwen. A sinistra colse al volo un quartiere residenziale piccolo borghese, a destra una zona industriale, poi il treno si immerse in un oscuro bosco di abeti, oltre il quale il sole già tramontava. Erano circa le otto di una mite serata di agosto. Marie indossava una gonna nera, sopra un corpetto rosso attillato – il suo top da urlo, che le metteva in risalto il seno e a cui Jonas non sapeva resistere. Se lo sistemò per benino. L'altoparlante annunciò l'arrivo a Wittenberge. Aprì il portatile.

Si sentiva stanca. *Totalmente* stanca, come aveva spiegato qualche ora prima a Thomas Sessenheim, quando aveva rifiutato di nuovo quella storia da prima pagina. Non una stanchezza che si può risolvere con una tazza di caffè o una bella dormita di dieci ore. "Sindrome da burn-out, ahah," le aveva detto Thomas, il suo caporedattore, dandole una spintarella alla spalla. "Tu lavori troppo," aveva commentato anche Jonas, qualche giorno prima. Uno psicologo probabilmente le avrebbe diagnosticato una forma di depressione e in effetti non le sarebbero dispiaciute un paio di sedute del genere. Quel che la tratteneva era la vergogna. Sapeva fin troppo bene perché era così apatica negli ultimi mesi.

"*Biglietto*, prego!" disse una voce snervata vicino a lei, a quanto pareva per la seconda volta.

"Mi scusi." Marie sollevò lo sguardo, frugò nel portafoglio e tirò fuori il tesserino sbrindellato dell'abbonamento annuale per la tratta Amburgo-Berlino, pagato dalla redazione. Lo mostrò con un sorriso contrito.

Era mortificata nella sua ambizione. Sapeva che la sua apatia era dovuta solo al fatto che, nonostante anni di lavoro, nonostante facesse la spola tra gli studi ad Amburgo e il tirocinio a Berlino, nonostante avesse partecipato a tutti i possibili seminari e concorsi di giornalismo, non aveva fatto alcun passo avanti. Aveva venticinque anni ma non era ancora nessuno, non era niente, il suo nome era sconosciuto. Che soffrisse di una depressione allo stadio iniziale solo perché si sentiva offesa da quel successo che non arrivava, non riusciva a confidarlo a nessuno psicologo. Le persone avevano problemi ben più seri.

Il cursore lampeggiava speranzoso nella barra degli indirizzi del browser. Marie si loggò alla homepage dell'università, erano settimane che aspettava il giudizio su una tesina. Era la seconda volta che provava a frequentare quel seminario. Già nel semestre invernale si era iscritta per dare lo stesso esame, ma all'ultimo momento ci aveva ripensato. La mole di lavoro in redazione era cresciuta troppo. Ufficialmente allora era stata bocciata per la mancata consegna della tesina, una stupida, insignificante formalità. Questo semestre però si era impegnata e sperava in un giudizio abbastanza positivo. Nella tabella dei voti c'era, come al solito, solo un piccolo punto interrogativo. Aprì la posta elettronica.

Le aveva scritto Thomas.

> Marie, ripensaci, per favore. Ti prego! Ti prego!!!

Lei digitò:

> Thomas, questa estate ho solo bisogno di un paio di settimane di tranquillità con il mio ragazzo. Inoltre devo concentrarmi sullo studio, una buona volta! E comunque io non sono adatta. Quello non è giornalismo, a te serve un paparazzo.

Da settimane Thomas non parlava d'altro. Una fonte anonima aveva visto René Berger in una località turistica. Thomas voleva qualcuno sul posto, nel caso saltasse fuori uno scoop. Era una di quelle vaghe soffiate che ogni due settimane lo mandavano in corto circuito che s'intestardiva a seguire con accanimento quasi nevrotico. Per lo stesso motivo aveva già mandato Marie alle assemblee dei dipendenti della S-Bahn di Berlino, alle manifestazioni di campagna elettorale nella provincia brandeburghese, persino sull'orlo della fossa al funerale di un pezzo grosso del Partito nazionaldemocratico tedesco, insieme a un fotografo che non aveva osato scattare neppure una foto. Anche Marie si era sentita a disagio. Non ne avevano ricavato un bel niente.

E ora René Berger, che poi era una storia vecchia e stravecchia. Berger, un blogger fino a pochi mesi prima completamente sconosciuto, all'inizio dell'anno aveva messo le mani su dei documenti che minavano le basi della mediPlan: pur essendo da mesi al corrente degli effetti collaterali letali di un suo farmaco, il colosso farmaceutico non lo aveva ritirato dal commercio. Per qualche giorno Berger era apparso su tutti i canali, un blogger eloquente e carismatico sulla trentina, che non si era fatto sfuggire una parola sulle proprie gole profonde. La stampa aveva tentato di tratteggiarlo come un secondo Julian Assange. Lo si era visto qualche volta in televisione, poi però si era ritirato, rifiutando qualsiasi intervista. Ben presto i giornalisti avevano perso interesse.

Tutti tranne Thomas Sessenheim.

Il cellulare di Marie vibrò, era ancora lui. Immaginava benissimo il suo assedio, i tentativi di persuasione: "Potrebbe diventare un vero colpo giornalistico, credimi. Dobbiamo *investigare*, Marie, uscire dagli schemi tradizionali. Siamo un piccolo giornale indipendente e non possiamo permetterci di stare al passo dei dinosauri della stampa." Eppure era proprio ciò che faceva da anni il *Berlin Post*, anche con quella storia. Thomas sperava semplicemente di scovare il suo Snowden personale. Ma Marie non poteva starsene appollaiata sui monti dello Harz, o ovunque fosse, ad aspettare che Berger venisse fuori dalla sua tana. Non si trattava più di giornalismo, quello era stalking. Rifiutò la chiamata.

Thomas ci riprovò subito.

Perché lei? Perché doveva essere proprio lei a violare la privacy del blogger? Infilò il cellulare nello zaino e si alzò per andare alla toilette, benché non ne avesse alcun bisogno.

Si guardò allo specchio, si aggiustò il top, si rinfrescò le guance con un po' d'acqua e, dopo un massaggino all'osso del naso, uscì dalla toilette e tornò al suo posto.

Marie aveva rimediato uno dei sedili isolati che si trovano in fondo alle carrozze più grandi. Le piaceva viaggiare senza il pensiero di un vicino spiacevole.

Ma ora qualcuno le aveva preso il posto.
Allungò il collo per vedere meglio. Aveva sbagliato carrozza? No, quello appoggiato al sedile era il suo zaino, ma davanti c'era un uomo slanciato e aitante. Marie gli diede qualche anno di meno di lei, forse poco più di vent'anni. Portava una t-shirt gialla e pantaloncini a quadretti, e aveva i capelli ricci neri.
Si avvicinò.
Il giovane le stava digitando qualcosa sulla tastiera del portatile.
"Ehi! Scusi?"
Lui alzò la testa spaventato e aprì più volte la bocca, guardandosi intorno. Poi sorrise. "Oh, scusa... è stato più forte di me. Mi dispiace, l'ho fatto senza pensarci." Il pomo d'Adamo andava su e giù a ogni sillaba.
Marie non disse niente, ma l'osservò stizzita. Il giovane armeggiava nervoso con una piega dei pantaloncini, doveva essere più timido del previsto.
"È il nuovo MacBook o sbaglio?" le chiese.
Lei corrugò la fronte, perplessa. Era stata la redazione a pagarle il nuovo portatile.
"Scusa, volevo solo... ho visto che eri... allora ho pensato... di toccarlo giusto un attimo. Scusa, mi dispiace tanto. Comunque ha la password, perciò non avrei potuto fare... volevo solo sentire la tastiera... ne voglio uno anch'io... scusa!" Si spostò e con un impacciato gesto della mano la invitò ad accomodarsi. "Scusa!"
Marie si sedette, continuando a osservarlo dubbiosa.
Il ragazzo le rivolse un grosso sorriso. "Super, vero? Ti ha dato qualche problema?"
Lei scrollò appena le spalle, senza perderlo d'occhio. "La prossima volta magari chieda il permesso!"
"Certo, certo," si affrettò a rispondere. "Certo! Volevo solo... certo. Pensavo solo... perché noi... ma tu non mi riconosci?"
"Dovrei?"
"Anche tu fai uno stage al *Berlin Post*, o sbaglio?" Le diede la mano. "Siamo colleghi. Simon. Mi occupo dei testi tecnici. Sigla *sm*." Ridacchiò come un bambino.
"Ah." Marie si sforzò di usare un tono il più indifferente possibile. "Marie."

"Lo so. Prima abbiamo viaggiato insieme in metro e poi siamo saliti insieme sul treno. Non mi hai visto? Volevo chiamarti, ma poi... sono stato seduto là in fondo per tutto il tempo." Indicò l'altro capo dello scompartimento.

"Abiti anche tu ad Amburgo?"

"Vado a trovare una persona," si limitò a risponderle. "Ora ti lascio in pace. Buon viaggio." E si girò.

"Grazie," mormorò Marie. Si sporse di lato e lo seguì con lo sguardo. Non sapeva cosa pensare. Era stato un goffo tentativo di attaccar bottone? Nella prossima riunione di redazione si sarebbe dovuta informare su... come si chiamava? Simon.

Tentò di dormire ma non le riuscì.

Tra la stazione centrale e Altona ripescò il cellulare dallo zaino. Thomas aveva provato a chiamarla altre sedici volte.

Fin da piccolo, qualcosa nelle proporzioni della cattedrale di Basilea lo turbava, ma non aveva mai capito cosa. Forse le singole torri? O la loro interazione? Erano troppo sobrie? O al contrario troppo sovraccariche? Troppo grandi o troppo piccole in confronto alla navata centrale? Era la mancanza di simmetria o la sua forma a triangolo stranamente deforme guardando la facciata, alla quale le torri non sembravano accordarsi affatto? Michael Balsiger si poneva ogni giorno quelle stesse domande quando, arrivando da Kleinbasel, attraversava in tram il Mittlere Brücke, il ponte più antico della città.

Spesso era persino costretto a distogliere lo sguardo da quella costruzione. Certo, si doveva tener conto dei numerosi terremoti ai quali la cattedrale era sopravvissuta nei secoli, ma anche altrove si erano verificati sismi, eppure avevano costruito chiese *belle*. Perché a Basilea no? E cos'è che non andava in quelle proporzioni? Dov'era l'errore? Perché a nessun architetto o storico dell'arte era mai venuto in mente di indagare il motivo di quell'impressione di incompiutezza? Quegli interrogativi lo logoravano.

Decise di scendere alla fermata vicina al pontile e raggiungere a piedi la piazza della cattedrale, passando davanti all'università. Doveva capirlo, doveva ricavarne una nuova impressione. Forse nel frattempo, grazie alla rimozione di qualche ponteggio, la facciata si era trasformata. Forse durante i restauri degli ultimi giorni avevano aggiunto qualche pietra mancante che finalmente completava il prospetto ed eliminava quel senso d'angoscia quasi dolorosa. I responsabili dovevano pur fare qualcosa!

Il tram raggiunse il pontile e lui scese. Era già tardi, il cielo si colorava di rosso sangue. Magari avrebbe dovuto proseguire la corsa. Con il rosso del tramonto le cose avevano sempre un aspetto migliore, soprattutto la pietra arenaria, era impossibile formulare un giudizio obiettivo. Attraversò la strada. Il Fraumünster di Zurigo, quella sì che era una chiesa: niente di superfluo, slanciato, pareti lisce, elegante, proporzioni della torre perfette. Tutto in armonia, niente da togliere né da aggiungere, tutto ridotto all'essenziale, in sintonia con il pensiero di Zwingli, anche se a dire il vero non sapeva se l'avessero costruito prima o dopo la riforma del teologo svizzero. Probabilmente prima, ma il pensiero comunque era già nell'aria. Quella sì che era una chiesa.

All'altezza di Martinsgasse si rese conto che era stata un'idea stupida. Di lì a poco sarebbe calato il buio. Si fermò e si appoggiò al muro di una casa. Da qualche anno un'anca gli dava filo da torcere, il dolore era sopportabile ma fastidioso. Frugò nella tasca interna del cappotto e tirò fuori una confezione di Diclofenac. Oggi solo una, si ammonì. Estrasse la pillola, se la lanciò in bocca dal palmo della mano, poi s'incamminò verso il municipio. Dopo pochi minuti il dolore diminuì. Vicino alla piazza del mercato prese il tram diretto alla stazione delle Ferrovie Federali Svizzere e andò a Muttenz.

Michael Balsiger viveva in una grande casa in una tranquilla zona residenziale ai margini della città. Avrebbe preferito comprare una vecchia costruzione magari in un sobrio stile liberty, ma all'epoca aveva prevalso l'idea di sua moglie di costruirne una nuova. I soldi non erano mai mancati, lui manteneva lo stesso posto di lavoro da ventisette anni, lei era pagata bene, anzi diciamo pure in maniera quasi spudorata. L'azienda dove lavorava Balsiger era la seconda casa farmaceutica più quotata in borsa, aveva sedi in tutto il mondo e affondava le sue radici in una manifattura di vernici a Colonia. Dopo l'ultima fusione, aveva trasferito la sede principale da Düsseldorf a Basilea. Da allora Michael lavorava in quello che, almeno sulla carta, era il quartier generale. In realtà le vere decisioni le prendevano ancora a Düsseldorf.

Il giro d'affari era stratosferico. Come capoufficio conosceva quelle cifre. Aveva fatto la sua gavetta, salendo poi pian piano di grado. Per anni aveva guidato il muletto nella fabbrica di Kleinhüningen, poi lo avevano promosso capo magazziniere, infine caporeparto. Lui aveva sempre continuato ad aggiornarsi e aveva preso la maturità a una scuola serale. A seguito del trasferimento della sede, la richiesta di personale amministrativo era molto aumentata. Infine lo avevano spostato in città, nel palazzo degli uffici. L'azienda intanto aveva cambiato nome tre volte.

Dalla fermata dell'autobus ci volevano ancora cinque minuti per arrivare a casa. Michael percorreva quella via ogni sera, talvolta persino più tardi di quel giorno. Sua moglie gli cucinava qualcosa, poi lui guardava il telegiornale sulla SF1 e dopo magari sfogliava un libro sulla storia dell'architettura o sulla costruzione delle chiese gotiche. I figli ormai erano grandicelli, non bisognava occuparsi di loro: Peter passava la maggior parte del tempo al portatile, Gisele impiegava il tempo libero in spese pazze oltrefrontiera.

"Stasera sei in ritardo, Michael." Sybille gli venne incontro all'ingresso, senza accendere la luce.

"Mi hanno trattenuto in ufficio."

"Vieni in cucina? Dobbiamo parlare."

Gisele doveva aver rimediato l'ennesima insufficienza a scuola. Michael posò la ventiquattrore sulle scale. Gli balenò di nuovo in mente la facciata della cattedrale e scosse lentamente il capo.

"Cosa? Non vieni?"

"Dammi il tempo di togliermi le scarpe."

Sybille girò sui tacchi e sparì.

"I ragazzi non ci sono?"

"Sono dalla nonna," gridò lei.

Quella riposta lo mise un po' in allarme. I genitori di Sybille abitavano quasi a San Gallo. Come ci erano arrivati? In treno? O era passato a prenderli suo suocero? Friedrich aveva già superato gli ottanta e di norma guidava al massimo fino al supermercato. Indugiò nel togliersi le scarpe.

"Michael?" gridò Sybille dalla cucina.

Li aveva accompagnati lei a San Gallo quel pomeriggio? In quel momento accese l'interruttore e la luce della plafoniera illuminò l'ingresso. Sembrava il dépliant di uno studio di design, tutto molto freddo, le scarpe allineate in una struttura modulare, i soprabiti appesi a grandi pezzi di metallo simili a uncini da macelleria smussati, all'ultima moda secondo Sybille. Attraversò il soggiorno, arredato in tonalità scure, quasi nere. Al soffitto pendeva un lampadario massiccio che riprendeva lo stile degli uncini da macelleria, così pesante che Michael aveva impiegato un sabato intero per ancorarlo al soffitto. Aveva amato di più il vecchio soggiorno, che era durato vent'anni, con il suo arredamento anni Novanta tipico del posto e comprato in offerta. Ora invece c'era quella robaccia che sembrava uscita dall'Ikea, anche se era stata strapagata in un negozio d'arredamento.

Prima almeno poteva mangiare davanti alla televisione, concedersi un bicchiere di vino o una birra mentre guardava un documentario. Ora, per decreto di Sybille, era proibitissimo, ogni macchia di vino sul tappeto sarebbe costata migliaia di franchi, figuriamoci una patacca di sugo sul divano! Lo si sarebbe dovuto portare dal tappezziere, perché ovviamente la fodera non si poteva sfilare e lavare. E questo, secondo Sybille, era segno di qualità.

"Michael!"

"Arrivo."

Forse avrebbe dovuto acquistare una stampa artistica della facciata della cattedrale e appenderla sopra il tavolo da pranzo, per abituarsi una volta per tutte a quella vista.

Entrò in cucina. Sybille aveva sistemato sul tavolo una bottiglia di acqua minerale e due bicchieri. Si strappò con i denti una pellicina dal labbro, doveva essere nervosa. Michael ne seguì il gesto della mano che lo invitava a sedersi. Si accomodò.

"Sai, Michael, negli ultimi mesi abbiamo avuto qualche problema..." iniziò lei.

Sul serio? Non aveva notato cambiamenti rispetto agli ultimi cinque anni. Annuì prudente.

"Per me non è sempre facile... anche certi bisogni..."

Michael aprì la bocca.

"Lasciami finire. Certi *bisogni* per una donna sono importanti. Pure alla mia età. Anzi, proprio alla mia età. Ho un altro, Michael," disse senza indugio. "Abbiamo deciso che la cosa migliore sia che mi separi da te. Voglio il divorzio, Michael. Ora non fare così!"

Il marito smise di svitare il tappo della bottiglia.

"Di' qualcosa!"

Michael si struggeva dal desiderio di osservare ancora una volta la facciata della cattedrale. Prima però avrebbe dovuto camminare fin lì. "Se lo ritieni opportuno," disse.

"Tutto qua? Non hai altro da aggiungere?"

Lui si strinse nelle spalle. "Come dovrei reagire?"

"Senza lasciarti scivolare tutto addosso come se niente fosse!" Le salirono le lacrime agli occhi. "Ecco perché siamo diventati due perfetti estranei! La tua indifferenza del cazzo."

"Ormai è tardi per cambiare." Aprì la bottiglia e si riempì il bicchiere fino all'orlo. "Vuoi?"

Sybille si voltò con gli occhi chiusi. "Dunque sei d'accordo? Nessun problema con l'avvocato?"

"Perché dovrei?"

"Ovviamente i ragazzi verranno a stare con me e Jürgen."

"*Jürgen?* Jürgen del tennis?"

Sybille si pulì il naso con un fazzoletto. "Sì, ci trasferiamo da lui. Lui la sa arredare una casa. Non abita in un... un inferno sterile come qui da noi."

Uno dei problemi era senz'altro la mancanza di un rosone tra le torri, come nelle analoghe chiese della Francia...

"Ho già preparato i bagagli. È tutto di sopra. Jürgen voleva che ti scrivessi solo una lettera, ma sarebbe stato... sarebbe stato meschino e basta."

"Sì, meschino."

"Perciò ho pensato di dirtelo di persona. Riceverai notizie dal suo avvocato... o meglio, le riceverà il tuo avvocato. Non devi preoccuparti di niente, servirà solo la tua firma. Non voglio niente da te. Per quanto mi riguarda, puoi tenerti tutto questo ciarpame. Jürgen ha soldi abbastanza e lui sa come si vive."

In linea di principio, a partire dal frontone, l'intera facciata ricordava una chiesa a sala, dove la navata centrale è alta quanto le laterali, magari con un'unica torre imponente... ma, d'altronde, era una cattedrale e le torri dovevano essere due...

"Prendo la valigia. Non è molto, Jürgen ha già portato via tutto oggi pomeriggio quando ha accompagnato i ragazzi dai miei."

Uscì dalla cucina. Poco dopo Michael sentì il chiasso della valigia trascinata giù per le scale.

La cosa più bella era guardarla da dietro. Da lì tutti i problemi della facciata erano inimmaginabili. Anzi, le torri basse, che da davanti apparivano quasi spuntate, dal retro facevano sembrare la cattedrale molto più slanciata, grazie a un gioco prospettico. Ma funzionava solo da un punto preciso della sponda del Reno a Kleinbasel. Già sul ponte di Wettstein l'effetto svaniva.

Sybille fece capolino dalla porta della cucina. "Ciao, Michael. Prendo l'Audi, tanto è intestata a me."

La sentì sfilare il soprabito dall'attaccapanni, aprire la porta e richiuderla. Il solito sferragliare della serranda del garage, l'Audi messa in moto, la solita grattata nell'inserire la retromarcia, il rombo della prima simile a un ululato. Sybille non aveva ancora il pieno controllo del veicolo. Poi il silenzio.

Michael Balsiger era seduto da solo in cucina. Posò la testa sulle braccia conserte e iniziò a singhiozzare forte, come in preda alle convulsioni.

La luce dell'ingresso era guasta, perciò Marie entrò nell'appartamento e accese quella del bagno, chiuse con due mandate la porta d'ingresso e si sfilò le ballerine bianche consumate, scalciandole via. In cucina avviò la macchina del caffè.

Erano due anni che viveva ad Altona, da sola, in trentacinque metri quadri, una camera con bagno e cucina separata. Era un orribile caseggiato in clinker degli anni Sessanta, con appartamenti in affitto abitati per lo più da pensionati. Un posto tranquillo. La posizione era buona, il famoso viale Palmaille era nelle vicinanze e la fermata della S-Bahn di Königstraße era a soli cinque minuti. A piedi si raggiungevano diversi parchi. All'angolo, una piccola filiale della catena di supermercati Edeka.

A lei piaceva quel posto. Un paio di volte Jonas aveva tentato di proporre una convivenza, ma la ragazza aveva sempre respinto l'idea con discrezione e gentilezza. Secondo lui avrebbero dovuto vivere insieme nel suo monolocale a Barmbek, sopra una birreria e sotto una scuola di ballo, dove di giorno si sentiva sempre odore di cibo e di notte non si riusciva a chiudere occhio. Marie avvicinò una scaletta alla lampada d'ingresso.

Thomas aveva effettuato un ultimo e disperato tentativo, lasciandole persino un messaggio in segreteria. Quell'uomo doveva arrangiarsi. Avrebbe trovato di sicuro qualcun altro da mettere alle calcagna di Berger. Magari Viola, quella piccola e presuntuosa redattrice di terza pagina, che una volta aveva persino intitolato "J'accuse!", senza la minima ironia, un articolo sulla scuola media unificata. L'ambizione di Viola era ancora fresca e pura, le ricordava se stessa due anni prima. Quel maledetto paralume...

Il portalampada cadde a terra, per fortuna era di plastica. Marie sostituì la lampadina, poi premette con il piede l'interruttore alla parete... niente. Imprecò.

Forse era il salvavita. Scese dalla scaletta, raggiunse il quadro elettrico dietro la porta d'ingresso e lo aprì. Bingo. Uno dei cinque interruttori era scattato.

Lo premette verso il basso, la luce all'ingresso si accese, lo lasciò ma scattò di nuovo il salvavita. Tentò a più riprese, niente. All'ingresso l'unica utenza era la luce, allora la spense, provò di nuovo, ma non c'era verso. Alla rete elettrica doveva esserci collegato qualcosa di guasto, l'impianto di ventilazione o roba del genere. Oppure si era rotto il salvavita. Decise che il mattino seguente sarebbe andata dal padrone di casa. Se solo Jonas fosse passato da lei quella sera, lui sì che avrebbe saputo cosa fare! Dopotutto studiava ingegneria meccanica. O magari quel Simon. Cosa le aveva detto? Scriveva articoli tecnici per il *Berlin Post*. Marie non sapeva neppure che il giornale avesse una rubrica tecnica.

Prese il portatile dallo zaino e si stese sul letto. Jonas era on-line. Lo salutò, ma lui non rispose. Probabilmente stava guardando una qualche serie televisiva tipo *Il Trono di Spade* o *House of Cards*, oppure *Breaking Bad*. Per la terza volta.

Dalla finestra aperta soffiava la brezza fresca tipica delle notti estive. Marie si sentiva già un po' meglio rispetto a quando era in treno. Il desiderio di mollare tutto la coglieva con una regolarità spaventosa, ma il più delle volte svaniva all'improvviso così come era venuto. No, stava meglio. Più per noia che per necessità, aprì un'ultima volta la homepage dell'università e diede una scorsa al report dei voti. Non si aspettava cambiamenti, il solito piccolo punto interrogativo...

E invece no. "N.S."
Di colpo si tirò su a sedere.
N.S.
Controllò la legenda sotto la tabella dei voti, più volte, ma non c'erano dubbi, N.S. stava per "non superato". Impossibile. Era impossibile. La sua tesina non era poi così male, anzi, aveva persino pensato di usarla come base per la tesi di laurea specialistica. Doveva esserci un errore. Scrisse subito una mail al professore.

Nonostante l'orario non proprio accademico, la risposta arrivò dopo soli cinque minuti:

Gentile signora Sommer,
no, ha letto benissimo. Mi dispiace che questo l'abbia colta alla sprovvista. La sua tesina dal titolo *Fallada nel dopoguerra* purtroppo non soddisfa i criteri concordati (in sua presenza) nella riunione generale all'inizio del semestre. Pertanto ho dovuto valutare il lavoro con un cinque che, sommato al tre virgola tre della sua esposizione, non è ancora sufficiente al superamento della prova.
Mi dispiace, ma sono vincolato a criteri obiettivi.
Cordiali saluti,
A. Hauber

Marie sentì salirle l'adrenalina. Le ci vollero dieci minuti buoni per trovare il regolamento degli esami della sua facoltà, dopodiché fece scorrere la pagina fino al punto in cui si parlava del non superamento e diede una scorsa: "Nel caso di mancato superamento di un corso anche al secondo tentativo, lo studio universitario deve considerarsi concluso con esito negativo. Il che comporta la perdita del diritto a sostenere l'esame in quella disciplina e in quelle comparabili."

La mano le iniziò a tremare. Il seminario nel semestre invernale, nel quale lei non aveva consegnato niente, in pratica era diverso e tenuto da un altro professore, ma secondo il piano di studi si trattava di esami equipollenti, il che significava, secondo il regolamento degli esami... che di fatto... *di fatto...*

Sulla sponda del Salzach aveva scorto una ragazza. Il braccio sinistro sorreggeva un neonato avvolto in un foulard, il destro veniva strattonato da un bambino di circa cinque anni, che voleva avvicinarsi all'acqua. Il bagliore azzurro del fiume lo rendeva invitante, ma le barche che si tenevano a fatica ancorate alla sponda lasciavano intuire una corrente forte e insidiosa.

Aprì il cassetto della scrivania e tirò fuori il binocolo.

La donna portava un semplice vestito di lino e i capelli legati dietro la nuca. Il bambino che la tirava in avanti la costringeva a piegare il corpo un po' all'indietro, tanto che all'altezza della pancia si scorgeva una lieve tensione. Nonostante la figura esile, aveva il seno florido di una madre di due figli. Mise a fuoco il binocolo. Rideva? Era felice? Forse dietro si scorgeva l'ombra del marito.

Squillò il telefono. Sospirò. Odiava ogni tipo d'interruzione. Uno dei vantaggi del lavorare a venti metri sotto la superficie terrestre era la pace, che consentiva di concentrarsi. Il telefono era una sonda oscena che il mondo di sopra aveva spinto giù nel suo ufficio. Ma era necessario, doveva ammetterlo. Era necessario per dar loro l'impressione di controllarlo.

Lanciò un'occhiata al numero e sospirò di nuovo. Poi mise da parte il binocolo e rispose.

"Dica!"

"Come va?" Una voce femminile. Ogni sillaba vibrava dal nervoso.

"Abbiamo avuto problemi."

"Che tipo di problemi?"

"Un ritardo." Riprese in mano il binocolo e lo puntò verso il giardino di Mirabell: due persone immerse in una conversazione concitata.

All'altro capo della linea sentì sospirare. "Si spieghi meglio!"

"Abbiamo dovuto improvvisare. Non ci saranno più imprevisti, ha la mia parola."

"Sa quanto è importante."

"Lo so benissimo."

"Desidero essere informata subito su ogni irregolarità."

"Non capiterà nessun'altra irregolarità."

Si sentì un fruscio. "Lui come sta? Abbiamo informazioni? Pensa che sospetti qualcosa?"

"Sembra essersi ambientato piuttosto bene."

"Bene. Continui a godersela. Prima di..."

"Non dovremmo parlarne al telefono," la interruppe.

"Ha ragione."

"Purtroppo devo riattaccare, signora Ysten. Mi vogliono in una riunione."

"Lei è un uomo molto impegnato, lo so. Sappiamo tutti che lei fa un buon lavoro."

"A risentirci, signora Ysten."

"Non vedo l'ora di risentirla."

Riattaccò. A un capo della scrivania era attaccata una stretta console di comandi. Premette uno dei pulsanti e subito si avviò la griglia di aspirazione sopra di lui. Poi tirò fuori una sigaretta dal taschino interno della giacca, l'accese e fece un bel tiro. Si appoggiò allo schienale della poltrona e con la mano libera afferrò il binocolo.

Da qualche parte, in quel canyon urbano tutto vicoli e viuzze, in quel momento doveva trovarsi Constanze Mozart, ne era sicuro. Se solo avesse perlustrato abbastanza i vicoli, l'avrebbe trovata.

Il Salzach s'infilava impetuoso nell'angusta città, come l'acqua in una sistola, formava meandri e all'orizzonte si fondeva con la campagna salisburghese, riversandosi prima nell'Inn e poi nel Danubio. In pochi giorni raggiungeva il Mar Nero.

Marie era seduta sul pavimento della cucina e si versava il quinto bicchiere di vino rosso. Di fronte a lei aveva il portatile. Aprì di nuovo Skype e scrisse a Jonas:

> Ho davvero bisogno di te, penso che i miei studi siano andati a farsi fottere.

Lui non rispose. Marie svuotò il bicchiere in due sorsi, poi si prese la testa tra le mani nel tentativo di spremersi qualche lacrima: per una volta soltanto, un'unica volta, un pianto sincero e liberatorio. Invece niente, assolutamente niente. In lei dominava il nulla totale. Che disperazione! Si arrese.

Nessuno poteva privarla del diritto di sostenere gli esami a causa di due seminari cannati. C'erano regolamenti speciali per difficoltà particolari. Se fosse andata da uno psicologo e si fosse fatta diagnosticare una depressione? La sindrome da burn-out? Magari avrebbe fatto impressione. Doveva discuterne con Jonas. Doveva a tutti i costi discuterne con lui. Perché non rispondeva?

Si alzò di scatto e si accorse che era già ubriaca. Di solito non beveva vino, non lo reggeva più di tanto, preferiva la birra. Cercò il cellulare, e invece prese il telefono fisso e compose il numero di Jonas.

Non rispondeva.

Guardò l'orologio, mancava poco a mezzanotte. Era raro che Jonas andasse a letto prima delle tre. Doveva parlargli. Andò all'ingresso, premette più volte e con rabbia l'interruttore della luce prima di ricordarsi che era saltata, poi prese la giacca estiva e la borsetta.

Fuori l'aria era mite, piacevole, quasi senza vento. Un tranquillo mercoledì sera. Il cielo era sereno e stellato, si riusciva a sentire l'odore del corso d'acqua vicino.

Di lì a dieci minuti sarebbe arrivato il prossimo tram. Non c'era nessuno alla fermata tranne lei. Si sedette su una panchina e fissò i binari. Sarebbe stato felice di vederla? Di solito nei giorni successivi alle riunioni di redazione lei voleva riposarsi, e Jonas lo sapeva. Ma quel giorno aveva bisogno di lui, da sola non ce la faceva. Distesi l'uno accanto all'altra solo per un paio d'ore, a letto insieme, tra l'altro indossava ancora il suo top da urlo... Le venne in mente che quella mattina si era dimenticata di prendere la pillola. Era mezzanotte, il giorno prima l'aveva presa a mezzogiorno e mezzo, perciò era ancora in tempo. Per fortuna, portava sempre la piccola confezione in borsetta. La tirò fuori, estrasse dal blister la pillola del mercoledì, se la infilò in bocca e la inghiottì con un po' di saliva. Un preparato a base di solo progestinico. Nel periodo dell'esame di maturità ne aveva dovute provare diverse prima di trovarne una che non le provocasse crampi all'addome o ripetute perdite di sangue.

Il tram spinse una colonna d'aria calda dal tunnel. Marie salì, la carrozza era vuota. Si sedette e il tram ripartì con uno strattone. I manifesti pubblicitari affissi alla parete del tunnel scorrevano via, rispecchiandosi nei finestrini di fronte. Lei aveva un po' di vertigini, il vino faceva sempre più effetto. Si sentiva come all'interno di un gigantesco caleidoscopio.

Nonostante tutti i buoni propositi, verso le undici di sera Michael aveva preso una seconda compressa di Diclofenac e l'aveva buttata giù con ben due bicchieri di kirsch del Canton Basilea Campagna.

Si chiese se fosse il caso di versarsene un terzo, ma rabbrividì di disgusto al solo pensiero. Non era abituato a bere, tantomeno il kirsch. Due bicchieri erano bastati per avere la testa intorpidita. Ovattata. Si abbandonò allo schienale della sedia in cucina e sospirò.

Che facesse pure quel che voleva. Che se lo montasse pure il suo Jürgen. *Jürgen.* Jürgen del tennis. Per un attimo scoppiò a ridere. Era stato lui a presentarglielo due anni prima quando, per un breve periodo, aveva deciso di praticare dello sport. Per farle piacere! Non ne conosceva neppure il cognome. Contro di lui aveva perso di continuo. Viscido, sempre vestito di tutto punto, ricopriva un ruolo di spicco in una qualche banca cantonale.

Gli dispiaceva per i figli, anche se da mesi Gisele gli ripeteva, con schiettezza sorprendente, di odiarlo "dal profondo". Ma era nel periodo della pubertà, lui all'epoca non era stato da meno. Peter invece aveva già diciassette anni, il peggio era passato. Eppure era proprio quello a rendere più implacabili le sue continue critiche al padre. Non si trattava più di arroganza precoce, anzi, in molti casi coglieva nel segno. Il mese prima, dopo una lite insignificante, gli aveva sbattuto in faccia senza mezzi termini: "Voi due dovete scopare di più!"

Michael guardò l'orologio. L'indomani mattina presto sarebbe dovuto tornare in ufficio. Alla multinazionale non gliene fregava un tubo dei litigi familiari. Uscì dalla cucina.

Davanti alla porta della terrazza c'era il gatto. Gisele gli dava da mangiare da alcune settimane e da allora si presentava con regolarità. Non sapeva a chi appartenesse. L'animale aprì la bocca, ma dalla vetrata il miagolio si sentiva appena. Andò in cucina a cercare i croccantini, comprati da Gisele. Lui era stato contrario, perché disabituare un gatto al suo legittimo proprietario gli sembrava un furto bello e buono. Non trovò il cibo. Tornato in soggiorno, si rivolse al gatto con una scrollata di spalle: "Non ho niente, mi dispiace." Ma l'animale non si mosse.

Si sedette sul sofà. Su SF2 davano un documentario sulla costruzione delle dighe di sbarramento negli anni Cinquanta. Ascoltò con un orecchio solo.

Prima chiudevano spesso un occhio anche sulle malattie. Sotto i tre giorni nessuno doveva mandare il certificato medico, anche quando il superiore sapeva che era solo una scusa. Ma dopo l'ultima fusione e il cambiamento di nome dell'azienda, avevano inasprito le norme... O meglio, non le avevano inasprite, però avevano iniziato a far rispettare il regolamento. Anche Michael aveva dovuto ammonire uno dei suoi dipendenti, che all'inizio di marzo era mancato dal lavoro due giorni "per influenza". Un giovane padre di famiglia vicino ai trent'anni, a casa con una figlia di sei mesi. Due giorni? A chi importava? Ma cos'altro avrebbe dovuto fare? Dall'alto facevano pressioni. Unterberger convocava anche lui nel suo ufficio, regolarmente, per farlo "confessare". Così lo definiva Unterberger. Ti sedevi e lui, dall'altro lato della scrivania, con uno strano accento bleso del Nord ti chiedeva in tono altisonante: "Come stanno le sue pecorelle?" In cuor suo, Michael ne era certo, era un sadico pazzo, uno psicopatico irrefrenabile e pronto a tutto. E quello era soltanto un dirigente di livello intermedio.

Si voltò, il gatto era sparito. Buttò giù un terzo Diclofenac, perché soffrire inutilmente? Sybille era sempre stata contraria ai farmaci. Aveva insistito sull'acquisto di una cyclette che lui però riusciva a usare solo dopo aver ingoiato due pasticche. Ormai stava coprendosi di polvere nella stanza degli hobby. Spense la tv e scese in cantina.

Con gli anni, in una saletta ancora più piccola vicino alla stanza degli hobby, si era creato il suo regno, fatto di vecchi scaffali della cameretta di Peter strapieni di libri d'architettura, per lo più grossi volumi illustrati su edifici sacri. La sua piccola biblioteca copriva gran parte d'Europa, aveva persino un tomo sulle chiese di legno scandinave, regalatogli al compleanno di qualche anno prima dal collega Rudolf. Ma la maggior parte dei suoi libri erano sul gotico.

Sul tavolo da tappezziere aveva disposto diverse calcolatrici.

Si sedette sulla poltrona da ufficio, con la quale raggiungeva ogni angolo della stanza senza strapazzarsi l'articolazione dell'anca. Accese lo stereo con il telecomando, a basso volume risuonarono le prime battute del *Quarto concerto per pianoforte* di Beethoven, la meravigliosa registrazione di Zimerman, una perfezione quasi disumana.

Vicino ai monitor del computer erano collocati gli schermi del sistema di sorveglianza.

Aveva comprato e si era installato tutto da solo. Aveva concepito lui stesso una parte dei moduli, corrodendo i circuiti stampati in un secchio da dieci litri di persolfato di sodio e saldando le parti con un lavoro di precisione durato giorni. In un buon sistema di sorveglianza l'importante era che a conoscerne bene il funzionamento fosse un'unica persona, lui stesso. Attivò i monitor. Come gli sarebbe piaciuto guardarsi la registrazione pomeridiana della videocamera alla porta d'ingresso! Smaniava dalla voglia di vedere Jürgen caricare l'auto, comandato a bacchetta da Sybille. Ma rinunciò. Come ogni sera, fece la sua ronda virtuale.

Davanti all'ingresso di casa tutto ok.

Il gatto era di nuovo in terrazza.

Davanti alla telecamera, installata sulla casetta in giardino, già da giorni un ragno aveva tessuto la sua ragnatela. L'indomani l'avrebbe rimossa.

I lampioni al lato del viottolo dietro casa erano accesi, probabilmente il gatto aveva azionato il rilevatore di movimento.

Per il resto tutto tranquillo, erano al sicuro.

Erano... Michael chiuse gli occhi. Era. Solo lui, nessun altro.

Corse di sopra a versarsi un altro bicchiere di kirsch, riscendendo in cantina giusto in tempo per godersi la cadenza del primo tempo della sinfonia. Il pianoforte incalzava più acuto, sempre avanti, solo per rinunciare infine a ogni volontà e sfociare in una singola tavola armonica oscillante. Mentre inghiottiva l'acquavite, chiuse gli occhi e scrollò il capo dal disgusto.

L'accordo finale del primo tempo si smorzò, poi il silenzio. Il peggio era che i suoi superiori lo incaricavano di spacciare ai sottoposti il nuovo rigore come necessario, con bei discorsoni. Alle riunioni del team gestionale parlava fino all'esasperazione di competizione internazionale, livelli qualitativi aumentati, sicurezza dei clienti e, con maggior pathos, di consolidamento della posizione in Svizzera.

Alcuni mesi prima tra i reparti era girata una foto del direttivo di Basilea, tutti in tenuta da trekking, sullo sfondo il Cervino contro un cielo perfetto, e l'amministratore delegato, Jacqueline Ysten, che sorrideva risoluta alla macchina fotografica. Unterberger le stava al fianco, il piede con la scarpa da trekking puntellato su una roccia. Tutto ritoccato digitalmente, iperrealistico, nella metà di sinistra sventolava patriottica una bandiera della Svizzera... da vomitare, specie perché Ysten e Unterberger erano tedeschi, lei di Düsseldorf, lui di Berlino. Dopo l'ultimo scandalo farmaceutico era andata anche peggio, avevano perso completamente il lume della ragione, le pubbliche relazioni finivano per diventare sempre di più mera propaganda.

Michael balzò in piedi dolorante e andò alla libreria. Tra il volume illustrato sulla cattedrale di Reims e il dizionario di architettura teneva nascosto un classificatore con la scritta "Intern. 2008-2013".

Mise nel lettore cd il *Concerto per violino in mi minore* di Mendelssohn-Bartholdy, poi si risedette sulla poltrona, accese la lampada da scrivania e aprì il raccoglitore.

Sfogliò soddisfatto i documenti, il possesso di ognuno dei quali gli sarebbe costato il posto di lavoro e non solo.

Era quasi mezzanotte e mezza quando Marie raggiunse l'ingresso del caseggiato a Barmbek e per la sua gonna faceva davvero troppo freddo. Saltellava da una gamba all'altra in attesa che Jonas aprisse.

Con molta probabilità aveva di nuovo lasciato staccato il citofono per non essere disturbato. Marie sospirò. A volte il bisogno di pace di Jonas rasentava la sociofobia.

L'edificio era in pieno stile *Gründerzeit*, un po' trascurato ma pur sempre gradevole. Girò l'angolo ed entrò nella birreria al pianterreno. Non c'era nessuno, tranne il titolare dietro al bancone e un uomo di una certa età davanti a una birra. Il vecchio borbottò un saluto, lei si limitò a un cenno del capo. Il titolare la conosceva.

"Beh, dimenticato la chiave?" le chiese.

"Purtroppo."

"Vai pure, la strada la sai" la esortò con una strizzatina d'occhio.

"Grazie."

La ragazza andò in corridoio, passando davanti alla cucina, e salì al secondo piano. La tromba delle scale emanava uno splendore alto borghese. Nel corridoio al secondo piano regnava il silenzio, ma dallo spioncino della porta di Jonas filtrava della luce. Provò con il campanello che, con suo stupore, funzionava. Dato che nessuno reagiva, bussò.

Finalmente sentì un "sì" provenire dall'interno, poi la porta si aprì.

Jonas era davanti a lei, in mutande e canottiera. Strizzò gli occhi, a quanto pareva il buio del corridoio lo metteva in difficoltà.

"Non hai ricevuto i miei messaggi, tesoro?" chiese Marie.

Lui impallidì all'istante. "Marie... ma non volevi... non dovevi restare a Berlino fino a domani? Ma come ti sei conciata?"

"Perché Berlino? Non ci sono mai rimasta di notte. Jonas, sul serio non hai ricevuto i miei messaggi?"

"Messaggi... io... no... non ho ricevuto niente."

"Cosa c'è?" Qualcosa non andava. Era anche un po' ubriaco?

"Che messaggi erano?"

Lei abbozzò una risata. "Penso che i miei studi siano andati a farsi fottere. Proprio così. Sono stata bocciata al seminario e ora... di' un po', hai fumato?" Sentiva odore di tabacco spento.

"Fumato? No. Allora cos'hai combinato con i tuoi studi? È definitivo? Non si può più rimediare?" Balbettava.

"Cos'hai?" Marie lo osservò meglio. Jonas la superava di una testa e con i capelli spettinati e solo la biancheria intima era davvero sexy. "Di' un po', cos'hai combinato tutta la sera?"

Il ragazzo si mise le mani nei capelli e solo allora lei si accorse che era madido di sudore. "Marie... oddio."

Nello stesso istante si sentì lo sciacquone. Lei era ancora sulla soglia.

Jonas chinò la testa e si coprì gli occhi con la mano.

La porta del bagno si aprì e una voce femminile disse ridendo: "Ehi, è finita la carta igienica..." Poi la donna la notò. "Oh." Aveva i capelli castani, qualche centimetro e qualche anno in più di Marie. Indossava solo un tanga rosa. Aveva il seno prosperoso e succhiotti ben visibili sulla pelle. "Oh oh." Afferrò un asciugamano dal bagno e se lo avvolse intorno al corpo.

Marie ebbe la sensazione di cadere nel vuoto, il tempo le sembrava scorrere con una lentezza insopportabile. Solo allora si accorse di aver spalancato fin troppo la bocca, tanto le faceva male la mandibola. Si accorse anche che Jonas aveva un'erezione che si stava smorzando, che pure lui aveva macchie sospette su braccia e collo, che sul tavolo della cucina visibile solo in parte cicche spente spuntavano da una tazza di caffè, ma soprattutto che sul pavimento c'era un preservativo usato. Il ragazzo si copriva ancora il viso con la mano, il capo chino.

"Marie," riprese, "non sapevo... non sapevo proprio... pensavo che..."

Lei si voltò dall'altra parte e alzò le mani come per difendersi, non voleva che lui la toccasse. Provò un incredibile disgusto, di Jonas, di quella puttana bruna e tettona, di Thomas Sessenheim, di quel pretenzioso *Berlin Post*, del professor Hauber, dell'università, di tutto quel maledetto mondo che la rendeva sempre e solo la numero due, mai la numero uno. E che continuava a negarle ogni gioia e si prendeva solo gioco di lei...

"Marie!"

"No," rispose piano. "No."

Si girò e, senza aggiungere altro, percorse il corridoio a ritroso, scese le scale, aprì la porta e uscì in strada. Poco dopo raggiunse la fermata del tram, che arrivò nel giro di qualche secondo, o almeno così le sembrò. Salì senza pensarci e si sedette. La portava verso un solo posto.

Scese in automatico in Königstraße, camminò lungo il marciapiede mentre il tram ripartiva sferragliando, salì le scale, passò davanti ai chioschi chiusi, attraversò il parco, scese giù per la strada e presto vide la porta di casa sua, coronata dall'aureola creata da un lampione. Tirò fuori la chiave, aprì, salì in soggiorno, sbatté la porta, percorse al buio il corridoio fino alla cucina, accese la luce, aprì il cassetto delle posate e tirò fuori un grosso coltello.

Si sedette al tavolo della cucina e passò il dito sulla lama.

NAGEL (I)

Un mese dopo – 3 settembre

"Puoi smetterla una buona volta di giocherellare con quel cazzo di aggeggio?"

Dal sedile accanto al guidatore Bernhard lanciò uno sguardo offeso al suo socio, poi chiuse di scatto il coltellino. Era un semplice souvenir acquistato qualche giorno prima in un negozio per turisti. Sul manico era raffigurata una donna con in testa il Bollenhut, il cappello dai grandi pon pon rossi tipico della Foresta Nera, che ballava davanti a una casa. Bernhard s'infilò il temperino nella tasca della giacca.

Frank mise la freccia, portò il furgone sulla corsia di svolta e uscì dalla statale. "Da qualche parte dopo Oberried."

"Nessuna indicazione più precisa? Non ti ha detto niente di più?" Lei aveva parlato solo con Frank. Bernhard aveva battuto in ritirata, ma nonostante tutto la stimava.

"A un certo punto a bordo strada dovremmo vedere un crocifisso," lo informò il socio. "Poi è a destra, un sentiero in terra battuta nel bosco. Per trecento metri."

"Così vicino alla strada principale?" Ecco, sarebbe stato più pericoloso del previsto, come aveva temuto.

"E che ci posso fare?"

Rimasero per un po' in silenzio, a quell'ora la strada era abbastanza libera. Erano circa le otto e mezzo e il traffico mattutino si era già attenuato. Davanti a loro la Foresta Nera si innalzava come un rigonfiamento scuro e fumante, il passaggio alle nubi era senza soluzione di continuità.

Vicino alla strada decollò un elicottero, sulla fusoliera era fissata un'apparecchiatura. Probabilmente iniziavano i voli di ricerca con le termocamere.

Bernhard armeggiava con un pezzo di materiale espanso staccatosi dalla maniglia dello sportello del passeggero. "Questa storia non mi piace. Tutto troppo allo scoperto, pieno di rischi."

"Lo sanno."

"Prima dovremmo controllare il terreno circostante, a tappeto."
"Non abbiamo tempo," tagliò corto Frank.
A Bernhard non sfuggì quel po' di disprezzo nell'occhiata lanciatagli dal socio. Sapeva di avere un aspetto orribile. Era stata una lunga notte, erano andati a letto soltanto alle due e mezzo. Si concentrò sulla strada, la regolarità della segnaletica orizzontale lo confortava.
"Nervoso?" chiese Frank.
"Un pochino, non più del solito," mentì.
"Di profilo sembri John Cazale, lo sai?"
"Chi?" Lo spartitraffico si trasformò in una linea bianca continua.
"John Cazale."
"Non lo conosco."
"*Il padrino*. Non hai mai visto *Il padrino*?"
In materia di film Frank era l'ultimo stronzo a poter mettere bocca. "Ecco Oberried." Bernhard indicò il cartello.
Frank rallentò, proseguendo sulla strada che tagliava il villaggio sonnacchioso. Gli edifici allineati l'uno accanto all'altro sembravano perle di una collana.
"Ma cosa...?"
Frank entrò con il furgone nel parcheggio di una panetteria. "Ho sete. Ti va un brezel?"
Diceva sul serio?
"Lo vuoi o no?"
"No, grazie."
Frank scrollò le spalle. "Allora niente." Scese e sparì nella panetteria.
Bernhard aprì appena il finestrino e accese l'autoradio. Davano ancora il giornale radio, in cui si parlava di un'estesa operazione di ricerca. Finora non avevano trovato alcun cadavere. Secondo lo speaker la sera prima era troppo buio per l'intervento dei sommozzatori, ma neppure la mattina avevano avuto maggior fortuna. La polizia aveva perquisito la barca a remi, nessun accenno al risultato. Bernhard lasciò vagare lo sguardo sul parcheggio vuoto. Poi fu la volta dell'intervista al portavoce della polizia. Alzò il volume.

Non volevano limitare la ricerca al lago e alla zona circostante, ma perlustrare la Foresta Nera per un raggio percorribile a piedi in venti minuti. Accennarono anche all'impiego di termocamere. Dunque partivano sul serio dal presupposto che potesse aver raggiunto la riva a nuoto e ora vagasse senza meta per la Foresta Nera. Forse pensavano che fosse disorientato, malato di cervello. Il tempo stringeva.

Quanto accaduto nella baita era spiacevole. Nel parcheggio accanto scivolò il cofano grigio metallizzato di una Mercedes. Solo quando scrutò meglio il conducente, si rese conto che si trattava di un'auto della polizia. Si costrinse a non voltarsi di scatto in avanti. Al volante era seduto un giovane agente in divisa, sul sedile accanto al guidatore distinse un tizio incredibilmente corpulento e più vecchio, con un cappotto scuro. I poliziotti lo guardarono con indifferenza, poi il conducente scese ed entrò nel negozio.

Bernhard iniziò a controllarsi le dita. Sotto l'unghia del pollice sinistro vide alcune fibre tessili, che rimosse con cautela. Di lì a poco tornò Frank.

"Bifolchi della Foresta Nera!" bofonchiò una volta risalito al posto di guida. "Sempre così maledettamente gentili. Che ipocriti!" Infilò una bottiglia di Coca-Cola nel porta bevande, poi mise in moto.

"Vicino a noi c'è un'autopattuglia, Frank," lo avvertì Bernhard sottovoce.

"E allora?" Il socio lanciò un'occhiata dal finestrino. "Dobbiamo salutarli? Ciao ciao!" Fece un cenno con la mano, poi partì.

"Perlustrano tutta la zona, l'hanno appena detto alla radio. Non danno per scontato che sia affogato."

"Non ci riguarda più," replicò Frank. "Ordini dall'alto." Riportò il furgone sulla strada principale. Un'altra autopattuglia li superò. "Dio mio, ma perché non si rassegnano al fatto che sia annegato nel lago?"

Dopo Oberried il veicolo fu inghiottito dalle montagne. La strada s'insinuava in una stretta gola, salendo poi per ripidi tornanti. Su entrambi i lati uno schieramento di abeti, un impenetrabile tessuto verde azzurro, in cui la nebbia pareva rimasta impigliata. L'umidità penetrò fin dentro il furgone, i vetri si appannarono.

Sul ciglio della strada comparve una croce di legno con decorazioni floreali, protetta da un tettuccio. "Eccola!" Bernhard la indicò con il dito. Era molto più piccola di quanto avesse immaginato e quasi invisibile dietro la sterpaglia.

Frank fermò il mezzo e lanciò un'occhiata allo specchietto retrovisore. "Entriamo."

Il sentiero nel bosco era segnato da solchi profondi e fangosi. Il furgone barcollava pericolosamente, impiegarono quasi cinque minuti per percorrere trecento metri. Poi Bernhard vide la baita. "Eccola."

Il socio parcheggiò in modo da nascondere la vista dell'ingresso della casetta. Scesero. Sentirono il terreno melmoso sotto le suole. La casetta di legno doveva essere di una ventina di metri quadri, il tetto arrivava molto in basso, sotto la grondaia si accumulavano provviste di legna. Una piazzola per barbecue e una terrazza improvvisata lasciavano intuire un suo uso sporadico nei fine settimana.

Frank girò intorno al furgone. "Lo senti?" chiese.

Bernhard tese l'orecchio. "No."

"La strada non è affatto vicina. Pronto?"

Bernhard annuì. "Prendo la sega a catena?"

Frank si portò di colpo il dito indice alla bocca. Con un cenno del capo indicò l'ingresso. Bernhard lo seguì con lo sguardo.

La porta era socchiusa, il lucchetto aperto ancora appeso al chiavistello sembrava intatto. Non avevano chiuso a chiave, era palese. Forse se ne erano dimenticati. Oppure di notte c'era stato qualcuno?

Si avvicinarono cauti all'ingresso. Frank fece cenno a Bernhard di piazzarsi sul lato destro della porta, lui si mise sul sinistro. Spiò dallo spiraglio, poi scosse il capo. Dentro non si vedeva nessuno. Con le dita iniziò il conto alla rovescia partendo da cinque. Quattro, tre, due, uno.

Spalancò la porta con un calcio ed entrò. Bernhard lo seguì.

Dentro era buio pesto. Solo a poco a poco gli occhi di Bernhard si abituarono all'oscurità, facendo emergere sagome indefinite. Nell'aria si sentiva un odore dolciastro di legno marcio.

Frank attraversò la stanza, aprì una delle finestre e spalancò le imposte.

Bernhard reagì con un lieve fischio.

La baita era arredata in maniera spartana. Una parete era occupata per metà da un letto di alluminio, accanto a una stufa di ghisa dalla linea slanciata. Sul lato opposto si trovava una specie di cucina costituita da un piccolo armadietto, sul quale era posta una lastra di pietra che ospitava un bruciatore a gas arrugginito. Vicino, all'angolo, c'era un moderno frigorifero con il cavo arrotolato e appeso a un gancio alla parete. Un tavolo di legno quadrato e tre sedie occupavano il centro della stanza. La quarta sedia era rovesciata. Vicino, il cadavere.

Frank aprì un'altra finestra, poi si avvicinò al morto e sospirò. "Questa ferita al collo deve essergli stata fatale. Le altre sono tutte d'arma bianca, al torace, alla pancia, questa gli ha trafitto la mano. Anche le ferite al viso... probabilmente sono state fatte in un secondo tempo." Si sfiorò il mento, pensieroso, e alla fine scosse il capo. "Non me lo sarei mai aspettato."

Gli angoli della bocca erano stati aperti con una lama fino agli occhi. Le ferite erano incrostate di sangue nero, dando l'impressione che i tagli fossero disegnati a china. Anche dalle orbite era uscito del sangue. Quel volto non aveva più niente di umano, sembrava la maschera di un cartone animato, il volto di un burattino condannato a serbare in eterno un ghigno diabolico.

"Che peccato," commentò Frank. "Così giovane. Non era neppure antipatico. E pieno di talento."

Bernhard annuì. "Prendo il telone."

Mentre Schrödinger era nella panetteria, il commissario di polizia criminale Andreas Nagel inghiottì la sua dose mattutina di Diabecos. Odiava quelle piccole compresse che sapevano di gesso e farina di pesce, e se ne dimenticava regolarmente, benché in fondo sapesse di doverle prendere prima di ogni pasto principale. Erano necessarie, se ne era reso conto anche lui. Da anni i suoi valori glicemici peggioravano a ogni controllo ed era seriamente preoccupato. Ogni volta che andava in ambulatorio il suo medico di famiglia gli descriveva sempre più nel dettaglio gli effetti a lungo termine del diabete di tipo due, tra i quali l'ipertensione era il più blando. Infarto, ictus, occlusione di un'arteria. Che futuro roseo! Il dottor Heinrich Lossberg gli dipingeva l'incombente disfatta cardiovascolare con tale velleità artistica da indurlo a pensare ai dipinti apocalittici dei maestri fiamminghi. Blocco renale, amputazione, cecità! Sospirò. Un futuro abbozzato da Bruegel in persona.

Guardò fuori dal finestrino della vettura di servizio. Era un mattino d'autunno grigio slavato, la Foresta Nera trasudava la pioggia notturna in una densa foschia. Senza la nebbia da lì sarebbe riuscito a vedere la vetta dello Schauinsland, forse persino il Feldberg, e invece non si distingueva niente. Pazienza. Intanto, facendo scorrere lo sguardo sul paesaggio circostante, ebbe l'impressione di contemplare la versione tanto patetica quanto kitsch di un panorama montano. La Foresta Nera offriva alla gente di una certa età e ai turisti un po' troppo cagionevoli aria di montagna da portarsi a casa. Una specie di take-away alpino. Ebbe come la sensazione che le montagne fossero un po' troppo mansuete.

In cielo volteggiava l'elicottero con la termocamera, che i colleghi avevano richiesto da Friburgo. Inutile, tutto inutile. Voleva farsi un'idea da solo.

La ricetrasmittente gracchiò cose incomprensibili, distorte. Nagel la spense.

Per qualche motivo quella mattina era particolarmente di pessimo umore, eppure la giornata era cominciata bene e di notte aveva dormito senza interruzioni, la prima volta da settimane. Quel giorno Irene, sua moglie, aveva lezione solo alla quarta ora e gli aveva preparato la colazione, cosa che non aveva mai preteso. E poi la notizia della scomparsa del giovane nel lago Titisee era arrivata la sera prima. Nadja lo aveva chiamato per informarlo e, in fondo, era contento che avessero di nuovo bisogno di lui, finalmente.

No, probabilmente la causa del suo malumore era quell'attivismo esagerato. L'intera direzione di polizia si comportava come se si trattasse di un serial killer. Oppure di un bambino scomparso. In questo caso invece la pazienza era l'unica strategia adatta.

Intrecciò le mani sulla pancia. Dalla vetrina della panetteria riusciva a scorgere Schrödinger in piedi dietro a un uomo con la giacca nera di pelle. Vicino alla sua auto di servizio era parcheggiato un Mercedes Transporter bianco con un passeggero che si sforzava di ignorarlo.

L'uomo con la giacca di pelle uscì dalla panetteria con una bottiglia di Coca-Cola, si sedette al volante del furgone e partì. Gli parve che gli avesse fatto un cenno con la mano, ma forse se l'era solo immaginato. Il furgone sfrecciò in direzione del Feldberg. Poco dopo tornò anche Schrödinger.

"Le giuro di aver appena visto John Cazale," dichiarò Nagel. Si davano del lei, Nagel si ostinava. In fondo non sopportava Schrödinger, ma era l'unico agente disponibile a condurlo al lago. Gli altri erano già tutti sul posto.

"L'attore? Ma non è morto da trent'anni?"

Il commissario si strinse nelle spalle. "La sua reincarnazione. Dica un po', perché questa ennesima deviazione?"

"Incidente di camion a Höllental. Tutto bloccato. Sei chilometri di coda. Passando per Todtnau risparmiamo di sicuro almeno mezz'ora."

"Hmm," bofonchiò il commissario e stipò i suoi ipoglicemizzanti nella tasca interna del cappotto. "Cos'ha là dentro?" volle sapere indicando la busta della panetteria.

"Brezel, panini e girelle ai semi di papavero."

Nagel tirò fuori una girella e le diede un morso, ignorando completamente lo sguardo di traverso lanciato dal collega.

Predisposero tutto dietro alla baita, all'aperto, anche se era molto rischioso. Il furgone impediva la vista dalla strada, ma dal margine del bosco, tranne i rami di abete, nulla parava lo sguardo.

La nebbia continuava ad ammantare la radura. Bernhard stese

il telone di plastica, piazzandoci sopra sette ciocchi di legno a una distanza di circa venticinque centimetri l'uno dall'altro.

Il baccano non costituiva un problema. In quella stagione il rumore di una motosega non destava sospetti.

Frank trascinò il cadavere fuori dalla casetta. Insieme lo posizionarono in modo tale che sotto i punti taglio previsti ogni volta si trovasse un ciocco. Frank aveva un pesante grembiule bianco da macellaio, lungo fino ai piedi. Dopo aver indossato anche gli occhiali protettivi, mise in moto la sega.

Per prima cosa fece un taglio attraverso entrambe le tibie. Ogni volta Bernhard restava deluso di quanta poca resistenza esercitasse la natura. Pelle, muscoli, ossa, i denti della catena affondavano come un coltello bollente nel burro. Il corpo umano era concepito per il caos sfrenato. Niente lo confermava di più di una motosega con cromatura dura, che penetrava nella carne nuda al ritmo di diecimila rotazioni al minuto. Solo la mente può anelare a una struttura tanto regolare. Ogni ordine conteneva in sé per principio la morte, ogni ideale era solo una complessa descrizione dell'assenza di vita.

Quando Frank si accinse al secondo taglio, Bernhard si voltò. Prese dal furgone il getto a vapore e iniziò a ripulire il pavimento della baita. Il compressore copriva lo sferragliare della sega. Riuscì a rimuovere il sangue quasi senza lasciare tracce, anche se non c'era da temere un'indagine approfondita della Scientifica. Bernhard risistemò la sedia rovesciata, poi riportò l'apparecchio nel furgone.

La sega si zittì.

Frank imprecò sottovoce, poi girò intorno all'angolo della casa. Era imbrattato di sangue da capo a piedi, goccioloni rosso scuro gli scorrevano giù per gli occhiali.

"Pronto," bofonchiò. Caricò a fatica la motosega nel vano del furgone. Sul guanto protettivo si era formato uno strato viscido di brandelli di stoffa tritati, con un odore penetrante di grasso fritto e rancido.

Tornarono dietro la casetta, i pezzi di cadavere giacevano ancora più o meno nella posizione originaria, la vista non era particolarmente ripugnante, anzi. Quel corpo ridotto a brandelli dava a Bernhard l'idea di un'opera d'arte postmoderna, una sorta di scultura decostruttivista. Le parti del corpo tagliate in due gli ricordavano gli arti di una marionetta. Era strano il modo in cui la pelle umana già poche ore dopo la morte sembrasse finta. Come una guaina di gomma grigia e resistente.

Non aprirono bocca, conoscevano a memoria i gesti da compiere.

Attraverso gli occhielli di metallo del telone correva un cordino robusto. I due si misero di fronte, poi cominciarono a coprire i pezzi di cadavere. Alla fine Frank tirò il cordoncino chiudendo il telone in una sorta di sacca da marinaio. Inspirò profondamente.

"Pulita la baita?" s'informò.

"Non si vede più niente."

"Allora via da questa schifezza." Frank si tolse gli occhiali e si strappò di dosso il grembiule imbrattato. Il sangue colava giù denso e lento come marmellata di ciliegie. Tenne grembiule e occhiali distanti dal corpo, mentre si dirigeva a fatica verso il furgone.

Bernhard restò indietro a controllare il terreno boschivo. Individuò solo pochi schizzi di sangue, persino i rami di abete se l'erano scampata. Sentì dall'altro lato della casetta Frank chiudere la portiera posteriore.

Si puntellò le mani ai fianchi e guardò verso l'altro. Solo allora si accorse che la nebbia si era dissolta. Dietro la baita il pendio diventava quasi perpendicolare, in certi punti s'intravedeva anche il cielo. Aguzzò la vista e riuscì a scorgere il cerchio bianco del sole. Aspettò qualche secondo finché un buco nelle nuvole non gli scivolò davanti e per un istante tutto fu illuminato in maniera accecante. I colori intensi del bosco splendevano quasi innaturali, il nero inospitale e inaffidabile che dava il nome alla foresta si trasformò in un fresco e tenue verde abete. Bernhard si appoggiò con la schiena e si parò gli occhi dal sole con il palmo della mano. Sollevò di nuovo lo sguardo su per il pendio.

Dapprima vide il recinto, poi una panchina.

A una cinquantina di metri sopra di loro avevano abbattuto gli alberi per far posto a un belvedere. Al loro arrivo, un'ora prima, era nascosto dalla nebbia. Il sentiero nel bosco serpeggiava su per la montagna, probabilmente uno degli itinerari a piedi preferiti.

Il sole sparì di nuovo dietro le nuvole.

Bernhard sentì montargli il nervoso. Da lassù si riusciva a osservare l'intera radura. Da quanto la visuale era già nitida? Trascinò il sacco al riparo sotto il tetto, poi girò intorno alla baita. Doveva informare Frank.

Un attimo prima di svoltare l'angolo sentì una voce.

Non era di Frank.

Raggiunsero il lago solo verso le dieci e mezzo. Nagel smise di fissare la struttura a labirinto del vano portaoggetti e lanciò un'occhiata fuori dal finestrino. Intanto era uscito il sole, ma sopra di loro restavano pesanti brandelli di nubi. La luce brillava come in piena estate sul pelo dell'acqua increspata, che si stendeva innocente nella valle e che la sera prima aveva inghiottito un uomo. Forse.

"Cosa ne pensa, Schrödinger? Annegato o tornato a riva a nuoto?" chiese il commissario.

"Mi sembra tutto alquanto sospetto." Il collega parlava senza mai distogliere lo sguardo dalla strada. "Forse si è trattato di uno scambio d'identità."

"Ah sì? E come sarebbe successo? Questo me lo deve proprio spiegare."

"Non ne ho idea, commissario. Magari aveva dei debiti e ha voluto simulare il suicidio. Qualcosa del genere. Finché non ne sappiamo di più, non mi sbilancio. Per convincermi dovrebbero dragare il lago intero. Fino ad allora per me è tanto morto quanto vivo."

A quanto pareva, il parcheggio sulla spiaggia era diventato una sorta di quartier generale. Si vedevano vetture di servizio ovunque. Su un furgone era stampata la scritta un po' sbiadita: "Nucleo sommozzatori Titanic". Era presente anche la stampa, Nagel riconobbe alla prima occhiata quattro fotografi e un'utilitaria del quotidiano *Badische Zeitung*. Pullulava di agenti e dietro le transenne si erano radunati persino alcuni curiosi. Tranne che per la barca dei sommozzatori, il lago era deserto. Le imbarcazioni da diporto erano ormeggiate al pontile. Il commissario si sistemò il cappotto e i pantaloni, poi si diresse a riva, dove lo attendeva una delegazione di cinque persone. Fece di tutto per strascicare i piedi sulla ghiaia con particolare lentezza. Schrödinger rimase alla macchina.

Nagel riconobbe Nikolas Pommerer, il comandante di polizia. Sghignazzava aitante in mezzo al gruppetto e alzò le mani per salutarlo. Gli altri non li conosceva.

"Nagel, Nagel!" Pommerer gli si avvicinò di un passo. "Finalmente ce l'ha fatta!"

"Incidente di camion sulla..."

"Sì, sì, lo sappiamo, lo sappiamo. Però avrebbe potuto contattarmi, così avremmo trasportato anche lei in elicottero. Ora ce ne sono a sufficienza per aria, non è vero, signor Söndner?"

"Può scommetterci," confermò un uomo alto dall'aspetto militaresco.

"Nagel, mi permetta di presentarle Manfred Söndner del nucleo elicotteri. Vi conoscete?"

"Non che io sappia. Nagel." Si diedero la mano e la stretta di Söndner fu così forte da fargli male.

"Il signor Schneider dei sommozzatori."

"Nagel."

"Il signor Borner, che di sicuro conosce già."

"No, mi dispiace. Nagel."

"Diciamo che io sono quello che tira avanti la baracca, signor commissario," disse Borner accennando un sorriso. Era tarchiato e con la fronte stempiata.

"Lui è il sindaco, Andreas," sussurrò Pommerer con un certo imbarazzo.

"Ah, è lei! Piacere, Nagel." Gli strinse la mano.

Borner lo osservava confuso.

"E questa," proseguì Pommerer, "è la signora Wischnewski. L'ho pronunciato bene?"

"Benissimo." Wischnewski, che superava Nagel di una testa, sorrise mostrando denti perfetti. "Del *Badische Zeitung*, commissario. Se più tardi ha un attimo..."

"Piacere, Nagel." Strinse la mano anche alla giornalista. "Vediamo se più tardi avrò qualcosa da dire. Immagino di no. Scusatemi, per favore." Aveva individuato la sua collega. "Nadja, Nadja." Abbandonò il gruppo senza neppure salutare e arrancò sulla spiaggia di ghiaia. "*Nadja!*"

La collega era sulla riva, immersa in una conversazione con uno della Scientifica. Dietro di lei avevano tirato in secco la barca a remi, che diversi individui vestiti di bianco stavano esaminando. Si girò solo al quarto "Nadja".

"Andreas!" Si scusò con il collega e andò incontro a Nagel. "Sempre puntuale!"

"Sempre," bofonchiò il commissario. "Oggi sei la prima persona che non mi fa venire i brividi alla schiena al solo pensiero di doverci parlare."

Rise. "Grazie. Hai già avuto il piacere di conoscere il nostro quadrumvirato?"

"Costituito da potere esecutivo, legislativo e stampa?"

"Non dimenticare il sommozzatore. Hai già mangiato?"

"Un panino," mentì. "Sai, gli zuccheri... e tu come sei arrivata così in fretta?"

"Con la vettura di servizio, passando per Höllental. Già alle nove sul luogo dell'incidente è stata ripristinata la viabilità."

Maledetto Schrödinger, sarebbe già...

Meglio non agitarsi, avrebbe solo aumentato il rischio d'infarto. Fece un bel respiro. "Cosa sappiamo finora?"

Nadja indicò il lago. "Con una ventina di uomini abbiamo di nuovo perlustrato l'area circostante, una striscia larga cinquecento metri che corre intorno alla sponda del lago. I sommozzatori sono dentro da un'ora."

"Trovato nulla?"

"No, assolutamente niente. E mi sa tanto che non dovremmo aspettarci granché. È piuttosto fangoso lì sotto. E freddo."

"Gli elicotteri?"

"Ne sono stati impiegati due con termocamere. Finora solo caprioli, volpi e persone a passeggio."

Dal lago uscì un sommozzatore con una muta da sub nera e viscida. Annuì in segno di saluto, poi scosse il capo.

"Altre novità?" volle sapere Nagel.
"Devo essere sincera?"
"Niente?"
"Niente."
"Ah, bene." Il commissario si strofinò il viso. "Qualche segnalazione di scomparsa da ieri sera?"
"No."
"Ovviamente potrebbe trattarsi di un turista," mormorò Nagel. Si grattò la testa. "Gli hotel, quelli di sicuro hanno una specie di elenco di presenze per la colazione, o sbaglio? Devono avere un quadro generale su chi c'è e chi manca. Forse dovremmo..."
"Ci ho già pensato io da un pezzo, Andreas. Finora dagli hotel non manca nessuno. I pochi ospiti che non si sono presentati a colazione, si sono fatti una bella dormita e più tardi sono stati visti dagli addetti alle pulizie o nelle hall. Ieri notte ho anche rivolto un appello affinché i direttori d'albergo ci segnalassero i nomi di eventuali ospiti scomparsi."

Nagel le lanciò uno sguardo perplesso. "Quale sarebbe dunque il mio ruolo qui, esattamente?" chiese con un tono un po' piccato, che ovviamente Nadja sapeva non serio.

"Di eminenza spirituale, ovviamente." Gli diede una pacca con il palmo della mano. "Di polo statico in tutto questo caos. A Pommerer preme solo di far bella figura con la stampa, lo sai."

"Ogni volta mi affibbia questo ruolo da Buddha."

Lo scrutò con attenzione. "In effetti, noto una certa somiglianza..."

"Oggi solo un panino, Nadja." E si prese la pancia tra le mani.
"Parli come mia moglie."
"Un panino glassato?"
"Ma come...?"
"Hai ancora delle briciole sul colletto."

Si pulì in fretta la camicia. "Touché." Provò un certo orgoglio, alla collega non sfuggiva il benché minimo dettaglio e lui non era stato estraneo né al suo addestramento né al suo processo di maturazione professionale. "Hai già interrogato i testimoni?"

"In realtà ne abbiamo solo uno. Il tipo che gli ha noleggiato la barca. Si chiama Sperber."

"E cosa dice?"
"Ci vuoi parlare? È là in fondo."
"Descrivimelo un attimo."
"Collaborativo, sobrio, non certo un idiota. Qui al lago un sacco di cose sono sue. Un po' cinico, forse."
Nagel scrutò il parcheggio. La giornalista del *Badische Zeitung* era intenta a stenografare un monologo di Pommerer.
"Vado a parlarci," annunciò.

Bernhard si schiacciò alla parete della baita e trattenne il fiato. Una delle due voci era di Frank, l'altra non la conosceva. Si sporse in avanti quel tanto che bastava per vedere il portellone del furgone. Ora le voci erano più distinte.
"...visto che parcheggia qui. Hans lo sa che usa la sua casetta? Non ne ha mai fatto parola e lui mi racconta sempre tutto. Ma proprio tutto!"
"Hans è d'accordo," replicò Frank. "Prendo solo un po' di legna, lui ne ha fin troppa da quando non la usa più così spesso. Altrimenti marcirebbe."
"Ah sì? Mmm."
Da lontano Bernhard diede all'uomo che parlava con Frank più di sessant'anni.
"In effetti non viene più molto spesso, forse un paio di volte l'anno. E, certo, non è neppure più giovanissimo. Prima d'estate ci venivamo spesso, quando i bambini erano piccoli. Mia moglie ora non può più uscire di casa. Allora lo aspetta qui?"
"Aspettarlo?" ripeté Frank.
Bernhard era sempre più nervoso. Quel giorno sarebbe passato il proprietario della baita. Forse di lì a tre ore o forse nel giro di mezz'ora. Magari stava già imboccando il sentiero nel bosco.
"Ah, vuole dire Hans!" esclamò Frank. "Sì, certo. Dovrebbe arrivare a momenti, o sbaglio?"
Dal tono Bernhard intuì che anche il socio si stava innervosendo.

"Sì, può darsi che ritardi. Non è più giovanissimo. Che tipo che era il nostro Hans, una volta! Conosce sua figlia maggiore? La Susanne?"

"Purtroppo no, purtroppo no. Probabilmente non le ha detto niente di me perché è poco che..."

"Come lo ha conosciuto?"

"Beh, è da tanto. Già i nostri padri..."

"Non sapevo che Hans conoscesse qualcuno della Germania del Nord."

Bernhard esitò. Se Frank non fosse riuscito a sbarazzarsi di quell'uomo, sarebbe dovuto intervenire.

"E a cosa le serve la motosega?"

"Per tagliare la legna." Frank sembrava sempre più impaziente.

"Poco fa l'ho vista da lassù, e non era legna quella che stava tagliando. Non avrò più gli occhi di un falco, ma quella non era legna!"

"Là dietro Hans ha ancora un paio di tronchi robusti."

"Posso vedere un attimo la sega? È solo?"

"Solissimo."

Bernhard si sporse un po' più avanti e azzardò un'occhiata oltre l'angolo della baita. Solo un decimo di secondo, ma gli bastò per capire perché Frank non reagiva in modo più aggressivo. L'uomo, sulla settantina, in quell'istante chino sulla motosega, aveva un cappello folkloristico e un fucile da caccia in spalla.

"Ma questo è sangue!" esclamò il vecchio. "Cos'ha combinato là dietro? Ha cacciato un animale o cosa? Cos'ha squartato là dietro?"

Bernhard si staccò dalla parete e corse dietro la baita per nascondersi oltre la catasta di legna.

"Col cavolo che 'conosco Hans'! Accidenti!" gridò il vecchio. La voce era più vicina, Frank urlò qualcosa. "Lei non si muova dal furgone! È un favore che devo al mio amico, tenere alla larga dal suo bosco i bracconieri."

Si zittì. Probabilmente si trovava all'angolo della baita. Bernhard si schiacciò contro la parete della casetta. "Ma cosa...?" lo sentì bofonchiare. La plastica scricchiolò.

Aveva trovato il sacco. Bernhard sentiva il respiro sano ma

nervoso dell'uomo, poi un lamento, probabilmente stava armeggiando con il cordoncino. Con uno strattone deciso aprì il sacco, per qualche secondo non si sentì altro che il fruscio del telone. Poi un grido strozzato e subito dopo un altro, stavolta più lieve ma disperato.

Bernhard tirò fuori il coltellino dalla tasca dei pantaloni e lo aprì lentamente. Lanciò un'occhiata su per il pendio. Nessuno. Balzò fuori dal suo nascondiglio con un movimento fluido, alzò il braccio, afferrò la mano del vecchio che tentava di prendere il fucile, gli tirò indietro la testa e gli piantò la lama nel collo fino al manico.

Il grido morì soffocato nella gola del vecchio. Aveva un volto severo, la pelle arsa dal sole e dal vento, sotto le sopracciglia bianche e folte gli occhi riflettevano più stupore che spavento. Dalla bocca gli uscì un fiotto di sangue rosso scuro, tentò ancora di svincolarsi dalla stretta di Bernhard e di prendere il fucile dietro la schiena. Poi collassò in avanti sulla catasta di legna, gorgogliando.

Bernhard si lasciò cadere ansimando vicino a lui. Il sole gli picchiava sulla testa, la cappa di nuvole si era completamente dissolta. Nella tasca della giacca del vecchio trovò un tovagliolo, estrasse il coltello dalla gola e ci ripulì la lama. La ballerina sul manico gli sorrideva gentile. Richiuse il coltello, lo ripose in tasca e premette il tovagliolo sulla gola e sulla bocca del vecchio.

Poi gridò il nome di Frank.

MARIE (II)

Un mese prima – 6 agosto

Quando aprì gli occhi, Marie si ritrovò davanti un viso grossolano, tumefatto e con i baffoni. Il baffone si alzò lentamente e prima svelò una fila di denti gialli da fumatore, poi una lingua polposa e coperta di macchie biancastre che vorticò più volte su e giù.
"Signora Sommer? Signora *Sommer*?"

Aveva un mal di testa incredibile, come se le avessero strappato via un migliaio di fili collegati al cervello. Eppure aveva bevuto solo tre bicchieri di vino rosso. Oppure da Jonas...?

"Signora Sommer!" L'uomo alzò la voce in maniera sfacciata. Perché gridava così? Dopotutto quella era la sua cucina. E lei era sul *suo* tavolo! Chi era tutta quella gente?

"Mi sente?" Marie vide che il corpo dell'uomo era infilato in una divisa blu. Un poliziotto.

Le costò uno sforzo incredibile sollevare la testa. Davanti a lei vide due bottiglie vuote di vino rosso, accanto una bottiglia di vodka quasi vuota.

L'agente le toccò una spalla. "Signora Sommer? Come sta? Mi sente?"

Oltre al tizio in divisa con il viso pastoso, nella stanza si trovavano altri due individui. Vicino ai fornelli un agente più giovane che la osservava sconcertato, in un certo senso anche intimorito, e in piedi alla porta... Jonas. Marie fu felice di vedere un volto conosciuto.

Volava gridare "*Jonas!*", ma il ragazzo distolse lo sguardo imbarazzato. Era stato lui a chiamare la polizia? Era stato lui ad aiutarla a entrare nel suo appartamento?

Poi le tornò tutto in mente. Non aveva superato il seminario, aveva perso il diritto di sostenere tutti gli esami, doveva contattare il padrone di casa per la luce all'ingresso e Jonas l'aveva tradita.

"Signora Sommer, è stato il suo fidanzato ad avvisarci. Era in pensiero per lei."

"Marie," disse in quel momento Jonas. "Per fortuna non ti è successo..."

"Fuori!" gli gridò, puntandogli il dito contro come volesse trafiggerlo. "Fuori! Vattene! Non voglio più vederti, mai più. Mai più!"

"Piano, si calmi, signora Sommer." L'agente indietreggiò.

Solo allora Marie si accorse di stringere in mano un coltello. Quello nuovo di ceramica, acquistato pochi giorni prima. Lo aveva puntato contro Jonas, la lama tremava vistosamente. "Sparisci!"

"Basta così! Non possiamo lasciarla qui, non posso prendermi la responsabilità. E da lei non può assolutamente rimanere," disse l'agente a Jonas. A Marie sembrò di distinguere una sfumatura di rimprovero. "Bastian, vai a chiamare un'ambulanza. Rischio di suicidio."

Marie levò gli occhi. Aveva capito male? "Cosa? Cosa?"

"Lei viene con noi, signora Sommer. Per la sua sicurezza."

"Pensate che io voglia *uccidermi*?" Una risata sguaiata. "Ma è ridicolo. Non avete idea..."

"Arrivano tra dieci minuti," sussurrò l'altro agente.

"Io non mi muovo da qui," gridò Marie. "È tutto un enorme equivoco!" Balzò in piedi e tentò un passo in avanti, ma cadde tra le braccia dell'agente.

"Non riesce neppure a reggersi in piedi, signora Sommer. Siamo stati informati di tutto. È per la sua sicurezza."

"Stronzate!" gridò Marie. "*Stronzate!*"

Tolse il coperchio di plastica dal piatto e l'odore di broccoli e braciole gli salì su per il naso, un profumo intenso, dolciastro e ferroso. L'impianto d'aerazione lo assorbì prima che impregnasse la stanza.

Quando stava per prendere le posate, partì un ronzio. Sospirò leggermente. Come sempre sentì la voglia di ignorarlo, di concentrarsi semplicemente sul cibo, di non essere disponibile per quella volta. Solo per una volta. Ovviamente era impensabile. Premette il pulsante luminoso sul quadro di comando, poi ripose il coperchio sulle braciole.

Entrò la signora Schmidt e gli si avvicinò con passo deciso. Era una donna di quasi sessant'anni, sempre aitante e agile. Gli mise sulla scrivania un foglietto. "Una mail per lei."
"La ringrazio."
Annuì rapida, girò sui tacchi, raggiunse la porta e sparì.
Spiegò il foglietto e diede una scorsa alle poche righe.
Problemi.
Un altro imprevisto.
Si massaggiò le tempie. La proporzione tra notizie buone e cattive era di circa uno a quattordici, questo dicevano i dati empirici degli ultimi diciotto anni.

Sopra di lui sferragliavano i ventilatori dell'impianto d'aerazione, un ritmo continuo e incalzante. Un rullo di tamburo sulla galera. Il vapore ricopriva l'interno del coperchio di plastica.

Tentò di concentrarsi, di comprendere le implicazioni, di trasformare l'imprevisto in opportunità. Poi capì il da farsi.

Prese la rubrica, aprì il punto indicato dal segnalibro e digitò il numero di cellulare annotato. Bevve un sorso d'acqua e aspettò che rispondessero. Già durante lo scambio di saluti, s'infilò la cornetta tra testa e spalla, tolse di nuovo il coperchio di plastica e iniziò a dividere la braciola in pezzi da un centimetro quadro.

Alla fine della telefonata erano esattamente venticinque.

NAGEL (II)

Un mese dopo – 3 settembre

Martin Sperber si versò nel caffè un po' di panna da un bricchetto d'acciaio, più tre cucchiai di zucchero.
"Vuole?"
"No, grazie," rispose Nagel. "Devo stare attento."
Sperber lo scrutò. Nagel era abituato agli sguardi sprezzanti da parte di perfetti sconosciuti, ma Sperber aggiunse subito: "Lei non sembra affatto un commissario."
"Grazie mille," rispose.
"Lo prende per un complimento?" Sperber sogghignò.
"E anche bello grosso. In ogni caso... il ragazzo..."
"Sembrava quattrinoso."
"Quattrinoso?"
Sperber gli raccontò degli abiti costosi, dell'atteggiamento lezioso, della strana impressione generale e Nagel lo ascoltò senza interromperlo. Erano gli unici clienti al bar sul lago, un posticino accogliente, caldo, ma soprattutto lontano da Pommerer e dai fotografi della stampa. Non aveva alcuna fretta di uscire.

"Dove e quando l'ha visto esattamente l'ultima volta? Non intendo la barca, ma lui di persona," s'informò il commissario quando ebbe finito.

"Di persona? Da lì, dalla sponda. E ho anche pensato che se la cavava bene con i remi, ma cinque minuti dopo la barca era vuota."

"E lei non ha visto...?"

Sperber scrollò le spalle. "Niente. Da un momento all'altro. Vuota." Scosse il capo.

"Dove si trovava pressappoco la barca?"

"Me lo ha già chiesto la sua collega. Là in fondo."

Indicò il lago, ma non fu di grande aiuto. "Più o meno al centro. Vede quella costruzione lì a destra, quella con la torretta?"

Nagel aguzzò la vista ma non la trovò.

"Siamo stati noi a portare dentro la barca, io e mio figlio. Ma non c'era niente all'interno, solo lo zaino e le scarpe."

"Mi pare che la Scientifica abbia trovato anche una bottiglia d'acqua," si ricordò Nagel.

"Sì, anche."

"Mmm." Nagel iniziò a mescolare il caffè, finché non gli venne in mente che lo beveva senza zucchero.

"Se vuole il mio parere... suicidio," affermò Sperber.

Il commissario sollevò lo sguardo. "Come mai ne è così sicuro?"

"Per uno strano discorso quando ha noleggiato la barca. Ha detto qualcosa sul tempo, che si addiceva alla sua... come l'aveva chiamata? Disposizione dell'anima o qualcosa del genere."

"E com'era il tempo?"

"Insomma, grigio, freddino... uggioso. Non un tempo da gita in barca."

"Un modo insolito per suicidarsi, non trova?" Nagel bevve un sorso di caffè. "E come potrebbe essere andata, secondo lei?"

"Sembrava un po' nostalgico, un po' con la testa tra le nuvole. Che ne so, magari aveva già buttato giù qualcosa. Aveva un'aria trasognata."

"Pensa che quando era ancora a terra abbia preso dei sonniferi, abbia noleggiato una barca e poi semplicemente aspettato?"

"Sonniferi, sì, o che so io. Magari si era messo in un modo che, addormentandosi, sarebbe caduto dalla barca. O si è tuffato e ha aspettato." Sperber si grattò la testa perplesso. "Comunque, ieri sera abbiamo setacciato tutta la sponda, ma niente. Non ha raggiunto la riva a nuoto, signor Nagel, mi creda." Sembrò rifletterci un istante. "Si è anche informato sulla profondità del lago."

"La profondità?"

Sperber annuì per conferma. "Strano, no?"

Il commissario osservò la schiuma sul caffè, aveva la forma dell'isola di Sylt. "Chi pensa fosse quell'uomo?"

"Un turista. Mi è sembrata una faccia nota, ma in ogni caso un turista."

"Gli hotel però non hanno denunciato nessun cliente scomparso, lo abbiamo già verificato."

Sperber si strinse nelle spalle. "Lei va mai in vacanza?"

"Certo che vado in vacanza."

"Negli hotel?"

"Negli hotel, sì."
"E ogni volta il giorno del check-out se ne torna subito a casa?"
"No," bofonchiò Nagel, a cui era chiaro dove volesse andare a parare il noleggiatore di barche.
Sperber alzò le mani. "Vede?"

Fuori gli venne incontro Nadja. Si era tolta il blazer grigio, faceva sorprendentemente caldo. Sotto indossava una camicia azzurra un po' scollata. "Andreas!"
"Nadja, ho un nuovo incarico per te. Voglio un elenco degli ospiti degli hotel della zona che ieri hanno fatto il check-out."
La collega si prese la testa tra le mani. "Perché non ci ho pensato prima?"
"Tranquilla." Il commissario le diede colpetti affettuosi sulla spalla. "Non è stata neppure una mia idea, è tutto merito del tuo testimone."
"Sperber? Pensavo di averlo spremuto ben bene."
Nagel si concesse un sorriso paterno, la collega era ancora una novellina su certe cose. "Se non gli si mette fretta, ai testimoni vengono le idee più brillanti." Poi alzò l'indice. "'Sii un lago tranquillo e il pescatore ti affiderà la sua barca. Sii un mare mosso e non ti spetterà altro che le creature degli abissi'," declamò.
"Direttamente da Gautama Buddha?" annuì Nadja rassegnata.
"No. Però sembra, vero?" sogghignò lui.

Frank colpì più volte il cruscotto con il palmo della mano. "Fanculo! Cazzo, cazzo, *cazzo*!"
Avevano appena attraversato Todtnau e ora si dirigevano verso il passo del Feldberg. Bernhard vide sfrecciare un cartello con il limite di cinquanta e guardò con la coda dell'occhio il tachimetro. Andavano quasi a cento.
"Dovremmo dare un colpo di telefono?" azzardò cauto.
Avevano semplicemente buttato il corpo del vecchio nel retro del furgone, insieme al sacco con i pezzi di cadavere.

"Niente telefonate," ricordò Frank. "Questi sono gli ordini."
"Non c'è collegamento tra lui e noi."
Frank si tamburellò il labbro inferiore con indice e medio. "Lo lasciamo qui da qualche parte," disse infine.
"Dove?"
"Alla prima occasione entriamo nel bosco e lo buttiamo tra i cespugli."
"In pieno giorno? L'abbiamo appena scampata bella!"
"Nella Foresta Nera a mezzogiorno pranzano, non c'è nessuno in giro. Ora o mai più." Frank sembrava risoluto. "Questa faccenda scotta troppo, chissà se non hanno già dato per disperso quel maledetto vecchietto! Ha blaterato di una moglie a casa. E quel Hans ormai sarà alla baita ad aspettarlo."
"E se oltrepassassimo il confine?"
"Stavolta è severamente vietato. Non si passa il confine in nessun caso, neppure a piedi."
A Bernhard la cosa non piaceva affatto fin dall'inizio, ma non aveva replicato. Nel caso fosse successo qualcosa potevano contare solo su loro stessi, l'azienda avrebbe negato ogni coinvolgimento. Si sentiva come un astronauta dimenticato nello spazio, e pensare che il confine con la Svizzera era a meno di venti chilometri.
"Niente paura, stavolta cerchiamo un posto adatto." Frank si era accorto che Bernhard era tormentato.
La strada compì una larga svolta lungo il pendio. Sul ciglio videro due autopattuglie. "Frank," lo chiamò il socio.
"Eh?"
"Là davanti c'è un blocco stradale."
"Cosa?" Fece una brusca frenata.
Entrambi gli agenti parlavano con il conducente di una Golf blu.
Era troppo tardi per tornare indietro, di sicuro avevano già visto il furgone.
Frank scosse il capo, ridendo. "Magnifico. *Magnifico.* Sbattitene, è andato tutto a farsi fottere. Hai i tuoi documenti?"
"Quali?"
"Quelli tedeschi."

Bernhard annuì. "Cosa si aspettano?" gridò Frank. "Perché lo fanno?"

Si avvicinarono lentamente all'autopattuglia, la Golf era già ripartita.

"Veniamo da Düsseldorf," spiegò Frank al socio. "Vogliamo aiutare un parente a Lörrach per il trasloco. Intesi?"

"Intesi."

Poco prima del blocco di polizia Frank mise in folle, avvicinando il veicolo ai poliziotti.

"Allora?" domandò in attesa. Bernhard l'osservava con la coda dell'occhio. Si passò la lingua sulle labbra, mostrando una certa tensione. "*Allora?*"

Uno degli agenti esaminò la targa del furgone, poi guardò attraverso il parabrezza. Lanciò un'occhiata interrogativa alla collega che rispose con una scrollata di spalle.

"Ci lasciano passare," bisbigliò Bernhard. "Guarda, ci lasciano passare."

"Chiudi il becco," sibilò Frank.

La poliziotta annuì garbata e con un cenno della mano segnalò loro di proseguire. Frank premette di nuovo sull'acceleratore.

Superata la curva successiva, quando ormai nello specchietto retrovisore il posto di blocco non si vedeva più, Frank disse: "Alla prossima occasione usciamo." Bernhard notò che alcune gocce di sudore gli colavano giù dalle tempie.

Parcheggiarono in fondo a un'ampia gola raggiungibile solo tramite un viottolo agricolo. Il terreno era umido e coperto di muschio, nel camminare i piedi affondavano per diversi centimetri.

Portarono il cadavere per alcuni metri nel bosco, Bernhard con il fucile da caccia a tracolla. Non spiccicarono parola. Il corpo era sorprendentemente pesante, avanzavano a rilento, Frank ansimava forte. A ogni passo la zip del vecchio faceva un piccolo tintinnio, come una misera campana a morto. Da qualche parte si sentiva il martellare di un picchio.

Scaricarono il cadavere vicino a un tronco d'albero marcio. Frank rimosse con prudenza il nastro adesivo. Il vecchio aveva un collo dalla pelle coriacea e glabra, perciò lo scotch si fece staccare senza lasciare residui. Dalla ferita e dalla bocca stillò subito il sangue, ma in modesta quantità dato che il cuore non batteva più.

Frank s'infilò il nastro adesivo nella tasca dei pantaloni. "Mi è venuta un'idea."

"Cioè?"

"Aiutami." Prese il corpo da sotto le ascelle e lo tirò su, in modo tale che gli penzolasse davanti. Frank era un po' più alto del vecchio. "Il fucile," ordinò affannato. "Mettiglielo vicino."

Bernhard eseguì.

"Ora immaginati che lui voglia fermarsi un momento, qui sul tronco d'albero, che si tolga il fucile da tracolla per metterselo vicino e gli parta un colpo. Ci sei?" Con un rantolo lasciò cadere l'uomo a terra. "Cosa ne pensi?"

Bernhard si passò una mano sulle labbra. "Proprio alla gola," mormorò. "È vecchio, forse non più così prudente come un tempo, forse in famiglia pensano che ormai per lui sia troppo pericoloso maneggiare ancora un'arma."

Frank annuì sorridendo.

"Si sentirà lo sparo. Giù a valle c'è ancora il blocco di polizia."

"E allora? È stagione di caccia. Dammi il fucile. È carico?"

Bernhard rispose di sì con il capo. Lo aveva verificato poco prima.

"Reggi il cadavere."

Bernhard tirò su il vecchio.

Frank si ripulì i guanti, prese l'arma e posizionò la canna nell'esatto punto della ferita inferta alla gola dal coltello del socio.

Non si levò in volo alcun uccello, solo il martellare del picchio s'interruppe per qualche secondo.

La pallottola uscì sotto l'orecchio sinistro. Bernhard lasciò il corpo accasciarsi al suolo.

"Problema risolto." Frank posò per terra il calcio del fucile e lo lasciò cadere vicino al cadavere.

I due tornarono al furgone, verificando che non si vedessero tracce di gomme. Tutto a posto. Di lì a poco erano di nuovo sulla strada principale.

"Ora dobbiamo solo arrivare a Waldshut-Tiengen," disse Frank.

"Nel garage ci sono due materassi e provviste per quattro giorni. È tutto quello che ci serve."

"E se incontriamo altri posti di blocco?"

Frank scosse il capo. "Per trovare un annegato non si ricorre a blocchi stradali. No, penso che d'ora in poi filerà tutto liscio."

Nagel era da solo nella vettura di servizio e guardava il comandante della polizia all'altro capo del parcheggio fargli cenno con la mano di muoversi. Pommerer apriva la bocca in maniera eccessiva e sembrava urlargli: "Venga!" Il commissario si voltò dall'altra parte.

In quel momento Nadja stava facendo il giro degli hotel della zona per procurarsi un elenco delle persone che il giorno prima avevano fatto il check-out. Lui aveva preferito non aiutarla, non era tagliato per quel genere di cose.

"Nagel! Nagel!" Pommerer correva verso la macchina. "Andreas!"

Il commissario aprì il finestrino del lato passeggero.

"Ma cosa fai?"

Indicò il taccuino chiuso che aveva di fronte. "Riesamino le deposizioni dei testimoni."

"Ah sì? Bene. La giornalista... quella, ehm, del *Badische Zeitung*..."

"Wischnewski," si ricordò Nagel.

"Wischnewski, esatto! Non ci vuoi scambiare quattro chiacchiere?"

"Non saprei cosa dirle."

"Andreas, devi capire che l'opinione pubblica nutre un interesse *enorme*, anzi *stratosferico* per questo caso. Si è già sparsa la voce, siamo sotto gli occhi di tutti."

"Quale voce?"

"Che probabilmente alla base di tutto ci sia un crimine efferato. Che si tratti di uno scambio d'identità... a sfondo mafioso. Capisci?"

"Voci, insomma."

"Voci, certo. Ma una tua dichiarazione alla stampa sarebbe un inizio, almeno per fugare quelle chiacchiere. Abbiamo niente?"

"Poco, Nikolas, non sono bravo in questo genere di cose, lo sai. Non sono adatto a parlare con la stampa."

Pommerer corrugò la fronte, sembrava quasi affranto. "Lo capisco, Andreas." Dondolò la testa. "Lo capisco, ma alla gente dobbiamo pur mostrargli qualcosa."

"Sommozzatori ed elicotteri non sono sufficienti?"

"La gente non fa più caso agli elicotteri, ormai se ne vedono ogni giorno. Pensavo piuttosto a un aumento dei posti di blocco... disposti ad anello, capisci? Controlli ovunque."

"Altri posti di blocco? E perché? A cosa servirebbe?"

"Mostrerebbe che ci impegniamo con tutte le nostre forze. Soprattutto, beh, ai turisti."

Conosceva i suoi polli e si trattenne dall'esprimere il suo sdegno. "E come pretendi di trovare un annegato con dei posti di blocco?"

"Se fosse ancora vivo? Se se ne andasse in giro, magari a piedi? Forse è malato di testa. Non sai i matti che girano per il mondo!"

Nagel lo sapeva benissimo, ma non replicò.

"O se si trattasse della solita truffa ai danni di una compagnia assicurativa? Oppure qualcosa di completamente diverso, magari sono venuti a prenderlo con un'auto. Gli uomini che abbiamo qui sono più che sufficienti, e poi mi sentirei meglio se potessimo controllare l'andirivieni delle persone nella regione. Almeno fino a stasera."

Attivismo alla cieca, insomma. Probabilmente l'ente per il turismo stava con il fiato sul collo del sindaco. Nagel alzò gli occhi al cielo, esasperato. "Non aiuterà certo le indagini."

Pommerer si chinò di più e infilò la testa nel finestrino. "Il problema non è aiutare le indagini, Andreas," sibilò spazientito. "Ma non ostacolarle!"

Il commissario gli rivolse uno sguardo sprezzante. "Ostacolarle no, mai."

Il sorriso smagliante tornò sulla bocca del comandante di polizia. "Bene, allora siamo intesi. Darò subito le dovute disposizioni e informerò la stampa. Uno, due posti di blocco in più, magari tre, ma sì, diciamo pure dieci a Höllental, lungo la strada per Todtnau e St. Blasien. Chissà, magari becchiamo lo scomparso su qualche furgone dell'Europa dell'Est o..."

Ormai Nagel non lo ascoltava più, si sentiva incredibilmente stanco. Forse era uno degli effetti collaterali del Diabecos.

Si concesse il lusso di chiudere un attimo gli occhi.

MARIE (III)
Un mese prima – 6 agosto

Anche quel mattino si toccò di nuovo il fondo.
 Quando lasciò l'edificio, Marie dovette pararsi gli occhi con la mano, il sole l'accecava quasi fino a farle male. Non aveva idea di quale quartiere fosse quello in cui si trovava. L'ambulanza l'aveva portata direttamente al pronto soccorso e lei si era stesa su un letto il cui lenzuolo era rimasto freddissimo anche dopo un'ora. Le avevano somministrato qualcosa per i postumi della sbornia, poi era venuto un medico.
 Aveva chiarito l'equivoco.
 Marie tentò di orientarsi. La clinica era una moderna costruzione degli anni Novanta, con figure geometriche nascoste ovunque, cerchi, triangoli, trapezi. Gli edifici sulla strada erano alti e ammassati, non riusciva a vedere né campanili né la torre della televisione. Avvertiva ancora un lieve mal di testa. Decise di cercare la fermata più vicina della metro o del tram.
 "Marie!"
 Si girò.
 "Marie! Sono qui!"
 Dal parcheggio le correva incontro un uomo rasato a zero, slanciato, in jeans, camicia di flanella e occhiali di tartaruga sul naso. Marie non credeva ai suoi occhi: il suo caporedattore.
 "Thomas! Come hai fatto a sapere...? Sei venuto apposta da Berlino?"
 "È da ieri sera che non riesco a contattarti," replicò lui. "Stamani ho chiamato il tuo fidanzato, come si chiama? Martin? Jonas? Una volta ci hai dato il suo numero, in caso non fossi stata raggiungibile né a casa né al cellulare. Jonas, ecco. Ho preso subito l'intecity veloce. Non posso permettere che la mia recluta migliore vada psicologicamente a picco. Ho dei progetti per te, Marie."
 "Hai parlato con Jonas? Ma..."
 "Non ti trovo per niente male. Allora cos'è successo? Qualcosa

che riguarda l'università? Sul serio hai tentato il suicidio?" Rise, inarcando il corpo atletico.

"No, no, certo che no. È stato tutto un grosso..."

"Lo immaginavo." C'era qualcosa di diverso in lui, non si comportava come al solito. Aveva sempre considerato fasulli la sua allegria incontenibile e il suo ottimismo quasi ridicolo, ma tutto ciò era dovuto al suo lavoro. Doveva infondere fiducia, doveva rispettare, soddisfare il sacro mantra del ventunesimo secolo: sii creativo, adotta un approccio positivo verso la vita, il successo dipende solo da te, realizza te stesso. No, c'era dell'altro. Non le credeva?

"Thomas..."

"Con Jonas è finita, eh? Possiamo sederci da qualche parte?" Girò più volte su se stesso. "Conosci qualche locale nei paraggi? O hai fame? Potremmo andare a pranzo. C'è qualche posticino qui per mangiare?"

"Nemmeno io sono pratica del posto."

"La metro è vicina. Luftbrücke mi sembra si chiami la fermata. Là mi sento subito a casa, da vecchio berlinese quale sono. Ah ah!"

"Hoheluftbrücke," lo corresse Marie accorgendosi che i postumi della sbornia erano spariti come per incanto. "Un caffè andrà benissimo."

Erano seduti a un bar della celebre via Jungfernstieg, Thomas voleva a tutti i costi vedere il Binnenalster, il lago artificiale di Amburgo. Conversarono per un po' sul suo fiasco al seminario, sul regolamento degli esami dell'università di Amburgo, sui continui litigi di Thomas con la Libera Università di Berlino durante gli anni di studio. Di Jonas e di cosa gli avesse detto al telefono, il caporedattore non fece parola.

Marie prese un sorso di caffè, che le fece bene.

Thomas si pulì lo sbaffo di latte macchiato sulla bocca. "Marie, voglio essere sincero... certo, sono preoccupato per la tua salute, anche se penso che tutta questa scenata sia eccessiva, ma..."

"La storia su Berger."

Thomas sorrise. "Ieri ho cercato disperatamente di contattarti."

"Sedici volte."

"Così tante? Mi dispiace. Ma sai, noi ti vedremmo benissimo per quell'incarico."

"Perché io? Perché proprio io?"

"Chi altro?" Thomas la guardò dritto in faccia. "Trovami *uno* in redazione che potrebbe fare al caso nostro. Sono anni che scrivi articoli sui blogger, nessuno ne sa più di te."

"Thomas, tutti i vostri stagisti in un modo o nell'altro scrivono sul mondo dei blogger. Tengono un blog su quel mondo e si ripostano a vicenda, e poi twittano i loro post sul blog sui blogger, che ribloggano."

Il caporedattore si sporse un po' sul tavolo. "Marie, potrei stare ore a elencarti motivi inventati, per i quali vogliamo te. Oppure posso dirti la verità."

"Pillola rossa, per favore."

"I finanziatori pretendono te, chiedono una cosa in grande stile. Hai sentito le voci che girano sul fatto che Berger abbia in serbo una rivelazione spettacolare? Probabilmente dove sta ora s'incontra con un informatore, magari con più d'uno. Nessuno ne conosce le fonti, ma qualcosa di sicuro bolle in pentola. Abbiamo indizi da più parti..."

Marie non era al corrente di quelle voci. "Sono settimane che non scrive più sul blog."

"Appunto!" Thomas annuì con aria misteriosa. Poi, quasi sussurrando: "Immagina che otteniamo una qualche informazione, *qualcosa*, e la pubblichiamo per primi. Non importa cosa! Anche solo un accenno al fatto che Berger stia tramando qualcosa. Che dal luogo in cui si è rifugiato sia in contatto con la sua fonte anonima. Questo sì che darebbe un enorme slancio al *Berlin Post*." Si rilassò contro lo schienale della sedia e con gesto teatrale alzò il sipario sul passato del giornale. "Nel 2006, quando è nato, eravamo convinti che nell'arco di cinque anni avremmo rivoluzionato il panorama dei mass media. La nostra road map era ottimista ma..." aggiunse alzando l'indice, "fattibile."

"Lo so," confermò Marie. Quando si trattava del *Post*, Thomas diventava subito nostalgico.

"L'idea di mettere in piedi un giornale vero, serio, che esistesse solo on-line rinunciando del tutto alla carta, all'epoca forse non era originalissima ma pur sempre folle. È stato un periodo infernale, abbiamo mancato il bersaglio, lo ammetto. Forse abbiamo sottovalutato quanto già fossero presenti le testate giornalistiche consolidate sull'on-line. I finanziatori stanno perdendo la pazienza, abbiamo bisogno di un grande scoop giornalistico, qualcosa senza precedenti, per consolidare una volta per tutte il *Berlin Post* nel panorama dei media."

"Ma perché volete proprio me?"

"Perché se uscisse qualcosa di grosso avresti il physique du rôle e la levatura morale per i talk show, per rappresentare il *Post* come si deve. Nell'arco di poche ore la tua presenza nel programma televisivo di Jauch farebbe decuplicare sul web il numero dei nostri visitatori. Con te si identificano entrambi i sessi, le donne vorrebbero essere come te e gli uomini, scusa se te le dico, smanierebbero di finire a letto con te. Sei eloquente, sveglia, attraente, sei..."

Marie chinò la testa, imbarazzata. "Un tantino instabile dal punto di vista psicologico," concluse l'elenco.

Thomas rise. "Sì, questo non lo avevano previsto, ma tutta la faccenda è esagerata e passeggera. Fra un po' di tempo non interesserà più a nessuno, credimi, l'unica cosa importante è che tu prenda una decisione. Devi scegliere una sola strada: lo studio, l'amore o il lavoro."

"Due cose si sono già sistemate da sole," commentò Marie con una risata amara.

"Inoltre parli alla perfezione, senza accenti, un tedesco standard e l'inglese. Pensa a Sabrina in tv, per esempio. Ci copriremmo di ridicolo con quella sua cadenza sassone." Ridacchiò sotto i baffi.

L'accento di Sabrina non era affatto male, avevano lavorato insieme un paio di volte e Marie la considerava simpatica.

Thomas prese un sorso dalla sua tazza. "Ci hanno riflettuto a lungo, dammi retta. Sei stata una delle dieci candidate..."

"C'è stato un casting?"

"Alla fine hanno scelto te. Credimi, erano belli stizziti del tuo rispondermi picche da settimane. Confidano molto in te." Riposò la tazza sul tavolo, facendola tintinnare. "Tutto ciò che vogliono è un volto."

L'intera faccenda, per certi aspetti difficile da concepire, sembrava tanto poco seria quanto poco professionale. E poi chi erano questi finanziatori dei quali parlava Thomas? Fino ad allora aveva dato per scontato che il *Berlin Post* si finanziasse tramite la pubblicità e le donazioni.

"Considerala come una seria opportunità di lavoro, che ti importa perché abbiano scelto proprio te? Sfruttala, visti i recenti trascorsi non ti si prospetteranno molte altre possibilità di carriera."

Quel colpo andò a segno.

"Dopodiché avresti di sicuro un posto fisso." Le strizzò l'occhio. "Persino con la tua *mediocre* laurea triennale."

Era ironico e Marie non si offese. "Anche se non ne venisse fuori niente?" domandò.

"Anche se René Berger se ne restasse in panciolle in un hotel e non progettasse un fico secco. È tutto concordato con i capi. Avrai un blog personale, un blog di primo piano, con la tua faccia sulla pagina principale. E il primo post sarà su quel che scopri su René Berger. Lo deciderai tu, in piena libertà."

"Piena libertà," ripeté Marie quasi fra sé e sé. Si appoggiò allo schienale della sedia. Il cielo era terso, come il giorno prima, la superficie azzurra del Binnenalster si stendeva ai loro piedi. Sullo sfondo un alto getto d'acqua, nebulizzata in cima dal vento, creava un ritaglio d'arcobaleno. Salpò un battello, con i rumori della città in sottofondo.

"Mille euro la settimana, più spese. Hotel e viaggio di andata li paghiamo noi."

Marie posò la tazza dell'espresso e si schiarì la gola. "E dove dovrebbe soggiornare Berger? Hai detto sullo Harz?"

"No, no, quasi. Sul lago Titisee, nel Baden-Württemberg. Nella Foresta Nera."

"Baden-Württemberg. *Foresta Nera?*"

"Lo so, lo so, ma pare sia molto bello d'estate. Un hotel a quattro stelle."

I tetti degli edifici circostanti brillavano alla luce del sole. Marie fu travolta dal desiderio di impadronirsi di tutta la città di Amburgo e di governarla come un monarca assoluto. L'idea aveva un che di eccitante. Finalmente era arrivato il momento di prendersi ciò

che voleva, di non starsene lì ad aspettare la manna dal cielo né di scansarla quando cadeva!
"Quattro stelle?"
Thomas annuì.
"Ci sto."

Michael ci aveva riflettuto due notti ed era giunto a una conclusione.
Scese dal tram alla stazione ferroviaria di Basilea e si comprò due cornetti al cioccolato, un panino e un cappuccino alla Coop Pronto. Come ogni mattino dal suo trasferimento nella nuova sede andò con il tram a Sankt Johann, direzione confine francese.
Negli ultimi due giorni non era uscito di casa, aveva preso le ferie. Aveva moltissime ore di straordinario, che di solito si faceva pagare, ma non stavolta. Due giorni di vacanza, Unterberger pensasse quello che voleva.
Dalla fermata di solito ci volevano cinque minuti a piedi, ma quella mattina si concesse un po' più di tempo. Bighellonò per la strada, si fermò a guardare la vetrina di un fotografo e si godette il cielo azzurro, preavviso di una giornata torrida. In quel momento però c'era ancora un gradevole frescolino.
Mise piede nell'area dell'azienda solo dopo venti minuti. Gli stabili erano integrati in una specie di parco, un'oasi verde tra le ciminiere chimiche fumanti del Dreiländereck, il punto d'incontro tra le frontiere di Svizzera, Germania e Francia. Violenti colpi metallici si avvertivano fino al porto di Basilea.
Il bar al pianterreno dell'edificio principale era ancora chiuso, solo pochi colletti bianchi si avviavano verso l'ingresso, i più a passo risoluto. Michael si sedette su una delle panchine di pietra distribuite a caso nel parco e si mise la ventiquattrore tra i piedi. Si sentiva come se avesse tutto il tempo che voleva.
Come sempre il prato era curato in maniera impeccabile. Avevano piantato alcuni alberi slanciati, di non più di tre anni. Una sorgente artificiale, che sgorgava da una roccia di cemento,

alimentava un laghetto. Pietre naturali erano sparse sul prato nella maniera più fortuita possibile. L'atmosfera era invitante, davanti al bar svettavano due grossi ombrelloni bianchi, sull'erba i vialetti di ghiaia, che nessuno usava mai, avevano ai lati eleganti lampioncini di design. A destra di Michael una piccola formazione di pietra ricordava un teatro antico, invito simbolico allo scambio di idee e alla compartecipazione. Ovviamente non era mai stato utilizzato.

Tutto era finto, artefatto, mirato a suggerire a investitori e potenziali collaboratori un'accogliente atmosfera da campus universitario votato esclusivamente alla ricerca e alla salute degli uomini. Un'ipocrisia disgustosa. Il mostruoso edificio principale, che si impennava per poi ripiegarsi su se stesso, con la sua alta facciata di vetro voleva ispirare un senso di trasparenza. In realtà sembrava una serra sfondata ma, come tutti gli edifici intorno alla piazza centrale, era stato progettato da un celebre architetto.

Michael tolse il coperchio al cappuccino e addentò il cornetto. Mentre masticava fece scorrere lo sguardo su per quella stravagante facciata a vetri. Non corrispondeva al suo senso estetico, non era architettura nel modo in cui la intendeva lui, come massima espressione dell'uomo dopo la scultura, come tentativo di strappare allo scorrere del tempo qualcosa di duraturo, di sensato. Entro trent'anni quel mostro astratto lo si sarebbe dovuto demolire, risanamento totale, nessuna salvezza, la facciata cieca, la struttura marcia. Solo una civiltà prossima al tramonto costruiva edifici di vetro.

D'altra parte di lì a trent'anni, anzi a *tre* anni, con ogni probabilità non ci sarebbe stata neppure più la compagnia. Michael sorrise.

Ingoiò l'ultimo boccone del cornetto, svuotò il cappuccino e posò accanto a sé il bicchiere di plastica. Poi prese in grembo la ventiquattrore, si sincerò che non ci fosse nessuno nelle immediate vicinanze e l'aprì.

Vicino alla confezione di Diclofenac c'era la busta marrone dei documenti.

Il *Berlin Post* era stato fondato nel 2006 da due diplomandi della Scuola di giornalismo Henri Nannen, un dottore in Scienze della comunicazione, un informatico specializzato in mass media e un redattore, licenziato alcune settimane prima dal *taz*. Thomas da anni riusciva a mantenere il segreto sul motivo del suo allontanamento, solo due dei cofondatori ne erano al corrente. Marie immaginava che il suo desiderio assoluto, quasi maniacale di successo economico doveva essersi scontrato prima o poi con la visione del mondo del quotidiano.

L'idea di fondo era stata quella di portare in Germania il progetto dello *Huffington Post*: un gruppetto di redattori in pianta stabile che si occupasse in sostanza del notiziario, per il resto free-lance ai quali offrire una piattaforma allettante. Fin dalla nascita la redazione si trovava all'ultimo piano di una ex fabbrica di lampadine nel quartiere berlinese di Wedding, un edificio tetro degli anni Venti che occupava un intero isolato e le cui facciate con finestroni in acciaio erano chiuse a ogni angolo da una torre massiccia. Queste torri, per qualche strano motivo sormontate da merli, avevano solo poche aperture simili a feritoie, a lato delle quali sembrava incollata una scala ancora più piccola. Dalle enormi finestre del piano ristrutturato, però, si godeva una vista formidabile su Berlino.

Dato che il nome *Wedding Post* si addiceva di più a un gazzettino glamour sui matrimoni dei vip, decisero di chiamarlo come l'intera città, *Berlin Post*, con un chiaro rimando al *Washington Post*, al giornalismo d'inchiesta, a Bob Woodward e Carl Bernstein, alle storie importanti. Sulla homepage all'avanguardia, dal punto di vista grafico assolutamente al passo con i tempi, non c'era traccia del fatto che nei primi anni di vita il giornale, per ore, non riuscisse a pubblicare gli articoli a causa di un impianto elettrico degli anni Venti totalmente inaffidabile.

Marie era seduta nella più piccola delle due sale conferenze. Sulla parete era già proiettato il titolo della presentazione: "Quo vadis, René Berger?" Entrando Marie aveva alzato gli occhi al cielo, disperata.

Non c'era ancora nessuno nella stanza oltre a lei. Era lì dalle sette e mezza, per paura di arrivare tardi aveva preso un treno troppo in anticipo. Ora erano le otto e mezzo e mancava ancora mezz'ora alla conferenza.

Erano passati tre giorni dalla sua chiacchierata con Thomas sull'Alster. Nel frattempo aveva trasportato in cantina tutti i documenti universitari, aveva scritto di malavoglia una mail all'ufficio esami, ancora priva di risposta, si era comprata delle tende nuove e aveva riverniciato la cucina, tutto da sola. In vista di un impiego fisso e di una vacanza che sarebbe stata pagata mille euro a settimana, si era comprata abiti nuovi e aveva ordinato una costosa macchina per il caffè. Solo che non aveva ancora risolto il problema della luce all'ingresso.

In quei tre giorni aveva ignorato i messaggi via Skype dei compagni di studi, era rimasta in contatto con Thomas solo via mail e Jonas... Jonas nel giro di trentasei ore le aveva telefonato quasi cento volte e le aveva lasciato una dozzina di messaggi, finché lei non aveva messo il suo numero tra quelli indesiderati. Si era rinchiusa come una crisalide. Ora era seduta là, come una vera farfalla, con il vestito azzurro e nero nuovo di zecca acquistato perché le dava al contempo un aspetto serio ma lezioso. Contrariamente alla sua abitudine, si era messa solo un velo di trucco. La coda di cavallo le scendeva sulla spalla destra, aveva usato persino della lacca per capelli per addomesticare la riga ribelle. Quella mattina si era guardata allo specchio, trovandosi assolutamente adatta al pubblico.

Qualcuno passò in corridoio, la porta era aperta, a Marie sembrò di riconoscerlo, ma non ne fu sicura.

Poco dopo entrò nella stanza con un caffè. Alto, capelli neri e ricci... dove lo aveva già visto?

"Ah!" esclamò il ragazzo. "Marie." Chiuse la porta, nonostante ci fosse un caldo opprimente nella stanza.

Il tipo della redazione tecnica, ora si ricordava. "Ehi," lo disse in maniera strascicata. "Simon, dico bene?"

Lui sorrise di sfuggita e annuì. "Allora ci sei dentro anche tu?"

"Dentro? Perché? Cosa intendi per 'anche tu'?" Non era sicura di come dovesse interpretarlo.

Simon sogghignando si sedette sulla sedia di fronte, senza rispondere. Lanciò uno sguardo alla proiezione sulla parete. "Quo vadis? Thomas ha ritirato fuori il suo latino alla Asterix?"

Marie si mise a ridere, ma proprio in quel momento la porta si spalancò e, quasi librandosi in volo, Thomas Sessenheim entrò. "Ecco i miei due piccioncini!" Puntò dritto alla pedana mobile degli oratori, montata davanti allo schermo, e indossò il microfono. "Prova, prova, uno, due, tre. Bene, mi sento." Guardò la diapositiva proiettata sullo schermo. "Che ne dite del titolo? Super, no?"

Venti minuti dopo, la sala era al completo. A sinistra di Marie era seduta Sabrina. Nell'entrare aveva salutato con un lieve accento sassone, che Thomas aveva sottolineato con un'occhiata complice a Marie. Alla sua destra c'era Annette, addetta al fashion blog. Vicino a Simon si erano piazzati Boris, che si vedeva di rado in redazione, quasi sempre impegnato a intervistare gente per strada, e Viola, che sprizzava ambizione da tutti i pori. Quel giorno portava un blazer grigio, capelli particolarmente tirati dietro alla nuca e sottili occhiali di tartaruga, che Marie si chiedeva se fossero nuovi.

"René Berger," cominciò Thomas premendo la barra spaziatrice del portatile. Comparve una foto del blogger e accanto una schematica panoramica dei suoi ultimi cinque anni di vita. L'immagine era un'istantanea, indossava un pullover a collo alto e, accortosi che lo stavano fotografando, si stava per voltare di malumore. La panoramica iniziava con un punto interrogativo.

"Non sappiamo esattamente da dove provenga, né cosa facesse prima. A gennaio nessuno ancora lo conosceva. In base alle informazioni ricevute, ha studiato all'estero e ha lavorato alcuni anni per un'azienda chimica a Shanghai. Ma niente di tutto ciò è stato confermato, nelle interviste ha sempre eluso in maniera eloquente le domande sui suoi trascorsi. Dall'inizio del 2010 gestisce un blog in lingua inglese dal nome ironico di *Berger lo sa*. Sì, signor Berger, sappiamo che la sai lunga!"

Qualcuno rise alle spalle di Marie.

"Per anni il blog di Berger non ha suscitato interesse. Ha scritto interventi di argomento tecnico, smartphone, open source, piccoli tutorial. Roba che si trova in migliaia di altri blog. Spulciando negli archivi, però, risulta evidente che il suo interesse si sia rivolto sempre di più ai temi sociali. Ad agosto del 2010 inizia a tenere un blog impegnato sullo sfruttamento degli operai nelle ditte asiatiche fornitrici dei grandi produttori di elettronica. Posta lo scambio di lettere con gli uffici stampa, dove formula domande scomode e il più delle volte riceve lavate di capo tramite lettere precompilate. A quanto ci risulta, il numero dei visitatori all'epoca sfiorava appena i cinquecento a settimana."

Thomas premette un'altra volta la barra spaziatrice e comparve la diapositiva successiva con una delle lettere scansionate.

"Nel 2011 trova finalmente il suo grande tema. Il panico da influenza suina è appena scemato, ce ne ricordiamo. Berger posta più volte al giorno ed espone, in numerosi ed esaurienti articoli, la sua convinzione che, attraverso attività lobbistiche e pressioni finanziarie, l'industria farmaceutica abbia contribuito all'aumento della richiesta di vaccini al punto da guadagnare miliardi grazie ad accordi governativi in tutto il mondo. In fin dei conti però nelle sue invettive riporta soltanto ciò che era già emerso nella maggior parte dei mezzi di comunicazione." Thomas rise. "Voglio dire, ne hanno parlato anche in tv."

Bevve un sorso d'acqua. "All'epoca dunque Berger non racconta niente di nuovo, però è eloquente, scrive bene e il sostenere di aver smascherato un complotto farmaceutico mondiale gli porta nuovi lettori."

"Quasi quattromila al giorno," intervenne Viola, che doveva essersi preparata. Non perdeva di vista Thomas.

Il caporedattore annuì. "E così via. A volte non scrive assolutamente niente per mesi, altre posta interventi più volte al giorno, su test farmacologici illegali in Africa, su medicinali che creano dipendenza. Il numero dei suoi visitatori resta costante. Fa pubblicità. Si può supporre che con il blog guadagni dai cinquecento ai mille euro al mese. Secondo alcune fonti, in questo periodo vive a Colonia. Poi, questa primavera, il successo con la storia dell'Eupharin che ben conosciamo. L'estate scorsa l'antidepressivo è finito in prima pagina, anche noi ci abbiamo scritto un articolo. In cento casi, le persone che lo hanno assunto hanno avuto un ictus a causa della formazione di coaguli. Le stime parlano di almeno cento decessi solo in Europa e il numero di persone con danni cognitivi a lungo termine è ancora più alto." Mostrò l'immagine di una confezione di Eupharin con accanto una statistica delle parti lese. Poi la fotografia di una manifestazione contro la mediPlan, sullo sfondo il Rheinfront, il complesso urbanistico progettato dal colosso farmaceutico di Basilea. "Era l'estate del 2012. La mediPlan ha ritirato il farmaco dal mercato e accettato i danni all'immagine. Casi del genere si verificano almeno ogni due anni, l'opinione pubblica se n'è interessata solo in maniera marginale. La questione sembrava finita là. Fino all'aprile di quest'anno."

Thomas continuò a cliccare e sulla parete apparvero le scansioni di alcuni documenti. "Fino a oggi Berger ha sempre tenuto segreta la sua gola profonda. Nessuno sa come abbia ottenuto quei documenti. Gira voce che sia stato un addetto ai lavori a procurargli le informazioni, magari un dipendente. Sulla loro autenticità non ci sono dubbi." Procedette con le scansioni. "Provano in modo inequivocabile che la mediPlan fosse al corrente dei possibili effetti collaterali già nel 2011. Test clinici a lungo termine avevano confermato il rischio di formazione di trombi, ma all'interno dell'azienda avevano sminuito il pericolo. Il motivo?"

"Mero profitto," intervenne Simon. Marie si voltò, il ragazzo parlava senza alzare lo sguardo dal tavolo. "Dal punto di vista finanziario, il rischio di eventuali decessi era giudicato troppo basso per legittimare la perdita di quel giro d'affari e, soprattutto, d'immagine con un immediato blocco delle vendite." Quelli non erano certo temi da rubrica tecnica.

Thomas annuì. "Il mercato degli psicofarmaci è gigantesco. Sindrome da burn-out e depressione ormai vanno di moda, sono anni che cresce il numero delle diagnosi, lo sappiamo tutti, e con esso anche il fatturato delle case farmaceutiche. Una miniera d'oro. Anche per la mediPlan. Eupharin è stato l'unico antidepressivo prodotto da loro. Il ritiro immediato dal commercio avrebbe comportato una perdita pesante, importi milionari a tre cifre." Batté un istante la punta delle dita sul portatile. "Non ci dimentichiamo che abbiamo a che fare con un'industria la cui base commerciale consiste nel misurare la salute in termini di denaro."

L'interno dell'edificio principale era una via di mezzo tra un formicaio e una casetta di legno prefabbricata. Corpi che si fondevano tra loro, forme che si compensavano a vicenda, predominanza di bianco e legno di betulla. Un dedalo di corridoi passava davanti alle porte di vetro opalino degli uffici, per trasformarsi all'improvviso in passerelle in filigrana che immettevano in un padiglione inondato di luce. Era uno spazio alto quasi sessanta metri al centro dell'edificio, che il consiglio chiamava "la cattedrale" e che in estate era un forno crematorio già di mattina. Al terzo piano sembrava librarsi in volo un cassone bianco contenente l'auditorium. Alla facciata di vetro, visibile ovunque, era fissato il logo della compagnia alto quasi un piano. La sera, quando il sole tramontava sul centro storico, proiettava un'ombra mostruosa sugli uffici-tane che si assiepavano attorno alla cattedrale.

Michael prese l'ascensore panoramico e salì al quinto piano. Pochi anni prima la sua scrivania si trovava in un edificio degli anni Settanta, solido, compatto, un rettangolo di dieci piani, un palazzo come tanti ma almeno serio. Un open space. Dal 2009 lo avevano sistemato là e ora aveva tre pareti, una grande porta scorrevole con listelli e, alle sue dirette dipendenze, uno stanzone con una dozzina scarsa di scrivanie.

Oltre a Jana, un'austriaca gracilina, non c'era anima viva.

"Buongiorno, signor Balsiger."

"Giorno," la salutò Michael. Lui stesso si stupì del proprio tono allegro.

"Giornata meravigliosa, vero? È stato bello a Strasburgo con sua moglie?"

La gita era stata la bugia, non sapeva neppure lui perché l'avesse raccontata. "Stupendo, sì."

Gli rivolse un sorrisone impeccabile.

Michael sentì l'esigenza di dirle: *mia moglie se n'è andata tre giorni fa e vuole il divorzio.* Solo così, in passant, per vedere la reazione della donna. E per dimostrare a se stesso che ormai la cosa non lo toccava più minimamente.

Invece disse: "I fascicoli della Rheinchemie..."

"Glieli mando via mail tra mezz'ora."

Le rivolse un cenno di assenso, Jana era una brava dipendente, forse un po' timida, un po' troppo zelante, ma impeccabile nel lavoro. Dal suo curriculum sapeva che si era rimessa in piedi da sola, l'avevano espulsa dall'ottava classe del liceo, dopo la maturità aveva interrotto un tirocinio come impiegata di banca, poi aveva studiato da tecnico di laboratorio chimico. Dopodiché aveva recuperato gli anni perduti prendendosi il diploma presso un istituto superiore professionale e aveva studiato chimica economica, con laurea breve con lode. Michael rispettava quei risultati, non solo perché il percorso gli ricordava il suo. Era una ventata d'aria fresca avere una collaboratrice che non si fosse ispirata ai tipi ideali da *Manager Magazin*.

Aprì la porta scorrevole del suo ufficio, posò la ventiquattrore sul secrétaire futuristico in legno di betulla e si sedette alla scrivania. La sera non spegneva mai il computer. Inserì la password e controllò le mail.

Nessun messaggio da Peter e niente da Gisele. Dalla figlia si sarebbe aspettato almeno un sms, non avrebbe mai sperato in una telefonata.

Da qualche anno la multinazionale rinunciava completamente alla carta. La decisione era stata presentata come un contributo alla tutela dell'ambiente e dopo il completamento del nuovo edificio principale e l'inaugurazione del parco, la notizia era finita sulla prima pagina del *BaZ*, il quotidiano locale. La comunicazione interna solo digitale avveniva tramite un apposito sistema, l'e-Bureau, che nelle sedi di lingua tedesca definivano "scrivania digitale". Era una specie di posta elettronica legata al sistema di gestione, che consentiva un invio di dati semplice, standardizzato, ovviamente criptato. Con una messaggistica immediata si poteva entrare in contatto con ogni collaboratore nel mondo per mezzo di messaggi di testo o usando il telefono collegato alla rete. Si sarebbe potuto realizzare con software gratuiti già disponibili, ma il direttivo della compagnia aveva insistito sullo sviluppo di un programma riservato, con propri protocolli di trasferimento, algoritmi di cifratura, formati di file. Il reparto informatico l'aveva messo a punto e Michael era convinto non solo che a partire da uno specifico livello dirigenziale ogni superiore avesse accesso al computer di ogni dipendente, ovviamente in diretta, ma che tutte le attività fossero pure registrate. Da qualche parte, nel centro di calcolo dell'azienda, dovevano trovarsi dei server che memorizzavano su un hard disk di parecchie migliaia di terabyte ogni mail privata e ogni pagina web aperta. Era illegale, certo, ma chi mai avrebbe potuto imputarlo alla compagnia?

Effetto collaterale di quel sistema era che quasi tutti gli uffici mostravano una pulizia quasi asettica. Dieci anni prima, Michael era solito starsene seduto tra una montagna di faldoni, cercando di ricavarsi una nicchia per lavorare. Ormai sulla sua scrivania si vedevano soltanto mouse, monitor e tastiera. Ai dipendenti si lasciava ancora un taccuino, ma pochi lo usavano. Nel 2012 in una mail circolare era stato vietato di portare bevande in bottiglie di PET, perché la plastica del supermercato sembrava "poco professionale".

La posta cartacea proveniente da fuori veniva aperta in una centrale di raccolta, scansionata e inviata ai dipendenti sulla scrivania digitale.

La posta da inviare fuori doveva essere mandata all'ufficio postale sotto forma di file eBureau, con indicato l'indirizzo esterno. Il documento veniva stampato in automatico, imbustato e preparato per la spedizione.

Secondo il comunicato stampa, in quel modo la compagnia risparmiava carta nell'ordine di grandezza di quattrocento ettari di boschi l'anno.

"Giusto perché sia chiaro," riprese Simon. "Oltre a un crollo del fatturato, un immediato blocco delle vendite di Eupharin avrebbe determinato un sicuro danno d'immagine. Ritirare un farmaco dal commercio sarebbe come ammettere di non averlo testato a sufficienza. Per la mediPlan è stato molto più vantaggioso aspettare, forse avevano sopravvalutato il rischio, magari non ci sarebbero stati decessi. E quandanche... con quanto ricavato fino ad allora avrebbero potuto tranquillamente tener testa alle possibili richieste d'indennizzo. In fondo si tratta di semplice matematica finanziaria, in cui l'uomo rappresenta solo una variabile."

Marie si costrinse a non rivolgergli un'occhiata piena d'invidia. Lo aveva sottovalutato? Forse la sua prima impressione in treno era sbagliata.

Thomas rivolse un cenno del capo a Simon. "Hai perfettamente ragione. E poi... fuoco alle micce! Su tutti i canali. Innanzitutto Berger interviene con un post sul blog, puntando il dito su quei documenti che dimostrano che già da un anno la mediPlan era al corrente degli effetti collaterali mortali. Nell'arco di cinque ore la notizia si diffonde in maniera virale tra social network e notiziari digitali, e i primi giornali europei la fanno propria. Due giorni dopo tutti conoscono il volto di Berger. Nelle tre settimane successive lui si presenta in tv da Günther Jauch e rilascia interviste a *FAZ* e *Süddeutsche Zeitung*. Poi, il silenzio. Nessun altro post sul blog, nessuna apparizione in pubblico, nessuno che sappia dove sia finito. Fino a tre settimane fa."

Ora il proiettore mostrava la foto di un lago. Marie conosceva quell'immagine, era stata presa da Wikipedia.

"Una fonte ci ha informato che Berger trascorre l'estate in un albergo a cinque stelle nella Foresta Nera. Conduce una vita ritirata, solitaria, sul lago Titisee, vicino Friburgo. Là ci sono soltanto abeti e turisti."

"Che fonte è? Chi ci assicura che sia attendibile?" insinuò Viola.

"È attendibile, ci si può fare affidamento. Al cento per cento."

"E cosa combina lì?" intervenne Boris. "È in vacanza?"

"No." Lo sguardo di Thomas s'incupì. "Sappiamo per certo che sta per rivelare un nuovo scandalo e che si tiene in contatto con diverse persone. La Foresta Nera come base operativa è il luogo ideale. Una tana sicura tra Mannheim e Basilea, in cui possono rifugiarsi potenziali *whistleblower*." Batté le mani. "Sì, quo vadis, Berger? Il *Berlin Post* lo scoprirà! La cultura del blog raggiungerà un livello tutto nuovo, quello investigativo professionale. Manderemo qualcuno al Titisee per rintracciare ed entrare in contatto con Berger. Magari fargli persino un'intervista. O magari no, in ogni caso saremo i primi a trovarci sul posto quando la bomba esploderà."

Thomas lasciò vagare lo sguardo sulla sua cerchia. "Nei prossimi due giorni pretendo il meglio da tutti voi per aiutare Marie nei preparativi. Sì, sarà proprio lei ad andare al Titisee."

Viola le rivolse uno sguardo al tritolo. Evidentemente era convinta che la scelta sarebbe ricaduta su di lei. Marie provò una lieve soddisfazione.

"Da sola, ovviamente, non ce la farebbe," proseguì Thomas, "perciò Simon l'accompagnerà. Come assistente tecnico."

Allora Simon lo sapeva! Marie aprì la bocca per protestare, poi si trattenne. A cosa le serviva un assistente tecnico? Per far funzionare il portatile? Thomas non le aveva accennato niente. Osservò il collega in tralice, il ghigno aveva lasciato posto a un'espressione sbattuta. Forse aveva notato che lei non aveva gradito la notizia.

"Qualche domanda?" Thomas chiuse il portatile.

Nessuno aprì bocca.

"Ottimo. Sapete cosa fare."

La riunione era conclusa. Viola uscì di corsa dalla sala, imbronciata. Simon indugiò un istante prima di alzarsi. Forse lo sconcerto di Marie era più evidente di quanto non pensasse. Doveva a tutti i costi scusarsi con lui. In fondo, non era affatto antipatico. Maldestro, un po' strano, ma di sicuro non antipatico.

Dopo pochi minuti la sala era vuota. Solo Thomas se ne stava ancora appoggiato in un angolo e augurava in bocca al lupo a Marie con i pollici alzati.

Alle dieci non era ancora arrivata alcuna mail da Peter. Michael cliccò sulla sua cartella privata e aprì un pdf di Camillo Sitte intitolato *L'arte di costruire le città. L'urbanistica secondo i suoi fondamenti artistici*.

Stava controllando su Wikipedia se si fossero avverate le previsioni di Sitte sulle chiese votive a Vienna, vecchie ormai di centoventi anni, quando vide Rudolf in ascensore. Scattò in piedi, andò al secrétaire di betulla, aprì la ventiquattrore e tirò fuori la cartellina dei documenti. Poi corse all'ascensore e salì.

Lui e Rudolf erano colleghi già dagli anni Novanta e per alcuni anni avevano condiviso la stessa scrivania. Rudolf era un tranquillo padre di famiglia dal fisico slanciato, che ormai si avvicinava ai sessant'anni, al quale la moglie di sicuro non impediva di farsi crescere la barba. Sybille invece si era sempre opposta con veemenza.

Nella scala gerarchica era sempre stato un gradino sopra di lui. Anche quando dal 2003 lavorava alla valutazione dei fattori di rischio, e pertanto non era un suo diretto superiore. Anche se questo non aveva gravato in particolar modo sui loro rapporti, ormai andavano di rado al bar o a pranzo insieme. Michael uscì dall'ascensore e puntò dritto agli uffici.

"Rudi." Michael era sulla soglia. Il collega aveva l'ufficio proprio nella zona più bassa dell'edificio. Là il formicaio era costituito ancora principalmente da cemento armato rinforzato e rivestito di legno, non inframezzato dall'avanzare di astrazioni date da puntelli e superfici di vetro, come nel suo di ufficio.

"Michael!" Stava appendendo la giacca al guardaroba e sembrava felice di vederlo.

"Hai un attimo?"

Rudolf si sfregò le mani. "Certo, certo! Entra." Gli indicò una delle due sedie davanti alla scrivania. Michael chiuse la porta. "È troppo buio per te? Pensavo di lasciare giù le tapparelle. Oggi si scoppierà di caldo."

"Lasciale chiuse."

Rudolf annuì, non senza guardare il collega con la coda dell'occhio. Si sedette. "Come va? Negli ultimi mesi abbiamo avuto un sacco di lavoro, accidenti. Tutto va rielaborato due, se non tre volte, rivalutiamo i fattori di rischio di tutti i processi di sviluppo degli ultimi tre anni. Si deve garantire assoluta sicurezza su tutto. E solo perché quel maledetto René Berger..."

Michael lanciò la busta marrone sulla scrivania. "Rudi, da quanto lavoriamo qui?"

"Tu credo dagli anni Ottanta e anch'io presto festeggerò i miei venticinque." Poi indicò la busta. "Cosa contiene?"

"Mai sentito parlare di Sanora?"

"Sanora?" Strabuzzò gli occhi, sorpreso. "Sì, certo, una clinica privata, da quanto ne so."

"Un'associazione di quindici cliniche tedesche," precisò Michael.

"Hanno collaborato con noi un paio di volte, o sbaglio?"

"Gli abbiamo fatto condurre molti studi clinici su nuovi farmaci, per esempio sull'Alcatral e il Phenasan."

"E? Qualche problema nella procedura?" Rudolf aveva alzato un po' la voce. "Oddio, non ci sarà mica un'ennesima discrepanza su qualche farmaco? Basta scandali, non riusciremmo..."

"No, no, niente affatto," si affrettò a replicare Michael. "Procede tutto al meglio."

Rudolf sorrise, ma non era tranquillo. "Ti rendi conto di quanto ormai siamo tesi? La minima incongruenza e temo già il prossimo scandalo."

Michael si ricordava bene le lunghe discussioni intavolate con lui durante la fase calda dello scandalo Eupharin, quando tornavano a casa insieme. Soleggiate giornate estive che sembravano risalire a decenni prima, e invece era passato soltanto qualche mese.

"Si tratta degli afflussi di denaro."

"Ovvero?" Ora Rudolf sembrava di nuovo nervoso.

"Sai bene come si svolgono certe cose. Entriamo in contatto con le cliniche, loro organizzano ogni cosa, trovano i partecipanti al trial ed eseguono la serie di test. Poi noi sponsorizziamo il tutto. Prima ovviamente viene negoziato un certo importo, paghiamo la somma, e la clinica ci riconosce come sponsor negli esiti della ricerca."

"Michael, tutto questo lo so. Dove vuoi arrivare?"

"Sono anni che la Sanora esegue test con noi per cifre che spaziano dai 100 ai 500.000 franchi. Puoi considerare una media di 250.000."

"Assolutamente nei limiti."

"I pagamenti alla Sanora sono passati per il mio reparto, per la precisione sulla mia scrivania. Nel 2008, per esempio, un ammontare di 150.000 franchi per gli studi clinici sul Phenasan. Ho provveduto al versamento e trasmesso tutto all'ufficio contabilità. Come sempre."

Rudolf annuì ma la sua attenzione sembrava essersi spostata sull'orologio a parete. Con il tempo era diventato più indifferente? Un paio di anni prima era stato lo stesso Michael a distoglierlo dall'idea di licenziarsi.

"Cosa è successo con quel pagamento?"

"Quattro settimane dopo, mi sembra fosse in autunno, abbiamo avuto problemi con una ditta fornitrice del Methylformiat. Ritardi di pagamento. Perciò ho richiesto in ragioneria il resoconto delle transazioni finanziarie relative alla settimana in questione. Di solito teniamo un registro parallelo interdipartimentale. Ma in quel caso può darsi che noi..."

"E?"

"Abbiamo trasferito il denaro in maniera corretta, due giorni dopo è arrivato. Ma analizzando le operazioni sul conto, ho notato qualcosa di interessante." Michael tirò fuori dalla cartellina marrone i documenti. "Dopo l'ordine di pagamento di 150.000 franchi alla Sanora, c'è stato un *ulteriore* ordine di pagamento di 525.000 franchi."

"E allora?"

"Nello stesso istante preciso. Spaccando il secondo."

"Spaccando il secondo? Fa' vedere."

Michael gli passò il primo documento.

"Sarà un caso," bofonchiò Rudolf. Aguzzò la vista. "Wenderley Public Relations, WPR. Mai sentita."

"Sì, probabilmente un caso." Michael scrollò le spalle. "Ho chiesto alla ragioneria i resoconti di ogni pagamento alla Sanora degli ultimi quattro anni."

"*Cos'hai* fatto?"

Michael picchiettò l'indice sulla pila di fogli, sogghignando. Prese in mano i documenti e iniziò a leggere ad alta voce. "5 dicembre 2008, 110.000 franchi alla Sanora versati dal mio reparto, nello stesso istante 385.000 franchi alla Wenderley Public Relations. 11 marzo 2009, 350.000 franchi alla Sanora, nello stesso istante 1.225.000 alla WPR. 18 agosto 2009, 260.000 alla Sanora, 910.000 alla WPR. 7 febbraio 2010, alle quindici e quarantaquattro e ventiquattro secondi, 160.000 alla Sanora, 560.000 alla WPR." Michael alzò lo sguardo. "E così via. In totale quasi venti milioni. Non noti nulla?"

Mentre leggeva ad alta voce, la bocca di Rudolf si era aperta sempre di più. Ora scuoteva la testa, lentamente.

"Le cifre. 160.000, 560.000, 260.000, 910.000, 350.000, 1.225.000."

"E che ne so." Sembrava quasi disperato.

"Sempre il triplo e mezzo."

Rudolf gli strappò di mano i documenti. Dal cassetto della scrivania tirò fuori una calcolatrice tascabile antidiluviana e iniziò a martellarci le cifre.

Michael osservò le rughe sulla fronte dell'amico, un barlume del vecchio Rudolf. Del Rudolf che aveva giudicato l'impresa in base agli stessi criteri morali rigorosi che lui stesso aveva adottato. E che lui stesso aveva infranto. Quando era successo? Quindici anni prima? Durante uno studio clinico farmacologico che aveva condotto, trenta persone erano finite in terapia intensiva.

Rudolf fece un respiro profondo. "Sempre esattamente nello stesso..."

Allora erano morti sei soggetti sottoposti ai test. "Posso riavere i miei..."

"Sì, sì. Tieni." Il collega gli restituì i fogli.

Michael infilò i documenti nella cartellina. "La mia ipotesi è che ci sia un algoritmo capace di trasferire in simultanea al pagamento alla Sanora il triplo e mezzo a questa strana Wenderley Public Relations."

"Intendi dire che la WPR e la Sanora..."

"Non mi meraviglierei dell'esistenza di legami informali."

"Una società di comodo?"

"Questo non lo so ancora. Ma probabilmente la WPR serve per versare alle cliniche Sanora pagamenti che non devono risultare in nessun elenco di sponsor."

"Sei in grado di dimostrarlo?"

"Non ancora."

Rudolf si passò la mano sulla barba. "Quei documenti, li hai stampati qui? La qualità è, come dire..."

"Li ho fotografati."

"Fotografati?"

Michael si concesse un sorriso furbetto. "Ho aperto a tutto schermo le singole pagine e poi con il mio smartphone..." Finse di scattare una foto. "Poi li ho stampati a casa."

"Ma lo sai che è vietato? Non puoi fotografare i documenti della società farmaceutica e portarteli a casa come nulla fosse."

Aveva alzato un po' la voce, ma si rese subito conto di aver commesso un errore e lanciò un'occhiata guardinga alla porta.

"Lo so, Rudi, lo so."

"Potrebbero buttarti fuori all'istante." Ora quasi sussurrava.

Era stato Rudolf a presentargli la sua lettera di licenziamento lunga quasi tre pagine, con esaurienti descrizioni dei motivi. A Michael era costato ben sei birre riuscire a fargli cambiare idea.

"Mi aiuti?" gli chiese.

"A fare cosa?"

"Voglio trovare il nesso tra questa agenzia di pubbliche relazioni e la Sanora. Voglio dimostrare che il denaro della Wenderley va direttamente alla clinica privata. Da solo non ce la faccio. Tu sei più vicino di me a quelli che stanno là sopra." Con il dito indicò il soffitto, il consiglio d'amministrazione si trovava all'ultimo piano.

"Perché non vai tu stesso da Unterberger?"

Michael rise. "Pensi sul serio che alla prossima confessione dovrei andare a dirgli: 'Perdonami, oUnterberger, perché ho peccato, ho scoperto dei flussi finanziari sospetti della società e fotografato i relativi documenti'? Dubito che mi assolverebbe. Lo conosci bene, quello stronzo sadico. Mi schiaccerebbe come un insetto."

Rudolf rimase qualche istante con lo sguardo fisso sulla scrivania, immerso nei pensieri. "Va bene," concluse.

"Sapevo che non mi avresti piantato in asso!"

Il collega alzò la mano, sulla difensiva. "Beh, sì, ci conosciamo da così tanto, Michael... posso avere quei documenti?"

Michael ritrasse la busta. "Ho i file nel computer di casa. Te li mando via mail stasera. Ok?"

"D'accordo."

Si salutarono. Mentre tornava al suo ufficio, provò a immaginarsi Rudolf seduto alla scrivania a ricapitolare passo dopo passo l'intera conversazione. Di lui poteva fidarsi, ne era sicuro. Avrebbe dovuto raccontargli anche del divorzio imminente?

Jana non era seduta al suo posto, probabilmente era già andata a mangiare. Entrò nell'ufficio, accese il monitor e diede una scorsa ad alcuni punti degli atti relativi alla Rheinchemie, ma non riuscì a concentrarsi. Sentiva un'ansia pruriginosa, uno strano miscuglio di gioiosa attesa e panico. Chiuse gli occhi e si massaggiò la radice del naso.

Era successo pochi giorni dopo il capodanno del 1998. La notizia dell'andamento catastrofico dello studio di 'fase uno' aveva raggiunto Rudolf dopo le vacanze di Natale. Erano rimasti seduti al bar fino a mezzanotte passata. Gisele era a letto con la febbre e Michael ogni ora usciva al freddo per chiamare casa da una cabina telefonica. Dopo la quinta birra Rudolf aveva iniziato a leggere ad alta voce passi tratti dalla lettera di licenziamento. In molti si erano voltati verso di loro. Michael si ricordava un passaggio in cui citava un filosofo in francese. A un certo punto non gli era rimasta altra scelta che interrompere quel fiume disperato di parole. Gli aveva posato una mano sul braccio. "Guardalo da una prospettiva più ampia," gli aveva suggerito. "Cosa sono sei morti, se paragonati a milioni di vite salvate?"

In pianura il paesaggio era ancora invitante, quasi idilliaco, di una bellezza primitiva e discreta. Tra Karlsruhe e Friburgo, la Foresta Nera aveva delimitato la valle del Reno con un bordo di colli verde scuro speculari ai Vosgi, spersi nella foschia del mattino sull'altro versante del fiume. Ma ora il treno regionale, sul quale erano saliti a Friburgo, svoltò cigolante a destra e di colpo calò il buio. Di lì a poco si fermò alla stazione "Regno dei cieli", nome che Marie trovò azzeccato senza capirne il perché.

Simon giocava con il suo smartphone. Dopo la partenza da Amburgo, per mezz'ora non si erano rivolti parola, poi ogni minuto che passava lui era diventato più disinvolto, persino divertente. Aveva un senso dell'umorismo a doppio taglio, ironico, non prendeva completamente sul serio nulla di quanto gli uscisse dalla bocca e riusciva persino a calarsi nei panni altrui. Dopo Mannheim erano andati nel vagone ristorante e avevano messo il loro primo pranzo sulla nota spese. Marie ormai era convinta di essersi sbagliata su di lui.

Da Friburgo Simon era ridiventato taciturno. Più si avvicinavano all'obiettivo, più si ritirava nel proprio guscio. Marie immaginò spettasse a lei concepire una sorta di piano, decidere come procedere nei giorni seguenti. Lui era piuttosto un osservatore, non un uomo d'azione.

"Un po' inquietante, vero?" chiese Marie.

Simon sollevò gli occhi dal cellulare e guardò fuori dal finestrino. Erano seduti sul lato destro del treno, come raccomandava la guida della Foresta Nera che Thomas aveva consegnato loro con un ghigno cinico. Il convoglio scivolò dentro una gola stretta e profonda, il pendio dinnanzi a loro era una parete erta e infinita, la metà superiore fittamente ricoperta di abeti. Passarono attraverso un gruppo di rocce acuminate.

"Speriamo che Berger si trovi lì per davvero." Una risata forzata da parte di Marie. "Altrimenti la redazione ci paga un'intera vacanza per niente."

"Certo che è lì, puoi scommetterci."

"Come fai a esserne così sicuro? Quale sarà la strana fonte anonima di cui parlano tutti?"

"Della fonte ci si può assolutamente fidare." Simon infilò lo smartphone nella tasca dei pantaloni e guardò fuori dal finestrino con aria trasognata.

Era un po'... "Tu la conosci? La gola profonda, intendo."

Simon tossicchiò. "Dire che la conosco sarebbe un po' esagerato. Ho a che fare con lei, quello sì."

"E *io* la conosco, questa gola profonda?"

Si voltò verso di lei. "Pensi di conoscerla?"

"Dipende. Sei tu che hai scoperto che Berger ha trovato rifugio qui?"

Simon sorrise. Chiuse gli occhi e con un certo imbarazzo si grattò un sopracciglio con il mignolo. "Deve restare tra noi, ok?" disse poi.

Marie si sporse verso di lui. "Ok," sussurrò ma tutta questa storia le sembrava ridicola.

"Diciamo che il sistema del blog usato da Berger mostra piccole lacune nella sicurezza."

"Per esempio?"

"Per esempio, con alcuni commenti su un post del blog si può fare un attacco informatico *Cross-Site Tracing,* postando un'immagine il cui indirizzo non riconduce affatto a un'immagine."

"Bensì a cosa?"

"A un piccolo script sul mio server, mediante il quale posso selezionare l'*header* trasmesso attraverso il protocollo http. Per esempio il *referrer*. E altri dati."

"Non ho capito una parola, sai?"

"Il *referrer* indica da quale sito internet proviene la richiesta. Se tu, per esempio, sei sulla pagina web X e clicchi un link, al server mostrato dal link viene comunicato che quella richiesta proviene dalla pagina X. Lo stesso succede quando il browser carica successivamente in automatico il contenuto. Il *referrer* sarà trasferito insieme agli altri dati dell'*header* trasmessi attraverso il protocollo http. Dunque una specie d'intestazione di lettera della richiesta."

Marie annuì. "E tu hai selezionato il *referrer* di René Berger, o sbaglio?"

"Sì, ma solo quell'informazione non mi sarebbe servita a niente. Dal *referrer* posso capire se la persona che in quel momento si trova sul blog abbia o meno i privilegi di amministratore."

"Ovvero se quella persona sia in grado di scrivere i post."

"Esatto. E sul blog di Berger li ha solo Berger."

Marie buttò indietro la testa, stupita. "Questo significa che hai potuto capire quando Berger era attivo sul blog. Ma questo posso farlo anch'io, semplicemente guardando data e ora di un intervento lasciato dal blogger."

Simon rise. "Niente male. Ma la questione non è così semplice. Inoltre funziona soltanto se lui scrive davvero qualcosa e nelle ultime settimane non ha postato un bel niente."

"Vero."

"Il mio script ha sempre registrato l'*header* dell'http, quando Berger era attivo." Scrollò le spalle. "Dall'*header* posso riconoscere che tutti i dati sono passati da un proxy."

"Proxy?"

"Una specie di tappa intermedia."

"Ah, capisco," disse Marie. "E tu hai scoperto..."

"Io ho inserito l'indirizzo IP nel browser e voilà, la pagina di login di accesso a internet dell'Hotel La corte della Foresta Nera, sul Titisee."

"Ma Berger non ha preso qualche precauzione? Esiste la possibilità di nascondere il proprio indirizzo IP."

"Magari è diventato incauto. O pigro."

"Oppure in materia di tecnologia non ne capisce niente, come invece vuole fare intendere," rifletté ad alta voce Marie.

Simon annuì a conferma. "Certo, può essere anche questo. Magari conta solo sul fatto che le sue fonti oscure gli procurino il materiale."

"Ma come sappiamo che sia ancora là?"

Simon le rivolse uno sguardo sorpreso. "Non leggi il suo blog? Uno degli ultimi post annunciava che non sarebbe intervenuto sul blog per cinque settimane, perché si concedeva una vacanza più lunga."

Vero, si ricordò Marie, lo aveva letto anche lei due giorni prima.

"Cinque settimane. Non lascia niente in sospeso. Quanto pensi abbia guadagnato con tutte le apparizioni in tv e le interviste? Anch'io avrei voglia di un'estate in un hotel a cinque stelle fuori dalla civiltà. Resterà qui fino all'inizio di settembre. Abbiamo ancora tre settimane." Si voltò di nuovo verso il finestrino. "Manca il sublime, non trovi?"

Marie non capiva di cosa parlasse. "Cosa intendi?"

"Beh, sì, guarda." Indicò fuori. Avevano appena attraversato una valle aperta e inondata dal sole, ma ora rocce e abeti scivolavano di nuovo più vicini al treno come una tenaglia che piano piano si richiude. "È tutto così bruno e ricoperto di muschio, abeti, rami e terra ovunque. Niente granito, capisci? Niente cime innevate che svettano tra le nuvole, né pareti rocciose prive di alberi. Ripido, sì, qui tutto è ripido, ma in modo sgraziato, terroso, sporco. È tutto così... non saprei, *tedesco*. Manca la maestosità dell'alta montagna. Sembra solo opprimente e inquietante, forse è da questo che prende il nome la valle."

"Che sarebbe?" Marie aveva dato solo una rapida scorsa alla guida.

"Höllental, la Valle dell'Inferno."

Il treno era quasi vuoto. Marie passò lungo la fila di sedili del vagone a due piani, scese le scale, entrò nella toilette e chiuse il chiavistello.

L'odore era sgradevole, forse dovuto alle calde temperature degli ultimi giorni. Aprì il coperchio del water e indietreggiò di colpo. La tazza era imbrattata di escrementi, anche lo scarico doveva essere otturato. C'era una brodaglia marrone con singoli pezzi galleggianti. Marie dovette trattenere un conato di vomito. Si tappò bocca e naso con la mano sinistra, aprì il chiavistello con la destra, spalancò la porta e si precipitò in corridoio. Andò a sbattere contro un indumento di pelle scura che sapeva di fumo e sudore.

"Oh, mi scusi."

L'uomo la superava almeno di due teste, aveva una corporatura tarchiata, i capelli corti e una giacca di pelle logora. "Non fa niente," disse con una voce bassa e penetrante. Marie aveva la netta sensazione di averlo già visto.

L'uomo accennò un sorriso, si girò senza aggiungere altro ed entrò nel vagone successivo.

Era sicura di averlo già visto da qualche parte.

Attraversando lo scompartimento di sotto arrivò alla toilette all'altro capo del vagone. Era pulita, la finestra si lasciava persino aprire di uno spiraglio. In quel momento entrarono in una stazione, lesse il cartello con la scritta "Hinterzarten", sull'altro binario il treno nella direzione opposta.

Si diede una sistemata allo specchio. Dove aveva visto quell'uomo? Il treno ripartì sferragliando.

Mentre tornava al suo posto, le venne in mente la risposta.

"Non sai che cosa mi è appena successo," disse a Simon, di nuovo immerso nel suo smartphone.

"Che cosa?"

"Quando sono uscita dal gabinetto mi sono scontrata con un tizio, un omone dal collo taurino e i capelli corti."

"Eh?"

"Lo stesso che un paio d'ore fa sull'intercity aspettava che io finissi per entrare nella toilette. Tra Colonia e Mannheim. La stessa persona. Non penso sia un caso, sai?"

"Sicura che fosse lui?"
"Al cento per cento."
"Beh, magari fa il nostro stesso tragitto. D'altronde..." Guardò fuori dal finestrino. "Siamo arrivati, vedi?"
Marie si voltò. Fuori, al di là degli abeti, si vedevano un campanile, tetti di hotel, qua e là frammenti azzurri del Titisee illuminati dal sole di agosto.
Anche l'uomo dal collo taurino doveva averla riconosciuta, altrimenti perché tanta ironia in quell'accenno di sorriso?

Erano circa le undici di sera e la casa al piano di sopra, dopo aver chiuso a chiave la porta della cantina, era completamente al buio.
Michael aveva trascorso quasi l'intero fine settimana nella stanza degli hobby. Continuava a risuonargli in testa l'avvertimento di Rudolf, che se qualcuno avesse scoperto che si era portato a casa dei documenti, lo avrebbero licenziato in tronco. Ma Rudolf era sempre stato più cauto di lui.
Sul giornale della mattina aveva letto di un eremita, da qualche parte nel Cantone dei Grigioni, che aveva vissuto trent'anni felice e contento nel bosco in una baita che si era costruito da solo. Quell'uomo aveva superato gli ottant'anni prima di assopirsi beato in grembo al bosco. Aveva fatto proprio bene, Michael lo invidiava.
Ma ritirarsi dalla società era fuori discussione. Prima voleva smascherare tutti quegli ipocriti dei piani alti. Avrebbe preferito smascherare il mondo intero, ma non era una persona ben informata sul mondo intero, solo su quella multinazionale. Bisognava cominciare dal basso. Anche René Berger doveva aver iniziato in quel modo.
René Berger. Michael aveva visto l'intervista in tv insieme a Sybille. La storia dell'Eupharin aveva dato adito a un grosso scandalo. Chissà se un giorno ci sarebbe riuscito anche lui? Come aveva fatto Berger? Non gestiva un blog? Michael andò su Google e digitò "rené berger blog".
Il primo risultato fu una pagina in bianco e nero: *Berger lo sa.*

Michael diede una scorsa ai post sulla homepage, niente di così interessante. Nel motore di ricerca inserì la parola "Eupharin" e subito apparve il post della primavera, quando Berger aveva portato alla luce lo scandalo. Michael si ricordava bene la riunione straordinaria indetta dal consiglio d'amministrazione per pretendere un "fronte compatto" per la "difesa del settore". La solita retorica di guerra.

Lesse l'articolo, anche se ne conosceva a memoria i dettagli. La stampa aveva rimasticato le sue rivelazioni all'infinito.

Scrollò la pagina fino a trovare gli allegati e aprì un pdf. Si trattava dei risultati dello studio di fase quattro tenuto nascosto, che era stato concluso nel 2011 e che segnalava già i rischi effettivi di coaguli al cervello. Berger aveva reso noto al pubblico tutto quello che la sua gola profonda gli aveva riferito. Non lo aveva solo dato in pasto ai giornalisti interessati, lo aveva reso accessibile a chiunque. Quello sì che era sorprendente. Salvò il documento, lo stampò e lo spillò insieme agli altri documenti.

Per trovare ascolto, anche lui doveva mostrare un documento. I conteggi sospetti non sarebbero bastati, non erano abbastanza spettacolari. Per dimostrare lo scandalo, prima doveva sapere con esattezza di cosa si trattasse. Si domandò come riuscissero i famosi reporter d'inchiesta a ottenere le loro storie. Erano i risultati di un'incessante ricerca durata mesi, se non anni, oppure semplice frutto della fortuna? Si erano trovati nel posto giusto al momento giusto? E lui in quel momento era al posto giusto? Probabilmente cose del genere non si ottenevano con la forza, quel che gli serviva era un'ispirazione, un colpo di genio. In che modo Berger aveva trovato la sua gola profonda? Nel *footer* del blog si trovava un indirizzo mail. Michael si chiese se fosse il caso di contattare il blogger.

NAGEL (III)

Un mese dopo – 3 settembre

Il tratto di strada in direzione Schluchsee era deserto, salvo per un paio di turisti con targa svizzera. Per un po' avevano seguito la linea ferroviaria, ora vicino a loro si estendeva un laghetto. Dalla strada si vedevano alcuni pescatori con la canna.

Frank guidava il furgone a settanta chilometri orari esatti e Bernhard non perdeva di vista l'ago del tachimetro. A ogni curva il sacco con i pezzi di cadavere scivolava sul pavimento del vano di carico.

"Fila abbastanza liscio, no?" commentò Frank.

Bernhard non replicò. Per arrivare a Waldshut mancava ancora almeno un'ora.

Attraversarono a bassa velocità un gruppetto di case. A sinistra ricomparve la linea ferroviaria, a destra si aprì davanti a loro lo Schluchsee, con il pelo dell'acqua illuminato dal sole. Un cartello stradale indicava: "Diga 2 km".

Il paese si allungava idilliaco fino al pendio vicino al lago, una chiesa dallo stile disadorno con la cupola a cipolla troneggiava sulle facciate piene di davanzali degli hotel.

"Ce lo saremmo potuti risparmiare," disse Bernhard. "Se solo... se solo si fosse attenuta al piano, oggi saremmo già in viaggio nei paesi del Sud. Liberi per intere settimane. Quante ce ne hanno promesse?"

"Dieci," bofonchiò Frank.

"Dieci settimane!" Bernhard sbatté piano il pugno sul cassetto portaoggetti.

Tacquero per un po'. Bernhard rimase con lo sguardo fisso fuori dal finestrino. Il colore dell'acqua sembrava cambiare con il vento. Gli danzava ancora davanti agli occhi il volto stupito del vecchio, il coltello e quel lieve rumore sordo della lama, come un calcio sferrato a un terreno argilloso e umido. Gli dispiaceva per quell'uomo, in fondo si era solo trovato nel posto sbagliato al momento sbagliato. E sua moglie? Probabilmente sarebbero trascorse settimane prima di ritrovare il cadavere nel bosco.

Accavallò le gambe. Uno sbaglio.
"Frank."
"Hmm?"
"Devo andare in bagno. È urgente."
"Ora?" Frank sembrava nervoso.
"Sì."
"Non puoi aspettare?"
"Impossibile."
Avevano aggirato l'estremità del lago e ora si dirigevano verso la diga. "Se accosto un attimo a destra...?"
Bernhard scosse il capo. Non ci riusciva. Se intorno non aveva uno spazio chiuso a chiave, non ci riusciva proprio. Già da bambino durante le escursioni a piedi con la scuola era diventato lo zimbello di tutti per quel motivo. Vide un cartello sul ciglio della strada. "Là davanti c'è un locale per comitive di turisti."
Frank sospirò. "Non ci vorrà molto, vero?"
"Un minuto al massimo."
"Ok." Mise la freccia.
Il ristorante si trovava proprio vicino alla diga che impediva al lago di travolgere come un mostruoso tsunami la valle dell'Alto Reno. Sulla diga di sbarramento correvano una strada e un sentiero da trekking, sul quale stavano camminando degli escursionisti. Da lì il paese, posto al di là della lieve curva del lago, non si vedeva già più. Tranne il ristorante non c'erano altri edifici. Una mezza dozzina di auto occupava il parcheggio, Frank infilò il furgone tra due familiari.
Bernhard aprì lo sportello. "Faccio presto."
"Aspetta." Frank tolse la chiave. "Vengo con te."
Il ristorante era costituito da tre parti uguali: un negozio per turisti, un supermarket e una sala da pranzo vera e propria. Si sentiva odore di polvere, l'arredamento risaliva agli anni Sessanta. In vendita c'erano orologi a cucù appesi ovunque, pipe di legno, palle di vetro con neve e, in bella mostra sugli scaffali, torte in scatola al kirsch. Dalla sala da pranzo, con una bella vetrata vista lago, provenivano frammenti smorzati di discorsi.
Da un corridoio dietro il bancone apparve una signora un po' attempata.

"Abbiamo bisogno un attimo della toilette," disse Frank con una gentilezza che Bernhard non gli aveva mai visto.

Bernhard finì per primo. Come contropartita per aver usato il bagno, comprò una Coca-Cola, poi si appoggiò alla cassa e ne buttò giù un sorso. In sottofondo si sentiva piano e stridulo Bob Dylan.
Dove cavolo era finito Frank?
Fuori si vedevano dei bambini, probabilmente spediti nel parcheggio dai loro genitori snervati.
Era *Desolation Row* in tutta la sua lunghezza, Bernhard ci canticchiò sopra.
I bambini giocavano a nascondino. Una ragazzina bionda, di sette o otto anni, con una t-shirt bianca e un paio di jeans, contava appoggiata alla vetrata. Teneva la testa nascosta tra le mani, ma aveva gli occhi aperti e guardava verso Bernhard. Lui si girò e vide il grosso specchio sopra la cassa, tramite il quale probabilmente la bambina teneva d'occhio dove tentavano di nascondersi i compagni di gioco. Avvicinandosi medio e indice agli occhi, Bernhard fece intendere alla furbetta che aveva capito il suo trucchetto. Lei sorrise e chiuse davvero gli occhi.
Bernhard guardò uno degli orologi a cucù, che indicava mezzogiorno e mezzo. Gli orologi vicini invece segnavano le undici, le tre e un quarto alle otto.
Gli altri bambini non si vedevano più. La ragazzina riaprì gli occhi, doveva aver finito di contare, e si girò. Bernhard sentì oltre il vetro il suo: "Vengo!", prima di risalire di corsa il pendio verso il bosco.
Il suono della campanella alla porta annunciò l'ingresso di un uomo barbuto con un berretto con visiera, che si tolse nell'avvicinarsi al bancone mostrando i suoi ricci neri. Rivolse un cenno del capo a Bernhard, che rispose al saluto e si spostò di lato.
Arrivò la proprietaria.
"Giorno, Barbara."
"Sì, sì, buongiorno. Due birre?"
"Da portare via, per favore." Probabilmente un siparietto che i due si concedevano spesso, perché l'ostessa scoppiò a ridere. Prese due bottiglie dal frigo.

"Problemi per strada?"

"Tutto bloccato," bofonchiò l'uomo con il berretto.

La donna scosse il capo. "Come pretendono di trovare una persona annegata con i posti di blocco?"

Bernhard drizzò le antenne.

"Spiegamelo tu," replicò l'uomo. "Sono rimasto fermo dieci minuti a Höchenschwand, prima che mi facessero cenno di passare."

"Brutta storia per il commercio," commentò l'ostessa sottovoce. "Ormai non parlano d'altro." E indicò la gente in sala.

Bernhard ripensò alla cartina stradale che aveva osservato un quarto d'ora prima. St. Blasien, Bonndorf, la B 31, poi restava solo la strada sulla quale erano venuti, ma anche là c'era un posto di blocco. Non sarebbero riusciti a passare una seconda volta senza controlli.

Si sfregò le mani.

Fuori la ragazzina ridiscese il pendio, non doveva aver avuto fortuna nel bosco.

L'ostessa e il suo cliente ora chiacchieravano su alcune questioni familiari.

La biondina iniziò a cercare tra le macchine, si chinò per sbirciare sotto i veicoli.

Dov'era finito Frank? Ormai erano trascorsi dieci minuti da quando era sparito nella toilette.

Dalla sala da pranzo si sentivano forti risate.

"...allora emigro!" gridò tutto d'un tratto l'uomo con il berretto. "Me ne vado in Svizzera e voi ve ne andate tutti a fare in culo. Ciao, grazie e *Grüezi wohl!*"

La ragazzina aprì lo sportello di una familiare, probabilmente quella dei suoi genitori, ma neppure lì si nascondeva nessuno.

"Cosa vogliono da te, Hans?" volle sapere l'ostessa.

"Barbara!" Lui arretrò di un passo e spalancò le braccia. "Un uomo con il mio talento! Con la mia esperienza!"

Risero entrambi.

Intanto la biondina aveva raggiunto il loro furgone. Premette un orecchio alla parete del vano di carico e bussò con un dito.

"Allora, a domani," disse Hans. Posò una moneta sulla cassa e prese le bottiglie di birra con una mano.

In punta di piedi la bambina sbirciò attraverso il vetro del lato conducente. Bernhard strinse un po' di più la bottiglia di Coca-Cola.

"A domani, Hans. Saluta tua moglie."

"Sì, sì."

L'uomo uscì dalla porta. Bernhard vide la furbetta sgattaiolare dietro il furgone. Il Transporter era parcheggiato parallelo alla facciata del negozio. Non riusciva più a vedere la bambina. L'uomo salì su una vecchia Volvo e partì.

L'ostessa squadrò Bernhard, poi sparì nella sala da pranzo. Uno degli orologi a cucù iniziò a rintoccare e cinguettare. La biondina doveva aver aspettato che la Volvo sparisse, poi riprese la sua perlustrazione. Bernhard la vide vicina al portellone del furgone.

Afferrò la maniglia del vano di carico e iniziò a strattonarla.

Per aprirla.

Bernhard era abbastanza sicuro di averla chiusa a chiave. Però... Posò la bottiglia di Coca-Cola e si affrettò all'uscita ma all'ultimo momento vide nel parcheggio un'autopattuglia riparata dietro l'angolo dell'edificio. Due agenti stavano scendendo, un uomo e una donna. Bernhard riconobbe quelli del posto di blocco di poco prima.

Si aprì la porta della toilette e si sentì il rumore dell'asciugamani elettrico. Frank gironzolava per il negozio, osservando i souvenir con sguardo annoiato.

Con due passi Bernhard gli fu vicino e lo prese per un braccio.

"Cosa...?"

Lo trascinò nella sala da pranzo, dove l'ostessa si affaccendava al bancone.

"Due caffè, per favore," disse con il tono più spontaneo possibile.

I turisti giravano gli espositori per le cartoline e curiosavano tra gli scaffali pieni di peluche, cappelli della Foresta Nera e pipe di legno. Nagel sentì lingue alle quali non sapeva neppure dare un nome. Era piacevole stare in mezzo a persone che non potevano attaccar bottone. Non era mai riuscito a capire perché conoscere le lingue straniere fosse diventato tanto di moda, perché si considerasse un segno d'educazione riuscire a conversare ovunque. Era come una prigione che diventava sempre più stretta in base al numero di idiomi che si padroneggiavano. In vacanza lui si godeva la libertà del suo goffo e un po' balbettato: "Sorry, I don't speak English." Diffidava di quella lingua.

Entrò nel negozio, facendosi largo tra un grappolo di individui e le cartine con i percorsi da trekking.

Quel mattino c'era qualcosa di strano, aveva la netta sensazione che gli sguardi dei turisti fossero diffidenti, che i passanti bisbigliassero tra loro quando li superava. Gli si leggeva in faccia che era un pubblico ufficiale? La notizia dell'uomo scomparso si era diffusa già a colazione e nelle località di villeggiatura la comunità dei forestieri era molto affiatata, a malapena governabile da albergatori, gastronomi e commercianti. Prese da uno scaffale un cappellino da spiaggia con la scritta "I ♥ Black Forest" e andò alla cassa. Il commerciante gli si rivolse in inglese, Nagel sorrise grato, pagò senza aprire bocca, poi si mise il berretto in testa.

Dov'era Nadja? E Pommerer? I sommozzatori avevano trovato qualcosa? Si era addormentato nella vettura di servizio e aveva perso il quadro generale della situazione. Pommerer aveva voluto creare altri posti di blocco, quello se lo ricordava. Che razza di idiota.

Dietro la porta a vetri di un hotel avvistò un distributore automatico di bevande. Tirò fuori dalla tasca laterale un fazzoletto, sollevò un po' il cappello e si asciugò il sudore dalla fronte. Poi salì a fatica le scale ed entrò nella hall.

C'era un piacevole frescolino e si sentiva profumo di lenzuola pulite. Il commissario salutò con un cenno del capo la signora alla reception e si diresse al distributore automatico. Comprò una Coca-Cola Zero. Da qualche parte doveva pur cominciare.

Una pesante pendola segnò l'ora. Dalla tasca interna del cappotto tirò fuori la confezione di Diabecos e, armeggiando un po', estrasse una compressa, che buttò giù assieme alla Coca-Cola.

"Andreas!" Da un portale decorato in legno in stile rustico entrò Nadja. Era in compagnia di un uomo in abito scuro e dall'aspetto serio.

"Cercavo proprio te," la salutò.

Nadja squadrò allibita il cappellino "I ♥ Black Forest" ma si astenne dal commentare. Sbatté invece le palpebre per la stanchezza, poi disse: "Abbiamo fatto il giro di tutti i grandi hotel del posto. Non sono poi così tanti, una decina." Si voltò di lato. "A proposito, questo è Ernst Schreiber, il direttore dell'albergo."

"Nagel," si presentò il commissario. "Polizia criminale. Dunque?"

"Ieri era martedì, non sono partiti molti clienti."

"Bene."

"Di mattina tra tutti gli hotel ha fatto il check-out solo un uomo che viaggiava da solo. Per il resto, coppie e famiglie e..." S'interruppe. "Scusa, Andreas, ma cosa ti è saltato in mente con quel cappello? 'I love Black Forest'?"

"Non ti piace?" Il commissario sogghignò. "Solo 5,99." Puntò il dito fuori dalla porta. "Il negozio è laggiù, proprio dietro l'angolo..."

Nadja scosse il capo, fingendosi disperata. "Se Pommerer ti vedesse in questo stato, o un fotografo del *Badische Zeitung* ti fotografasse..."

"...è proprio quello a cui miro," bisbigliò lui, ma pianissimo. Nadja proprio non capiva. Alzando la voce, proseguì: "Sono in incognito. E quell'uomo è *qui* che ha fatto il check-out?"

La collega confermò con un cenno del capo. "Vengo direttamente dalla sua camera. È ancora libera."

"Ma ovviamente l'avranno già ripulita."

"Ovviamente," confermò lei.

Anche Schreiber sembrava più che spiazzato dal cappello. A ogni modo, al commissario non erano sfuggite le almeno cinque occhiate che si era scambiato con l'addetta alla reception. "Signor commissario," disse incamminandosi verso la reception, "credo che l'uomo che state cercando si chiami Adrian Lorch."

"Adrian Lorch?" ripeté Nagel premendo sulla mano di Nadja la bottiglia di Coca-Cola.

Schreiber controllò il registro clienti. "È arrivato a metà luglio, ha prenotato per quasi sei settimane e ha pagato in anticipo."

"È normale?" s'informò il commissario.

"Oh, senz'altro. Non capita spesso ma abbiamo già avuto clienti che restano tutta l'estate. Anche altri hotel hanno ospiti stagionali, che prenotano per un lasso di tempo simile."

"Però lui viaggiava da solo," intervenne Nagel. Si passò una mano sul viso e sbatté le palpebre più volte. D'un tratto gli girava un po' la testa.

"Se uno rimane qui tutta la stagione, il più delle volte si nasconde dal mondo, signor commissario. Ecco perché una cosa del genere non si addice molto ai viaggi con partner o famiglia al seguito. No, no, non è affatto insolito trovare prenotazioni di camere singole in questi periodi. È normalissimo. Ma... non si sente bene?"

Nagel si tenne al bancone. "La mia circolazione, penso. Ora passa. Nadja mi daresti la bottiglia...?"

La collega si affrettò a riconsegnargli la Coca-Cola, che lui svuotò in un sorso.

"Va già meglio," annuì. "Posso dare un'occhiata alla stanza? Ovviamente ci servirebbe anche il suo numero di telefono e l'indirizzo. La camera è stata prenotata tramite un tour operator?"

Il direttore dell'hotel digitò sulla tastiera del computer, poi scosse il capo. "No, direttamente da noi."

Il commissario si massaggiò le tempie, qualcosa non andava, eppure quella mattina si era sentito sorprendentemente bene. "Bonifico o carta di credito?" chiese.

"Contanti."

"Contanti?"

"Contanti," confermò risoluto il direttore.

"Non è insolito per un soggiorno così lungo? E quanto ha speso?"

"Poco meno di tremila."

"E ha pagato tremila euro in contanti?"

Schreiber si strinse nelle spalle.

"Beh... numero di telefono e indirizzo ci servono comunque. Ora passiamo alla stanza. Potrei...?"

"Venga," lo invitò il direttore.

Salirono al secondo piano.

L'ascensore era tappezzato di specchi, Nagel vide riflesso

all'infinito su tre lati un corpo gigantesco con un cappellino bianco "I ♥ Black Forest". La sua circolazione sanguigna sembrava impazzita, aveva proprio una brutta cera. Si accorse che Nadja lo stava osservando con attenzione.

La camera era spaziosa, le cinque stelle dell'hotel erano assolutamente meritate. Vista lago. L'ampio letto era rifatto, sui cuscini erano già pronte barrette di cioccolata per il prossimo ospite.

"Prego," lo invitò a entrare Schreiber.

"Con la Scientifica non andremo lontani," borbottò Nagel. "Beh, non ci serve molto. Vogliamo solo scoprire chi sia la persona scomparsa." Si guardò intorno ma non vide nulla di sospetto. "Il cliente ha creato qualche problema?"

"Prima ho parlato con la cameriera del piano. Il personale delle pulizie non ha quasi lavorato qui, lui non voleva. Puliva tutto da solo."

Nagel si mostrò sorpreso. "Lei ci ha mai parlato?"

"Con il signor Lorch? No, abbiamo così tanti clienti... inoltre... forse sarebbe il caso che parlasse con qualcuno della cucina che lo ha visto a cena. Oppure con il dipendente che lo ha accolto al suo arrivo. Io no, purtroppo."

"Dunque non sa neppure che aspetto avesse."

"Mi dispiace."

Il commissario ripensò alla dichiarazione rilasciata da Sperber alcune ore prima.

"Giovanile, alto, pantaloni di velluto a coste, giacca color terra... giacca di pile? Portamento elegante? Non le dice niente?"

Schreiber rise. "Abbiamo decine di ospiti che corrispondono a una descrizione del genere. Deve rivolgersi al personale del ristorante o alle cameriere ai piani. Più tardi posso portarle qualcuno ma ovviamente non deve..."

"Sì, sì," lo interruppe. "Tanto la faccenda è chiara, dobbiamo solo telefonare a quel Lorch. Con ogni probabilità è già a casa, tranquillo e beato, non è il nostro uomo." Camminò per la stanza. Alle sue spalle il direttore iniziò a descrivergli le mansioni quotidiane di una cameriera al ristorante, sottolineando che il contatto diretto fra il personale e i clienti al buffet della colazione era ridotto al minimo.

La voce di Schreiber assomigliava sempre più a un cupo borbottio continuo. Nagel vide macchie nere sulla carta da parati. Si puntellò con le braccia sulla stretta scrivania, chiuse gli occhi e respirò a fondo un paio di volte. Cosa gli stava succedendo? Ma subito si sentì meglio. Quando li riaprì, si accorse di un luccichio argenteo nel secchio della spazzatura vicino alla scrivania. Probabilmente un'altra allucinazione sensoriale.

Nadja e Schreiber chiacchieravano della videosorveglianza, che ovviamente non c'era. Nagel si chinò. Non era un'allucinazione, sul fondo del cestino vuoto era rimasta attaccata una targhetta di alluminio di un centimetro. Il contenitore era di metallo, probabilmente si era caricata elettrostaticamente e per quello che non era finita nella spazzatura. Si inumidì il dito medio e rimosse la targhetta dal fondo. Era un materiale da imballaggio, rotondo, color argento, strappato ai lati: il retro di un blister di pillole. Se lo avvicinò all'occhio sinistro, quello buono. Stampato in caratteri piccolissimi, lesse: "Prozac".

Qual era stata l'ipotesi del noleggiatore di barche? Che l'uomo scomparso avesse buttato giù qualcosa prima di salpare sul lago. Sonniferi. Oppure un antidepressivo. Il Prozac. Si alzò di scatto.

"Nadja," chiamò la collega ma in quell'istante perse i sensi.

Frank posò la tazza sul tavolo. "Orribile," mormorò. "Disgustoso."

Alle loro spalle i figli di due famiglie strillavano e ridevano. Alla fine la ragazzina si era arresa e aveva chiamato gli altri bambini, che si erano tutti nascosti dietro l'edificio. Ora era il momento del dolce, coppette colorate di gelato erano disposte sul tavolo.

"Di là è appesa una cartina dei dintorni," disse Frank. Si sforzò di farla sembrare un'osservazione fortuita.

"Non mi serve," replicò Bernhard. Aveva la cartina stradale impressa in mente. "Ormai siamo in trappola. Non possiamo raggiungere Waldshut, non possiamo tornare a Friburgo, e neppure andare verso St. Blasien o al Titisee. L'intera zona è transennata."

"E se quel tipo avesse esagerato?"

"Vuoi correre il rischio?" provocò Bernhard.

"Il controllo delle generalità non implica per forza la perquisizione del furgone."

"Ma loro stanno cercando una persona scomparsa," insistette Bernhard, che non riusciva quasi più a controllare la sua agitazione. Lanciò un'occhiata al tavolo vicino. La donna vestita di nero non lo aveva forse squadrato? "In base al loro ragionamento," disse quasi sussurrando, "quella persona potrebbe trovarsi anche nel nostro vano di carico."

Frank sembrava non starci più con la testa, guardava fisso fuori dalla finestra.

Bernhard ne seguì la traiettoria. Nel frattempo la macchina della polizia era ripartita, i due agenti avevano fatto solo uno spuntino.

"Prima lo hai visto il cartello?" chiese Frank.

"Quale cartello?"

"Quando abbiamo svoltato. C'era scritto: 'Ristorante *e* camere per gli ospiti', o sbaglio?"

"Può darsi, sì."

"Camere per gli ospiti," ripeté Frank. Poi si voltò guardando il compagno dritto negli occhi. "Che ne dici?"

"Vuoi...?"

Frank annuì.

"Qui?"

"E perché no?" Si piegò verso di lui e gli sussurrò: "È fuori mano, potremmo lasciarci il furgone per giorni senza destare sospetti." Guardò di nuovo fuori dalla finestra. "Dov'è parcheggiato va bene, dalla strada non si vede, però è abbastanza all'aperto. È ben ventilato, voglio dire. Nessuno sentirà l'odore."

Bernhard si morse un labbro. Era una follia, ma in un certo senso anche una genialata. "Probabilmente stasera toglieranno i posti di blocco," disse più a se stesso che al socio. "In ogni caso dobbiamo pernottare qui, se non vogliamo suscitare sospetti."

"Allora?"

"A Basilea non piacerà."

"Ma a Basilea non lo devono mica sapere." Frank finì il caffè in un sorso. "Li vedi i dépliant là dietro? Non voltarti. Vado a prenderne alcuni." Si alzò, attraversò la sala e tornò con una pila di brochure turistiche. "Prendine uno." Poi più forte: "Guarda, il lago Schluchsee e St. Blasien, belli, non trovi?" Con uno sguardo incitò Bernhard a stare al gioco.

Pensava sul serio che qualcuno si bevesse quella farsa? Ma non avevano altra scelta. Bernhard aprì un dépliant e sfogliò le pagine, con foto su carta lucida, molto kitsch, di giornate soleggiate sulle montagne. "Sì, meraviglioso. E guarda, la funivia sul Belchen è piuttosto vicina!" esclamò.

Si avvicinò l'ostessa, che emanava un forte odore di birra e ammorbidente.

"Ma probabilmente in zona sarà già tutto prenotato," osservò Frank. Poi più forte, rivolgendosi alla donna: "Vorrei anche un bicchiere d'acqua minerale."

"Per me un tè nero."

"Dica un po'," s'informò Frank, "qui ci saranno di sicuro sentieri da trekking fenomenali, dico bene?"

La domanda sembrò divertirla. "Certo! Potete godervi meravigliose passeggiate intorno al lago oppure nel bosco di Blasiwald, camminare fino a Schönenbach o giù fino al lago Albstausee. Dall'altra parte, se superate la diga, potete noleggiare mountain-bike. Il tè nero con il limone?"

"Sì, grazie," rispose Bernard.

Frank gli strizzò l'occhio in segno d'intesa.

Non era camera sua, l'odore era diverso, era buio e mancava il tanto familiare gorgoglio del ruscello fuori dalla finestra. Aveva sognato, un sogno limpido, quasi chiaro, colori intensi e suoni cristallini, e sensazioni genuine come quelle della primissima infanzia. Però, con tutta la buona volontà, non riusciva più a ricordarne il contenuto.

Nagel allungò una mano, sentì un abat-jour sul comodino e l'accese.

Si trovava nella camera dell'hotel. Le tende erano tirate, entrava solo un po' di luce soffusa. Su una sedia dormiva una donna.

"Nadja."

La collega si svegliò, anche lei disorientata. Incrociò lo sguardo confuso del commissario. "Andreas." Scosse il capo. "Oh, mi sono addormentata anch'io?"

"Che ore sono? Sono svenuto?"

Lei aprì un tantino la tenda e sbirciò fuori. "Saranno circa le sei. Non riuscivamo più a tenerti."

"Mia moglie è stata informata? Le hai telefonato?"

"No, ho pensato..."

"Bene." Nagel si sforzò di sembrare risoluto. "Non voglio che ne sappia nulla."

La collega l'osservò con uno sguardo triste. "Abbiamo chiamato un medico, nulla di grave, hai la pressione un po' troppo alta, per il resto... probabilmente è questo tempo."

"Sì, il tempo," confermò il commissario. "Dunque ho dormito quasi cinque ore."

"Schreiber dice che puoi rimanere quanto vuoi, la stanza è libera anche domani."

Prozac. A Nagel tornò in mente il pezzo di blister che avevato trovato nel secchio. Doveva a tutti i costi metterlo al sicuro. "Devo fare una cosa," sibilò. Scalzò la coperta e si alzò con gran fatica. Sul comodino vide il suo portafogli, il suo mazzo di chiavi e il suo orologio da polso. Erano le sei e dieci. "Le mie pasticche. Nella tasca interna del cappotto."

Nadja balzò in piedi e raggiunse il guardaroba dov'era appeso il soprabito. Tirò fuori la scatola.

"Grazie. Gli uomini sono ancora sul posto? Qualche novità?" Ingoiò una compressa.

"I sommozzatori sono ancora all'opera, finché non sarà buio."

"E con i posti di blocco hanno scovato niente?"

"No di certo," rispose lei.

"Sì, ovvio. Senti, sai mica come faccio a tornare a casa?"

"Provo a rintracciare Schrödinger. Sdraiati un altro po', sarò di ritorno al massimo tra un quarto d'ora."

"Fai con calma."

Nadja gli rispose con un sorrisetto mortificato. Aveva già la mano sulla maniglia, quando si girò. Lo squadrò come si fa con un familiare dato per spacciato, sul quale la maggior parte dei parenti ha già messo una croce sopra.

Nagel scrollò le spalle. "L'erba cattiva non muore mai, tranquilla." Cos'altro poteva dire?

La collega annuì. "A dopo."

Il commissario aspettò un attimo, poi si tirò su, pieno di slancio, svelto, in un unico movimento, per mettersi alla prova. Rimase in piedi vicino al letto e aspettò, contando fino a tre. Niente. Nessun capogiro, nessuna macchia nera. Ribaltò la testa all'indietro. Forse una leggera sensazione di mancanza di equilibrio, per il resto era tutto a posto. Spalancò le tende, in cielo si vedevano singole nuvole, sulla passeggiata famiglie di ritorno da una nuotata.

Dov'era il pezzo di blister? Nadja l'aveva già consegnato alla Scientifica? Il Prozac veniva prescritto in casi di depressione, il che avvalorava l'ipotesi del suicidio che, a sua volta, sarebbe piaciuta a Pommerer. Ora Nagel era sicuro di trovarsi nella stanza giusta. L'uomo scomparso aveva alloggiato lì, non c'era alcun dubbio. Lorch...

Perlustrò il pavimento. Qual era il punto in cui era svenuto? Vicino al cestino, poi probabilmente di lato, verso il letto, con il pezzo di blister sull'indice, che verosimilmente...

Sul tappeto vicino al letto brillò qualcosa. Si chinò. Prozac. Andò al guardaroba e dalla tasca interna del cappotto tirò fuori una busta di plastica trasparente. Con la punta della chiave di casa infilò il pezzo di blister nella bustina, la chiuse e la rinfilò nel cappotto.

Chissà se c'era qualcos'altro d'interessante. Il commissario scrutò il pavimento in cerca di tracce, che le cameriere ai piani non avessero eliminato.

A circa quindici centimetri dal cassettone, vide un'impronta sul tappeto larga due centimetri. Probabilmente era stata quella la posizione del cassettone per un bel po'. Nagel accompagnò la sua scoperta con un fischio di soddisfazione. Di recente qualcuno doveva aver spinto il comò. Si spostò sull'altro lato e lo rimise nella posizione originaria. Sulla parete apparve una presa di corrente che evidentemente qualcuno aveva voluto nascondere. Ne capì anche il motivo, la cornice era rovinata.

A prima vista, avrebbe potuto essere opera di un ospite sbadato, che aveva sbattuto contro la presa con una valigia o una sedia. Magari c'era infilato un cavo e qualcuno ci aveva inciampato. Si chinò di nuovo. Vicino al punto di rottura si individuavano dei graffi rettilinei e precisi, sulla plastica e sulla vite. Qualcuno probabilmente aveva svitato la presa di corrente con un arnese inadatto. Un coltello.

Con l'unghia diede un paio di colpetti al bordo. Si alzò e andò alla presa di corrente vicino alla porta della camera. Il bordo di plastica era intatto, ma anche in quella c'erano graffi sulla plastica e sulla vite. Si avvicinò alla presa del comodino di sinistra. Di nuovo danni alla vite. Montò sul letto per raggiungere l'altro comodino. Ancora graffi. Una quarta e una quinta presa di corrente si trovavano in bagno, stessa situazione. Anche lì qualcuno aveva tentato di svitare le prese. In bagno, come indicavano diverse tacche e scabrosità, avevano persino tentato di staccare l'interruttore basculante della luce, facendo leva.

Inspirò. Un intervento poco professionale, senza lo strumento giusto. Avevano cercato qualcosa nelle prese di corrente, ma cosa? Lasciò vagare lo sguardo dalla doccia al water. Lo sciacquone era integrato nella parete. La luce era un listello piatto a LED inserito nel soffitto, senza viti a vista. L'asciugacapelli era infilato in un sostegno appeso al muro e Nagel lo ispezionò. Anche il fon mostrava graffi su tutte e tre le viti. Era stato aperto.

Tornò nella stanza. Forse la lampada al soffitto? Montò sul letto. Barcollò qualche passo sul materasso prima di riuscire a raggiungere il paralume e dargli una controllata. Niente, e neppure negli abat-jour sul comodino trovò nulla.

Gli interruttori del condizionatore.

Li trovò in una scatolina di plastica vicina alla porta della camera. Lì fu più semplice, la scatolina tenuta da due linguette si lasciò aprire senza problemi. All'interno solo il circuito stampato, su cui era posato il regolatore, e un cavo sottile che spariva nel muro. Niente di sospetto.

Fuori il campanile della chiesa rintoccò la mezz'ora, Nadja sarebbe tornata presto. Inspirò profondamente. A qualsiasi ospite sarebbe saltata all'occhio la posizione sbagliata del cassettone. In una stanza d'albergo anche il più bonario padre di famiglia si trasformava in uno spietato scienziato forense. Dietro ogni foto c'era pericolo di trovare macchie di zanzare spiaccicate, sotto ogni letto capelli e preservativi usati, su ogni cuscino acari, sullo scopino del water incrostazioni fecali, nella doccia calcare e muffa, dietro gli armadi ragni e dietro i battiscopa scarafaggi. Il telecomando del televisore lo si afferrava con una certa ripugnanza diffidente... no, qualsiasi cliente avrebbe di sicuro segnalato alla reception le prese di corrente graffiate e richiesto un'immediata riparazione. Quindi a danneggiarle doveva essere stato Lorch, l'ultimo ospite. E Lorch doveva aver cercato qualcosa in quella stanza. Ma cosa? E lo aveva trovato?

Il telecomando...

Si trovava sul comò vicino al regolamento interno dell'hotel e a un bloc-notes. Nagel attraversò la stanza e lo prese in mano. Lo scosse, niente. Le viti non si vedevano. Aprì lo scomparto per le batterie: ministilo sottili, diverse fra loro, quella di sinistra di una marca nota, quella di destra tutta gialla e senza scritte. Questo era interessante.

Armeggiò per tirare fuori la pila. Era un po' più leggera del previsto e non era avvolta da una pellicola sottile, che di solito riportava la marca, ma verniciata. Di giallo. Il commissario andò al guardaroba e tirò fuori dal cappotto i suoi occhiali da lettura, li inforcò e avvicinò agli occhi la batteria. Al centro vide tre forellini millimetrici disposti a triangolo.

Accese l'abat-jour e l'illuminò per bene. Al suo interno, proprio dietro i forellini, vide scintillare qualcosa. Doveva trattarsi di una microspia. Nascosta in una pila che dava la maggior parte della sua energia al telecomando, ma che riforniva di corrente anche la cimice.

Fuori in corridoio sentì rumore di passi.

Rimise la batteria nel telecomando, lo richiuse e accese la televisione.

Bussarono alla porta. "Andreas?"

Aprì e Nadja entrò.

"Ah, guardi un po' di tv. Va meglio?"

"Completamente rimesso in sesto," confermò lui. In effetti si sentiva rinfrancato e pieno di dinamismo.

"Ho trovato Schrödinger. Andiamo? Sarai a casa per cena."

"Sai," il commissario si sforzò di parlare forte e chiaro, "sai che ho impiegato quasi dieci minuti per accendere questo televisore?"

Nadja si mostrò perplessa. "E allora?"

"Sì," scandiva le parole, guardando il telecomando. "Questa roba moderna... prima ho pensato che le batterie fossero scariche, invece si deve premere un pulsante nascosto là dietro, vedi, sul lato dello schermo. Chi ha progettato un troiaio del genere?"

"Non ne ho idea," rispose la collega. Lo osservava di nuovo con aria preoccupata, probabilmente parlava un po' da vecchio rimbambito, ma non gli importava. "Andiamo?" Prese il cappotto dal guardaroba.

"Sì," disse Nagel strascicando la risposta. "Andiamo!"

Lo schermo a tubo catodico del minuscolo televisore immerse la stanza nell'azzurrino chiaro del telegiornale sul primo canale. Il volume era disattivato.

"Sono sicuro che sia la camera da letto."

"E allora?" Bernhard era disteso sul letto e cercava di leggere il labiale della giornalista. Si voltò, Frank era seduto alla finestra con lo sguardo fisso fuori, nella notte.

"È l'unica luce rimasta accesa, perciò dev'essere la camera da letto."

"O il bagno."

"Un bagno avrebbe vetri opalini."

Avevano preso la stanza per venti euro a persona. L'ostessa si era mostrata sorprendentemente euforica, non ci doveva essere molta richiesta. L'ambiente odorava di muffa, pareti e soffitto erano rivestiti di legno e l'arredamento risaliva probabilmente agli anni Settanta. L'edificio era addossato al bosco con due ali ad angolo retto tra loro. Dalla finestra si scorgeva il cortile interno.

"Inoltre," continuò Frank, "tu faresti una camera che dà sulla strada?" Schioccò le dita. "Hanno spento la luce." Scattò in piedi. "Andiamo."

S'infilarono le giacche e gli stivali. Fuori in corridoio la situazione era tranquilla, erano gli unici clienti.

Il cattivo gusto della Foresta Nera nella penombra del negozio aveva un che d'inquietante. Bernhard si accorse solo allora dei trofei di caccia imbalsamati, appesi alla parete sopra il bancone. Una testa di cervo con le corna era attaccata sopra la porta d'ingresso. Era chiusa, come avevano previsto, ma la chiave della stanza andava bene anche per quella serratura.

Fuori era fresco. In quel periodo dell'anno, a inizio settembre, di notte si avvertiva già un assaggio d'autunno. Il parcheggio era vuoto tranne per una Fiat rossa dei titolari, e il loro furgone bianco. Bernhard non riuscì a vedere alcuna stella, e neppure la luna. Non c'erano lampioni, era buio pesto. L'osteria era l'unico edificio nel raggio di quattro chilometri, la strada era deserta. L'unico rumore era lo sciosciare dell'acqua alla diga di sbarramento.

Frank aprì lo sportello del lato conducente e girò la chiave. Poi montarono nel vano di carico, illuminato da un'unica lampadina al soffitto. "Cominciamo."

Bernhard aprì il primo dei sei recipienti da trenta litri. Erano bidoni industriali bianchi di circa quaranta centimetri di diametro. I coperchi erano tenuti fermi da fermagli di metallo. Erano andati a prenderli il giorno prima nei pressi di Karlsruhe. Il liquido chiaro contenuto all'interno brillava alla luce sul soffitto, trasparente come l'acqua.

Frank aprì il sacco. La puzza era insopportabile, ma Bernhard aveva sentito di peggio. Trascinarono insieme il telone mezzo aperto verso i bidoni. Senza gli abiti ridotti a brandelli, si sarebbe potuto trattare benissimo di scarti di un mattatoio o di merce di un macellaio. Sul fondo del sacco si erano raccolti almeno dieci centimetri di sangue. Dentro di sé Bernhard sperò che Frank prendesse la testa.

Indossarono dei camicioni usa e getta e guanti. Bernhard infilò per primo la mano nel sacco, senza neppure guardare. Una specie di busta a sorpresa.

Gli spettò un avambraccio, che lasciò affondare lentamente nell'idrossido di potassio. La soluzione iniziò subito a colorarsi di marrone.

Di lì a due giorni non ci sarebbe rimasta più traccia organica.

Lavorarono in silenzio. Nel furgone risuonava solo il rumore viscido prodotto dalle parti del corpo estratte. Ogni paio di minuti si sentiva passare un'auto, in un senso di marcia o nell'altro, il sibilo solitario delle gomme sull'asfalto che scemava. Già dopo pochi minuti nel furgone si era diffuso un odore sgradevole di ammoniaca.

Un bidone riusciva a contenere dai tre ai cinque pezzi di cadavere. Una volta riempito, Bernhard prendeva il coperchio, lo rimetteva sull'apertura e lo bloccava con l'anello di guarnizione metallico. Non lo chiudeva del tutto, i gas che eventualmente si fossero formati dovevano poter fuoriuscire. L'ultima cosa di cui avevano bisogno era l'esplosione di un bidone pieno di viscidume cadaverico caustico.

Venti minuti dopo, era rimasta solo la testa.

Bernhard scosse il capo, per quel giorno ne aveva avuto abbastanza. Ora toccava a Frank.

Il socio sospirò, indugiò un istante, poi infilò la mano nel sacco per l'ultima volta. Tirò fuori la testa per i capelli, gli occhi erano chiusi. Quando la lasciò scivolare nel bidone, il sangue si sciolse dai capelli. Le ciocche galleggiarono nell'idrossido di potassio e si drizzarono come succede a un sub. Dalla cavità faringea si liberò una bolla d'aria, che risalì in alto. Bernhard deglutì.

"Cos'hai?" gli domandò Frank. "La responsabilità non è nostra. Eliminiamo solo il cadavere."

"No," mormorò il socio. Prese in mano il coperchio per chiudere anche l'ultimo bidone.

"Aspetta," lo fermò Frank, poi prese il sacco con entrambe le mani e cercò di versare parte del sangue nel contenitore. Bernhard lo aiutò.

"Il resto lo sciacquo via domani nel lago," disse Frank.

"Della motosega e della camicia che ne facciamo?"

"Mi farò venire un'idea."

Bernhard chiuse il bidone, di lì a due giorni non si sarebbe riconosciuta più alcuna forma. In poco tempo l'idrossido di potassio avrebbe scomposto il corpo nelle sue componenti molecolari, in maniera irreversibile, tanto implacabile da essere quasi inquietante. Una gigantesca entropia.

Gli venne in mente la camera dell'hotel sul Titisee. "E le microspie?"

"Vediamo. Non so se vogliono toglierle." Stava per tirarsi su quando sentì uno scricchiolio da fuori. "Aspetta," sibilò Bernhard.

Nello stesso istante bussarono allo sportello. Un battere cauto, quasi timido. Per tre volte.

Frank lo fissò, gli occhi sgranati. Il portellone di carico non era chiuso a chiave, era impossibile dall'interno. Frank infilò la mano destra nel mucchio di vestiti che si trovava vicino alla motosega. Tirò fuori una SIG Sauer P220 e la caricò con circospezione. La cartuccia produsse un lieve clic nella canna. Puntò l'arma verso il portellone.

Fissarono la piccola leva, con la quale lo sportello si apriva dall'interno. Non si mosse. A Bernhard sembrò di sentire altri passi, stavolta dall'altro lato del furgone. C'erano più persone là fuori? Erano gli agenti di quel pomeriggio? Avevano ritrovato il vecchio scomparso? Forse erano risaliti al modello del veicolo grazie alle tracce delle gomme vicine alla baita. Frank continuava a puntare la pistola verso il portellone di carico, impugnandola con forza.

Si sentì un clic, proveniente dallo sportello anteriore. Qualcuno aveva aperto la portiera dal lato del conducente.

Poi la luce al soffitto si spense.

Poco dopo entrò in funzione la chiusura centralizzata. Il furgone era stato chiuso a chiave.

MARIE (IV)

Tre settimane prima – 12 agosto

Il tubo al neon al soffitto pareva un bastone luminoso, una lucciola gigante attaccata alle piastrelle che le faceva la posta. Si sentiva solo il leggero rombare di un qualche apparecchio, che dalla cantina dell'edificio mandava il suo lamento servile attraverso i tubi dell'acqua. Oppure era la sua circolazione sanguigna? Marie aveva contato già fino a cento. Poi riemerse.

L'acqua era gelida, era da ore che stava nella vasca. Scosse la mano per asciugarla e prese il cellulare dal pavimento. Mancava poco alle otto. Si era data appuntamento con Simon al ristorante a un quarto alle nove, per la cena.

Nonostante il posto fosse minuscolo, per arrivare all'hotel si erano persi. Simon aveva persino imprecato, perché il cellulare aveva pochissimo segnale. I pixel di Google Maps si erano caricati con una lentezza estenuante, tanto che alla fine per puro caso si erano ritrovati sulla strada giusta.

In vita sua Marie non aveva mai pernottato in un hotel a quattro stelle. E tanto meno vi aveva mai fatto il bagno. Nelle sistemazioni con Jonas a Praga, Parigi, Barcellona, Vienna, nelle stereotipate enclave tedesche sul Mediterraneo, nei brevi viaggi culturali in località patrimonio dell'Unesco... le vasche, ammesso che ci fossero, erano in uno stato tale da farti desistere anche dal farti una doccia, sfiorarne i rubinetti rugginosi o lo smalto viscido.

Ora invece occupava una singola in un albergo per ricconi stufi della realtà e per pensionati. Nella stanza accanto, Simon seduto davanti al portatile leggeva le ultimissime notizie su *heise.de* o esaminava le commit più recenti per Linux (Marie non aveva idea di cosa fossero). Simon ne aveva parlato uscendo dalla stazione, mentre cercavano l'hotel.

Marie non riusciva ancora a inquadrare il suo "assistente tecnico". Per lei restava un essere singolarmente privo di sostanza, un fantasma. Cosa lo spingeva? Finora non aveva raccontato quasi niente di se stesso. Quello che in treno aveva considerato humour a doppio senso, ora le sembrava uno scudo protettivo che alzava per nascondere il suo carattere. Eppure era convinta – qualunque cosa significasse – che fosse una "persona carina", capace di immedesimarsi nei panni altrui, di interessarsi del destino dei suoi simili. Non sapeva neppure se avesse una relazione. Non gli aveva raccontato che si era lasciata da Jonas, che lui l'aveva tradita. Non voleva confidarglielo a nessun costo.

A cena gli avrebbe fatto il terzo grado. Diede un'altra occhiata allo smartphone, era il momento! Uscì dalla vasca e afferrò uno degli asciugamani di spugna incredibilmente bianchi e soffici.

Il tappeto spesso del corridoio smorzava i passi di Marie. Dalle scale saliva il mormorio di un gran numero di persone e un tintinnare di bicchieri e stoviglie. Si sentiva profumo di sugo d'arrosto e di cipolle rosolate. Il cellulare indicava dieci minuti alle nove, Simon era in ritardo.

Bussò alla sua porta.

"Sì?" rispose lui dall'interno.

"Sono io, Marie."

"Entra pure."

Non era chiusa a chiave. Le servì qualche secondo per abituarsi al buio, poi vide lo schermo con innumerevoli cifre bianche su un fondo nero, tipo dattiloscritto. Lo smartphone del ragazzo era appoggiato vicino al portatile, sul letto la valigia era ancora da disfare.

"Prima sono riuscito a ottenere una connessione internet decente," spiegò Simon.

"Vai su internet tramite lo smartphone?"

"Questo maledetto hotel non ha il wi-fi. Saremmo dovuti andare all'hotel di Berger, La corte della Foresta Nera."

Ad Amburgo Thomas non le aveva taciuto la fatica di rimediare due stanze nel primo hotel del posto: l'unica disponibile era una matrimoniale. Per fortuna il capo aveva intuito che per Marie sarebbe stato fuori discussione.

"Beh, ora andiamo," dichiarò Simon senza distogliere gli occhi dallo schermo.

"Ma lo sai che ore sono?" insinuò Marie.

"Le sette? Le sette e mezzo?"
"Le nove!"
Si voltò. "Merda. Volevamo..."
"Esatto," disse Marie. Simon indossava ancora i vestiti del viaggio. Lei poteva cogliere la palla al balzo e finalmente conoscerlo meglio. "Sai, in effetti non ho fame," aggiunse. "Giù nella hall c'è un distributore automatico, potremmo prenderci un sacchetto di patatine o qualcosa del genere."
Simon si strinse nelle spalle. "Certo, perché no?" Scattò in piedi dal letto. "Vado a prendere qualcosa. Torno subito." Aprì la porta e sparì.
L'unica cosa che aveva tolto dalla valigia era il portatile. Per il resto la stanza era ancora in attesa di dare il benvenuto al suo ospite. Marie si avvicinò alla scrivania. Le colonne di simboli sullo schermo scorrevano così in fretta che leggerle era impossibile. Jonas ci sarebbe riuscito, era un nerd fino al midollo, con una passione profonda per la programmazione. Nella scelta tra informatica e ingegneria aveva optato per la seconda, soprattutto perché suo padre era un ingegnere meccanico. Perché le veniva da pensare a Jonas? Era acqua passata, una volta per tutte. Il suo indirizzo mail, il numero di cellulare, tutto bloccato ormai. L'ultima cosa di cui aveva voglia erano arroganti, ipocriti tentativi di spiegazione, che trascuravano il punto principale: aveva perso la fiducia in lui.

Jonas era indeciso se fare o meno un salto all'unico supermercato del quartiere aperto fino alle dieci. Era dal giorno prima che non mangiava, gli restavano soltanto pasta, olio, un tubetto di concentrato di pomodoro e un barattolo di piselli. Mere provviste di emergenza. Inoltre da quattro giorni non usciva di casa.
In televisione, senza volume, davano un documentario sulla savana africana. Se ricordava bene, aveva acceso la piccola tv il mattino precedente. Aveva dormito sul sofà, come le notti prima. Si era appisolato una mezz'oretta.
Sapeva benissimo che non poteva andare avanti in quel modo

in eterno. Probabilmente prima o poi il dolore sarebbe diminuito, ma quando? Quella con Marie era stata in assoluto la sua prima relazione stabile.

Scartò l'idea della spedizione al supermercato e mise su l'acqua per la pasta.

Probabilmente era per questo che era diventato incauto. Probabilmente aveva dato per scontato quella relazione. Forse il pensiero di non avere più Marie... forse quel pensiero non gli aveva neppure sfiorato la mente. Non lo sapeva più. Non sapeva darsi una spiegazione. La sola idea di perderla... di dover vivere *senza* di lei, fino a due settimane prima gli sarebbe sembrata una totale assurdità.

L'acqua bolliva.

Jonas ci buttò farfalline, penne e spaghetti. In una casseruola scaldò un miscuglio di farina, concentrato di pomodoro, acqua, olio d'oliva, sale, pepe e crauti, creando una specie di sugo.

Ovviamente sapeva che era colpa sua, che aveva combinato un casino. Ma con tutta la buona volontà non si capacitava più del perché si fosse lasciato sedurre in quel modo. Era stata nostalgia? Non capitava a tutti prima o poi di fare una scappatella? Cosa dicevano i sondaggi? Il settanta o l'ottanta per cento? Ed erano solo quelli che lo confessavano. Voleva soltanto bere qualcosa. Voleva soltanto bere una birra giù al locale, da solo, per festeggiare un po' la prova scritta d'esame che era andata sorprendentemente bene, quasi alla perfezione. Voleva soltanto bere una birra e andarsene a letto. Il giorno prima aveva studiato fino alle due di notte e dormito appena quattro ore.

Non riusciva a spiegarselo. Due o tre giorni prima aveva smesso di contattarla. Capiva benissimo che Marie non volesse parlare con lui, che non gli rispondesse alle mail. Ma fino a quando avrebbe continuato con quel muro? Non voleva giustificarsi, ma almeno chiederle scusa. Voleva raccontarle com'era potuto succedere, quanto strano fosse tutto questo, quanto poco lo capisse anche lui.

Jonas scolò via l'acqua con il coperchio leggermente aperto e rovesciò l'intruglio al pomodoro sulla pasta. Mangiò direttamente dalla pentola.

Dopo il primo boccone gli venne in mente che aveva la chiave del suo appartamento. Come lei del resto. Da anni si erano scambiati la copia delle chiavi per ragioni pratiche e come salvagente nel caso fossero rimasti chiusi fuori.

Già ieri l'altro avrebbe voluto riportargliela. Magari doveva farlo ora.

Guardò l'orologio. Era raro che Marie andasse a letto prima di mezzanotte.

Si mise un paio di mutande pulite, si sistemò i capelli con l'acqua, s'infilò calzini, jeans, t-shirt, scarpe, una giacca leggera e uscì di casa.

René Berger spense la luce, prima di avvicinarsi alla finestra. Aprì la tenda solo di uno spiraglio, quel tanto che bastava per abbracciare con lo sguardo la viuzza che conduceva alla stazione balneare dietro l'hotel.

Nessuno.

Attraversò la stanza e controllò per la terza volta che la porta fosse chiusa. Lo era.

Si sedette alla scrivania, tirò fuori lo smartphone dalla tasca dei pantaloni, lo aprì e rimosse la batteria. Tolse anche la sim con il logo di un gestore di telefonia francese, prese dal tavolo la nuova scheda completamente bianca e la infilò. Dopo aver rimesso la batteria e richiuso il cellulare, lo accese e aspettò che la connessione internet fosse ristabilita.

Fuori in corridoio sentì un rumore di passi. Posò con cautela il telefonino sul tavolo, sgattaiolò alla porta e tese l'orecchio. Il rumore diminuiva, qualcuno rideva, probabilmente clienti diretti al bar.

Tornò a sedersi alla scrivania e aprì il portatile. Lo smartphone, connesso alla rete, serviva da ponte per navigare. Aprì una cartella sul desktop e avviò Tor. Il piccolo simbolo a cipolla apparve nella barra delle applicazioni. Ora ogni comunicazione passava da una rete di server che rendeva impossibile tracciare i dati dell'utente.

Aprì il client IRC, che aveva già impostato in modo da poter comunicare tramite la rete Tor, e avviò il collegamento SSL al server. Entrò nel canale #titsee_120813 e diede un'occhiata all'elenco degli utenti. Era ancora solo.

Erano le venti e cinquantasette, si passò una mano tra i capelli, balzò in piedi e, senza scollare lo sguardo dallo schermo, andò al frigobar. Si prese una birra, l'aprì con il mazzo di chiavi, tornò a sedersi al tavolo e ne bevve un bel sorso.

Venti e cinquantotto.

Aprì il browser e lo posizionò in maniera tale da continuare a vedere la finestra di IRC. Digitò l'indirizzo del suo blog e controllò i commenti agli articoli. Le solite teorie del complotto di qualche nerd sprofondato un po' troppo nei forum oscuri del Deep Web. Un clic sbagliato in quei forum ti portava a delle immagini che non avresti dimenticato per tutta la vita. Era impossibile aggirarsi per mesi in quegli ambienti di internet senza perdere la ragione. Nessuno era in grado di sopravvivere a lungo in una simile realtà assoluta, senza impazzire. Senza perdere la capacità di raccontare quel che si era venuti a sapere.

Berger se n'era accorto in tempo.

Le ventuno.

In chat non entrava nessuno. Imprecò sottovoce. Il suo nickname "adrianlorch" si illuminava solitario sullo sfondo nero.

Navigando in incognito con Tor controllò anche la posta elettronica. Riceveva dalle tre alle cinque mail al giorno dai più reconditi angoli del mondo, da persone convinte di aver scoperto uno scandalo globale. La maggior parte però mancava di fondamento, le prove non venivano quasi mai prodotte, e senza prove lui non pubblicava niente. Aveva una reputazione da difendere.

Ventuno e tre.

Ma dove si era cacciato? Eppure le istruzioni erano state chiare: puntualità, spaccare il minuto. Sospirò, buttò giù un altro sorso. Entro cinque minuti al massimo avrebbe dovuto chiudere il collegamento, quelle erano le regole.

Lanciò la pagina dello *Spiegel Online*, diede una scorsa ai titoli e non poté trattene una risatina. Pecore ignoranti, telecomandate e abuliche.

Aveva letto testi che giornalisti affermati non avrebbero mai scritto, per non danneggiare le fondamenta stesse dei media. Aveva trovato resoconti di addetti ai lavori su iniziative nel continente africano, dove interi villaggi erano stati contagiati apposta con il virus dell'Aids per testare l'efficacia di un farmaco. Rapporti sull'impiego di droni nello Yemen, dove a bambini di quattro anni veniva inculcata la paura del bel tempo perché dal cielo azzurro provenivano gli spari mortali sui loro genitori. Il filo che teneva legato l'individuo alla civiltà e ne impediva una ricaduta nella smania bestiale di carneficina, era sottile quanto un capello. Nel pomeriggio aveva visto immagini e video di un cartello della droga che sequestrava pullman sulle strade messicane di grande comunicazione, per iniziare gli uomini alla lotta tra gladiatori in un campo inaccessibile in mezzo alla giungla. Riprese effettuate con la videocamera di un cellulare, nelle quali un paio di dozzine di membri dei cartelli della droga gridavano, bottiglie di birra tra indice e medio, seduti intorno a un'arena dove i combattenti a due a due lottavano con asce, machete e trapani. Uomini fino a poche ore prima padri di famiglia, studenti, impiegati, si spaccavano la testa e si mozzavano le membra per sopravvivere. Come interludio più sereno, due donne con la scriminatura, ancora in blazer grigio probabilmente da lavoro, si affrontavano con lime da unghie. La vincitrice, cosparsa di ferite sanguinanti, aveva strappato con i denti la carotide alla sua avversaria. La lotta era durata quasi un'ora e a chi tentava la fuga, si tagliavano le gambe con la motosega. Per l'intera registrazione si sentiva in sottofondo il piagnucolare di una madre che moriva lentamente, dopo aver tentato di fuggire con la figlia nella foresta. Gli ultimi tre uomini sopravvissuti erano stati reclutati come soldati dei cartelli, dopodiché avevano violentato una dopo l'altra le donne rimaste, per poi ucciderle. Persino per René Berger era troppo. Completamente assurdo. Nessuna differenza tra donne e bambini.

Il blogger aveva visto cose che lo avevano convinto definitivamente, una volta per tutte, della cattiveria degli uomini. Del singolo individuo e della massa. Cose che lo avevano reso certo che l'umanità andava soppressa o riprogrammata.

Si passò una mano tra i capelli. Nessuno sarebbe sopravvissuto

più a lungo in quello stato di realtà assoluta senza perdere la ragione.
Lo sperava.
Ventuno e cinque.
Rimosse la batteria dallo smartphone e scambiò nuovamente le sim.

Simon era tornato con due sacchetti di patatine e quattro bottiglie di vino rosso da un quarto di litro. Due le aveva aperte ed erano già mezze vuote.
"Cosa t'interessa davvero di Berger?" chiese Marie. "Invidia?"
"Invidia?"
"Dopotutto è stato da Günther Jauch."
Simon rise. "E ha dato risposte che aveva letto da qualche parte tre giorni prima."
"Cosa intendi?"
"Tutte quelle chiacchiere sulla libertà d'informazione, sulla cultura hackeristica, la sua opinione in merito a WikiLeaks... quando però gli rivolgevano domande che scendevano più nel dettaglio, eludeva le risposte." Si strinse nelle spalle. "Sono un po' allergico all'ambiente dei blogger. Troppo narcisista. Si considerano gli eredi della cultura hackeristica, ma gli manca completamente l'aspetto anarchico, l'autorganizzazione, capisci? L'aspetto ludico. *L'art pour l'art.*"
Marie scoppiò a ridere. A quanto pareva, l'alcol aveva sciolto la lingua del ragazzo. "*L'art pour l'art?* E l'*art* sarebbe intrufolarsi nei computer altrui?"
"Da come lo dici sembra una cosa negativa!" esclamò lui. "La cultura hackeristica non pretende di insegnare niente a nessuno." Bevve un sorso di vino. "Ho scovato Berger perché è stato possibile."
"Perché è stato possibile?"
"Perché ci sono riuscito. Invece cos'ha spinto *te* a partecipare?"
Marie si scolò il resto della bottiglia. "È una bella storia." Si

pulì la bocca con il dorso della mano. "*L'art pour l'art*. Bah! È così che affronti la vita? Non hai *ideali*?"

Sembrò riflettere. "Non so. Come ho detto, se qualcosa è possibile..."

"La possibilità giustifica i mezzi, giusto?"

"E tu che ideali hai?" La guardò dritta negli occhi.

Marie trattenne il fiato. "Avevo una specie di progetto di vita. Pensavo che prima o poi avrei sposato Jonas per davvero." Si appoggiò all'indietro, puntellandosi con i gomiti sul materasso e guardando il soffitto. Il portalampada era storto. "Una casetta, Jonas avrebbe avuto un posto ben pagato da ingegnere e io avrei lavorato per qualche testata come giornalista stimata. Ogni paio di mesi mi avrebbero invitata a una tavola rotonda, dove avrei tenuto discorsi sulla democrazia liquida e discusso di Unione Europea. Avremmo avuto anche un figlio, meglio se femmina, Lea. Ecco. Proprio così."

"Chi è Jonas?"

Marie distolse lo sguardo dal soffitto. Si raddrizzò a sedere e posò per terra la bottiglia di vino vuota. "Il mio ex," mormorò.

"Oh." Simon si morse il labbro.

"Sì." Marie accantonò l'argomento con una scrollata di spalle. "Ma gli ideali... ce ne sono di non ridotti in polvere? La tutela dell'ambiente? Non è più fine a se stessa, serve solo a scopi politici ed economici. La democrazia? Ormai non è altro che un mito di fondazione dell'Occidente." La terza bottiglia dov'era finita? Si guardò intorno, e il suo sguardo si soffermò sul motivo a losanghe del tappeto.

"Cerchi il vino?"

Marie alzò la testa. Simon le stava allungando la bottiglia già aperta, che doveva aver tenuto in mano.

Lei ne bevve un bel sorso, che assopì la sensazione che con quei discorsi si stessero addentrando in un territorio minato. Si schiarì la gola. "Il movimento no-global? Già assorbito dall'economia, da tempo. Ci sono prodotti regionali da comprare e invece si pubblicizza l'essere produttori nazionali. La libertà del singolo individuo? Viene celebrata da qualsiasi maledetto produttore di scarpe da ginnastica. Gli ideali borghesi classici? Le griffe della moda servono i moderni filistei, tanto quanto il mercato dei libri, le aziende automobilistiche e Ikea. I vegetariani sono riforniti da un intero ramo dell'industria, tanto quanto i sostenitori di un consumo eccessivo di carne. Mangiare gli animali è figo, così come non mangiarli. Essere single è figo, vivere in strutture familiari è figo, internet e una rete totale è figo, ma anche prodursi la corrente con un impianto solare in giardino è figo. Amare l'ambiente è figo ma anche guidare un grosso Suv. La libertà è figa, ma la sicurezza lo è altrettanto. Il femminismo è figo, ma anche giocare a fare la coniglietta di *Playboy*. Non esiste più niente per cui impegnarsi, è già tutto masticato e digerito. È un circolo vizioso. Persino l'amore per gli uomini ha un settore economico tutto suo."

"L'industria farmaceutica," confermò Simon serio in volto.

"Alle ciminiere fumanti della filantropia." Brindarono, Marie con la bottiglia di vino, Simon con il pugno. "L'unico ideale che conta ancora per me," concluse lei, "è la rinuncia totale. Non partecipare più a un cazzo di niente. Nascondere la testa sotto la sabbia."

"Ci sono anche le agenzie di viaggio dedicate a chi pianta tutto in asso, sai?" sogghignò il ragazzo.

"Allora mi resta solo il cinismo."

"Sai, penso che si faccia un uso improprio degli ideali a causa della loro contraddittorietà interna. Gli ideali sono sistemi artificiali, non plus ultra della realtà. O tentativi di interpretazione della realtà. Chiamali come ti pare. E devono restare per forza incompleti."

"Come mai?"

Simon parlava con lo sguardo rivolto al muro. "Per via del teorema d'incompletezza di Gödel."

"Per via di cosa?"

"Il teorema d'incompletezza di Kurt Gödel, un logico. A partire da una certa potenza, ogni sistema formale è contraddittorio oppure incompleto. Perché quell'aria perplessa?"

Marie si sentiva già troppo ubriaca per capire teoremi di logica. "Non riesco a seguirti."

"Immaginala così: se un sistema rivendica il diritto di spiegare il mondo, allora deve anche poter descrivere se stesso. Gödel ha dimostrato che questo porta a contraddizioni. Perciò pure quell'ideale che rivendica il diritto di spiegare il mondo in maniera esauriente, è necessariamente contraddittorio e con esso ogni sistema morale. L'unico ideale completo e privo di contraddizioni è la realtà, che però non è affatto un ideale. Ogni altro ideale ha falle o contraddizioni interne, per poter dialogare con cose diverse. Se per davvero si volesse dare una bussola in mano a un uomo, un'istruzione per la vita quotidiana, allora dovrebbe essere la più semplice possibile. L'èra degli ideali è finita. Per il ventunesimo secolo ci servono nuove soluzioni."

Marie buttò giù le ultime due dita di vino rosso. "Un nerd sociofobico, che non crede sia vero più niente, e una studentessa di germanistica fallita, che non crede più a niente perché ogni cosa è stata sporcata da altri. E ora cosa facciamo, al di là di tutte le convenzioni sociali e i moralismi?"

"Beh," rispose Simon. "Quello che la natura umana pretende da noi. O finiamo a letto insieme o ci spacchiamo la testa a vicenda."

Quella non era affatto una casa, era piuttosto un padiglione, una soluzione provvisoria elevata al rango di edificio che aveva preso Mies van der Rohe a modello, ma fallendo totalmente nel rispetto delle proporzioni. La facciata che dava sul giardino era in lastre di vetro larghe circa un metro e mezzo, montate per tutta la larghezza della struttura con puntelli di legno nel frattempo deteriorati dalle intemperie. Sembrava un ripiego economico, poco elegante, come se una facciata continua di vetro fosse costata troppo. L'edificio risaliva agli anni Cinquanta o Sessanta. Dal tetto a spiovente entrava la pioggia, in vari punti la guaina catramata si era staccata. L'opera di un giovane architetto troppo zelante, Michael ne era sicuro, Jürgen doveva aver comprato l'immobile senza capirci niente. In giardino le statue in gesso di angeli che svuotavano cornucopie, di cattivo gusto, dovevano essere farina del suo sacco. L'interno era ben illuminato e proiettava una luce diffusa anche sul prato, tanto che dietro le statue si allungavano ombre un po' inquietanti.

Michael guardò l'orologio, erano le dieci e un quarto. Perché stava lì? Non aveva altri progetti per quella sera?

Gli vibrò il cellulare nella tasca dei pantaloni, una sola volta, dunque un messaggio. Lo ignorò. Tentò di avvicinarsi un po' di più, ma rimase con una manica impigliato a un ramo. A quanto pareva Jürgen non si prendeva cura dei cespugli.

Michael non indossava il berretto, le ciocche di capelli bagnate gli si incollavano sulla fronte, la leggera giacca estiva non era impermeabile. Aveva parcheggiato la macchina tre strade più avanti. Attraversò il prato rannicchiandosi e si acquattò dietro un bosco. Da lì riusciva a vedere il sofà sul quale due teste seguivano un programma in tv quasi con timore reverenziale. Jürgen e Sybille.

Immobili. Statuari. Erano felici? Un quiz televisivo in formato 16:9. Avevano già iniziato una vita conformista, coniugale, benché lei abitasse da lui solo da una settimana. A breve si sarebbe accorta che anche su quella casa incombeva la stessa freddezza che aveva contraddistinto gli ultimi anni della loro relazione. Che il problema non era Michael, ma lei. Era *lei* a stroncare sul nascere ogni sentimento d'amore e di sicurezza affettiva, a farsi dettare le frasi dalle amiche o dai cattivi consiglieri.

Perché non era rimasto a casa? Il cellulare vibrò di nuovo.

Una luce di fari sfiorò le sue scarpe. Cambiò posizione. Un'auto scura si fermò all'entrata.

Rumore di passi sull'asfalto e sulle mattonelle di granito dell'ingresso. Il tintinnio delle chiavi, poi una porta che sbatte.

Le teste sul sofà si girarono verso l'ingresso e apparve Peter. Michael si tirò un po' più su, dietro il cespuglio.

Il ragazzo aveva un borsone sportivo, ma lui non aveva mai praticato sport. Anche i capelli erano diversi, i leggeri ricci naturali non erano pettinati e appiccicati alla testa, ma sparati qua e là. Gli stavano meglio, dovette ammettere. La bocca di Peter si mosse, disse qualcosa, la testa di Sybille si piegò all'indietro, gli occhi chiusi, ridendo. Jürgen balzò in piedi, indossava ancora il vestito da bancario, camicia azzurra chiara e pantaloni neri. Con tre grandi passi raggiunse il ragazzo e con gesto paterno gli afferrò i ricci, scuotendogli delicatamente la testa: un gesto di lode che lui non aveva mai sperimentato con suo figlio. Né avrebbe mai pensato di fare senza vergognarsi come un ladro. Peter sorrise, poi si girò e tornò in ingresso. Jürgen alzò la testa ridendo, tornò a sedersi sul sofà e mise un braccio intorno alle spalle di Sybille, che gli si avvicinò e lo baciò prima sulla guancia, poi sulla bocca, infine gli si accoccolò al petto.

Michael aveva visto abbastanza. Avviandosi verso la strada la giacca s'impigliò di nuovo nei rami. Strattonò la manica e la stoffa si strappò. Maledisse Jürgen per non essersi preso cura dei suoi dannati cespugli.

Una volta in macchina, il cellulare vibrò di nuovo.

Lo tirò fuori dalla tasca dei pantaloni e diede un'occhiata allo schermo. Tre messaggi negli ultimi dieci minuti. Aprì il primo:

Sensore 11, 22:16:25.

Il secondo:

Sensore 9, 22:17:41.

Il terzo:

Sensore 11, 22:19:23.

Michael girò vorticosamente lo sterzo e accelerò, portando l'auto ben oltre il limite dei trenta chilometri orari.

Ogni casa ha il suo odore specifico e unico nel suo genere, un misto di detergenti e detersivi, materiali da costruzione, abitudini alimentari degli abitanti e relativi feromoni. Mentre saliva su per la tromba delle scale, Jonas rifletté su quanto fosse strano il fatto che in ogni momento si riuscissero facilmente a immaginare suoni e immagini piuttosto esattamente, ma gli odori no, rimanevano stranamente inafferrabili. Non c'era bisogno di sforzarsi per rievocare una bicicletta o una rosa, né per ripensare a una canzone.

Ma se ci si voleva immaginare il profumo di cipolle rosolate o se si tentava di ricordare l'odore della propria cameretta, il risultato era vago, frustrante, deludente. Il più delle volte si accontentava di un'idea dell'odore e dell'assoluta sicurezza di poterlo riconoscere tra centomila.

Eppure era praticamente impossibile dimenticarli. Forse la difficoltà di giocare mentalmente con gli odori li proteggeva da un'alterazione a livello inconscio e pertanto dall'oblio. Jonas non lo sapeva. Com'era con il profumo delle donne? Tentò di ripensare all'odore di Marie e, con sua grande sorpresa, ci riuscì. Aspirò l'aroma della tromba delle scale, da qualche parte in quel miscuglio di effluvi doveva nascondersi anche quello di lei. Non riusciva a isolarlo solo a causa dell'insufficienza sensoriale del naso umano, ma era sicuro che ci fosse.

Suonò alla porta di Marie.

Tirò fuori dalla tasca dei pantaloni il mazzo di chiavi e armeggiò per trovare quella giusta. Il lieve tintinnio riecheggiò nell'edificio addormentato e immobile.

Non aprì nessuno. Jonas suonò di nuovo.

Niente. Avvicinò l'orecchio alla porta ma dall'interno non si sentiva niente, probabilmente non era in casa.

Soppesò la chiave in mano. Forse doveva...? Avrebbe potuto lasciare la chiave sul tavolo della cucina, con un foglietto su cui era scritto che era stato lì. Ma come sarebbe sembrato? L'ex che s'intrufola nell'appartamento di quella che era stata la sua fidanzata?

La pura e semplice curiosità gli fece avvicinare sempre più la chiave alla serratura. Poi di colpo si girò. Non era uno stalker, non era un pazzo che si introduceva nell'appartamento della sua ex per gelosia.

Scese le scale e una volta giù fece cadere la chiave nella cassetta delle lettere. Nella tasca interna trovò una penna e in un'altra uno scontrino, sul retro del quale scrisse: "Volevo riportarti la chiave. Jonas."

Poi uscì.

Andò verso la fermata del tram. Una volta attraversata la strada si voltò di nuovo per guardare la palazzina. Solo allora si accorse che dietro la finestra del soggiorno era accesa una luce. Dietro la tenda qualcuno si mosse.

Allora era a casa. Probabilmente l'aveva visto dalla finestra e aveva semplicemente ignorato il campanello. Oppure aveva ipotizzato che fosse lui. Era una sua decisione e se non voleva vederlo, inutile insistere.

Michael andava quasi a centocinquanta e sperò di non incappare in un autovelox. A quell'ora l'autostrada era quasi vuota e, per fortuna, la pioggia era diminuita. Alcuni conducenti suonarono il clacson, quando li sorpassò.

Il sensore nove era il rilevatore di movimento sulla terrazza, l'undici il rilevatore di vibrazioni in una delle finestre vicine alla porta della terrazza. Qualcuno doveva essersi avvicinato alla casa dal giardino e aver spaccato la finestra.

Spinse l'ago del tachimetro fino a centottanta. All'altezza di Pratteln, gli occhi fissi sulla strada, cercò a tastoni sotto il sedile passeggero finché, tra le istruzioni per l'uso e i dépliant pubblicitari, non avvertì il freddo del metallo. Tirò fuori la semiautomatica dell'esercito svizzero, una SIG Sauer P220. Nello scomparto laterale dello sportello del conducente conservava le munizioni.

Quando uscì dall'autostrada, si era un po' calmato. Ora bisognava mantenere il sangue freddo.

Nella notte il paese aveva un aspetto pacifico, i lampioni si perdevano nelle strisciate dei tergicristalli. All'orizzonte il cielo rosseggiava sopra Basilea. Fermò l'auto in una strada secondaria e spense il motore. Ora si sentiva solo il picchiettare della pioggia sul parabrezza e sul tetto della macchina. Tirò fuori il caricatore dalla SIG, caricò la pistola e se la infilò nella tasca della giacca.

Scese dall'auto, dovevano essere già le undici e mezzo. Dietro la maggior parte delle finestre la luce era spenta, si sentiva lo sferragliare di un treno merci, il gorgogliare dell'acqua nei tombini.

Dovette percorrere circa duecento metri a piedi prima di raggiungere casa sua. Era tutto buio. Non riuscì a scorgere alcun bagliore di torcia all'interno.

Negli ultimi mesi solo in quel quartiere si erano verificati tre furti.

Un viottolo separava il terreno dal giardino attiguo. Evitò il viale d'accesso e scavalcò il recinto per raggiungere la finestra della cucina. Il terreno sotto le suole era fangoso, le gocce di pioggia scrosciavano sulle foglie e sulla lamiera. Arrivò sul grande prato davanti alla cucina.

Con quel buio il laghetto del giardino sembrava uno stagno nero, la superficie una pentola che bolliva. Si sentì un altro treno. In casa era tutto immobile, anche al piano di sopra. Erano in cantina? S'incamminò verso la terrazza, accucciandosi in avanti, ma dopo qualche passo iniziò subito il dolore all'anca. L'ultimo Diclofenac risaliva a sei ore prima. L'umidità penetrava attraverso la giacca estiva, sulla pelle si formavano chiazze fredde sempre più grosse.

Avanzò di un altro passo, poi gli vibrò di nuovo il cellulare. Si fermò. Tirò fuori lo smartophone e lesse il messaggio: anche il sensore cinque segnalava un movimento. Alzò la testa. Sopra di lui sfavillò l'occhio della telecamera: il sistema funzionava alla perfezione anche con la pioggia.

Una volta raggiunto l'angolo della casa, si schiacciò contro l'intonaco. Riuscì persino a sentire il freddo metallo della SIG attraverso la camicia umida. Allungò il collo, lentamente, e sbirciò dietro l'angolo.

Niente. La terrazza se ne stava tranquilla sotto la pioggia.

Si staccò dal muro e, passando per lo stretto vialetto di ghiaia, raggiunse le mattonelle di terracotta. L'oleandro di Sybille lo nascondeva. Doveva esserci un buco nel vetro, attraverso il quale avevano poi aperto la porta della terrazza.

Uscì dal riparo della pianta, alla luce del lampione scorse dei frammenti sul pavimento della terrazza. Qualcosa non andava, i cocci erano rossi, con vicino della terra sparpagliata.

Finestra e porta della terrazza erano intatte. Michael tirò un sospiro di sollievo. Controllò la porta e la finestra, tutto a posto, e accese la luce in terrazza.

I cocci per terra erano del vaso di fiori nel quale qualche settimane prima Sybille aveva piantato il basilico. Era caduto dal davanzale.

Un fruscio alle spalle. Quando si girò, si trovò davanti il gatto che miagolava. Gli si avvicinò con un elegante passo felpato e gli si strusciò contro le gambe.

"Sei tu che hai azionato il rilevatore di movimento?" chiese più a se stesso che al gatto. Probabilmente la bestiola era saltata sul davanzale e aveva rovesciato il vaso, mandandolo a sbattere contro il vetro della finestra. L'animale fece le fusa e lui l'accarezzò sul dorso. Ormai l'acqua gli era arrivata alle mutande.

Girò intorno alla casa, entrò dalla porta d'ingresso, si tolse le scarpe bagnate, lanciò la giacca grondante nel bagno per gli ospiti e poi andò in soggiorno. Il gatto aspettava paziente davanti alla porta della terrazza. Michael gli aprì e lo lasciò entrare.

In cucina buttò giù il Diclofenac con un po' d'acqua, quindi prese un piatto e una scodella dalla credenza. Rincasando quella sera aveva comprato una lattina di cibo per gatti, "Deluxe" con polletto e verdure. L'etichetta raffigurava un micio sano e felice. L'esemplare sul suo sofà sembrava meno fotogenico, con il pelo bagnato e appicciato al corpo. Aveva lasciato tutte le zampate per terra. Come Michael, i cui calzini erano fradici.

Mise il piatto e la scodella dell'acqua sul pavimento e osservò il gatto mangiare con appetito.

Quando gli grattò il collo dolcemente, non si tirò indietro. Pioveva sempre di più. Michael decise di permettergli di dormire in soggiorno.

Sistemò la SIG Sauer P220 nel cassetto del comodino in camera da letto, poi si distese sul letto in mutande e maglietta. Dopo mezz'ora si rialzò e andò in bagno. Buttò giù un altro Diclofenac e due sonniferi, e si sentì meglio.

Sotto sotto tutti desiderano trovare un hotel con una sala per la prima colazione in stile liberty, eleganti tovaglie bianche, cameriere con cuffiette di pizzo, camerieri in livrea, lunghi tavoli da buffet pieni di tortiere di vetro e frutta esotica. Una sala con finestre all'inglese, soffitti a stucchi, candelieri d'argento e discorsi sussurrati di politica internazionale, arte e cultura. Probabilmente i più sognano inconsciamente una sala sul genere de *La montagna incantata*, certo senza la parte della rovina, né l'imminente guerra mondiale, né la tubercolosi. Se dev'essere un hotel, che allora sia uno come si deve.

Il più delle volte però la realtà è diversa. Qualcosa non andava nell'uovo sodo di Marie. Il guscio era ricoperto da innumerevoli vescicole dure, alla cui vista lei non poté fare a meno di pensare a un polmone disseminato di tubercoli. Disgustata, lo spinse da parte.

Al tavolo vicino era seduta una famiglia di quattro persone già in tenuta da trekking, che chiacchieravano in dialetto stretto. Marie non capì una parola. Genitori e figli s'infilavano in bocca un cornetto dietro l'altro, seguiti da würstel, per finire con fette di salame avvolte sulla punta di altri cornetti. Nonostante il cameriere avesse suggerito loro i succhi di frutta al buffet, gratis, avevano ordinato la Coca-Cola.

Quasi dirimpetto una coppia di una certa età era in silenzio da dieci minuti, ed evitava ogni contatto visivo. La moglie era arrivata quasi un quarto d'ora dopo il marito, che aveva comunicato a più riprese al cameriere: "My wife will be here soon." Quando finalmente lei lo aveva raggiunto, l'uomo si era limitato a fissare il piatto scuotendo la testa.

Per il resto la sala era piena di coppie dall'aspetto un po' troppo elegante, che in effetti si erano aspettate Davos, un pubblico internazionale per il quale ogni comportamento poco professionale dei camerieri era allo stesso tempo un motivo di delusione e un'offesa personale.

"I cornetti sono fenomenali." Simon addentò un boccone enorme.

Marie si sentiva un po' intontita, il vino della sera prima non era stata una buona idea sotto diversi punti di vista. Quando Simon aveva iniziato a farneticare sullo stato di natura dell'uomo, la situazione era diventata imbarazzante e lei s'era affrettata a ritornarsene in camera.

Finì in un sorso la spremuta d'arancia.
"Mal di testa?" domandò il ragazzo.
Marie scosse il capo. Non sapeva neppure perché lo negasse.
"Dopo ci mettiamo in cerca di Berger?"
"Sarebbe meglio separarci e setacciare il posto per fare un primo punto della situazione," replicò. "Magari lo incontriamo."
Prima di rispondere, Simon finì il boccone: "Sì, hai ragione."
"Dopo la sua apparizione nel programma di Jauch, lo conoscono in milioni. Il che significa che per restare in incognito deve aver cambiato qualcosa nel suo aspetto."
"Mi sa tanto che limitandoci a scrivere un blog nel bar del lago non lo troveremo."
"Mi sa proprio di no."
Simon mise mano a una scodella di cornflakes. "Ci ritroviamo a mezzogiorno davanti all'hotel?" propose dopo alcune cucchiaiate.
"Aggiudicato!"

L'albergo si trovava un po' fuorimano, sempre nel centro del paese, ma già in un punto in cui gli edifici prettamente turistici lasciavano il posto a una zona residenziale. Doveva essere per quel pezzettino d'acqua che si scorgeva tra i frontoni degli edifici attigui, che la camera di Marie veniva definita "con vista lago".

Camminò lungo la strada, in una zona spopolata, con il limite di velocità fissato a trenta. Rispetto al giorno prima il tempo era peggiorato, non propriamente freddo, però grigio e umido. Superò la stazione. Una targhetta smaltata ma arrugginita annunciava con orgoglio i metri sopra il livello del mare, sui quali si era lanciata l'ingegneria tedesca su rotaia.

Già il giorno prima, dopo aver lasciato la stazione, si era convinta di essere stata catapultata nel cuore della piccola borghesia della Repubblica federale tedesca. Si trovava nell'occhio del ciclone. Il conformismo aveva assorbito in maniera così ampia e definitiva luogo e persone, che mancavano completamente gli effetti dell'usura sociale, immancabili nei punti periferici delle facciate borghesi. Marie non trovò da nessuna parte né graffiti, né spazzatura, né manifesti abusivi, nessun bidone dell'immondizia storto o sfondato, nessun lampione in frantumi, mancavano persino gli adesivi ai pali. Soprattutto non c'era segno di ribellione giovanile, non c'era proprio traccia di gioventù. Architettura e organizzazione stradale realizzavano una strana sintesi tra villaggi alpini folkloristici e località termali della Germania ovest. Il tutto sembrava più morto che vivo, immerso in una totale atemporalità. Se non ci fossero stati i pannelli solari installati sui tetti, non avrebbe saputo dire se si trovasse nel ventunesimo secolo oppure negli anni Cinquanta. Chi era stufo della vita lì poteva senza dubbio fuggire dalla realtà, per lo meno finché le lingue di ghiaccio di una futura èra glaciale non avessero sfiorato le mura dell'hotel pluristellato.

Superò alcuni bar, su alcuni tavolini, svettavano già alcuni cocktail solitari benché fosse mattina. Tentò di gettare uno sguardo su ogni volto, Berger poteva essere ovunque.

Raggiunse la piccola spiaggia. A causa del cielo nuvoloso la vista era più desolata del giorno prima, quasi inquietante. La superficie grigia dell'acqua aveva un che di minaccioso.

Scese i gradini che portavano alla spiaggia di ghiaia e corse fino al pelo dell'acqua. Sulla sponda destra si vedeva un edificio dai toni tetri, un grande hotel. Il pianterreno era intonacato e dotato di eleganti finestre liberty, i piani superiori erano rivestiti di scandole scure e provvisti di strette finestre all'inglese con persiane dipinte. Una torretta a punta si ergeva tra le due ali dell'edificio. I frontoni sembravano le ali spiegate di una creatura fantastica. Nonostante il maltempo, sulle terrazze rivolte verso il lago erano aperti moltissimi ombrelloni rossi e anche le finestre del ristorante erano riparate da tende da sole dello stesso colore. Al secondo piano, campeggiava una scritta a grosse lettere gialle: "La corte della Foresta Nera". L'hotel di Berger.

Marie corse lungo la spiaggia fino al muro che delimitava gli attracchi per i pedalò, salì una scala che portava alla piazza, poi raggiunse la terrazza seguendo lo stretto sentiero fra l'hotel e l'acqua.

C'erano una trentina di ospiti, per lo più coppie di una certa età, più qualche famiglia. Sentì parlare inglese, francese e lingue slave che non riuscì a distinguere. Tentò di squadrare i singoli volti, ma Berger non era lì.

Andò all'ingresso dell'hotel, entrò nell'atrio e chiese alla reception di René Berger. Ovviamente non ebbe alcuna informazione, in un albergo a cinque stelle la discrezione era più che prevedibile.

Tornata in strada guardò l'ora sul campanile, le undici e mezza. Decise di incamminarsi nella direzione opposta, lungo la sponda orientale, dove non c'era alcuna costruzione tranne isolate case vacanza.

Superò una famiglia con un avveniristico equipaggiamento da trekking e presto si ritrovò sulla strada. Da quel lato del lago il posto sembrava bello, sì, pittoresco, un idillio da cartolina. Le nuvole minacciose si stavano spostando, in certi punti si vedeva persino il cielo. Il paese si trovava proprio nel cono di luce aperto tra le nubi. L'acqua, leopardata e scintillante, specchiava il cielo pezzato di nuvole.

Il bosco si estendeva fino alla riva. A sinistra di Marie saliva il pendio, a metà del quale correva la strada, più in alto la ferrovia per Schluchsee, su cui stava passando un treno.

Sull'altro lato del lago si vedeva lo stabilimento balneare. A tutti i costi doveva convincere Simon a farci una capatina quel pomeriggio o l'indomani. O la settimana dopo! In fondo nessuno sapeva quanto si sarebbero trattenuti in quel posto. Affrettò un po' il passo, le chiazze di luce si muovevano con lei, si stava alzando una leggera brezza. Forse non avrebbero trovato Berger, forse avrebbe solo trascorso una vacanza di una, due, tre settimane, magari persino un mese intero. Gratis e tutto pagato, per giunta! Perché allora si sentiva di cattivo umore? La pagavano per non fare niente e quel posto era bello. Era bello e rilassante, a prescindere dal fatto che lo giudicasse noioso. Ed era proprio quello che le serviva.

Che fosse quello il vero scopo? Thomas si era accorto già da settimane che era psicologicamente fottuta? Aveva usato quella storia come piacevole pretesto per spedirla per qualche tempo a curarsi l'animo? Ovviamente sapeva benissimo che non avrebbe mai acconsentito a una vacanza di tutto riposo, non era da lei. Ma in quel posto, lavoro e relax erano, come dire, la stessa cosa. Forse a Thomas non importava un fico secco di cosa sarebbe venuto fuori, dopotutto Berger era fuori dai radar dei media. Il caso mediatico era scemato da tempo, lo avevano abbandonato, come ogni titolo di prima pagina dopo un paio di settimane. Come un giocattolo venuto a noia. Il tempo di abbattimento dell'interesse pubblico era molto veloce.

Aveva già percorso quasi un chilometro, ma non aveva incrociato nessuno.

Un cartello indicava un campeggio a trecento metri. Decise di andarci a comprare qualcosa da bere, per poi tornarsene all'hotel.

Dall'acqua giungevano grida di bambini. Le venne in mente che quella mattina si era dimenticata la pillola. In hotel si doveva assolutamente ricordare di prenderla.

Si accorse dell'uomo con il binocolo solo quando lui si voltò verso di lei, spaventato. Se ne stava accovacciato vicino a un abete, indossava un paio di jeans scuri e un pullover grigio. Aveva capelli lunghi e untuosi, a Marie ricordò subito un attore. Dopo la prima sorpresa, l'uomo distese le labbra in un sorriso inerme, senza dire niente. Lei si fermò, scosse il capo, poi subito si girò. Stronzo di un pervertito.

Proseguì fino al campeggio, al chiosco acquistò dell'acqua minerale e un gelato, poi imboccò la via del ritorno. Chi stava osservando quell'uomo? Quando ripassò era sparito.

Il padrino. Sembrava il fratello di Al Pacino, quello a cui sparano sul lago alla fine de *Il padrino – parte II*. Fredo. Come si chiamava l'attore, morto prematuramente di cancro, che già malato aveva recitato in *Il cacciatore* e, se ricordava bene, aveva condiviso un appartamentino con Al Pacino?

John Cazale!

La pioggia arrivava dalla Francia, Michael riusciva a vederne la cortina che da occidente si posava sul centro storico. Mezzo minuto dopo batteva contro la vetrata della cattedrale.

Peter gli aveva scritto. Con una mail carina, in dialetto, lo informava di stare bene. Per qualche minuto aveva rasserenato il suo umore. Nessun saluto da parte di Gisele. Capiva che serviva loro ancora un po' di tempo per una telefonata.

Quella mattina il gatto era uscito di casa di sua spontanea volontà, Michael gli aveva messo altro cibo davanti alla porta della terrazza.

Diede una sbirciata tra la pannellatura di legno, la maggior parte dei suoi dipendenti era già di ritorno dalla pausa pranzo. Ogni tanto si sentiva tossire e il leggero picchiare sulle tastiere. Nient'altro.

Chiuse con un clic il programma di posta elettronica e si dedicò di nuovo al file eBureau con i documenti sugli studi clinici, che negli ultimi anni la multinazionale aveva condotto con la Sanora come partner. Fino a quel momento non era riuscito a trovare niente che potesse legittimare quei versamenti sospetti, che da anni affluivano nelle casse della Sanora tramite la Wenderley Public Relations. Ma ormai era convinto che quel consorzio di cliniche aveva reso alla multinazionale un servizio al limite della legalità e che da allora veniva ricompensato con una montagna di quattrini, di nascosto, tramite la WPR. Restava da capire il motivo di quelle *donazioni*. Forse avevano infiocchettato studi clinici? Fino a quel momento non era riuscito a trovare niente di losco. Tutti i farmaci testati dalla Sanora e ritenuti tollerabili ed efficaci venivano in parte già prescritti da tre anni, senza problemi. Per la maggior parte inoltre erano in corso ulteriori monitoraggi indipendenti, che avevano sortito risultati simili a quelli ottenuti da loro. Dunque per cosa la pagavano? Il motivo era da ricercarsi nel 2008, quando era iniziato quello strano flusso di denaro.

Il giorno precedente Michael aveva parlato di nuovo con Rudolf, che aveva promesso di cercare di scoprire qualcosa di più preciso con qualche prudente domanda al consiglio d'amministrazione.

Prese un Diclofenac, poi fece il logout dal sistema, si alzò e uscì dalla stanza. Alcune teste si alzarono. "Torno fra dieci minuti," mormorò.

Doveva parlare con Rudolf, non per una ragione in particolare, solo per assicurarsi ancora una volta di averlo come alleato. Tutto il mondo si era scardinato e spettava ai singoli individui riportare l'ordine. Uomini come lui. Uomini come lui e Rudolf. Qualcuno doveva tirare fuori la testa dalla sabbia e intervenire.

Michael si affrettò lungo il corridoio e attraversò la stretta passerella di legno che si allungava sul baratro della cattedrale fino all'ascensore di cristallo, dal quale gli venne incontro un gruppo di dipendenti tutti vicini alla trentina. Non li conosceva, non conosceva più nessuno di quelli assunti dopo il Duemila. Gli passarono accanto senza considerarlo, volti fin troppo seri in completi fin troppo seri, assorti in discorsi fin troppo ovattati.

Li guardò per un attimo, prima di salire in ascensore. Da dietro sembravano dei sessantenni, da loro non c'era da aspettarsi niente di nuovo, ne era più che convinto. Le menti migliori di un'intera generazione immolate sugli altari delle compagnie mondiali per la salvaguardia del sistema. Un tempo le menti più brillanti della propria generazione entravano in politica, occupavano ruoli dirigenziali nel pubblico impiego, diventavano scienziati, artisti, componevano sinfonie e plasmavano la letteratura mondiale. A loro spettavano i gangli decisionali della società. Oggi invece quella forza intellettuale si arenava nelle multinazionali, era diventata merce, oggetto di speculazione, veniva acquistata in blocco, come accadeva un secolo fa con l'acciaio e il carbone. Si era ridotta a un mero mezzo per raggiungere un fine. Per mancanza di valori e prospettive i migliori talenti di un'intera generazione erano in vendita.

Nell'ascensore panoramico Michael fissò il maltempo che fuori imperversava. Forse aveva un'immagine idealizzata del passato, ma che i trust nel mondo si comportassero come colonizzatori, negli anni Settanta era impensabile. Quella schifosa retorica di guerra nelle riunioni strategiche, quella cultura che celebrava come positivi sadismo, schizofrenia e mania di grandezza dei dirigenti, che esaltava uomini che in altre epoche sarebbero diventati dittatori o despoti e che ammaliavano i potenziali dipendenti attirandoli nei loro castelli stregati, come i sovrani medievali coi loro soldati. No, questo un tempo non esisteva affatto.

L'ascensore si fermò, una voce annunciò "quinto piano", scese. Attraversò il formicaio rivestito di legno e dominato dalla solita operosità pomeridiana.

La porta dell'ufficio di Rudolf era chiusa. Bussò, ma non rispose nessuno. Bussò una seconda volta, niente. Dall'interno non proveniva alcun rumore, Rudolf quindi non era al telefono. Entrò.

Erano rimasti solo la scrivania e l'armadio da ufficio, il resto era stato sgombrato. Il grosso lampadario davanti alla finestra era sparito, così l'edizione stravecchia dell'enciclopedia *Brockhaus*, sua personale, da sempre su una stretta credenza alla parete. Tolto anche il monitor del computer. Salvo i due mobili e un secchio dell'immondizia in acciaio inox, la stanza era completamente vuota. Alla parete si vedevano ancora due chiodi, ai quali era stata appesa una gigantografia di una veduta aerea di Basilea.

Michael avvertì un lieve capogiro e uscì dalla stanza.

Al di là della porta di fronte, l'ufficio della segretaria di Rudi, sentì una voce. Bussò.

"Avanti!"

La segretaria, una donna sulla sessantina, risoluta, con occhiali di tartaruga, coda di cavallo grigia e accento indefinibile, coprì con la mano la cornetta del telefono. "Sì?"

"Cercavo il signor Küchlin. Non è...?"

"Il signor Küchlin? Troppo tardi, stamattina ha sgomberato il suo ufficio. Qualcosa d'importante? Di lavoro?"

"Sì, no, volevo solo... perché ha sgomberato il suo ufficio?"

La segretaria allungò il mignolo verso l'alto, indicando il piano di sopra. "Lo hanno promosso, all'improvviso. Se si tratta di motivi di lavoro deve aspettare fino a venerdì, poi arriverà da Zurigo il suo successore. Brummer, o Brimmer, o Brammer, l'ho dimenticato."

A Michael sembrò che la realtà gli sfuggisse di mano. "Sa dov'è stato promosso?" Dalla sua voce si percepiva una certa confusione, sembrava stranamente stridula ed esanime, spenta. Con il dito la segretaria indicò di nuovo verso l'alto.

La donna scrollò le spalle. "Un ruolo nelle alte sfere," rispose, "così mi ha detto ma lassù le qualifiche cambiano da una stagione all'altra." Abbassò la mano.

"Ha lasciato qualche mess...?"

Ma la segretaria aveva già rivolto la sua attenzione al telefono. "Sì? Sì, sono ancora qui. Senta, cosa ne dice di domani alle quindici?" Coprì di nuovo il ricevitore e bisbigliò, scandendo le parole con estrema chiarezza: "Mi dispiace, ma in questo momento non posso fare proprio niente per lei. Torni venerdì o, meglio ancora, alla fine della prossima settimana. Il signor Brommer avrà sicuramente bisogno di un po' di tempo per impratichirsi."

Di ritorno sul ponte sospeso della cattedrale, Michael ebbe la sensazione che numerosi occhi curiosi osservassero con attenzione ogni suo passo.

Camminò più in fretta, non gli restava più molto tempo.

NAGEL (IV)

Tre settimane dopo – 4 settembre

Nagel uscì a fatica dal tram, schiacciando contro la porta un bambino con lo zainetto.

"Rotola, rotola, come una palla rotola!" sentì gridare una vocina spaventosamente innocente. Il tram era ripartito, ma lui udiva ancora le risatine degli scolari.

Faceva male, ogni volta. Aspettò qualche istante, finché la fermata non si fosse svuotata, poi si sistemò la camicia.

Una bella giornata di fine estate. Sopra Friburgo, il cielo era a pecorelle e la guglia della cattedrale risplendeva alla luce dell'aurora. Sentiva un piacevole calduccio.

Quando era uscito di casa sua moglie dormiva ancora, il giovedì aveva lezione solo alle undici. Alla luce dell'abat-jour Irene gli era sembrata così serena che non aveva avuto il coraggio di svegliarla.

Come ogni mattina entrò dall'ingresso laterale e salì a piedi le quattro rampe di scale fino al secondo piano. I corridoi erano deserti, sgattaiolò nel suo ufficio.

Sulla scrivania lo attendevano un paio di fascicoli, ai quali diede una scorsa rapida. Rapporti dei posti di blocco, del nucleo elicotteri, dei sommozzatori, delle squadre di ricerca intorno al lago. E il risultato era sempre lo stesso, negativo.

Guardò l'orologio. Era raro incontrare Pommerer prima delle otto. Spulciò nella rete della questura in cerca degli elenchi delle più diffuse microspie non in dotazione ai corpi dello Stato, per la maggior parte delle quali era disponibile una foto. Ma la cimice trovata il giorno prima non c'era.

Di notte aveva maturato una decisione. Aveva dormito al massimo due ore, quindi aveva avuto tutto il tempo per riflettere a fondo sulla questione. Afferrò il telefono.

Dopo tre secondi dalla reception de La corte della Foresta Nera rispose una voce femminile.

"Nagel, polizia criminale."

"Commissario Nagel. Si sente meglio?"

"Sa del mio collasso?"
"Sono stata proprio io a metterla a letto."
Non se ne ricordava.
"Qualche novità sull'ospite misterioso?" s'informò la donna. "È l'uomo scomparso nel lago?"
"Senta, signora..."
"Spangel."
"Signora Spangel, la camera, quando sarà occupata di nuovo?"
"Desidera che la lasciamo libera? Al momento non lo sappiamo, ieri sera abbiamo ipotizzato che magari lei... la Scientifica... magari..."
"La Scientifica ormai non verrà."
"Ah sì? Beh, ma..."
"Ma mi farebbe piacere lo stesso se non affittaste ancora quella stanza."
Sentì confabulare, poi di nuovo la voce della donna: "Penso che sarebbe meglio se si rivolgesse al signor Schreiber. Credo che ieri vi siate già parlati."
Nagel si ricordò l'atteggiamento lezioso del direttore. "È lì con lei?" chiese sospirando.
Altro parlottare, poi subentrò una voce maschile. "Schreiber, dica pure."
"Salve, sono il commissario Nagel. Senta, mi farebbe piacere se per il momento non affittaste quella stanza."
"Certamente, lo avevo previsto," lo rassicurò il direttore. Quel suo modo di parlare così formale lo irritava un po'. Già il giorno prima si era chiesto se fosse lui a dare sui nervi a Schreiber o se quella pacata freddezza fosse dovuta al suo mestiere. "È riuscito a scoprire qualcosa su Lorch? È... lui?"
"Direttore, su quel piano avrebbe ancora una camera libera?"
"Al secondo? Sono quasi tutte libere. Come accennato, l'alta stagione..."
"Quella di fronte è occupata?"
All'altro capo della linea si sentì di nuovo bisbigliare, poi sfogliare qualcosa. "No, è libera."
"Le tenga libere tutte e due. Le ritelefono in mattinata."
"Ma..."

"A risentirci, direttore." Nagel riattaccò. Gli piaceva l'espressione "a risentirci", aveva un suono meraviglioso, da miracolo economico.

Si preparò un caffè, con molto latte e molto dolcificante, poi girò la sedia dalla scrivania verso la finestra e guardò i tram che si incontravano alla fermata quasi ogni minuto. Cinque coppie di tram dopo, erano appena passate le otto. S'incamminò verso il secondo ostacolo da superare, per quel giorno.

Pommerer, slanciato, sano e dinamico, era seduto davanti a una tazza di caffè preparato nella sua costosa infusiera a doppiofondo che, insieme a un bollitore in alluminio e a un macinino futuristico, troneggiava su una consolle dalle zampe lavorate. L'aria era satura di aromi di torrefazione, che Nagel avrebbe certo preferito al suo intruglio dolcificato, se quel metodo di preparazione non fosse stato così tremendamente pretenzioso.

"Andreas! Andreas!"

La porta era aperta, Nagel entrò senza bussare.

"Hai letto?" Pommerer indicò l'edizione del *Badische Zeitung* aperta sul tavolo di fronte a lui. "Fantastico, no? Immagini favolose degli elicotteri! E un'intervista con la squadra di sommozzatori Titanic! Fantastico. La terza e quarta pagina sono interamente dedicate a questa storia. "Il rematore fantasma del Titisee". Cosa te ne pare? Magari raccontata in maniera un po' misera, ma interessante. In fondo il *Badische Zeitung* non è lo ZEIT. Immagini favolose! Accomodati."

Nagel si sedette.

"Allora?" Pommerer si sporse in avanti e rivolse un sorriso pieno di aspettative al commissario. "Qualche novità?"

"Gli elicotteri non hanno trovato niente e neppure i sommozzatori. I posti di blocco..."

"Lo so, lo so," lo interruppe il superiore.

"Forse abbiamo il nome della persona scomparsa."

"Il nome?"

"Sì," rispose con lo sguardo fisso per terra. D'un tratto non era più sicuro se fornire o meno l'informazione a Pommerer. Rischiava di leggerla il mattino dopo sui giornali.

"Allora? Come si chiama?"

"Adrian Lorch, presumiamo." Lo avrebbe scoperto comunque. "Però non deve uscire da queste quattro mura, se per caso ci sbagliassimo..."

"Che figuraccia, certo." Pommerer si massaggiò il mento. "Manteniamo il riserbo, lo comunicheremo alla stampa solo quando avremo delle certezze."

"Consigli su come procedere?"

Il comandante si mostrò sorpreso. "Non è da te chiedermi consigli, Andreas. L'impiego dei sommozzatori è costoso, ma se il tempo collabora, oggi magari li faremo immergere di nuovo. Poi, beh, dovremo aspettare che riemerga da solo, ammesso che sia là sotto."

"Nikolas, ho il forte sospetto che questo caso stia prendendo una piega inaspettata."

"Cosa vorresti dire?" Pommerer socchiuse gli occhi, perplesso. "Mi nascondi qualcosa? Non sarà mica un altro dei tuoi lampi di genio, Andreas, qui lavoriamo in squadra. Cosa hai scoperto? Avanti, sputa il rospo."

"Vorrei acquartierarmi per un po' vicino al Titisee."

"Acquartierarti?" Pommerer era allibito.

Nagel annuì, continuando a non guardare il suo capo negli occhi. "Ho la netta sensazione di poter risolvere il caso solo in loco."

"Non pensarci neanche! Lo spettacolo è finito, abbiamo già dimostrato alla stampa e ai turisti che non prendiamo la questione sottogamba. Abbiamo fatto la nostra parte, ma da domani si tratta solo di aspettare che a primavera il cadavere sia trascinato a riva. Mi servi qui, Andreas."

"Ma il caso potrebbe prendere tutt'altra piega," ribadì Nagel.

"Ah sì? E quale sarebbe?" Pommerer alzò il tono di voce. "Sputa il rospo!"

"Appena ne saprò un po' di più..."

"Perché non ora? Come mai?"

"Prima voglio avere in mano qualcosa di concreto, non appena lo avrò ti metterò al corrente."

Pommerer scosse lentamente il capo. "Non ti capisco. Non ti

capisco e basta. Sei in gamba, non ci sono dubbi, probabilmente sei il migliore, qui. Ma ti rifiuti totalmente di considerarti un anello di una catena, un membro di una comunità. Lo vuoi capire o no che lavorando in squadra saresti molto più efficiente? Avresti prestazioni migliori che come battitore libero!"

"Ne dubito," sussurrò in maniera quasi impercettibile.

"Che cosa?"

"Nikolas, ho controllato e ho visto che quest'anno mi restano ancora diciotto giorni di ferie. Li comincio con effetto immediato, non puoi negarmeli, sono stato via solo due giorni a febbraio per il compleanno di mia figlia." Si alzò.

Pommerer contrasse il viso in un sorriso incredulo. "Vuoi prenderti le ferie per investigare in privato?"

"È quello che voglio ed è quello che farò." Si girò e andò alla porta.

"Andreas."

Si fermò senza però voltarsi.

"Due giorni. Preferisco tenerti sotto il mio controllo ufficiale che vederti giocare al commissario Maigret e renderci ridicoli davanti a tutti. Due giorni! E ovviamente hai ragione, risparmiami congetture inaudite finché non trovi qualcosa di valido. Di convincente!"

"C'è qualcuno alla porta," disse Bernhard.

Frank non rispose, era seduto davanti alla finestra aperta, in mutande e canottiera, una sigaretta in bocca. Fumava come non mai e aveva i capelli unti. Si erano appena alzati, erano già le dieci passate. Soffiò il fumo fuori dalla finestra. "Ho sentito."

Non avevano dormito granché. Quella notte erano rimasti quasi mezz'ora al buio sul pavimento metallico e freddo del furgone, finché Frank non si era convinto a uscire. Per fortuna erano riusciti ad aprire il portellone posteriore, anche se chiuso dall'esterno. Frank era sceso per primo, con in mano la SIG Sauer P220. Fuori non avevano visto né sentito niente, la notte trascorreva pacifica sul

lago, il cielo era stellato e non c'era anima viva. Erano sgattaiolati in camera e avevano tentato di trovare un po' di pace, ma Bernhard non aveva dormito più di tre ore. Probabilmente neppure Frank.
La chiave del furgone era sparita, qualcuno l'aveva tolta.
Bussarono di nuovo.
"Non apri?" domandò Frank.
Quel giorno sarebbero dovuti essere a bordo di un aereo, con destinazione "isola da sogno". Invece erano bloccati là, il furgone pieno di inamovibili barili con pezzi di cadaveri in salamoia: erano fottuti, completamente fottuti, e tutto solo per quel maledetto...
Altri colpi alla porta. "Un attimo." Frank non si mosse, fece un altro tiro e cercò invano di creare un anello di fumo.
Bernhard aprì.
"Buongiorno!" Era la titolare. Portava un vestito blu a pois bianchi di almeno vent'anni prima e i capelli legati in una stretta coda. Rivolse ai suoi ospiti un ampio sorriso. "Non disturbo mica?" La sua cortesia era finta, Bernhard ne era sicuro.
"No, quale disturbo! Si figuri, ci stiamo preparando per la colazione..."
"Sì, la colazione, è già tutto pronto. Vi piacciono le uova strapazzate?"
Era venuta per quello? "Uova strapazzate? A me sì, certo. Non so a... un attimo..." Sì girò. All'ultimo istante gli tornò in mente il nome che Frank aveva dato la sera precedente.
"Alexander, ti piacciono le uova strapazzate?"
"*Adoro* le uova strapazzate," gridò lui in maniera quasi sgarbata.
La donna non si accorse del tono oppure si costrinse a far finta di niente. "Magnifico. A proposito, ero venuta per dirvi che ieri sera mi sono trattenuta un altro po' fuori, sapete, mio marito come al solito non si ricordava se aveva chiuso a chiave il garage... e ho visto che il vostro furgone era acceso. Non era neppure chiuso a chiave."
"Ah sì?" Bernhard cercò di assumere un'espressione tra l'indifferente e il sorpreso.
"Ve ne siete dimenticati." Sorrise. "Ho pensato fosse meglio togliere la chiave, non si sa mai. Mio marito dice che la batteria si scarica se la luce nell'abitacolo resta accesa tutta la notte. Qui

comunque rubano poco, pochissimo. Beh, ora ve la rendo, altrimenti me lo scordo di nuovo." Tirò fuori il mazzo di chiavi dalla tasca. "Non vi eravate accorti di averlo perso?"
Altra passeggiatina sul filo del rasoio, tra stupore e indifferenza. "No, no, per niente. Alexander, hai perso tu il mazzo di chiavi?"
"No!" gridò lui un po' basito.
"Mille grazie, davvero," disse Bernhard. "Che sbadati!"
Barbara, Bernhard se ne ricordò il nome, sorrise soddisfatta. La gratitudine di quell'uomo le doveva sembrare credibile. "Bene, non vi voglio disturbare oltre. Come ho detto, uova strapazzate, panini appena sfornati... però sbrigatevi, prima che arrivino i primi escursionisti, così avrete la sala tutta per voi. A dopo!" E se ne andò.
Bernhard chiuse la porta, infilò l'indice nell'anello delle chiavi e fece tintinnare il mazzo. Tutta quella storia era assurda, del tutto ridicola.
Frank fissava impassibile il pavimento, passandosi le mani tra i capelli unti.

Nadja era sulla porta già da un po', quando Nagel si accorse di lei. Indossava un tailleur pantalone che le calzava a pennello, da vera donna in carriera. A volte il commissario si chiedeva perché sprecasse tempo e talento nella polizia criminale. A una come lei si addiceva di più un buon posto nella finanza o magari all'università. Docente di criminologia, ecco. Il commissario si asciugò le dita sulla camicia.
"Cos'hai combinato?" volle sapere la collega.
Nagel seguì il suo sguardo rivolto alla scrivania. Aveva rovesciato il caffè e tra i dossier si vedevano grosse pozzanghere.
"Sperimento."
"Sperimenti?"
"Sì, nuovi metodi per preparare il caffè."
Nadja sgranò gli occhi. "Con... cooosa?"
"Dapprima ho provato con un normale colino da tè," le spiegò.

"Ma niente, i fori del colino sono troppo grandi. Vedi? Cade tutta la polvere e ti ritrovi il fondo del caffè nella tazza. Allora in cucina ho preso un filtro da caffè..." Aprì l'infusore a uovo e venne alla luce un filtro di carta strappato. "Ancora niente."

"Andreas..."

"Non va bene neppure uno scolapasta, troppo largo, capisci, si strappa il filtro. Te lo dico io, la maledetta Melitta Bentz anche lei doveva averle provate tutte. Diciamo che ripercorro i suoi passi. Lei ha semplicemente trovato il metodo migliore. Solo che a noi in cucina manca il portafiltri adatto, perciò me ne sono costruito uno tutto mio, da un vasetto di yogurt, con le forbici. Vedi, funziona alla perfezione!" Mise il vasetto di yogurt sulla tazza, inserì un filtro nuovo e con la mano finse di versarci qualcosa. "Ora mi devo solo comprare un bollitore e la prossima volta che Pommerer passerà di qui mi farò il caffè in un vasetto di yogurt. E gliel'offrirò." L'idea era meravigliosa. "Immaginami in piedi davanti a lui, che armeggio beato con un filtro nel vasetto di yogurt versandoci piano piano l'acqua bollente... 'Prego, signor comandante'. Non si riprenderebbe per settimane." Ridacchiò sotto i baffi.

"E se vuole un espresso?"

"Allora dovrò inventarmi qualcos'altro, una specie di sistema a stantuffi con più vasetti."

Nadja scosse velocemente il capo, a occhi chiusi, forse convinta della sua arteriosclerosi. Gli lanciò sul tavolo una sottile pila di fogli.

"Cosa sono?"

"I risultati della ricerca su Adrian Lorch."

"Ah!" Nagel tirò fuori il cestino e, salvo la tazza, ci ficcò tutto ciò che gli stava sottomano, anche il portafiltri con il vasetto di yogurt, e ripulì con un fazzoletto le pozzanghere di caffè. Poi tirò a sé i documenti. "Allora?"

"Lorch non esiste. Non è mai esistito. L'indirizzo invece è reale e si trova a Colonia. Si tratta di una casa plurifamiliare, sei inquilini, solo famiglie con bambini. Nessun Adrian Lorch e nessuno che ne abbia mai sentito parlare. Chiunque abbia pernottato in quell'hotel deve aver fornito un nome falso."

Il commissario ci pensò su un attimo. Cosa aveva detto Schreiber? "Ha pagato in contanti, ricordo bene?"

"Sì, in contanti," confermò la collega. "Pagamento anticipato versato direttamente all'hotel. Ho parlato persino con il loro ufficio contabilità."

"Anche tu? Un'ora fa ho parlato al telefono con Schreiber."

"Il direttore ne sa ben poco del concreto lavoro quotidiano," replicò Nadja. "I suoi incarichi sono più di rappresentanza. A ogni modo, dall'ufficio contabilità mi hanno confermato che Adrian Lorch ha espressamente richiesto di proteggere il suo anonimato."

"E loro hanno acconsentito."

Nadja annuì. "Capita piuttosto spesso."

"Eh?"

"Mogli diffidenti."

"Ah. Cavoli, quanta discrezione a La corte della Foresta Nera!" osservò il commissario.

"E ora cosa facciamo? Lorch era l'unica pista a nostra disposizione."

Nagel spinse i documenti da una parte, riportando alla luce un orologio da polso. "Schrödinger dovrebbe arrivare a momenti," mormorò. "Mi viene a prendere."

"Schrödinger?" chiese Nadja. "E per quale motivo?"

"Vado in ferie."

"In ferie?" ripeté la collega stupita.

"Non vado lontano, tranquilla. Al Titisee. A La corte della Foresta Nera."

"Cooome?" Corrugò la fronte. "E a quale scopo? Prima al telefono non mi hanno detto niente."

"Beh, loro non lo sanno. Sarà una sorpresa."

"Una sorpresa?" Allungò le braccia verso di lui, implorante. "Andreas..."

Nagel chiuse gli occhi. Poi si alzò, girò intorno alla scrivania e chiuse la porta. Prese una delle due sedie per i visitatori e si sedette. L'altra la offrì alla collega.

"Quello che ti sto per dire dovrà restare tra noi, intesi?"

Nadja annuì, sempre con espressione allibita.

"Qualcosa non quadra su questo Adrian Lorch. Sono più che

sicuro che ci fosse lui l'altro ieri su quella barca a remi. Sapevi che prendeva antidepressivi?"

"E tu come lo sai?"

"Prozac. Ho trovato un pezzo della confezione nella camera dell'hotel."

Lei si sporse in avanti con il busto. Prozac? Perché non hai...? Avremmo dovuto chiamare subito la Scientifica, Andreas!"

Nagel scosse il capo, benché sapesse che aveva ragione. "Tranquilla, il pezzetto del blister è al sicuro."

"Dove?"

"Al sicuro," ripeté. "Nadja, ti prego, questa storia deve rimanere tra noi. Pommerer fiuterebbe subito uno scoop e con il suo attivismo cieco manderebbe tutto a monte. Mi servono un paio di giorni per chiarirmi le idee su cosa esattamente sia successo lassù. Qualcosa non quadra, credimi."

La collega si era un po' tranquillizzata. "Perché tanta diffidenza? In fondo un antidepressivo avvalora la teoria di Pommerer sul suicidio."

Il commissario guardò fuori dalla finestra. In quel momento la vista era incredibilmente nitida, si distinguevano benissimo i Vosgi sull'altro lato della valle del Reno. "Ho trovato una cimice nella camera dell'hotel," disse.

"Una cimice?" Nadja deglutì. "Una vera cimice?"

"Non un insetto," replicò lui con espressione seria.

"Dove?"

Il commissario indugiò. "Nel posto in cui speriamo si trovi ancora."

"Perché speriamo?"

"Perché c'è il rischio che il personale dell'hotel la trovi. Chi l'ha nascosta vorrà toglierla e anche in fretta."

"Ma perché una cimice, come mai?"

"Non ne ho la più pallida idea. Ma nel frattempo, non do più per scontato che si sia trattato di suicidio."

"E di cosa allora? Omicidio? Come si fa a costringere qualcuno a salire su una barca, ad andare al largo e a ingerire così tanti sonniferi da cadere in acqua?"

Aveva ragione. Lui stesso si era prefigurato diverse dinamiche per l'omicidio, scartandole tutte perché improbabili. "Non lo so. So solo che per capire devo trovarmi sul posto, e osservare come vanno le cose. E poi si tratta di un paio di giorni di ferie gratis in un albergo a cinque stelle, hai idea di quanto mi serva una vacanza?"

Nadja non rispose, tantomeno rise, benché il commissario fosse stato volutamente ironico.

"Ti prego, non farne parola con Pommerer. Ti prego!" ripeté poi in tono più serio.

La collega non rispose subito, rimase con lo sguardo fisso sul pavimento. "Avresti dovuto raccontarmi ieri sera della cimice," commentò alla fine, senza staccare lo sguardo dal linoleum.

"Non potevo. La cimice ci stava ascoltando."

"Più tardi, in macchina."

"Ci avrebbe ascoltati Schrödinger."

"Mentre *andavamo* alla macchina."

Nagel sospirò. "Sì, lo so."

Nadja sollevò lo sguardo. "Ok, non ne farò parola con Pommerer. Però, Andreas, per l'amor del cielo, sii prudente."

Le lezioni di tennis di Gisele erano state un'idea di Jürgen, che non perdeva occasione per ribadire quanto fosse importante quel gioco per stringere contatti. Lo definiva "crearsi un network" per il futuro, per una grande carriera. Poi in fondo le faceva bene.

Sybille guardò nello specchietto retrovisore. Gisele se ne stava in silenzio sul sedile posteriore, una quindicenne sportiva e attraente, della quale andava fiera. Nelle ultime settimane, sotto le ali di Jürgen, era sbocciata come una rosa. Sybille era convinta che Michael non fosse un uomo capace di crescere i figli. Nelle sue mani il talento dei due ragazzi si sarebbe atrofizzato sempre di più, semplicemente per mancanza d'uso. Era importante spingere i figli a dare il massimo, era la cosa più importante in assoluto.

"Beh?" chiese rivolgendosi indietro.

Gisele s'infilò gli auricolari dello smartphone. Forse avrebbe dovuto avvertirla che sarebbe andata a prenderla all'allenamento? Era stato imbarazzante per lei? Ma perché?

Nonostante fosse mezzogiorno, il traffico scorreva a rilento, così a rilento da aver visto l'uscita per Muttenz quasi cinque minuti prima di prendere la decisione.

"Cosa fai?" Gisele si tolse gli auricolari e guardò fuori. "Perché svoltiamo?"

"Passiamo un attimo da tuo padre."

"Che cosa?" gridò la ragazza. "No! No, non voglio andarci ora."

"Non farla tanto lunga," la rimproverò. Doveva badare al traffico. "Voglio solo controllare se va tutto bene."

Erano già più di quattro settimane che vivevano separati, ma Michael sembrava non aver ancora accettato il fatto, o meglio non riusciva ancora a gestirlo. L'ultima volta che le si era presentato alla porta, una settimana prima, aveva avuto la netta sensazione di un certo disorientamento. Proprio quello che aveva temuto. Era sempre stato incline alle manie di persecuzione, alla paranoia e alla nevrosi, ma dalla loro separazione tutto sembrava peggiorato.

Imboccò la strada, la sua strada, nella quale aveva, diciamolo pure, sprecato oltre vent'anni della propria vita. Era una bella giornata, primo pomeriggio, l'inizio dell'autunno scintillava già tra gli alberi, il sole all'orizzonte era più basso di tre settimane prima. Alcuni bambini stavano giocando sull'asfalto di un viottolo secondario, dove avevano tracciato con il gessetto una rete stradale. Sybille avanzò lentamente, dal sedile posteriore dell'Audi si sentiva il gracchiare degli auricolari di Gisele.

La Volkswagen Phaeton del marito era parcheggiata nel vialetto d'accesso, dunque Michael era in casa. La berlina era stata una sua idea, aveva deciso per quella strana via di mezzo tra una macchina di lusso e una di classe media. Aveva delle riserve nei confronti di una Daimler o di una BMW, che lei non aveva mai compreso del tutto. Secondo lui erano troppo pacchiane, occupavano troppo spazio sulla strada e, quanto a mole e prestanza, erano un relitto degli anni Ottanta. In realtà Michael si vergognava di essere riuscito ad arrivare a un livello dirigenziale medio, lui figlio di operai, anche se lei non capiva affatto davanti a chi si dovesse vergognare. Era sempre stato il suo problema, doversi giustificare di fronte a tutto e a tutti, soprattutto alla società, ma in realtà nei confronti della classe operaia, alla quale (parole sue!) era appartenuto per la maggior parte della vita. Glielo aveva detto una volta prima di Natale, attingendo esclusivamente al lessico politico della sua gioventù, come se gli ultimi venticinque anni fossero passati senza lasciar traccia. Non aveva mai capito le nuove dinamiche, mentre Jürgen sì, le aveva capite eccome, le amava e le incarnava alla perfezione.

Sybille spense il motore.

"Non vieni?" chiese. Gisele non accennò minimamente a slacciarsi la cintura di sicurezza.

"Cosa?"

"Non vieni?" ripeté la madre.

La figlia si tolse gli auricolari. "Non vengo."

"Perché no?"

Rispose con una scrollata di spalle.

Ovviamente aveva colto alla sprovvista la figlia. Forse le serviva un po' più di tempo, anche se quattro settimane erano già abbastanza. Più evitava di parlarci, più difficile sarebbe stato riallacciare il rapporto con il padre.

Scese dalla macchina e salì i gradini dell'ingresso. Per lo meno i fiori li annaffiava, anche se probabilmente l'estate successiva non avrebbe ripiantato le barbabietole. Non aveva il pollice verde. Magari l'anno dopo non avrebbe abitato più là, la casa era troppo grande per una persona sola. Verosimilmente aspettava la sentenza di divorzio, le questioni economiche non erano ancora state del tutto chiarite.

Forse Gisele gli attribuiva (a buon diritto!) la colpa della separazione, convinzione che a Sybille andava più che bene. Ma la figlia era nella fase adolescenziale, cosa mai comprendevano i teenager a quell'età? A quindici anni nemmeno lei capiva se stessa, con Gisele doveva solo portare pazienza, come ripeteva Jürgen, ma al contempo "valorizzarla, valorizzarla, valorizzarla".

Premette il campanello e lo sentì risuonare dentro casa in maniera insolitamente forte. Al piano superiore Michael doveva aver aperto la finestra. Si girò e guardò la macchina, Gisele si voltò di lato in maniera eloquente.

Il marito non apriva, lei risuonò.

Niente. Premette il campanello una terza volta.

La tenda della finestra del vicino si era mossa? Si stava mettendo in ridicolo. Tutto il vicinato sapeva che si erano separati e ora lei era lì chiusa fuori dalla porta di casa. Era chiaro che Michael era in casa, eppure si rifiutava di lasciarla entrare. La stava coprendo di ridicolo, come se dicesse a tutto il vicinato: "La colpa è la sua, vedete? Non lascio più entrare in casa mia questa donna, è tutta colpa sua, è lei che mi ha tradito." Le stava facendo fare una figura meschina, anche di fronte alla figlia, ma la cosa peggiore era che la ragazza aveva bisogno di modelli, modelli con i piedi saldi per terra, parole di Jürgen.

Sybille girò sui tacchi e tornò alla macchina. Montò a bordo e mise in moto senza fiatare. Nello specchietto retrovisore le sembrò di vedere un ghigno sprezzante sulle labbra di Gisele. Oh, quanto odiava Michael.

Voleva la guerra? Allora che guerra fosse!

I bulbi oculari si erano già sciolti. Bernhard batté l'indice contro il contenitore per smuoverlo un po' e vedere la testa. In quel muco rosso bruno una cavità oculare completamente consumata scintillò come dietro un vetro opalino. In un altro punto già affiorava il tessuto muscolare. I capelli erano spariti, il puzzo era sopportabile.

"Niente male, no?" commentò Frank alle sue spalle. "Ancora due giorni." Ripiegò il telone con il quale avevano trasportato i pezzi di cadavere e lo infilò nello zaino. "Andiamo."

Aprì lo sportello del furgone, diede una sbirciata fuori, poi lo spalancò e saltò giù. Bernhard gli lanciò lo zaino.

Si guardarono intorno. Il parcheggio era deserto, sulla diga si vedevano alcuni turisti, una piccola nuvola si era spinta davanti al sole, per il resto era una splendida giornata, non troppo calda, ventidue gradi, perfetta per una passeggiata.

Frank salì al posto di guida e tornò con una cartina. Chiusero a chiave il furgone e si misero in cammino.

Seguirono i cartelli. Dato che era mezzogiorno incrociarono poche persone, per lo più coppie di anziani, la maggior parte dei quali li superò senza nemmeno salutarli. Frank non aprì bocca. Di lì a poco raggiunsero il sentiero che correva lungo il ruscello.

Frank esaminò la cartina. "Ancora un chilometro, vedi, qui." Indicò al socio una griglia quadrata. "Il ruscello si stacca un attimo dal sentiero. Bene, no?"

"Avremmo dovuto sciacquare il telone nella vasca," obiettò Bernhard.

"Ma la vecchia si aspettava una nostra escursione. Perché non unire l'utile al dilettevole?"

Bernhard annuì. Niente avrebbe fatto cambiare idea a Frank.

Poco dopo lasciarono il sentiero e finirono in una specie di gola delimitata su entrambi i lati da ripidi pendii con molte radici. Il ruscello gorgogliava pacifico sui ciottoli coperti di muschio.

Frank aprì lo zaino e tirò fuori il telone. Poi si sfilò scarpe e calzini ed entrò nell'acqua cristallina. Iniziò a sciacquare il telone.

Il sangue lavato via restò visibile ancora per qualche istante in superficie, striscie marroni che si allungavano per alcuni metri seguendo la corrente prima di dissolversi definitivamente contro una pietra o una radice.

Bernhard si sedette su un tronco caduto. Alzò la testa e guardò in alto tra le chiome degli alberi. Le forme del tetto di foglie si fondevano tra loro, creando sempre nuove immagini che ricordavano i soffitti orientali decorati a mosaico, centomila piccoli opali scintillanti.

Frank tolse il telone dal ruscello, lo ripiegò, fece sgrondare tutta l'acqua e lo infilò nello zaino. Poi si sedette vicino al socio. Al secondo squillo del cellulare, Bernhard fu certo che avesse già suonato, ma così piano e coperto dal gorgoglio del torrente da sembrare uno scherzo dell'immaginazione. Ora lo sentì anche Frank.

Si guardarono. "Che diavolo...?" brontolò Frank. Tirò fuori il cellulare dai pantaloni e rispose. "Sì?"

Rivolse a Bernhard uno sguardo basito, poi si alzò e si allontanò di qualche metro. Bernhard non riuscì a sentire quel che diceva, vide Frank gesticolare in maniera concitata, poi calmarsi e annuire più volte, infine rinfilarsi il cellulare in tasca.

L'uomo tornò indietro e si sedette di nuovo sul tronco.

"Pensavo che telefonare fosse severamente vietato," osò dire Bernhard.

"Per noi," precisò il socio. "Domani o dopodomani dobbiamo tornare al Titisee."

"Che cosa? Perché?" Sul lago dovevano farsi vedere il meno possibile.

"Sanno che siamo ancora qui."

"E come?"

Frank scrollò le spalle.

"E tu gli hai...?"

"Tutto chiarito. È tutto a posto. Però dobbiamo fare ancora una cosa."

"Che cosa?"

"Togliere le cimici. Domani prenderemo il treno e andremo a rimuovere quelle microspie."

Nella hall dell'hotel, Nagel buttò una moneta da cinquanta centesimi nel distributore automatico e selezionò un caffè nero, senza latte né zucchero. Sarebbe stata una lunga nottata. Il portiere, che non lo conosceva, gli rivolse un sorriso cordiale. L'orologio a cucù indicava che mancava poco a mezzanotte. Il commissario soffiò nel bicchiere, sorbì mezzo centimetro di caffè e s'incamminò di nuovo verso l'ascensore.

Nei corridoi non c'era anima viva, solo qualche voce sporadica al di là delle porte. Il rumore di ogni passo veniva smorzato dal tappeto spesso, impossibile accorgersi dell'avvicinarsi di potenziali intrusi.

Aveva la camera quasi dirimpetto a quella ancora libera di Adrian Lorch. La direzione dell'hotel aveva eseguito i suoi ordini alla perfezione. Nagel aprì la porta ed entrò.

A Irene aveva raccontato che il coordinamento delle squadre di ricerca richiedeva la sua presenza in loco. La moglie non aveva chiesto niente, probabilmente sapeva che mentiva. Schrödinger prima l'aveva portato a casa, dove lui aveva preso la valigia già pronta, poi erano andati al Titisee.

La televisione era accesa, senza volume ovviamente. Il commissario voleva riuscire a sentire se qualcuno avesse tentato di intrufolarsi nella stanza di fronte. Posò il caffè sul tavolo.

La porta disponeva di uno spioncino, almeno su questo era stato fortunato. Diede un'occhiata, la la camera di fronte era più sulla destra, ma pur sempre visibile.

Si sedette soddisfatto sulla sedia, che aveva accostato all'ingresso. Prese dal tavolo il sacchetto di patatine e lo aprì. La sua cena. Sarebbe stato sufficiente, doveva esserlo. Non lo sapeva ancora se il mattino seguente avrebbe potuto fare colazione. Sgranocchiò una manciata di patatine, poi prese un sorso di caffè. In televisione davano *Shining*. Si era perso solo i primi dieci minuti, le ore successive non sarebbero state così noiose.

Posò di nuovo il bicchiere sul tavolo, vicino al bordo, così da non doversi girare troppo, proprio tra il sacchetto di patatine e la sua Walther P5 9mm.

MARIE (V)
Tre settimane prima – 14 agosto

Michael era seduto da solo in un d'angolo, la tavola calda si riempiva poco a poco. Davanti a lui aveva alcuni documenti che Jana gli aveva dato da controllare. Era l'una, i più iniziavano solo allora la pausa pranzo. Non ce l'aveva fatta a restare in ufficio, da mesi sospettava che le webcam fissate al bordo superiore del monitor fossero costantemente attive, che non solo registrassero ogni parola battuta al computer ma che potessero anche seguire in diretta ogni suo movimento alla scrivania. Stava diventando paranoico?

Si era preso dell'acqua e un sandwich, al quale aveva dato solo due morsi. Lo mise da parte e tirò fuori dalla tasca dei pantaloni la confezione di Diclofenac. Buttò giù la pasticca con tre bei sorsi d'acqua, poi si rilassò contro la spalliera della sedia.

La tavola calda doveva ricreare un'atmosfera da campus. La struttura ricordava una mensa universitaria, ma al posto di sedie ordinarie c'erano sedie di design in alluminio e al posto del menù su uno schermo c'erano lavagne con almeno quindici portate scritte con il gessetto. Il locale si riempiva sempre di più, ma al suo tavolo non si sedette nessuno.

Vicino al bancone avanzava un gruppo di uomini in maniche di camicia, circa una dozzina, che rideva in maniera sguaiata. Michael non capiva cosa dicevano, ma riconobbe Unterberger, seguito dal direttore delle pubbliche relazioni, Mayer-Qualcosa, dal segretario del consiglio d'amministrazione, dal capo della divisione di controllo e da Rudolf, a chiudere la fila. Rudolf sembrava più serio degli altri, partecipava alle risate solo con un ghigno forzato e continuava a sbirciare intorno con diffidenza, in cerca di suoi ex colleghi. Quando incrociò lo sguardo di Michael, girò bruscamente la testa dall'altra parte. Uno del gruppo, che Michael non conosceva, si voltò e gli diede una pacca sulla spalla, disse qualcosa, poi anche il resto del gruppo si voltò e risero tutti di nuovo, stavolta anche Rudolf, persino più forte degli altri, in maniera così esagerata che a Michael parve di scorgere su alcuni volti una leggera perplessità.

Poco dopo, ognuno con il proprio vassoio, si sedettero vicino alla vetrata affacciata sul giardino terrazzato. Rudolf aveva solo un piatto di minestra.

Allora era quello il suo nuovo gruppo. Michael cercò di proposito il suo sguardo. Rudolf aveva rimediato un posto infelice e ora sedeva proprio dirimpetto al suo vecchio amico. Poteva evitare di incrociarne lo sguardo solo girandosi di lato o fissando il tavolo.

Il segretario del consiglio d'amministrazione, accortosi del suo strano comportamento, si voltò con aria interrogativa e appena incrociato lo sguardo di Michael si morse le labbra imbarazzato. Poi lui e Rudolf si scambiarono qualche parola inafferrabile, altre teste si girarono e infine i volti di tutti diventarono più seri e i discorsi più smorzati. Rudolf non disse più niente, restò con gli occhi fissi sul piatto, mentre gli sguardi degli altri vagavano di tanto in tanto verso Michael.

Era insopportabile, ma almeno aveva la certezza matematica che Rudolf avesse spifferato tutto ai quattro venti e che l'avessero ricompensato con una promozione per la sua servile fedeltà. Raccolse i fogli, li infilò nella ventiquattrore e se ne andò, lasciando lì il sandwich smangiucchiato.

Non aveva più voglia di trascorrere il pomeriggio in ufficio. Si sarebbe inventato una scusa e se ne sarebbe tornato a casa, magari avrebbe lavorato un po' in giardino. I fiori di Sybille avevano bisogno di cure costanti, almeno in quel senso avrebbe conservato il suo borghesismo di facciata.

Prima di prendere l'ascensore per salire a raccogliere le sue cose, entrò nella toilette nell'atrio. Osservò la propria immagine riflessa nello specchio, aveva un aspetto terribile. Erano quattro giorni che non si faceva la doccia, ancora di più che non si rasava. I suoi dipendenti si erano congratulati con lui per il look casual, lanciandogli però delle frecciatine. Probabilmente già da qualche giorno si sparlava di come fosse trasandato il capo. Entrò nel gabinetto.

Quando uscì, davanti al lavandino c'era Rudolf, lo sguardo

fisso sulle mani e il getto d'acqua. Michael si accostò al lavandino vicino. "Rudi," disse con freddezza.

"Michael." Non si guardarono neppure.

"Arrivata la promozione?" domandò.

Rudolf sospirò piano e rispose in maniera forzata. "La tanto agognata promozione. Nei prossimi mesi sarebbe comunque..."

"Congratulazioni," lo interruppe Michael. "Ti sei già integrato alla perfezione, pacche sulla spalla dal segretario del consiglio d'amministrazione, probabilmente ti hanno anche invitato a pranzo, o sbaglio? Ora ti dai del tu con Unterberger? Eh sì, bisogna ricompensare un fedele soldato della compagnia, è ovvio!"

"Risparmiati tanta ironia," replicò a denti stretti. "Ho una famiglia da mantenere, accidenti! Sono cinque semestri che Max studia in quella cazzo di università privata di Losanna, hai idea di quanto costi? Ne hai una pur vaga idea, Michael? Più altri due figli, che nei prossimi anni vorranno andare all'università."

"Tuo figlio e Peter sono stati amici del cuore per dieci anni, Rudi, te lo ricordi? Tua moglie e la mia portavano insieme le insalate alle grigliate, te lo ricordi? Ci badavamo i figli a vicenda, te lo ricordi? Stavo quasi per diventare il padrino di Max, accidenti! Anch'io ho una famiglia, Rudi." Michael girò la testa e alzò la voce. "Dopo l'incidente con lo studio in fase due del Sanophan sono stato io a impedirti di licenziarti. Non ti ricordi nemmeno questo? Mi sono fidato di te e tu mi hai tradito come un dannato serpente, un disgustoso e subdolo..."

"Forse sbaglierò, ma voglio dirti ancora una cosa." Rudolf parlava sempre sottovoce ma il tono diventava sempre più supponente. "Voglio avvertirti, smettila di seguire quella cosa."

"Quella *cosa*?"

"Smettila di ficcare il naso nelle questioni interne della compagnia. Non ti conviene..."

"Questioni interne alla compagna? Non mi conviene?" Michael sentiva che stava per perdere il controllo. "È una minaccia? È una minaccia, Rudi? Dopo tutto quello...?"

Rudolf lo interruppe con freddezza. "Un avvertimento, nient'altro. Stanne alla larga!" Tirò fuori una salvietta dal dispenser e si asciugò le mani. "Inoltre, Michael, gira voce che tu una famiglia non ce l'abbia nemmeno più. O sbaglio?" Lo guardò per la prima volta dritto in faccia, un sorriso gelido sulle labbra.

Michael non replicò. Come sapeva della sua separazione? Sybille lo aveva detto a sua moglie? Si aprì la porta ed entrò un ragazzo, salutò con un sorriso, poi andò ai vespasiani.

"Ti ho avvisato," concluse Rudolf, "ora dipende da te." Lanciò la salvietta nel cestino e uscì.

Berger non aveva ancora postato nuovi articoli. L'ultimo risaliva a quasi tre mesi prima, dove si limitava a segnalare che la sera sarebbe comparso da Günther Jauch, alle ventuno e quarantacinque, su ARD.

Marie scrollò a caso l'archivio e si fermò al titolo *Is Microorganic Evolution Against Us?*

Era stesa sul letto, nella sua camera dell'hotel. In televisione davano un documentario, il volume era basso, fuori era già buio.

Il testo era inserito tra una serie di post di Berger sui presunti piani dell'industria farmaceutica per avviare una pandemia artificiale al fine di guadagnare miliardi con la vendita di vaccini e farmaci. Si limitava a un'esposizione più o meno scientifica. Nel primo paragrafo si poneva la domanda fondamentale sul perché i microrganismi fossero spesso nocivi all'uomo, che pure era il loro "ospite biologico". L'evoluzione ci remava contro? A prima vista non aveva senso: perché un batterio capace di sopravvivere solo nel corpo umano avrebbe dovuto essere pericoloso per l'uomo? *You don't bite the hand that feeds you.*

Berger spiegava che si trattava di semplice casualità. Batteri, che da milioni di anni si erano specializzati a essere ospitati da certi animali, a volte subivano mutazioni che li rendevano capaci di sopravvivere anche nell'uomo. Del tutto innocui per gli ex animali ospiti, nell'organismo umano quegli stessi batteri provocavano danni considerevoli. Il blogger sottolineava che né l'evoluzione né il microrganismo erano di per sé cattivi. "Ciò che li fa sembrare crudeli è la loro totale indifferenza. Non si possono attribuire tratti umani ai princìpi. Sono lì, possono uccidere, ma non sono malvagi. Semplicemente non possono provare alcun interesse".

Spiegava anche che incidenti simili nell'evoluzione il più delle volte non costituivano condizioni permanenti, dato che con l'ospite biologico moriva anche il microrganismo. Eppure esistevano batteri che campavano da centinaia di migliaia d'anni e la loro infezione continuava a essere nociva per l'ospite biologico. Di conseguenza, secondo lui, doveva esserci un equilibrio tra la pericolosità dei sintomi e la loro capacità di provvedere alla sopravvivenza del batterio. Se ciò si realizzava, allora dal punto di vista del microrganismo il danno per l'ospite biologico era giustificabile. Il che significava però che, in base alla teoria dell'evoluzione, la morte dell'uomo nell'arco di poche ore dal contagio andava bene per un batterio purché in quel breve lasso di tempo si fosse potuto diffondere in modo massiccio.

Berger concludeva il suo ragionamento con una tesi audace, in base alla quale meccanismi simili valevano anche per una pandemia artificiale. Dal punto di vista dell'industria farmaceutica, che voleva guadagnarci, virus creati in laboratorio o batteri coltivati dovevano generare un equilibrio tra il profitto per il complesso industriale e la miseria provocata dalla pandemia. In altre parole, finché affluivano miliardi, per i gruppi farmaceutici un paio di centinaia di morti erano giustificabili, il capitalismo funzionava anche senza di loro. Da quanto Marie poté giudicare, Berger applicava alle multinazionali gli stessi principi dei microrganismi: nel macro come nel micro dominava un darwinismo spietato. Per ottenere un vantaggio era lecito ogni mezzo che non nuocesse troppo ai presupposti economici (l'ospite). Ma mentre i processi evolutivi naturali dei microrganismi erano insignificanti, andavano in tutte le direzioni, muovendosi più o meno a caso, dietro le compagnie farmaceutiche c'erano uomini che agivano in modo mirato ed era proprio questo a preoccupare così tanto Berger. La fine del post era quasi poetica: "L'evoluzione è dinamica, l'evoluzione è caos. Ma l'evoluzione umana è una costante".

Il suono di Skype la strappò alla lettura. Chiuse la pagina del blog di Berger e aprì la finestra di conversazione. Era Simon e le scriveva su Skype dall'altra camera.

Simon: ciao
Marie: non ci credo
Simon: cosa?
Marie: sei così pigro da non fare 5 m a piedi e bussarmi alla porta?
Simon: ☺
Simon: mi sa di sì
Marie: bleah
Simon: che fai?
Marie: leggo la concezione del mondo di berger
Simon: e?
Marie: beh...
Simon: senti, il tempo domani è perfetto
Marie: e allora?
Simon: beh, potremmo farci una passeggiata
Marie: una passeggiata?
Simon: hai le scarpe da trekking?
Marie: scarpe da trekking?
Marie: no
Simon: fa niente
Simon: l'hotel le noleggia
Marie: e dove vuoi andare a camminare
Simon: lungo il feldberg
Simon: ho trovato un percorso

Come mai di punto in bianco moriva dalla voglia di fare attività fisica? Comunque meglio un po' d'aria fresca, una lunga e sana passeggiata, piuttosto che starsene con le mani in mano in quel buco di paese.

Marie: ok ☺
Marie: mi piace l'idea
Simon: ottimo!
Simon: domani dopo colazione?

Le vibrò il cellulare nella tasca dei pantaloni. Scrisse che era d'accordo e staccò.
"Sì?"

"Signora Sommer?" Era la voce di un uomo di una certa età. "Mi dispiace chiamarla così tardi."
"Con chi parlo?"
"Mi ha scritto una mail la settimana scorsa. Per la luce all'ingresso."
Il padrone di casa, gli aveva scritto poco prima di partire pregandolo di risolvere il problema mentre era in ferie.
"Ha riparato la luce?"
"Sì, rifunziona tutto, signora Sommer. O meglio, non era affatto guasta."
"Come?"
"Intendeva la luce all'ingresso?"
"La luce all'ingresso e tutte le prese di corrente. Scattava sempre il salvavita."
"Senta, sono andato a controllare, il salvavita è a posto, la luce si accende e anche tutte le prese di corrente funzionano. Magari si è sbagliata?"
"Come ci si può sbagliare su certe cose?"
"Comunque ora funziona tutto e questo è l'importante."
"Sì..."
"Allora, buone vacanze."
Riattaccò prima che Marie potesse salutare.

Michael aveva scelto Brahms, che di solito tendeva a evitare. Ma ora aveva voglia di un requiem, che tuttavia rimbombava un po' troppo dalle casse nella sua cantina. Dopo l'incontro con Rudolf alla toilette era tornato subito a casa, senza neppure salire in ufficio. In treno aveva chiamato Jana, raccontandole di un'emergenza in famiglia. Era seduto sul pavimento, ai suoi piedi era disteso il gatto, che lo aveva seguito dal soggiorno in cantina. Non lo disturbava stare rinchiuso con Michael. In un angolo gli aveva messo una ciotola d'acqua e gli accarezzava il collo mentre la bestiola faceva le fusa, soddisfatta. Non credeva più che fosse scappato, più probabilmente l'avevano abbandonato su una piazzola di sosta.

Sul pavimento erano sistemate circa tre dozzine di fogli in formato A4, organigrammi del gruppo Sanora, cliniche coinvolte, biografie di membri del consiglio d'amministrazione e primari, studi su prodotti farmaceutici che aveva trovato sul database EudraCT, nel quale doveva essere registrato ogni singolo trial clinico. Il problema era che un numero gigantesco di cliniche private apparteneva al gruppo, le competenze spesso erano poco chiare e a prima vista non era evidente se una clinica fosse o meno indipendente da Sanora. Inoltre nell'EudraCT si poteva accedere solo ai dati di studi già in fase due, i test clinici falliti sui farmaci non comparivano.

Se si fosse presentato a nome della compagnia farmaceutica, avrebbe potuto richiedere i dati in maniera ufficiale, ma la sua domanda sarebbe passata per la divisione competente. Compilazione di formulari eBureau, motivo della richiesta... sarebbero servite settimane e comunque non sarebbe mai stata accettata. Il direttivo della compagnia farmaceutica preferiva tenere alcuni livelli del personale all'oscuro di certe attività. Era meglio dal punto di vista etico, per ottenere nuove reclute, per conservare specialisti tirati su a suon di quattrini. Alcuni anni prima, un importante giornale aveva svelato che per anni la compagnia aveva distribuito in Africa centrale un antibiotico gratuito con il pretesto degli aiuti umanitari, per lo più senza nemmeno testarlo. Dozzine di bambini erano morti e centinaia avevano riportato disabilità permanenti. In seguito erano stati licenziati quindici dipendenti, anche di lunga data, che erano passati alla concorrenza o, peggio ancora per l'azienda, in istituti indipendenti pieni di ideali. E che collaboravano con la stampa.

Michael tirò fuori l'organigramma della Sanora. La Wenderley Public Relations non compariva da nessuna parte, neppure su internet si trovava alcun collegamento ufficiale. La WPR si presentava invece più volte in veste di organizzatrice di conferenze di settore e convegni della Sanora. Il collegamento esisteva, nessun dubbio, ma a cosa serviva quel flusso di denaro? Per cosa veniva pagata la Sanora? Per cosa corrompevano le cliniche?

Erano ore che controllava riga per riga, vedeva e rivedeva ogni singola linea del mostruoso organigramma, tutto invano. Non c'era niente. Oppure era nascosto così bene da superare le sue doti intellettive. Sentiva già un leggero mal di testa, non voleva prendere un'aspirina. Quel giorno aveva già inghiottito cinque Diclofenac, ma il dolore all'anca era sempre insopportabile, cosa che lo aveva buttato ancora più giù di morale.

Dannato *Requiem*! D'un tratto ne ebbe abbastanza. Si alzò a fatica e spense lo stereo, poi si domandò se fosse il caso di risedersi per terra, quei metri quadrati di documenti lo respingevano quasi fisicamente. Perciò si sedette al computer e digitò l'indirizzo del sito porno che visitava di solito, ma non funzionò nemmeno quello, non era dell'umore giusto, benché fosse in astinenza già da due settimane. Negli ultimi mesi la voglia di andare a letto con una donna era stata sempre più forte. Non con Sybille, con lei erano anni che non andava più. Non ne capiva il motivo, comunque doveva essere di natura psichica, perché in lui funzionava tutto benissimo.

Cliccò qualche immagine, sospirando, avviò anche un paio di video, tutto inutile. Non riusciva a togliersi dalla testa quei maledetti versamenti, lo sapeva, sapeva che dietro si nascondeva qualcosa. Con il suo commento incauto, quel bugiardo di Rudolf l'aveva convinto ancora di più. "Per te sarebbe pericoloso." Ah, e cos'altro aveva da perdere?

Se *loro* avevano definito la questione "pericolosa" davanti a Rudolf, allora doveva trattarsi di qualcosa di grosso, di colossale. Si rilassò contro lo schienale e provò a pensare alle risposte che avrebbe dato in un talk show.

"Già dai primi anni Novanta avevo la sensazione che la compagnia avesse perso ogni senso morale."

"Ero convinto di fare la cosa giusta."

"Sì, ci sono stati molti tentativi di intimidazione, ma preferisco non scendere nei dettagli."

Oppure avrebbe taciuto. Avrebbe rilasciato giusto un paio di interviste, poi il silenzio stampa. Magari si sarebbe ritirato sul serio su qualche cucuzzolo del Cantone dei Grigioni, in un bosco o in qualche valle del Canton Ticino. Avrebbe taciuto come un genio incompreso, ignorando completamente i media. Magari avrebbe partecipato a un solo talk show, giusto per creare il mito.

Come René Berger.

Come per un'improvvisa ispirazione, Michael cercò tra i documenti lo stampato dello studio sull'Eupharin che aveva trovato sul blog di Berger. Sfogliò le pagine. Il pdf era una scansione, forse gli era sfuggito qualche commento scritto a mano.

Arrivato alla penultima pagina rimase interdetto. Il nome della clinica dove era stato condotto lo studio gli sembrava noto: Lauenheim. Dal guazzabuglio di carte tirò fuori l'organigramma della Sanora, no, non là, la seconda parte, dove l'aveva buttata?

La ripescò sotto una montagna di studi, seguì con il dito una piccola ramificazione... la clinica apparteneva al gruppo Sanora!

Era stata la Sanora a testare l'Eupharin. Era quello che stava cercando? Era lì che si nascondeva la chiave di quei versamenti?

Ma come incastrare il tutto?

Era già quasi un'ora che camminavano, Marie non aveva idea di dove si trovassero. Prima avevano costeggiato il lago, poi erano saliti su per delle colline coltivate e da un quarto d'ora si erano immersi in un bosco di abeti. Si sentiva ancora odore di rugiada mattutina, benché fossero partiti alle dieci e mezzo e ormai fosse mezzogiorno passato.

"Tu lo sai dove siamo, vero?" insinuò Marie. Avevano parlato delle capacità di sopravvivenza dei giornali. Per i settimanali Simon pronosticava un futuro glorioso, ai quotidiani stampati, invece, secondo lui non restavano più di dieci anni. "Hai una cartina o ci affidiamo a Google Maps?"

"No." Simon rise. "Ho una carta dei sentieri." E indicò il proprio zaino.

"Ma adesso stiamo andando a intuito?"

Il ragazzo scosse il capo. "Seguiamo i cartelli. Tranquilla, so dove siamo."

"In questo momento Berger sarà di sicuro seduto al bar a chiacchierare con un *whistleblower*," osservò Marie. "In bella mostra. E noi invece incespichiamo nel bosco."

"Lascia perdere Berger," replicò Simon senza guardarla. "Non se ne va in giro."
Rimasero in silenzio per qualche minuto. Lei si stava godendo la natura, le piaceva quel posto. Verso l'una fecero una sosta vicino a una piccola sorgente, avevano portato due baguette, pomodori, un pezzo di formaggio, prosciutto e un sacchetto di patatine. Tutto incredibilmente buono. Il formaggio dovevano romperlo con le mani, non avevano coltelli.
"È l'aria fresca," spiegò Simon. "Dopo un paio d'ore di camminata sembra tutto più buono."
Erano seduti ai piedi del Feldberg, la cui cima brulla svettava sopra le punte degli abeti. Si avvicinava qualche nuvola, all'orizzonte sembrava piovesse.
"Pensavo fosse bel tempo tutto il giorno," disse Marie.
Simon scrollò le spalle. "Nuvole di alta pressione." Spezzò un bel pezzo di formaggio e se lo infilò in bocca, poi prese lo zaino e tirò fuori la cartina. "Ora siamo qui, vedi? Tra mezz'ora arriveremo là." Indicò il simbolo di un belvedere. "Adesso si scende un po', andiamo?"
Marie bevve un sorso d'acqua, poi annuì.
In effetti la strada scendeva ripida. Nella valle di sotto si snodava una strada, che da quell'altezza sembrava un fiumiciattolo. Simon spiegò che erano saliti su per il Feldberg e avevano camminato lungo il suo fianco. Ora avanzavano l'uno accanto all'altra.
"Ieri sera ho letto uno degli articoli di Berger sul suo blog," iniziò Marie. "Sull'evoluzione dei batteri."
"Niente male, vero?" A quanto pareva, Simon conosceva il pezzo.
Non rispose subito. Di notte aveva cercato di chiarirsi le idee su Berger tramite i suoi testi, ma non ci era riuscita. "Da come scrive, ho l'impressione che finga di essere quello che non è. Non sembra... autentico."
Simon si fermò e si girò verso di lei. "Non sembra autentico?" Guardò giù nella valle. "Tutti noi siamo solo un'immagine parziale della persona che vorremmo essere. Non puoi fargliene una colpa."
Giù in strada si vedeva una sola auto, un insettino rosso che,

sulle tracce dei suoi predecessori, strisciava verso la fonte di cibo più vicina. Simon era andato avanti di qualche passo.

"Mi sa che hai ragione, anch'io a volte ho la sensazione di essere un *fake*," disse Marie.

"Un *fake*?"

"Qualcosa di fasullo, di non autentico, di inconsistente. Un castello di carta che io stessa ho innalzato." Marie lo raggiunse. Avevano lasciato il fianco brullo del Feldberg e si erano immersi di nuovo nel fitto del bosco di abeti. La strada non si vedeva più. "Voglio dire, sono qui sulle tracce di Berger, un blogger, in redazione mi occupo principalmente di blogger e io stessa dovrei scrivere un blog. Sono stata scelta per questo, perché dovrei avere una certa dimestichezza con l'ambiente, ma non è affatto così. I blog non m'interessano affatto. La maggior parte sono noiosi, irrilevanti, in origine nient'altro che diari on-line. Diari che avrebbero fatto meglio a restarsene off-line. A dire la verità, io i blog non li leggo neppure, solo quando devo scrivere..."

"Nemmeno io li leggo," la interruppe Simon. "Solo i blogger leggono quello che scrivono gli altri blogger. È tutta un'enorme masturbazione reciproca, i media affermati vi partecipano solo per dare l'idea di essere al passo con i tempi."

"Beh, io non..."

"Non devi temere di essere inconsistente," la interruppe di nuovo. Ora la guardava dritta negli occhi, con uno sguardo timido ma ipnotico. "In redazione hai più sostanza di chiunque altro, ecco perché hanno scelto proprio te. Avrebbero dovuto prendere Annette? Oppure la nostra piccola arrivista? Magari Boris? Cosa avrebbe fatto? Qualche sondaggio per strada, sul lungolago, del tipo: *Cosa ne pensa di René Berger e del suo blog d'inchiesta?* o *Scusi, sì proprio lei con il cachet di analgesici, non ha mai avuto l'impressione che l'industria farmaceutica inventi pseudomalattie per vendere medicinali costosi?*"

Marie scoppiò a ridere. Boris avrebbe visualizzato i risultati in un grafico a torta a forma di pastiglia.

"No, tu hai sostanza," proseguì Simon. Sembrava molto serio. "E talento. E cervello. Non ti preoccupare."

"Grazie." Era bello sentirselo dire. "Ma lo dici a una che con tutta probabilità, una volta rientrata a casa, troverà nella cassetta delle lettere un bell'avviso di cancellazione della sua matricola universitaria."

"Nella storia universale un diploma di laurea non è mai stato indice d'intelligenza. Mai." Simon sollevò lo sguardo. "Merda."

"Cosa?" Marie si girò. Dietro di loro, sopra il Feldberg, incombeva una cortina di nubi scure.

"Mi sa che ce la becchiamo tutta," annunciò lui. "Merda..."

"Meteo del cavolo! E ora?" Lei si rese conto degli alberi tutt'intorno. "Che facciamo se arriva il temporale?"

"Niente panico." Simon tirò fuori la cartina dallo zaino. "Allora, siamo qui, in questa direzione ci sono solo altri sei chilometri di bosco, ma se ci mettiamo a correre... vedi, giù a valle c'è la strada che viene da Oberried, là di sicuro troviamo una fermata di autobus o qualcosa del genere."

A Marie sembrò di sentire un tuono in lontananza, ma forse era solo la sua immaginazione. "Ok, meglio sbrigarci."

Accelerarono il passo. Dopo dieci minuti rispuntò la strada a valle, che si perdeva in entrambe le direzioni in un mare nero di abeti. Niente case. Nel frattempo si era alzato un vento freddo e diventava sempre più buio. Simon camminava a grandi falcate e con gli occhi cercava nervoso un riparo. A Marie, rimasta un po' indietro, salì su per il naso l'esalazione dolciastra della pioggia in avvicinamento.

"Lo senti anche tu questo odore?" gridò la ragazza.

"Sì..." Tuonò e stavolta fu chiaro e inconfondibile.

Poco dopo si formarono sul sentiero le prime macchie scure. Il rumore scrosciante si avvicinava dalla montagna come un'onda e dieci secondi dopo furono travolti da un potente rovescio d'acqua. Pioveva incredibilmente forte. "Merda!" urlò Simon, ma la sua voce quasi non si sentiva. La terra molto secca del sentiero si trasformò in una ribollente fanghiglia. Marie sentiva penetrare l'acqua tra i vestiti, era già completamente fradicia. Un lampo squarciò il buio calato sulla valle, il tuono seguì a una distanza spaventosamente breve.

Si misero a correre, Simon più veloce. Sotto un albero meglio di no, pensò Marie, ovunque ma non lì. Raggiunse il ragazzo, in piedi vicino a una panchina, che indicava un punto in basso, tra gli abeti.

"La vedi?" gridò lui.

"Cosa?" La pioggia aumentava sempre di più e i capelli di Simon gli si incollavano alla fronte.

"Laggiù!"

Marie seguì con lo sguardo il braccio teso. A valle, vicino al pendio, si scorgeva una piccola radura senza alberi, in mezzo alla quale si trovava una casetta.

Simon le fece cenno con la mano di sbrigarsi e corsero insieme sulla ghiaia ruvida. Più volte Marie rischiò d'inciampare, quelle dannate scarpe da trekking ai suoi piedi erano come ingombranti ferri da stiro.

Dopo cinque minuti avevano raggiunto la radura, i lampi guizzavano quasi ogni dieci secondi. Sebbene là fossero più al sicuro, regnava un buio inquietante.

La baita era una piccola costruzione di legno in pessime condizioni, probabilmente inutilizzata da anni. Dalla guaina catramata grondavano cascate d'acqua, vicino alla parete videro una catasta di legna marcia, le persiane erano chiuse e sprangate. Corsero sotto la grondaia. T-shirt e pantaloni s'incollavano al corpo di Simon, la stoffa bagnata gli metteva in risalto una pancia piatta e pettorali sorprendentemente allenati. Strattonò la porta. "È chiusa a chiave," gridò. Il catenaccio era bloccato da un enorme lucchetto mezzo arrugginito.

"Vuoi entrare?" Marie si asciugò le gocce dal viso.

Un botto fragoroso coprì la risposta di Simon. Il tuono riecheggiò più volte nella valle prima di smorzarsi.

"Perché no?" disse il ragazzo. "Di sicuro non ci viene anima viva da anni. E anche se fosse, con questo temporale nessuno ci biasimerebbe."

"Proviamo dal retro," gridò Marie e corse dietro la casa, ma anche là le finestre erano sprangate. Mentre tornava all'ingresso, si sistemò la maglia.

La porta era aperta. Con un galante gesto della mano e un sorriso stampato sulle labbra, Simon la invitò a entrare.

"Come hai...?" chiese Marie, ma il resto della domanda fu

coperto da un tuono. Entrò, il ragazzo la seguì e si chiuse la porta alle spalle.

"Ah!" esclamò affaticato, poi si scrollò come un cane bagnato schizzando gocce in ogni direzione.

La tempesta imperversava scuotendo le persiane chiuse. Sulla guaina catramata si sentiva lo scrosciare dell'acqua, ma in confronto a fuori, dentro era piacevolmente tranquillo.

"Come sei riuscito ad aprire il lucchetto?" Marie tornò alla carica.

"Quel vecchio coso rugginoso? Un gioco da ragazzi. Tengo sempre un grimaldello attaccato al mazzo di chiavi, me l'ha insegnato mio padre."

"Ah sì? Per fortuna, direi." Nella casetta era semibuio, solo una flebile luce penetrava dalle fessure delle persiane. In un angolo si trovava una rete metallica stravecchia, senza materasso, con accanto il tubo di una stufa. Alla parete era fissato un tavolo, con quattro sedie. Sotto la finestra correva una credenza stretta e alta fino ai fianchi, sulla quale era posato un fornello a gas arrugginito. Vicino alla dispensa si trovava un frigo non collegato alla corrente.

"Accogliente," commentò Simon.

"Mi sembra la casa di Fred Flintstone. L'importante è che siamo all'asciutto." Marie controllò la rete a molle metalliche del letto, cigolava minacciosa, però sosteneva il suo peso. "Quanto pensi che durerà questo temporale?"

"Chi lo sa?" Simon aprì la finestra e le persiane sopra la credenza. La pioggia cadde sul fornello a gas, lui si affrettò a richiudere le imposte. "Mi sa che ne avremo per un po'."

Marie sospirò. Sperava di non dover rimanere prigioniera là dentro per troppo tempo. Aveva i brividi, con quei vestiti bagnati addosso. Si sfilò la maglietta da sopra la testa e la strizzò. "Tu non hai freddo?"

Simon aprì un cassetto della credenza. "Aha!" esclamò. "Guarda." Tirò fuori tre lunghe candele e una confezione ingiallita di fiammiferi. "Mercatino di Natale di Friburgo, 1984," lesse. Sembrava divertito. "Però, questa casetta ha proprio tutti gli optional!" Aprì un altro cassetto. "Ora possiamo anche tagliare il formaggio." Tirò fuori un coltello da cucina e lo posò sulla credenza.

Michael guardò il grosso orologio analogico appeso alla parete del suo ufficio, erano solo le due. Non poteva andarsene prima anche quel giorno. La notte precedente aveva dormito al massimo due ore, fino alle tre era rimasto in cantina alle prese con i documenti. Ora era sicuro al cento per cento che la Sanora aveva ricevuto soldi per i test clinici sull'Eupharin. Un passo avanti, certo, ma niente aveva ancora senso, gli mancava una tessera del puzzle. Non era riuscito a trovarla e alla fine si era addormentato sul tappeto della cantina. Tentò di leggere per la terza volta un rapporto preparato da Jana. Gli bruciavano gli occhi, aveva un alito disgustoso e alle tempie sentiva dolori muscolari dovuti alla stanchezza.

Fuori imperversava un temporale incredibile, eppure il meteo aveva previsto sole tutto il giorno. Tentò di continuare a leggere *L'arte di costruire le città. L'urbanistica secondo i suoi fondamenti artistici*, ma non riusciva a concentrarsi neppure su quello. Voleva solo tornarsene a casa e infilarsi a letto. Inoltre doveva avere un pessimo odore, non si era cambiato dal giorno prima, non aveva avuto neppure il tempo di farsi una doccia.

Jana fece capolino dalla porta, sorridendo. "Va bene?" Si riferiva al report. Michael non era andato oltre la prima frase, eppure annuì. "Signor Balsiger, prima che mi dimentichi, poco fa ha chiamato il signor Unterberger. Vuole vederla nel suo ufficio oggi pomeriggio." Lo osservò pensierosa. "Niente di grave ieri, spero."

"Ieri?" Michael si ricordò della bugia. "Ah certo, no! Mia madre, solo un lieve mancamento. Dopo un paio d'ore l'hanno rimandata a casa."

"Era in ospedale?"

"Sì, sì, sì." Michael si massaggiò le tempie.

Jana esitò. Probabilmente si chiedeva se fosse il caso di chiedergli con prudenza se qualcosa non andasse, ma si trattenne. "Si ricordi che Unterberger vuole vederla," disse invece, con un'allegria che nascondeva un certo imbarazzo.

"Sì, grazie."

Cosa voleva Unterberger? Forse la confessione settimanale. Michael era terrorizzato. Si alzò, inutile rimandare l'inevitabile, meglio togliersi il dente subito. Salì con l'ascensore e osservò la propria immagine riflessa nel vetro della cabina. Orribile, aveva anche due belle borse sotto agli occhi.

La porta di Unterberger era sempre chiusa, si doveva bussare e con un breve "Un attimo!" lui ti lasciava lì ad aspettare un po', probabilmente per soddisfare il proprio ego. Anche stavolta, nessuna eccezione. Michael si appoggiò alla parete.

Dopo due minuti la porta venne spalancata con un lungo "Eccoci!", che si interruppe quando Unterberger lo riconobbe. "Michael, mi fa piacere che sia riuscito a venire. Entri pure..."

Sentiva odore di caffè appena preparato e di fumo di sigaretta spenta. Non sapeva che fumasse.

"Si accomodi. Che tempo orribile, vero? Volevamo organizzare una grigliata per stasera, era invitata tutta la famiglia, s'immagina? Maledette previsioni meteo!" Unterberger si sporse in tutta la sua altezza per guardare fuori dalla finestra. Due anni prima si era rasato a zero la testa già mezza pelata e da allora sembrava dieci anni più giovane. Era sempre abbronzato, anche d'inverno, e per principio non indossava cravatte: il colletto della camicia portato con disinvoltura sempre aperto era più che sufficiente come ornamento del collo.

"Ha colto anche me alla sprovvista," mormorò Michael. Sulla scrivania notò una foto che non c'era durante la sua ultima "confessione". Rivolta verso il visitatore, mostrava un gruppo di persone in equipaggiamento da scalata.

"In primavera, sul massiccio del San Gottardo," spiegò Unterberger che doveva aver notato il suo sguardo. "L'ho messa lì da poco."

"Il San Gottardo," osservò Michael. Non che gli interessasse molto. La pioggia sferzava i vetri delle finestre.

"La sessione fotografica per la nuova campagna pubblicitaria. Credo l'abbiate già ricevuta per mail, o sbaglio?"

Michael confermò con la testa.

"È stata un'esperienza fantastica. Sul serio, lassù sei spacciato se non collabori. Tutti sono appesi a una fune, ognuno dipende dagli altri." Unterberger guardò appena il collega, fissando poi un punto sulla parete alle sue spalle. "Se uno non si fida degli altri al cento per cento è spacciato, l'intero gruppo è spacciato. Ma alla fine, Michael, alla fine, quando lei arriva in cima, con il Canton Ticino ai suoi piedi, allora si rende conto che vale la pena stare uniti. Vale la pena garantire per gli altri. Alla fine essere membro di un team ripaga."

"Ha imparato a Berlino a fare alpinismo?" s'informò Michael.

Unterberger non si mosse di un millimetro. Solo dopo alcuni secondi chinò la testa, guardò la scrivania, poi gli rivolse un accenno di sorriso e scosse il capo una singola volta. "Io li capisco, sa?" riprese. Alzò di nuovo la testa, il ghigno da coccodrillo un po' spento. "Io li capisco sul serio quelli come lei. Preferireste che davanti a voi ci fosse uno svizzero perbene, uno che avesse completato l'intero percorso." Il tono era di un'obiettività insopportabilmente cinica. "Un vecchio aristocratico borghese elvetico. Dopo la maturità un paio d'anni di militare, poi uno stage in banca o un paio di semestri al Politecnico federale di Zurigo." Un sorriso sulle labbra, glaciale. "E sa, capisco anche la situazione. Se lavorassi ancora al mio posto a Düsseldorf e arrivasse uno sbruffoncello da Harvard a impartirmi ordini, anche a me non piacerebbe. Ma accidenti, Michael, ammetterà che non funziona più così. Dobbiamo ammetterlo entrambi, facciamo parte di una comunità globale di concorrenti, non c'è tempo per ridicoli pregiudizi."

"Non mi fraintenda," obiettò Michael, "non è una questione di nazionalità."

"Ah no? E di cosa allora?" Unterberger prese una penna a sfera luccicante e la picchiettò più volte sul tavolo.

"È una questione di sincerità," rispose con un filo di voce. "Di etica. Di educazione."

Unterberger rise forte e pieno di disprezzo. "Lei mi parla di educazione? Proprio lei? Di etica? Nonostante ci siano segnali chiari e inconfutabili che negli ultimi mesi abbia agito sistematicamente e a più riprese alle spalle dei suoi superiori? Che si sia portato a casa documenti interni della massima riservatezza? Che abbia bypassato di proposito le misure di sicurezza del sistema eBureau? Che tra il personale dipendente abbia sparso voci che gravano pesantemente sul prestigio della compagnia e sono completamente assurde, perché frutto della sua misera zucca paranoide? E lei mi parla di etica?"

"È di questo che voleva discutere?"

"La capisco, certo." Ora il tono si fece altisonante, tipico di quando la confessione si trasformava in assoluzione. Ma stavolta era intriso di una voglia diabolica di giocare con la sua preda, di prolungarne lo strazio. "La capisco. Ha appena avuto una separazione difficile. Oh, Dio lo sa, ci sono passato anch'io."

Rudolf. Da Rudolf. "Lo ha saputo da...?"

"Non è bello, Michael," lo interruppe mettendo su un broncio infantile. "Non è bello. Allora si cerca qualcosa su cui proiettare la propria rabbia. Comprensibilissimo dal punto di vista umano e psicologico. Ma perché proprio la madre che la nutre? Perché la compagnia che ha provveduto a lei per decenni? Avrebbe potuto permettersi la casa che ha senza questo posto di lavoro? Pensa che il suo matrimonio sarebbe durato così a lungo, se fosse restato un insignificante magazziniere? A quanto pare, sua moglie punta agli uomini di successo. Temo che per lei ormai sia tardi per una carriera nella banca cantonale." Unterberger sorrise con sufficienza.

"Come?" Michael pensò di aver capito male.

"Non l'ha neppure finita di pagare, la sua casa, vero? Un posto fisso come il suo, quello sì che è una garanzia per il futuro. La promessa di poter conservare la sua casetta anche tra due o tre anni, di non dover rinunciare al suo stile di vita. E in cambio di questa garanzia per il futuro, la compagnia richiede un tributo davvero minimo, un po' d'impegno, di entusiasmo, ma soprattutto lealtà. Lealtà, Michael!" Ora il tono di Unterberger era più disinvolto. "Oggi abbiamo avuto una riunione per discutere il suo caso. Siamo convinti che la separazione da sua moglie sia stato un duro colpo per lei. Date le circostanze, da un punto di vista umano è impensabile per lei mantenere il precedente livello di rendimento. Impensabile. Si riposi, Michael, si rilassi un paio di settimane, si faccia un bel viaggio a sud. In questa stagione l'Adriatico è splendido. E tra tre mesi decideremo il da farsi."

"Mi sospendete?"

"Se lo desidera, provvederemo noi persino alle cure."

"Alle cure?"

"Dopo il mio primo divorzio, l'aiuto di uno psicoterapeuta è stato fondamentale."

Michael scosse il capo, aveva messo in conto un richiamo, ma non questo. Evidentemente volevano sbarazzarsi di lui. "E poi?" insinuò. "Dopo i tre mesi?"

"Poi decideremo il da farsi."

"Volete buttarmi fuori, giusto? Avete bisogno di quei tre mesi per consentire ai vostri legali di formulare il licenziamento in maniera del tutto inoppugnabile, no?"

"Non ne abbiamo bisogno," rispose Unterberger caustico, "e lo sa bene anche lei. Si è portato a casa documenti interni all'azienda, il che rasenta la violazione del segreto d'ufficio."

"Violazione del segreto d'ufficio?"

Unterberger si riprese, per un istante aveva calato la maschera. "Magari tra tre mesi sceglierà un nuovo orientamento lavorativo. Chissà, Michael, chissà."

Michael si alzò. Gli costò una fatica incredibile reprimere la rabbia. Si girò senza dire una parola e raggiunse il centro della stanza. "Se sapessi che la prossima settimana l'intera compagnia avrà un collasso, che l'intero complesso industriale scomparirà in una crepa della terra risucchiandovi tutti, allora sarei l'uomo più felice della terra. Il più felice."

"Michael," replicò Unterberger con tono di biasimo, "non dica così. Se l'è cavata piuttosto bene, tre mesi di ferie pagate. Le sarebbe potuta andare peggio. Se lo desidera potremmo farle pervenire del materiale informativo per aggiornarsi." Guardò l'orologio. "A proposito, ora può tornarsene a casa oppure trascorrere il tempo che manca fino alle cinque leggendo le sue riviste di architettura. Per quanto mi riguarda, non fa alcuna differenza. Non comunichi niente ai suoi dipendenti, la prego, penseremo noi a informarli."

Non replicò, andò alla porta, l'aprì e uscì in corridoio.

"Ci vediamo tra tre mesi," gli gridò dietro Unterberger mentre lui richiudeva la porta.

La pioggia era momentaneamente calata, ma Marie ebbe la sensazione che il tamburellio stesse di nuovo aumentando. Fuori era ancora buio, Simon aveva aperto altre due persiane, ma i vetri erano così appannati e sporchi che la scarsa luce del giorno faticava a penetrare. Alla fine avevano acceso una delle candele. Erano seduti sulle sedie traballanti intorno al tavolo, su cui avevano disposto baguette, prosciutto e formaggio. Però non avevano ancora fame.

Un rombo sordo fece tintinnare i vetri delle finestre.

"Lo senti?" chiese Simon.

Lei annuì.

"Torna il temporale."

Marie si dondolava avanti e indietro sulla sedia, non si sentiva per niente a proprio agio in quella baita, ma la cosa se l'era tenuta per sé. "È la prima volta che faccio irruzione in una casa," disse con un mezzo sorriso.

Simon invece sembrava rilassatissimo. "Cosa avremmo dovuto fare? Se fossi il proprietario, lo capirei."

"Sì..."

"E comunque pare non ci venga nessuno da anni. Con questo tempaccio poi, no di certo." Si voltò verso la ragazza e le posò cauto una mano sulla spalla destra. "Tranquilla."

Lei si girò di scatto, lui ritrasse la mano. Marie guardò la porta. L'avevano sprangata dall'interno per ripararsi dalla tempesta. "Potremmo lasciare un biglietto," propose. "Una lettera, per spiegare che siamo stati sopresi dal maltempo."

Simon esitò. "Ho una biro nello zaino," disse infine.

"La scrivo sulla busta della baguette."

Un lampo illuminò per un attimo la stanza, il tuono seguì a breve, il temporale stava tornando per davvero.

"Appena migliora, proseguiamo lungo la strada in cerca di una fermata dell'autobus," propose il ragazzo.

"Hai segnale al cellulare?"

"No. Altrimenti guarderei dove si trova la fermata più vicina."

"Io l'ho lasciato all'hotel... merda, Simon, non abbiamo ancora combinato niente!"

"Cosa vuoi dire?"

"Che non abbiamo ancora trovato Berger, che io non ho scritto mezza parola, che oggi volevamo solo goderci il paesaggio e invece siamo rimasti intrappolati in questa catapecchia. Abbiamo fallito sotto tutti i punti di vista."

Simon ghignò.

"Potremmo sempre scrivere la rubrica *Il viaggio di Marie e Simon nella Foresta Nera*, oppure *Nel disperato tentativo di vivere da piccolo borghesi*."

"Potremmo scriverli entrambi, il servizio su Berger e il resoconto della vacanza. Almeno su questo posto qualcosa da raccontare ci sarebbe. Ieri, per esempio, ho sorpreso un guardone."

"Cosa?" Simon rise. "In flagrante?"

"Sulla sponda di fronte all'hotel di Berger. Tra gli alberi. Guardava l'altra sponda con il binocolo."

Simon diventò serio. "Con un binocolo?"

"Sì, ed è stato molto imbarazzante per lui." Perché Simon sembrava così allarmato? "Di' un po', che ore sono?"

Il ragazzo guardò di sfuggita l'orologio. "Già quasi le tre e mezza."

Erano seduti sul pavimento di legno, la schiena appoggiata al bordo del letto, ormai erano le quattro e un quarto e pioveva ancora a dirotto.

"E poi mi sono ritrovato là," disse Simon, "nel corridoio del seminario di filosofia. Il primo giorno del semestre. In tutta la mia vita non ho mai riprovato una simile sensazione di essere nel posto sbagliato. Capisci?"

"In che senso?" chiese Marie. Tracciò le ultime lettere del messaggio di scuse sulla busta della baguette. Nell'ultima mezz'ora avevano chiacchierato sulle rispettive scelte di studi.

"Avevo la sensazione di non essere all'altezza, ecco. Là trovi gente che chiacchiera di metafisica come noi prima parlavamo del tempo. Avevo semplicemente l'impressione di non appartenere a quel mondo. La mia sola presenza mi sembrava oscena."

Marie scrisse il suo nome in fondo alla lettera di scuse. "Sì, ma questo è l'annoso problema del primo semestre: si è convinti che tutte le altre matricole siano già alla pari dei dottorandi e che solo noi non capiamo un accidente. È successo anche a me. Firmi?"

"Sì, ma era più..." Simon prese la penna e iniziò a scrivere il suo nome. "Comunque ho fatto dietrofront e lasciato l'edificio, poi sono andato alla segreteria degli studenti e ho cambiato facoltà. Ah, che casino! Non si dovrebbe scrivere e parlare allo stesso tempo." Cancellò le prime tre lettere e scarabocchiò "Simon" sulla busta.

"L'hai letta?"

"Sì, molto bella."

"Non l'hai letta affatto." Marie rise e lo colpì al fianco, con le mani.

"Invece sì," replicò lui, che le restituì il colpo. Marie cascò di lato ridacchiando.

"Allora cosa c'è scritto?" lo mise alla prova.

"'Caro proprietario della casetta, mentre camminavamo ci ha sorpresi un temporale e siamo stati costretti a rifugiarci qui. Abbiamo usato una candela, però abbiamo rimesso tutto a posto. Grazie mille! Simon e Marie'." Citò a memoria la lettera.

La ragazza si tirò su a fatica. "Ti è andata bene."

Verso le cinque e mezza Simon tagliò qualche fetta di formaggio e Marie spezzò la baguette. Erano seduti al tavolo. Il temporale era cessato, ma fuori infuriavano raffiche di vento. A ogni folata le finestre scricchiolavano minacciose, probabilmente si era staccata anche la guaina catramata, che sbatteva rumorosa. Simon voleva aspettare, temeva che qualche ramo spinto dal vento li colpisse. Il tempo però stringeva, alle nove calava il buio e anche se avessero corso verso Oberried la probabilità di prendere un autobus per il Titisee dopo le otto sarebbe stata scarsa.

"O magari per Friburgo, poi torniamo con il treno," disse Simon. "Ammesso che il tratto di strada sia libero dopo questa bufera."

Divise a metà un pezzo di baguette e ci infilò in mezzo due fette di formaggio.

Marie osservava il letto, alla fine avrebbero dovuto dormirci per davvero. Senza materasso sarebbe stato scomodo, per non parlare della rete a molle mezza arrugginita. E di quel maledetto spiffero, da qualche parte doveva esserci una fessura da cui entrava il vento, che fischiava anche attraverso le assi di legno del pavimento.

Simon iniziò a mangiare, Marie sgranocchiava contro voglia un pezzo di baguette. Sul tavolo era accesa la seconda candela. Il ragazzo si sfamava con notevole appetito. Marie ne studiò il profilo, il naso e il mento pronunciati, il pomo d'Adamo che si muoveva sotto la pelle mentre masticava. In fondo era davvero carino. Gli serviva solo un po' di tempo per fidarsi degli altri. Nelle ultime due ore aveva raccontato più cose di sé che nell'intera settimana precedente. Le aveva raccontato delle difficoltà con la tesi di laurea breve, che preferiva il jazz, per finire poi, non si sa come, al primo bacio alla scuola materna. All'epoca aveva una paura folle della sua spasimante di quattro anni.

Simon addentò di gusto la baguette e si affettò un altro pezzo di formaggio. "Vuoi?" chiese.

Marie scosse il capo. La piccola ammiratrice dell'asilo era stata l'unica altra persona menzionata nei suoi racconti, a parte se stesso. Pareva che la vita vissuta fino a quel momento l'avesse percorsa da solo, dall'asilo fino all'università, passando per il liceo, per finire poi in quella catapecchia.

"E di' un po', dove abiti?" volle sapere Marie.

Simon smise di masticare. La domanda l'aveva colto di sorpresa? Probabilmente era solo stupito di non averglielo già detto. "Potsdam," rispose.

"Ah."

"Ci sei stata?"

"A essere sincera, no. E condividi un appartamento o abiti in una casa dello studente? Oppure vivi con i tuoi?"

"Macché, ho un appartamento mio." Posò la baguette sul tavolo.

"Ah." Proseguendo con le domande magari sarebbe sembrata troppo curiosa.

"I miei genitori non ci sono più," disse lui senza giri di parole.

"Oh." Marie si portò d'istinto la mano alla bocca. Era stata lei a costringerlo a parlargliene? No, l'aveva rivelato di sua spontanea volontà. Ora doveva...? "Quando sono morti?"

"Avevo sette anni." Teneva lo sguardo fisso sulla candela.

"Un incidente?" chiese cauta.

"Omicidio."

"Omicidio?"

"Omicidio a scopo di rapina," precisò lui. "Puoi leggerlo su qualche vecchio giornale. Erano due, i miei genitori li hanno sorpresi. Una stupida casualità. Hanno fregato tremila marchi in contanti."

"E li hanno...?"

"...arrestati tre settimane dopo. Nei giorni precedenti erano già entrati nelle case di alcuni vicini, una era persino videosorvegliata."

"E tu eri presente?" Stava facendo troppe domande, Simon tardò a rispondere.

"No, ero dai genitori di mia madre. E poi ci sono rimasto fino a diciotto anni."

Almeno quello. Sempre meglio che finire a sette in un orfanotrofio. "I tuoi nonni sono ancora vivi?"

Un breve sorriso glaciale. "Oh sì, eccome se lo sono. Tu sei ancora in contatto con i tuoi?"

"Con mia madre," rispose lei. Probabilmente voleva evitare l'argomento nonni. "Con mio padre invece non ci parlo dagli anni Novanta."

"Perché no?"

"All'epoca mia madre lavorava all'Edeka come direttrice commerciale. Spesso restava fuori casa per qualche giorno e mio padre ne approfittava."

Simon annuì.

"E un giorno l'ho beccato," disse Marie. "Addirittura nel letto matrimoniale. Avevo dodici anni." Si rese conto da sola che la sua voce era diventata più dura. "L'ho odiato e lui un giorno se n'è accorto. Poi se n'è andato."

Simon s'infilò in bocca l'ultimo boccone di baguette. "Allora a te è andata due volte peggio," commentò una volta finito di masticare.

"Cosa?"

"Che il tuo ragazzo ti abbia messo le corna. Come si chiama? Jonathan?"
"Jonas," mormorò Marie. "Non ci avevo pensato, strano."
"Mangi ancora?" Indicò la sua baguette quasi intatta sul tavolo. Lei scosse il capo. "Sei il primo al quale lo racconto. Dopo il mio diario da adolescente e Jonas." Sì, Jonas lo sapeva, conosceva quasi ogni dettaglio. Quasi. Sapeva persino del collasso di sua madre, del ricovero in clinica, eppure quello non lo aveva distolto da...

Simon tirò fuori il cellulare dalla tasca dei pantaloni. "Merda, le sei e mezza." Sembrava riflettere. "Se vogliamo tornare all'hotel, dobbiamo trovare una fermata dell'autobus, bufera o meno non fa differenza. Altrimenti dobbiamo passare la notte qui."

Marie gli posò la mano sull'avambraccio e con la punta delle dita ne sentì i peli sottili. Si rizzarono un po'.

I loro sguardi s'incrociarono.

Successe sulla rete a molle. Nell'armadio a muro trovarono un plaid impolverato ma pulito e un lenzuolo. La rete cigolava e Marie per un attimo ebbe la sensazione che a breve si sarebbe spezzata. Invece tenne e successe. Successe addirittura tre volte.

Con la mano destra Berger si lanciò la pasticca in bocca, mentre con la sinistra scriveva al computer. Negli ultimi minuti si sentiva il polso un po' accelerato, doveva essergli salita anche la pressione. Mezz'ora prima le tempie avevano iniziato a pulsargli e ora il fastidio era quasi insopportabile. Perché diavolo nessuno si atteneva agli accordi? Che senso aveva fare dei piani, se poi non li si rispettava? Doveva pagarne le conseguenze, ogni volta.

Scrisse:

Non sono riuscito a contattarlo.

Si era alzato verso le quattro di pomeriggio. Qualche giorno prima, dopo aver parlato con la direzione dell'hotel, il servizio in camera aveva smesso di importunarlo. Ora però, il fatto che il minibar non venisse più riempito era uno svantaggio non da poco.

Era quasi mezzanotte. Dalle tende penetrava la luce di ghirlande luminose e di fiaccole, sulla sponda del lago si stava svolgendo una qualche festa. Il rimbombare delle hit estive, per fortuna, non superava la musica a tutto volume che ascoltava con gli auricolari.

Per un bel po' non arrivò alcuna risposta, poi sul client di IRC apparve una nuova riga.

< egupjo1m1 > dobbiamo rimandare l'incontro
< @adrianlorch > perché così all'improvviso?
< egupjo1m1 > sono cambiate le condizioni
< @adrianlorch > sorry
< @adrianlorch > mi serve qualche input in più
< egupjo1m1 > qualcuno potrebbe intuire
< @adrianlorch > intuire?
< egupjo1m1 > o sapere
< @adrianlorch > sapere???
< egupjo1m1 > sento troppa pressione addosso
< egupjo1m1 > forse mi tengono anche d'occhio
< @adrianlorch > di bene in meglio...
< egupjo1m1 > al momento non posso dire altro
< egupjo1m1 > mi serve qualche altro giorno per sistemare certe cose
< egupjo1m1 > dovremmo rimandare la data
< @adrianlorch > le condizioni restano le stesse?
< egupjo1m1 > come d'accordo.
< egupjo1m1 > anche per il resto non cambia niente.
< @adrianlorch > ci restano solo trenta secondi
< egupjo1m1 > lo so
< @adrianlorch > torni on-line tra un'ora
< @adrianlorch > le dirò una data possibile

Berger interruppe il collegamento. Si premette le mani sugli occhi e sulla fronte. Non gli piaceva affatto dover rinviare, sprecava tempo prezioso. Chi lo sapeva? Li avevano scoperti? Fino ad allora mai l'aveva messo così in ansia, era rimasto sempre sulle sue, in atteggiamento formale, distante. Uno svizzero corretto. Il fatto che ora sembrasse quasi isterico, non significava niente di buono.

Con l'indice e il medio alla carotide si misurò il battito, era quasi a centosessanta. Forse era solo un effetto collaterale delle compresse.

Si chiese se fosse il caso di annullare tutto, in fondo non ne era davvero convinto fin dall'inizio. D'altro canto però, se la cosa fosse andata in porto, anche solo i titoli in prima pagina... per giorni non avrebbero parlato d'altro.

Poi ormai era troppo tardi per annullare tutto.

NAGEL (V)

tre settimane dopo – 5 settembre

Con le mani alla bocca amplificò la voce. "Felix!" Fece un bel respiro e gridò di nuovo, stavolta più forte e più a lungo: "Feeeliiix!"
Niente. Era sparito. Stefanie aveva i nervi a pezzi. Glielo aveva detto di non allontanarsi, glielo aveva detto di restare con loro. E Max? Dove era finito anche lui? "Accidenti, *Felix*!"
Svoltò la curva ma si fermò in un punto in cui suo marito la potesse vedere, in caso fosse tornato. A destra della strada la roccia saliva di due metri. Felix non poteva essersi arrampicato lassù, no? E se invece si fosse inerpicato, non riuscisse più a scendere e non avesse il coraggio di chiedere aiuto? Lei non sarebbe riuscita ad arrampicarsi, figuriamoci a tirare giù il figlio.
"*Felix!*" Ansimando salì a fatica il sentiero in leggera pendenza, lo zaino pesante sulle spalle.
Si sentiva gorgogliare, doveva essere il deflusso del lago che si snodava nella campagna. Max ne aveva parlato quella mattina, insieme alla leggenda secondo la quale al lago il deflusso era impedito solo da una cuffietta olandese, della quale ogni anno marciva un filo. "Felix! Fe-lix!" Si lamentò sottovoce. "Oh, accidenti, Felix." Guardò l'orologio, ormai il bambino era in ritardo anche per le pasticche. Si girò e tornò indietro, magari nel frattempo Max lo aveva trovato.
Dopo circa venti metri, superata di nuovo la curva, lo vide in mezzo al sentiero.
"Felix!" gridò sollevata e gli corse incontro. "Felix? Dov'eri?" Avvicinandosi notò che aveva i pantaloncini sporchi e un graffio sulla guancia. "Ma come ti sei conciato?"
Il bambino evitava il suo sguardo, fissava l'asfalto. Aveva i jeans strappati ed era fradicio fino alle ginocchia.
"Cos'è successo?"
Lui non si mosse, lo sguardo ancora fisso a terra. Stefanie gli sollevò il mento. "Felix, accidenti, cosa ti è successo?"
"Sono scivolato." Ora la fissava, nel suo sguardo un vuoto che pareva una voragine. A Stefanie venne la pelle d'oca.

Più avanti si sentì la voce di Max. "Allora siete qui!"
Felix si girò. "Papà!" gridò, poi si divincolò e corse incontro al padre, che lo accolse a braccia aperte.
Stefanie rimase immobile. Cosa c'era negli occhi di Felix? Quel vuoto assurdo. Che aveva visto?
"Cosa hai combinato stavolta, eh?" Max rise. "Mi sa che dobbiamo proprio infilarti nella lavatrice dell'hotel, è grossa come un'auto e ti rigira come un calzino, brrr, brrr, brrr."
Felix ridacchiò.
Stefanie rabbrividì. Erano gli occhi di un ottantenne.

Il dolore gli martellava le tempie al ritmo del cuore, ogni pulsazione una stilettata che si propagava fino alla nuca. Fuori dominava un grigio infinito e umido, il vetro della finestra era appannato ai bordi. Nagel si voltò dall'altra parte.

Per un attimo gli era sembrato che quella nel negozio di souvenir fosse una faccia conosciuta, ma non era sicuro. Non aveva più una vista da falco. E inoltre all'alba gli occhi già gli bruciavano. Era stata una lunga notte, non aveva dormito un attimo.

Nella camera di fronte non era entrato nessuno. Nessuno, ne era più che sicuro, altrimenti lo avrebbe sentito.

Andò in bagno e si inumidì le palpebre. Un fantasma l'osservava dallo specchio. Si bagnò il capo con l'acqua gelida ma il mal di testa non diminuì.

Si spogliò e si sedette sul piatto doccia, poi si lasciò scrosciare addosso acqua bollente per venti minuti.

Alle dieci e mezzo era in piedi, pulito e nudo al centro della stanza, a osservare allo specchio il proprio corpo pesante da sessantenne. A gennaio la bilancia aveva segnato centottanta chili. Il medico di famiglia aveva evocato una volta di più scenari apocalittici, l'ingordigia era uno dei sette vizi capitali e via dicendo. Era una sua passione, faceva volentieri ricorso a citazioni bibliche, non per credo religioso ma semplicemente per un finale a effetto.

Di conseguenza Nagel aveva perso dieci chili, per amore di sua moglie.

Ma, porca misera, aveva paura. Sì, aveva paura, anche se ormai era finito in un vicolo cieco. L'enorme perdita di peso necessaria a salvargli la vita per i successivi dieci anni, probabilmente lo avrebbe ammazzato più in fretta dell'obesità.

Sospirò. D'un tratto gli venne una sete incredibile, tra l'altro doveva prendere il Diabecos e con un po' d'acqua minerale sarebbe stato meglio.

Si vestì e scese con l'ascensore nella hall.

Alla reception lavorava una ragazza che non conosceva. Dallo sguardo atterrito della giovane al bancone, Nagel capì che il suo aspetto era peggiore di quanto non volesse ammettere. Ma il terrore lasciò subito posto a una cortesia professionale.

"Signor Nagel! Buongiorno." Evidentemente lo conosceva, forse i dipendenti già confabulavano su di lui.

"Senta, mi porterebbe una spremuta o qualcosa di simile?"

La ragazza sorrise. "Volentieri, solo un istante." Sparì dietro la porta cucina.

Il commissario si appoggiò al bancone e lasciò scorrere lo sguardo nello spazio della reception, sulle cassette per le chiavi e i piccoli scomparti numerati, nei quali probabilmente già da tempo non veniva conservata più alcuna posta, solo una busta isolata, il conto finale dei clienti in partenza.

Nella maggior parte degli scomparti però vide dell'altro. Sentì una leggera scarica di adrenalina. Telecomandi. Erano telecomandi.

La ragazza tornò con un vassoio sul quale si vedeva una spremuta d'arancia, una tazza di caffè e un cornetto. "Vuole portarselo in camera?" chiese.

"Senta..." Nagel s'interruppe per poi riprendere. "I telecomandi, li tenete quaggiù?"

La ragazza seguì il suo sguardo rivolto agli scomparti numerati. "Sì, esatto, li diamo solo dietro cauzione."

"E chi li raccoglie dalle camere?"

"A volte li riportano giù gli ospiti, altrimenti ci pensano gli addetti alle pulizie."

Nagel sentì vibrare una vena sull'occhio. "Potrebbe controllare se... stanza sessantadue."

"Sessantadue?" La ragazza cercò, ma lui aveva già individuato lo spazio. Anche in quello era infilato un telecomando. Gli tremò la palpebra destra.

"Sì, c'è!"

Doveva controllarsi. "Senta, l'altro ieri, quando ero su in camera, il telecomando era ancora là..."

"Può darsi benissimo, il più delle volte quelli delle pulizie non hanno un quadro generale su chi è in partenza e chi no, perciò non li raccolgono. Più tardi li va a prendere uno di noi, il primo che se ne accorge."

Le ultime energie rimaste, dopo sole tre ore di sonno in due giorni, gli svanirono dalle ossa. "Potrebbe controllare se ci sono ancora le pile?"

La ragazza aprì il vano batterie. "Hmm," corrugò la fronte, "strano! Non ci sono. In realtà controlliamo sempre che le batterie siano cariche prima di riporli qua dentro."

"La hall è custodita giorno e notte?"

"Beh, naturalmente non sempre. Dobbiamo anche andare sul retro."

Il commissario annuì. Era stato tutto inutile, le cimici erano sparite, qualcuno le aveva rimosse. Fece un ultimo tentativo.

"Da ieri mattina le è capitato di vedere qualcuno di sospetto?"

"No, in realtà no," rispose la ragazza dopo averci pensato un attimo.

Nagel salutò e se ne tornò di sopra. Si buttò sul materasso senza neppure cambiarsi e si addormentò di colpo.

Quando il cellulare squillò, gli sembrava di aver dormito solo venti minuti, ma il display indicava già le sei di sera. Rispose.

"Andreas?" Era Pommerer.

Nagel bofonchiò un saluto.

"Ti stiamo aspettando. Dove ti sei cacciato?"

Il commissario si stropicciò gli occhi. "Sono al Titisee..."

"Lo so, lo so! Anch'io."

"Anche tu? Perché? C'è qualche...?"

"Ti ho mandato Schrödinger. Ci vediamo tra dieci minuti."
"Schrödinger, perché? Ma cosa è successo?"
"Pullula di giornalisti, qui. Non ti sei accorto di niente?" La voce di Pommerer quasi s'incrinò. "Abbiamo trovato l'uomo scomparso!"
"Cosa?" Di colpo era sveglissimo. "Dove? È ancora vivo?"
"È morto. Nel canale di scolo del lago. Ed è stato di sicuro un suicidio, Andreas! Te l'avevo detto. I giornalisti aspettano te, stasera terremo un'altra conferenza stampa."
"Un conferenza stampa," bofonchiò il commissario.
"Il morto è Berger!" gridò Pommerer all'altro capo della linea. "René Berger."
Nagel si massaggiò la radice del naso. "Chi?"

Anche quella notte la finestra della camera da letto era rimasta aperta. La sera Helene era salita apposta al primo piano, per andare a controllare da quella che un tempo era stata la cameretta di suo figlio.

Erano alcuni giorni che non vedeva più la luce accesa dietro le finestre della casa di fronte.

Non sapeva cosa fare. Con gli Spander non aveva mai avuto un rapporto stretto, ma come vicini di casa si aveva una certa responsabilità...

Forse erano solo partiti.

Ma allora perché la finestra era aperta? Proprio ora che stavano per arrivare le prime tempeste autunnali!

No, inutile negare l'evidenza, era del tutto improbabile che *quei due*, insieme, l'uno accanto all'altra, a letto o per terra, fossero... no, impossibile. Lui era piuttosto in forma, ogni due giorni si concedeva lunghe passeggiate nel bosco, andava persino ancora a caccia. Non dimostrava affatto ottant'anni, suo marito invece già a settanta sembrava più vecchio di lui.

Probabilmente erano andati di nuovo a fare una di quelle vacanze speciali per persone disabili della terza età, come le avevano raccontato una volta. Sì, era probabile che fossero semplicemente partiti dimenticandosi di chiudere la finestra della camera.

Però la macchina era ancora parcheggiata all'ingresso. Una monovolume modificata, nella quale la moglie poteva salire con tutta la carrozzina. Non lasciavano mai il paese senza la loro auto.

Helene sospirò pensierosa. Poi andò in corridoio, si mise sulle spalle la giacca e uscì di casa. Imboccò il vialetto sul prato ed entrò nel terreno dei vicini. La cassetta delle lettere accanto alla porta d'ingresso era piena di dépliant. Suonò il campanello.

Niente. Provò tre volte, non rispose nessuno.

Si guardò intorno, ma la strada era vuota. Girò dietro la casa, sotto la finestra c'era una panchina di legno con accanto alcune cassette per la frutta. Ne rivoltò una e l'accostò alla panchina, in modo da creare una specie di scalino e ci salì su. Fu doloroso, avvertì subito delle fitte all'anca, ma non si arrese. Si tenne forte al davanzale, ora aveva la testa all'altezza dei fiori dietro i vetri.

Era la finestra della cucina, riusciva a vedere i fornelli e il tavolo. Era tutto in ordine, non sembrava che fosse successo qualcosa.

Voleva scendere dalla cassetta, quando notò un bagliore metallico nel corridoio, la porta della cucina era aperta. Strinse un po' gli occhi per vedere meglio. Dopo alcuni secondi capì e un brivido leggero le salì su per la schiena. Il telaio di una sedia a rotelle. Rovesciata.

Poi vide le pantofole, e il piede infilato in un collant beige.

Quando scese dalla panchina non sentì più nemmeno il dolore all'anca. Tornò di corsa a casa. All'ingresso digitò con dita tremanti il numero della polizia.

Il cadavere era tumefatto, di un verde grigiastro, il viso sembrava aver avuto una pesante reazione allergica. Indossava ancora i vestiti bagnati, un paio di pantaloni di velluto a coste e una giacca di pile. Nagel osservò le scarpe di pelle, tutto coincideva con la descrizione del noleggiatore di barche. Aveva gli occhi spalancati. Tranne che per la torsione innaturale del busto, il cadavere aveva, strano ma vero, un bell'aspetto.

"È stato trascinato quaggiù."

Non conosceva il collega della Scientifica, o magari lo conosceva ma secondo lui con quei tutoni bianchi e uniformi erano tutti uguali.

In quel punto il ruscello cadeva dal bordo di una roccia con una piccola cascata. "Sono quattro metri buoni," commentò la sagoma della Scientifica. "Probabilmente è atterrato di pancia e poi... crac, gli si sono rotti un paio di denti, probabilmente per la caduta."

Il commissario annuì.

"La corrente lo ha spinto per un bel pezzo. Riporta alcune escoriazioni ma i vestiti hanno protetto gran parte del corpo. Il portafoglio era nei pantaloni insieme a una..." Sembrò esitare.

"Cosa?"

"Una confezione di antidepressivi. Bella zuppa. Prozac."

Nagel annuì ma non disse niente. In macchina Schrödinger gli aveva chiarito chi fosse René Berger e il motivo per cui tenevano i giornalisti lontani almeno trecento metri dal luogo del ritrovamento del cadavere. Il commissario si era ricordato, lo scandalo mediPlan, la compagnia di Basilea che per avidità di profitto aveva continuato a vendere per mesi un farmaco nocivo. Era stato René Berger a scoperchiare il marciume.

L'industria farmaceutica era stata la sua specialità e Basilea era vicina. Si doveva incontrare là con un informatore? Lo avevano tolto di mezzo? Le cimici servivano a sorvegliarlo? Per scoprire quale sarebbe stata la sua prossima mossa?

Doveva essere così, eppure qualcosa non quadrava lo stesso. Per quale motivo era andato di sua spontanea volontà sul lago, su quella barca, da solo? Forse un sommozzatore...

Nagel sollevò di nuovo lo sguardo sulla cascatella. Mancava qualcosa, qualcosa non tornava.

"Hai sentito che in tasca aveva degli antidepressivi?" Pommerer gli si era avvicinato alle spalle senza fare rumore. "Non mi meraviglierei di trovare tracce di overdose nel sangue."

"Il ruscello è piuttosto stretto," obiettò il commissario senza neppure girarsi. "Non ti sembra strano che un corso d'acqua così piccolo sia riuscito a trasportare un corpo intero?"

"Lo so, anch'io ero scettico, ma ieri ha piovuto tutto il giorno e stamattina il ruscello era gonfio. Berger è stato trascinato oltre la diga."

"Chi lo ha trovato?"

"Un bambino di sette anni."

Nagel si voltò. Pommerer tentava di sembrare turbato ma la gioia di aver chiuso in fretta quel caso era palese.

"Senti," disse il comandante, "più tardi terremo una conferenza stampa dove tutti si aspettano un tuo intervento."

"E allora?"

"Che ne è stato della tua pista calda? Brutta nottata in hotel?"

"La pista si è arenata," rispose ignorando l'ironia del suo superiore.

Pommerer intuì che per lui era una questione seria, perciò annuì. "Ti aspettiamo alla conferenza stampa." Girò sui tacchi e raggiunse un gruppo di persone dall'aspetto ufficiale che scrutava da lontano il lavoro della Scientifica.

Nagel lo seguì per un attimo con lo sguardo, poi si concentrò di nuovo sul cadavere, intorno al quale si muoveva un fotografo della Scientifica che, a passo leggero, scivolava sulla roccia come un granchio. Il commissario tirò fuori dalla giacca la scatola di compresse e prese la sua dose pomeridiana di Diabecos, poi quella serale.

Tornò a piedi all'hotel, incrociando lungo la strada coppie e famiglie attirate da lampeggianti, transennamenti e macchine della stampa. Imbruniva presto, lassù l'autunno iniziava già a settembre.

Alla reception vide ancora la ragazza della mattina. Le passò davanti senza dire una parola e si diresse all'ascensore.

"Signor Nagel!" gli gridò lei dietro. "Avrebbe un momento?"

Erano quasi le otto, la conferenza stampa era prevista per le nove. Si girò. "Solo un istante."

"Stamattina mi ha chiesto se avessi visto qualcuno di strano."

"Sì, può darsi."

"Da una collega è passato più volte un ragazzo, secondo lei sui venticinque anni o qualcosina di più. Un po' timido e…"

"Cosa voleva?" Il fatto sembrava irrilevante.

"Cercava una cliente. Julia, la mia collega, non gli ha potuto fornire informazioni per via della privacy, sa? Sembrava davvero disperato."

"Disperato?"

"Cercava la sua fidanzata."

"E allora?"

"Pare sia sparita da giorni."

"La fidanzata?" Forse la cosa si faceva interessante. "Ha un nome?"

"Julia si è annotata il nome della ragazza, aspetti che lo cerco." Frugò sul tavolo. "Ah, ecco." Sventolò un post-it. "Sommer, Marie Sommer. Era qui per un reportage."

"Dunque una giornalista?" Nagel tese l'orecchio.

La receptionist annuì. "Il fidanzato la cerca da giorni. È come se la terra l'avesse risucchiata, dice lui. Ha lasciato anche il numero del suo cellulare." Spinse sul bancone il post-it verso Nagel.

Sybille entrò nel parcheggio del tennis club al volante di un modello nero notte del parco macchine di Jürgen, un'auto che non aveva mai guidato e che se ne stava quasi sempre ferma in un garage sotterraneo in affitto. La BMW l'aveva presa Jürgen e Peter era andato con l'Audi a Zurigo per una convention, perciò era l'unica disponibile. Non conosceva quella casa automobilistica. Scese dalla macchina, chiuse lo sportello, si appoggiò al cofano e si accese una sigaretta. Da alcune settimane aveva ripreso a fumare, prima del matrimonio Michael le aveva fatto perdere il vizio. Jürgen invece lo accettava.

Il cielo sopra Basilea era ancora coperto, ma a ovest rischiarava. Il sole all'orizzonte illuminava dal basso la coltre di nuvole. Gisele uscì dall'edificio e, quando si accorse di lei, si fermò. Nella sua espressione cambiò qualcosa ma la madre non riuscì a capire cosa. La ragazza senza aprire bocca raggiunse l'auto e montò sul sedile posteriore. Sybille spense la sigaretta con il piede e salì a sua volta.

"Avrei preso il treno," disse la figlia inespressiva.

"Passavo di qui," mentì la madre, poi mise in moto.

Rimasero in silenzio quasi un quarto d'ora, mentre Sybille attraversava la città per poi prendere la A3. Solo quando uscì a Muttenz, la figlia sbottò. "*Ancora?*"

Lei non le rispose. Già all'andata era passata da Michael, ma neppure stavolta il marito le aveva aperto. Però le era sembrato di scorgere un movimento dietro la finestra della mansarda. Dunque era in casa, solo che si rifiutava di aprirle. Aveva anche ignorato le sue telefonate. Aveva provato pure in azienda, ma per due volte l'avevano scaricata dicendo che "Il signor Balsiger al momento non è qui." Una stupida scusa, ne era sicura.

Posteggiò davanti casa. Liberò la chiave di casa, ancora nel mazzo, e la diede alla figlia seduta dietro.

"E cosa dovrei farci?"

"Voglio che tu vada all'ingresso, suoni e se si ostina a non reagire, apri con la chiave e lo affronti."

"*Ma mamma!*"

"*Gisele!*" sibilò tra i denti Sybille. "È tuo padre."

"Ora ti sta bene che sia mio padre," replicò lei sottovoce, ma con rabbia.

La madre non disse niente. Forse i suoi tentativi di introdurre Jürgen nella vita dei figli come nuova figura paterna erano stati troppo evidenti. Si ripromise di procedere in maniera più cauta. Gisele aprì lo sportello, scese, lo sbatté con rabbia e andò verso la casa. Indossava ancora il completino da tennis che le stava a pennello, una gonnellina e un top bianco attillato da vera ragazza di buona famiglia. Sybille abbassò il finestrino.

Gisele suonò due volte, ma non aprì nessuno. La madre osservò con attenzione tutte le finestre della mansarda, ma non si mosse niente. Era quasi buio, le nuvole erano sparite e si vedeva la luna. Per le stelle c'era ancora troppa luce.

Quando dopo il terzo tentativo la figlia si girò indicandole con lo sguardo che non poteva farci nulla, lei le fece segno di smettere. La ragazza infilò la chiave nella serratura, aprì ed entrò. Sybille vide dapprima la luce dell'ingresso, subito dopo, dalla finestra della cucina, anche quella del soggiorno.

Avrebbe aspettato un paio di minuti, poi avrebbe raggiunto la figlia. Forse Michael davvero non era in casa. In quel caso avrebbe dovuto aspettare, accidenti! Lo avrebbe atteso in cucina, doveva semplicemente parlargli, era solo... era necessario. E poi avevano molto di cui discutere, l'avvocato aveva ancora tante domande, il divorzio s'era rivelato più complicato di quanto si fosse immaginata. Nei film e nelle serie televisive il marito o la moglie cercavano sempre di far firmare al coniuge i documenti, e una volta ottenuta la firma era tutto finito. Del resto si occupava sempre qualcun altro, un'autorità preposta, gli avvocati, mai i coniugi. Se l'era immaginata in quel modo, la realtà invece era infinitamente più noiosa, infinitamente più ordinaria...

Lo strillo fu così forte che Sybille lo sentì anche con la finestra chiusa: acuto, interminabile, di gran lunga superiore alle capacità polmonari di un essere umano. Del resto, grazie a Jürgen, Gisele praticava sport da oltre un mese.

Erano rimasti in camera ad aspettare che calasse il buio. Quando dietro la finestra di fronte la luce si spense, scesero di sotto. Come tre giorni prima, l'ingresso dell'osteria era immerso in un buio inquietante. La luce della luna quasi piena, che illuminava l'esterno, si rifletteva negli occhi degli animali imbalsamati sopra il bancone. Erano ancora gli unici clienti, ma dovevano fare piano.

Per ciascuno dei sei contenitori dovettero percorrere il tragitto due volte: all'andata lo portavano in due, al ritorno da soli. A causa della carne sciolta all'interno, l'idrossido di potassio si era addensato e ora assomigliava a olio per motori, eppure gorgogliava piano mentre salivano i gradini di legno. Per fortuna, non li sorprese nessuno. Dopo aver posato i barili in bagno, Bernhard guardò fuori dalla finestra. Nella camera di fronte la luce continuava a rimanere spenta, i proprietari non si era accorti di niente.

Andarono in bagno.

Frank rovesciò un po' di liquido da uno dei fusti, poi si sporse in avanti fin quasi a toccare con il viso la plastica. "Sono rimasti un

paio di pezzi," bofonchiò. "Potremmo buttarli nel cesso. Visto che ne è valsa la pena sminuzzarlo così bene? Il grado di dispersione è decisivo. Chimica. Ottava classe." Parlava più a se stesso che a Bernhard, perciò il socio non rispose.
"Chiudi la porta," disse Frank.
"Meglio bagnare l'asciugamano," propose Bernhard.
"Buona idea."
Bernhard chiuse la porta del bagno, inumidì l'asciugamano nel lavandino e lo premette contro lo spiraglio della porta. Tappò il buco della serratura con della carta igienica bagnata poi aprì la finestra, che dava sul bosco e non sulla corte interna come quella della camera.
Si infilarono i guanti di plastica.
"Cominciamo." Frank mise a fatica la prima tanica nella vasca e l'aprì. Si trattava di recipienti per la fermentazione, usati di solito per pigiare il vino. In effetti il colore del contenuto ricordava il mosto. L'odore però era pungente, uno strano miscuglio di ospedale, cloaca e acqua minerale.
Bernhard prese il soffione della doccia e aprì l'acqua. Frank rovesciò il bidone, il liquido bruno rossiccio prese a scorrere lento nella vasca. Ora si sentiva un odore insopportabile di ammoniaca. Alla fine caddero alcuni pezzi solidi, materiale viscido, frammenti di ossa simili a piccoli ciottoli. Forse erano i denti, Bernhard non lo sapeva. Un luccichio argenteo, forse avevano beccato proprio il bidone con la testa. Un'otturazione. Bernhard raccolse tutto quello che si era accumulato sulla grata di scolo e lo buttò in una busta di plastica.
Per svuotare i sei barili impiegarono mezz'ora, più un'altra buona trentina di minuti per pulire alla meno peggio i recipienti, con il bagnoschiuma e il sapone per le mani. Poi li riportarono di sotto, nel furgone. L'aria notturna era dolciastra.
Una volta tornati in bagno, Bernhard prese il sacchetto con i resti, niente di più dei rimasugli di un pollo arrosto. Li scaraventò nel water tirando cinque volte lo sciacquone, poi pulirono la vasca un'ultima volta, accertandosi che non rimanesse altro. Frank fumò due sigarette per coprire l'odore, quindi prepararono le valigie per partire il mattino seguente, il prima possibile.

Verso mezzanotte caddero a letto esausti. Quando Bernhard alle tre ebbe bisogno della toilette, nel water trovò un pezzo d'osso grande quanto una moneta che galleggiava e che sparì dopo ripetute scariche d'acqua. Per il resto filò tutto liscio.

Sybille era seduta sotto il ronzante tubo al neon della cucina. Aveva appoggiato le mani sul tavolo e contava i tendini che le si allungavano sottopelle, in continuazione. Erano cinque, ovvio che erano cinque, cinque per ogni mano, quelli dei mignoli si intravedevano appena. Contò i tendini finché non sembrarono più nemmeno parti del suo corpo, finché le mani non sembrarono più nemmeno umane...

Michael aveva tenuto pulita la cucina, aveva persino annaffiato il vasetto con le erbe aromatiche sul davanzale. La maggiorana era quasi il doppio di come la ricordava, anche il rosmarino era cresciuto notevolmente. Nel lavello si trovavano ancora un piatto, due bicchieri e una tazza di caffè, per il resto la cucina era ordinatissima, nessuna impronta di grasso sulla credenza, nessuna chiazza d'acqua sul piano cottura in vetroceramica. Suo marito aveva tenuto la cucina davvero pulitissima.

Si erano sposati perché era rimasta incinta, ma non per pressioni sociali, no. Persino sua madre le aveva assicurato più volte che non doveva farlo per quel motivo, in fondo non erano più gli anni Cinquanta. Ma loro avevano voluto offrire al piccolo Peter una famiglia vera, una struttura solida nella quale crescere protetto. Ecco perché si erano sposati, era stata una decisione ponderata. Forse all'epoca si erano persino amati, non se ne ricordava, comunque non era quello l'essenziale, no...

Gisele singhiozzava in soggiorno.

Una volta erano stati sul lago di Ginevra, Peter doveva avere quattro anni, lei era già incinta di Gisele, il secondo figlio lo avevano proprio voluto. Stava distesa sulla spiaggia vicino all'acqua e aveva già un pancione non indifferente. Poco prima avevano preso un gelato e la bocca di Peter era tutta sbaffata di cioccolato, il suo primo Pinguino, anche se poi avrebbe voluto sempre e soltanto ghiaccioli, oppure gelati in coppetta da mangiare con il cucchiaino. Michael era andato con il figlio verso l'acqua, per pulirgli la bocca, poi erano rimasti là. Aveva tentato di insegnare a Peter a nuotare, era entrato in acqua per primo e l'aveva sorretto con le braccia per consentirgli di provare i movimenti che gli aveva mostrato. In quella fase della loro vita erano stati felici. La luce del sole illuminava un trapezio dalle mille sfaccettature, da ogni lato si sentivano risate di bambini...

Nemmeno per terra si vedeva una briciola, niente. Michael aveva tenuto la cucina davvero pulitissima.

Guardò l'orologio. Ora doveva...

Sybille si alzò, aveva le gambe molli, che tremavano. Andò a fatica in soggiorno. Gisele aveva smesso di singhiozzare, teneva lo sguardo fisso sul pavimento, catatonico. Evitò quella vista benché sapesse che non era giusto. Non era... bello per niente.

Passò vicino a Michael appeso al lampadario del soffitto. Aveva il viso blu tendente al nero, l'occhio destro quasi uscito dall'orbita e un sottile rivolo di sangue secco che gli correva giù fino alla bocca, probabilmente una vena scoppiata dell'occhio. La cintura era annodata alla catena del candeliere in acciaio, al collo una fibbia...

Sybille gli passò a fianco per raggiungere il telefono e digitare il numero della polizia. Riattaccò poco prima del primo squillo. Tornò in cucina, tirò fuori dalla borsa il cellulare e chiamò Jürgen.

SECONDA PARTE

*Zuckerberg ist der neue Kolumbus
der Bankmann die neue Aristokratie
Gesundheit ist der neue Exorzismus
et la fatigue c'est la nouvelle folie**

Sophie Hunger, *Das Neue*

---

* Zuckerberg è il nuovo Colombo / il banchiere la nuova aristocrazia / la salute è il nuovo esorcismo / e la fatica è la nuova pazzia (N.d.T.)

MARIE (VI)

Tredici giorni prima – 23 agosto

Marie posò il cucchiaio di alluminio sul piattino e guardò il lago. Che gli specchi d'acqua esercitassero così tanto fascino sugli esseri umani, per lei restava un enigma. Erano superfici per lo più monotone, blu o verdi, quasi sempre grigie, la cui estetica era pari a quella di una padella. Un'opaca maschera che negava ogni forma al di sotto di essa, capace di aprirsi in un punto qualsiasi per divorare qualcosa e richiudersi poco dopo senza lasciare tracce. Avvertì un brivido. Era inquietante. L'unica spiegazione del loro valore estetico era che aumentavano di molto la bellezza dell'ambiente circostante. Se si escludeva però il paesaggio intorno, non restava che una spaventosa idea di acqua, l'assenza di ogni capacità discriminatoria, il mare.

"Perché mi hai portata qua?"

Simon rise. "Cosa?" Gli sghignazzi al tavolo vicino quasi ne coprivano le parole. "Eri tu che volevi un espresso!" Erano seduti al bar sul lungolago, strapieno.

Era strano il tempo, più si dilatava nell'istante, più si condensava nel ricordo. Quando nulla accadeva correva lento e insopportabile, ma nella memoria sfuggiva, senza dimensione. Marie non aveva idea di come avesse trascorso l'ultima settimana e mezza. Il tempo era stato bello, qualche volta erano andati allo stabilimento balneare, ma nella memoria ogni cosa si fondeva, sovrapponeva, non si distingueva più. Tutto sfumava in un unico grosso ricordo privo di contorni, l'articolazione del quale si riduceva all'indicazione del giorno della settimana sul blister delle sue pillole.

Persino quella scena, loro due al bar sul lungolago, si era svolta almeno cinque volte. Berger non lo avevano trovato, ormai Marie dubitava che fosse lì. Nessuna notizia neppure da Berlino, nessuna telefonata, nessun messaggio su Skype, nessuna mail. Come se a Thomas non interessasse il loro lavoro. Marie e Simon non parlavano nemmeno più del motivo del loro viaggio. I primi due pagamenti settimanali erano già arrivati sul conto di lei, e probabilmente anche su quello del ragazzo.

"Non hai bevuto niente," mormorò Simon indicando la sua tazza.

Non avevano fatto più sesso, e non per colpa di Marie. Simon aveva spento sul nascere ogni sua iniziativa, si era tirato sistematicamente indietro, lei non ne capiva il motivo. Non gli era piaciuto? Lui non era niente male a letto, forse gli mancava un po' di fantasia, ma ciò che faceva gli riusciva bene. E lei? Lei com'era? Nessuno le aveva mai dato un feedback. Neppure Jonas a letto era stato particolarmente fantasioso, quando aveva voluto rompere il solito tran tran non era andata proprio bene. Una volta, cercando di imitare un video su RedTube, si era stirato la schiena. A quel pensiero Marie sorrise. Prese un sorso di caffè, ormai era freddo, lo inghiottì lo stesso.

"Che ore sono?"

Simon scrollò le spalle. "Le tre? Le quattro? Le quattro e mezzo?"

"Stasera potremmo andare a Friburgo, che ne pensi? È venerdì e qui non c'è neppure un cavolo di cinema..."

Simon la sfiorò con lo sguardo. "L'ultimo treno parte alle dieci, mi sembra."

"Di sicuro ci saranno degli autobus notturni. Perché non noleggiamo un'auto a spese dalla redazione?" L'idea le era venuta in quel momento.

"Sì, magari." Evitava il suo sguardo fissando il lungolago alle spalle di lei. Poi spinse indietro la sedia, facendo un rumore odioso sul cemento. "Vado un attimo in bagno."

"Se arriva il cameriere, pago io," disse in fretta Marie.

Simon sparì.

Buttò giù in un sorso il resto del caffè, che le lasciò in bocca un retrogusto metallico.

Non aveva niente di cui scrivere. Anche dopo lo scrupoloso studio del blog di Berger degli ultimi giorni, per lei quell'uomo restava poco più di un fantasma, un simulacro inafferrabile. Il suo atteggiamento mentale di fondo le sfuggiva, i suoi testi spesso erano contraddittori, poco coerenti. Era capace di celebrare con eloquenza e pathos la libertà d'informazione, teorizzava la messa a disposizione di dati di ogni tipo, pretendeva la trasparenza tanto dalle imprese quanto dai governi. Quattro settimane dopo però, in discorsi dozzinali, polemizzava sul suddito moderno che si pensava illuminato, autonomo, indipendente, purché lo Stato gli concedesse un'occhiata benevola e paterna ai suoi libri contabili. Berger non enunciava una concezione del mondo organica, nessuna idea era convincente e formulata in maniera univoca: sosteneva ora questo ora quel gruppo, tritava e impastava la sua pseudocultura in articoli scientifici e di critica sociale, a volte scriveva nello stesso giorno un'invettiva sul trasporto pubblico locale, la recensione di un romanzo e quella su un nuovo smartphone. Se notava una contraddizione, cercava di dissimularla con un'ironia un po' forzata. Dopo tutto quello che Marie aveva letto fino a quel momento, riusciva al massimo a definirlo un arguto opportunista. Ma sempre e solo un fantasma, un cliché inanimato, per quanto anche quello non gli rendeva giustizia. Da mettersi le mani nei capelli.

Simon mostrava poco interesse e sul blogger esprimeva solo osservazioni per lo più sprezzanti, per nulla preoccupato del lavoro che non procedeva. Marie non gli portava rancore, anzi, in un certo senso la sua disinvolta apatia era persino rilassante.

Alzò la testa. Già da mezzo minuto, inconsciamente, si sentiva osservata. Un uomo con il barbone la guardava da un tavolo al margine della terrazza. Aveva capelli ricci scuri e una barba a punta crespa, che gli arrivava fino al petto e non s'intonava al resto del viso, troppo marcato e massiccio. Una via di mezzo tra Lenin e Che Guevara. Quando si accorse che anche lei lo osservava, l'uomo chinò in fretta la testa.

Dove aveva visto quel volto? Marie fissò per alcuni secondi la tazza dell'espresso, la schiuma rimasta sul bordo si era indurita in una crosta. Il mormorio dei clienti aumentò, le voci sempre più alte e fragorose. Guardò di nuovo verso l'uomo.

Lui inarcò per un attimo le sopracciglia e incrociò lo sguardo della ragazza.

Sembrava riflettere, abbassò di nuovo gli occhi, in direzione della strada, poi guardò in alto, come se nell'azzurro cielo estivo ci fosse la risposta a una qualche domanda. Quindi si alzò di colpo e raggiunse Marie sorridendo.

Si sedette sulla sedia di Simon senza nemmeno chiedere il permesso.

"Eh?" fece lei guardando verso la toilette, ma di Simon neppure l'ombra. "Il posto è occupato." Non le venne in mente niente di meglio.

"Lo so." L'uomo la squadrava, stavolta con malcelato interesse, e si rilassò appoggiandosi alla spalliera. "Problemi di coppia?"

"Come?"

"Scusi, non sono affari miei."

"Non è il mio fidanzato."

Rimasero in silenzio per alcuni secondi. Era un tentativo di abbordarla? Che voleva? Decise di essere diretta, in fondo non sembrava antipatico. "Credo di averla già vista."

Di nuovo quel sorriso di sufficienza. "Può darsi, sono qui da molto. Addirittura da settimane."

"Bene bene," commentò lei. D'un tratto le venne un sospetto. Le guance larghe, la statura, lo sguardo vispo... senza la barba. Poteva darsi benissimo! "E cosa fai qui?" chiese.

"Ferie. E tu?"

"Sono qui per lavoro."

"Per lavoro, oh!" La sua ironia era garbata. "Allora ci sono solo due spiegazioni, scrivi una guida turistica oppure lavori per un tour operator."

"Nessuna delle due, no." Anche Marie si ritrovò a sorridere.

"E il tuo, ehm... accompagnatore?"

"Collega. Mi dà una mano."

L'osservava con aria birichina. "Aha, Marie, dico bene?"

"Come...?"

"Sono sicuro di avervi già visti un paio di volte, negli ultimi giorni."

"E di aver origliato, a quanto pare."

Rise di nuovo. "No, sono innocente!" Sollevò le mani per respingere l'accusa. "Ho solo sentito il tuo nome un paio di volte, per il resto... tu invece probabilmente mi conosci dai mass media."

"Sì, lo penso anch'io," disse cercando di sembrare il più indifferente possibile. I pensieri nella mente le si accavallavano.

"Allora mi conosci?"

"La barba non ti si addice granché," commentò.

"No, però fa il suo dovere. Non mi riconosce nessuno. Viaggio persino sotto falsa identità. Roba da matti, vero? Il tutto per scampare a quegli avvoltoi sputaveleno che gravitano sopra di me."

"La stampa?"

"Sì, definiamola pure così. Dopo Gutenberg, che nel quindicesimo secolo ha stampato le sue Bibbie, la parola ha un bel suono, non trovi? Ipocriti. Sciacalli. Somari spinti dall'interesse delle masse. Che schifo!"

Marie indugiò. Certo non era il momento di presentarsi come giornalista. Decise di aspettare. "Comunque l'interesse verso la tua persona, verso di *te*, sembra sia calato di nuovo."

"Touché," sorrise. Poi disse qualcosa sottovoce, di misterioso. "Ma nelle prossime settimane la situazione cambierà."

"Ah sì? Perché?" Tentò ancora di sembrare il più indifferente possibile.

L'uomo scrollò le spalle. "Ho già detto fin troppo," guardò oltre lei, "arriva il tuo 'collega'. Mi sarebbe piaciuto continuare a chiacchierare, davvero, ma..." E fece per alzarsi.

Ma come? Ci ha ripensato? "Anche a me," si affrettò a dire.

L'uomo si fermò, sorrise di nuovo. "Che ne pensi di domani alle due? Nel mio hotel."

Lei annuì. Le venne in mente giusto in tempo di domandargli dell'hotel. "Quale?"

"La corte della Foresta Nera, al bar in terrazza. Di solito me ne sto in disparte, sulla sinistra. Ok?"

"Alle quattordici?"

"Alle quattordici," confermò. "È stato un piacere parlare con te. Davvero. Il numero di persone interessanti della mia età è spaventosamente basso in questo paesino sperduto. Allora a domani." Se ne andò scendendo le scale che portavano alla spiaggia, senza incrociare Simon. Passando lasciò cinque euro sul suo tavolo.

Il ragazzo si sedette e guardò Berger che si allontanava. "Chi era?"

"Dove sei stato così tanto tempo, accidenti?"
"Al gabinetto, te l'ho detto!"
"Dieci minuti?"
"Cosa c'è di strano? Ma insomma, chi era quello?"
"Non indovineresti mai."
"Chi era?"

Marie aspettò un istante per far aumentare la suspense. "René Berger."

"*Berger?*" Simon si girò di nuovo, ma ormai il blogger era sparito. "Proprio lui?"

"Da vicino lo si riconosce. Ha un nuovo taglio di capelli e si è fatto crescere la barba. È in incognito."

"E? Cosa voleva da te?"
"Domani mi vuole incontrare."
"Domani? Dove?"
"All'hotel. Me soltanto. È davvero al Foresta Nera."
"Ma lo sa che tu... che noi...?"

Marie si appoggiò alla spalliera e giocherellò con la bustina dello zucchero. "Si comincia, Simon! Non so come né perché, però ha abboccato. Credo che abbia un enorme bisogno di comunicare."

"E allora?"
"Ha detto che nelle prossime settimane l'interesse verso di lui tornerà a crescere."

"Quindi Thomas aveva ragione." Il ragazzo si passò la mano sulla bocca, sembrava eccitato.

Marie annuì. "Questo non è un luogo di vacanza... è la sua base operativa!"

Rudolf si guardò allo specchio della toilette degli uomini, si asciugò il sudore dalla fronte, si annusò le ascelle e si sistemò la riga dei capelli. Si sistemò anche la giacca, poi tentò un sorriso, ma ciò che vide riflesso era solo una misera smorfia.

Guardò l'orologio, era il momento. Buttò nel cestino il fazzoletto di carta e uscì dal bagno, scese giù per il corridoio e bussò alla pesante porta a due ante. Dall'interno risuonò un energico "Sì!". Entrò.

Di fronte a lui nella stanza rivestita di legno scuro erano sedute cinque persone. Formavano un semicerchio attorno a un'enorme e massiccia scrivania di vetro, coperta da una lastra spessa quasi dieci centimetri. Sembrava di ghiaccio. Dietro, una grande finestra panoramica dava sul Reno.

"Signor Küchlin!" lo accolse Unterberger. "Puntuale, ha spaccato il secondo oserei dire!" Rise.

"Hmm," fece Rudolf imbarazzato, non gli venne in mente altro. Unterberger e Mayer-Spandau, direttore delle pubbliche relazioni, erano seduti a sinistra, Urs Lassbein, segretario del consiglio d'amministrazione, e Karen Pandell a destra. Dopo la sua promozione Rudolf aveva conosciuto meglio la Pandell, un pezzo grosso nel controllo della gestione. Quel che facesse esattamente però non lo aveva mai scoperto, in fondo neppure gli interessava.

Dietro al blocco di vetro della scrivania era seduta una donna gracile, dall'atteggiamento schivo, sulla sessantina. Lo salutò soltanto con un sorriso timido. Nonostante l'età portava i capelli biondi, con qualche spruzzata di grigio, legati in una coda di cavallo da ragazzina. Solo dopo alcuni secondi Rudi capì che quella donna dall'apparenza fragile era Jacqueline Ysten, l'amministratore delegato. Aveva ben poco in comune con la sua immagine ufficiale. Il suo sguardo vagava di continuo per la stanza, evitando qualsiasi concreto contatto visivo.

"Si accomodi," lo invitò Pandell con quella sua voce stridula che nascondeva sempre un velo di rimprovero. Si sedette sull'unica sedia vuota, al centro del semicerchio, di fronte alla scrivania.

Jacqueline Ysten si schiarì più volte la gola prima di iniziare a parlare. La voce era cauta, insicura e sommessa. "Signor Küchlin, lei sa che una promozione le sarebbe spettata comunque nei prossimi anni. Ma sa anche che questa *sua* promozione è dovuta in larga parte all'aiuto effettivo che ha fornito alla compagnia."

Rudolf annuì, anche se aveva difficoltà a seguire il suo discorso. "Era mio dovere, come dipendente di lunga data."

Un leggero sorriso sulle labbra della Ysten. "Per lei non è

stato certo facile. So che per molti anni è stato amico di Michael Balsiger."

"Lo sono tuttora, presumo. Spero."

"Una vera amicizia dovrebbe sopportare carichi di stress simili," osservò Ysten.

"L'ho fatto anche per lui, in quel modo danneggiava se stesso e la sua carriera. Il fatto che ora lo sospendano..."

"È esclusivamente dovuto alla sua psiche provata," intervenne Unterberger. Il suo corpo slanciato sembrava teso. "E questo, a sua volta, è dovuto alla separazione dalla moglie."

"Probabilmente è stato quello il catalizzatore decisivo," commentò Lassbein sottovoce.

"Cosa intende?" chiese Ysten. Si voltò verso di lui. "Catalizzatore per cosa?"

"Per la sua decisione di sputare nel piatto in cui mangia, ovviamente," replicò Lassbein conciso.

Ysten era perplessa. "Non mi esprimerei in questo modo. Semmai il signor Balsiger, il suo *amico*, signor Küchlin," aggiunse rivolgendosi a Rudolf, "è una vittima della sua coscienza fuorviata. Non la reputo una persona che sputa nel piatto in cui mangia. Signor Lassbein, la prego di non utilizzare più quell'espressione che, tra l'altro, dice più cose su di lei che sul signor Balsiger."

"Ma io..."

Ysten lo interruppe sollevando una mano e scuotendo il capo con gli occhi chiusi. "Tuttavia le intenzioni volenterose non giustificano le azioni che mettono a repentaglio il benessere della compagnia e di conseguenza il benessere di diecimila dipendenti." Fissò la superficie della scrivania. "Michael Balsiger ha infranto le regole e ora ne deve subire le conseguenze."

"I nostri legali in questo momento stanno pensando a come formulare la causa del licenziamento," intervenne Mayer-Spandau.

"Molte delle prove non possono essere usate di fronte a un giudice," osservò Pandell. "Le sue annotazioni sul desktop e i suoi accessi all'eBureau non possiamo senz'altro..."

"Troveremo di sicuro qualcosa," la interruppe Unterberger.

Ysten si massaggiò la radice del naso, poi alzò la testa e si rivolse direttamente a Rudolf. "Signor Küchlin, sa di sicuro che nei prossimi mesi oseremo un enorme passo avanti. Noi tutti, lei compreso. Non posso illustrarle i dettagli, ma si senta onorato di essere uno dei primi a saperlo. La domanda che ora le pongo è questa: lei, come amico del signor Balsiger, sì, forse potrebbe ancora considerarsi un amico, fino a che punto pensa si sia già spinto?"

"Fino a che punto? Cosa intende?" Rudolf aveva ascoltato solo metà della frase. Che volessero licenziare Michael non lo sapeva.

"Vede, c'è il rischio che Michael Balsiger divulghi informazioni interne dell'azienda. Questioni riservate che non sono destinate all'opinione pubblica, la divulgazione delle quali potrebbe ostacolare sensibilmente il grande passo che abbiamo pianificato. Se non addirittura impedirlo. Signor Küchlin," Ysten si sporse in avanti. "Rudi. Il signor Balsiger è uno che va fino in fondo? Nella vita privata, intendo."

Rudolf non sapeva cosa rispondere, si sentiva a disagio. A quanto pareva, avevano già deciso di annientare Michael. Lui lo aveva messo in guardia, lo aveva avvertito, accidenti, la colpa non era sua. Avevano fatto insieme il militare, sapevano entrambi cosa fosse la lealtà, la lealtà verso il datore di lavoro che negli ultimi venticinque anni aveva donato loro un certo stile di vita, andando ben oltre le loro aspettative. "Michael è ostinato," disse sottovoce.

Jacqueline Ysten annuì, la coda di cavallo dondolò su e giù. "Grazie." Si rivolse a Unterberger. "Quanto sa?"

Prima di rispondere Unterberger prese un bel respiro. "Negli ultimi giorni ho fatto raccogliere questo. Fino alla sua sospensione, ha messo mano su alcuni documenti. Considerando quello a cui puntava, le informazioni sono scottanti. Ha consultato anche pagine web, che in massima parte vertono sulla struttura della Sanora. Sono anche convinto che sia molto intelligente e perspicace."

"Non c'è ombra di dubbio," commentò Ysten.

"Ormai diamo per scontato che abbia seguito fino a un certo punto i versamenti effettuati alla Wenderley Public Relations e..."

"Un attimo," lo interruppe Ysten. "Di cosa si tratta?"

"Una ditta prestanome della Sanora. Da qualche anno effettuiamo a lei i bonifici."

Che la Sanora ricevesse soldi extra attraverso la WPR per certe prestazioni di servizio al limite della legalità, Unterberger lo aveva ammesso apertamente di fronte a Rudolf. In fondo non sorprendeva nemmeno lui. Chiunque nella compagnia era al corrente che talvolta si dovevano interpretare le leggi con una certa larghezza di vedute, se si voleva fronteggiare la concorrenza. Ma a proposito di quei soldi, Unterberger non era mai sceso nel dettaglio. Non si era lamentato nessuno, questo lo aveva messo in chiaro.

"Siamo convinti che Balsiger abbia intuito che quei versamenti fossero per la Sanora," proseguì Unterberger. "Si è procurato tutti gli studi clinici condotti dalla Sanora e sponsorizzati da noi. Ma se..." si scambiò un'occhiata con Ysten, "se abbia identificato i punti critici, non saprei dirlo. Per scoprirlo, ci serve l'accesso al suo computer privato."

Ysten prese nota. "Grazie, signor Unterberger. Signor Mayer-Spandau, sarebbe in grado di formulare una stima dei rischi?"

"Dunque, signora Ysten, come accennato poc'anzi," Mayer-Spandau guardò Rudolf con diffidenza da sopra il bordo degli occhiali un po' calati. "Ci stiamo muovendo in un campo soggetto alla pubblica opinione, dunque alla stampa. Molto più delle altre nostre aree commerciali. Se poi consideriamo..." Si fermò. Ysten lo osservava sorridendo, a testa china. "I rischi sono enormi," fu la conclusione coincisa, quasi militaresca, di Mayer-Spandau, che poi si spinse di nuovo indietro gli occhiali e si schiarì la gola.

"Capisco. Altro?" chiese l'amministratore delegato. "Ha parlato con Sebastian?" La domanda era rivolta a Karen Pandell.

Rudolf si accorse che la collega sembrava spaventata. Il motivo, probabilmente, era la sua presenza.

"Tutto procede secondo i piani," rispose la donna con una certa esitazione. "Ma forse questo non è... non è il luogo adatto per..." Alzò le spalle.

Cosa evitavano di dirgli?

Ysten lanciò un'occhiata a Rudolf. "Penso che gli telefonerò io stessa," disse poi. "Per il resto voglio essere informata immediatamente su ogni irregolarità. A proposito, signor Küchlin, a suo avviso il suo amico, il signor Balsiger, potrebbe avere... beh, insomma, tendenze suicide?"

Una decina d'anni prima, sua moglie gli aveva posto la stessa domanda, prima ancora che i figli di Michael venissero alla luce. "Tendenze suicide? Michael?" replicò Rudolf imbarazzato.

"Ha fatto alcune allusioni," precisò Unterberger.

Doveva di sicuro trattarsi di un equivoco. Rudolf conosceva certi aspetti malinconici di Michael, che dall'esterno potevano sembrare depressione. Molto prima che iniziasse a soffrire per l'anca, molto prima che cominciassero i problemi con Sybille, dopo un paio di birre aveva definito la sua vita come uno straziante adempimento del proprio dovere. Ma sottrarsi a quell'adempimento... no, non era da Michael, il solo pensiero lo disgustava. "È sempre stato un po' pensieroso, ma..."

"Un po' malinconico?" lo interruppe Ysten.

"Forse ha preso davvero male l'imminente divorzio, forse me lo ha... beh, tenuto nascosto, può darsi, è possibile che..." Se Michael avesse fatto sul serio allusioni in tal senso, puntava più che altro a fare scena. Non l'avrebbe mai pensato davvero.

"Sì, il divorzio," confermò Ysten, che ora sembrava comprensiva. "Ha perso sua moglie, i figli e ora anche il lavoro." Scosse il capo. "Vede, almeno dal mio punto di vista sarebbe comprensibile se lui..." chinò di nuovo la testa sorridendo e fece schioccare la lingua. "Lo capirei."

Nessuno replicò.

"Per me solo acqua minerale, grazie."

Berger osservava Marie dall'altro lato del tavolo. Come promesso, l'aveva aspettata in disparte. Un ottimo posto, all'ombra, si riusciva ad abbracciare con lo sguardo l'intera terrazza, il vialetto di ghiaia e il lungolago, il tutto senza essere visti.

"Il tuo collega non ha chiesto dove andavi?"

"Simon sa che avrei incontrato René Berger."

Lui contrasse la bocca in un ghigno. I capelli erano ancora più trasandati del giorno prima. Era per quel caldo torrido? Nonostante i trenta gradi all'ombra, indossava pantaloni grigi di velluto a coste, con sopra una camicia di lino grezzo a maniche lunghe sbottonata fino al torace.

Portarono da bere. Berger aveva ordinato un Gin Tonic e un bicchiere di acqua del rubinetto.

"È bello l'hotel?" volle sapere la ragazza.

"Il migliore... come si dice? Il migliore della zona." Non toccò il Gin Tonic.

"Dall'altra sponda del lago sembra piuttosto inquietante, un pipistrello." Subito si vergognò di quella stupida osservazione.

Il blogger si limitò ad annuire. "Sì, lo stile liberty ha sempre un che di misterioso, quasi fiabesco, molto diverso dall'architettura moderna. Non è astratto, ma distorto. Inebriante. Tipico della Foresta Nera, un misto di legno a tinte scure con l'intento di creare qualcosa di leggendario, capisci, qualcosa di teutonico, diciamo pure wagneriano. È un'immagine romantica della Germania, quella che viene presentata qui, oggi come un secolo fa. Ma tranquilla, di notte non si vedono valchirie a cavallo nei paraggi, l'interno è tutto nuovo di zecca. E tu invece in quale hotel alloggi?"

"Un albergo di tipo familiare, là in fondo." Lo indicò. "Un quattro stelle." Marie prese un sorso d'acqua, poi rise. "Ma di cosa mi lamento? Paga tutto l'editore..." Si maledisse da sola per quello sbaglio idiota.

"L'editore? Bene bene. Guida turistica?"

Marie strizzò gli occhi più volte, non voleva mentire spudoratamente. Berger sembrò ben poco interessato all'argomento. Continuò a parlare. "Sì, questo posto è incredibilmente desolato. Se non avessi certi impegni, niente mi tratterrebbe. È spaventoso. Come mi è saltato in mente di venire qui?" Armeggiò per tirare fuori qualcosa dalla tasca dei pantaloni, una confezione mezza rotta. Un farmaco. Sfilò il blister dalla scatola bianca e verde, premette sulla pillola per estrarla e la ingoiò aiutandosi con l'acqua. Marie non riuscì a leggerne il nome. Cercò di non seguire la scena troppo apertamente. Lui tolse la cannuccia dal Gin Tonic, l'asciugò con un tovagliolo, la mise sul tavolo e bevve tre sorsi. Poi posò di nuovo il bicchiere mezzo vuoto.

"Impegni?" insistette la ragazza. "Intendi la tua *nuova, grande* iniziativa?"

Berger la osservava con un'espressione scaltra ed enigmatica. Anche il giorno prima le era risultato difficile giudicare quello sguardo. "Sì, esatto," rispose il blogger.

"Di nuovo sull'industria farmaceutica?"

Annuì in maniera quasi impercettibile. Quando Marie stava per ribattere, si asciugò una goccia dalle labbra, fermando l'indice per un brevissimo istante al centro, come a zittirla, e la guardò negli occhi con insistenza.

In quel momento vicino a lei apparve il cameriere. "Posso portarvi qualcos'altro?"

"No, grazie," rispose il blogger.

Il cameriere accennò un inchino e sparì.

"Qualcosa di *grosso*. Ma non posso aggiungere altro, sul serio." Berger lo disse sussurrando.

Marie guardò il lago, oltre le teste degli altri clienti. Proprio in quel momento salpava un battello. La sera prima si era preparata una specie di discorso, ma in quel momento si era dimenticata tutto. Ora anche Berger guardava trasognato il lago dietro di lei. D'un tratto sembrava assorto nei propri pensieri. Era l'effetto del gin o della pasticca?

"Ma poi perché proprio l'industria farmaceutica? Perché l'hai presa così di mira?" riprese lei. Temeva che il blogger reagisse con sufficienza alla sua domanda.

Il suo sguardo trasognato s'indurì all'istante. "L'industria farmaceutica è l'unica vera, religione universale," rispose serio, quasi sussurrando, con fermezza disarmante. Marie non riuscì a trattenere una risata. "Come hai detto?"

Berger la osservò, sembrava provasse pietà per lei.

"Tu ridi, ci sono abituato. Ridono tutti, ma è una conclusione inevitabile."

"In che senso?" Forse era proprio quello di cui doveva scrivere, se voleva distaccarsi dai soliti blog da quattro soldi.

Berger, con altri tre sorsi, finì il resto del Gin Tonic. "Viviamo in un'epoca laicizzata in cui ogni idea dell'aldilà viene scartata e la salvezza eterna dell'anima si realizza non più dopo la morte ma in vita. Nel mondo esiste un'unica istituzione capace di promettere in maniera seria e credibile questa salvezza dell'anima. L'idea di vita eterna e senza tempo in paradiso viene soppiantata dall'ideale di una vita nell'aldiquà la più lunga, sana e attiva possibile. C'è un'unica organizzazione in grado di garantire questo ideale in maniera altrettanto semplice di come fece la Chiesa cattolica quattrocento anni fa: l'industria farmaceutica. Con l'aiuto del farmaco, una sorta di moderna indulgenza."

Marie cercò scampo nella sua acqua minerale, non sapendo cosa ribattere. Sembrava una teoria del complotto mascherata da religione, per quanto condividesse al cento per cento l'idea del farmaco come indulgenza. Una visione stramba, ma interessante e perfetta per un primo articolo.

"Il problema è che all'industria farmaceutica mancano delle linee guida etiche." Berger si piegò in avanti. "Alle spalle non ha le Sacre Scritture alle quali attenersi, com'era per la Chiesa degli albori. Non ha obblighi verso gli esseri umani, la governa una mentalità improntata al puro guadagno. Ed è esattamente questo a renderla così pericolosa: l'ineluttabilità con la quale punta all'egemonia mondiale e la totale mancanza di scrupoli con cui fa valere i propri interessi. Tutto sommato il carburante di questo meccanismo sono le due caratteristiche principali dell'uomo: la paura della morte da un lato e la sconfinata avidità di profitto dall'altro."

"*Egemonia mondiale?*" Sì, era né più né meno una strampalata teoria del complotto.

Berger si appoggiò di nuovo alla spalliera della sedia. "Il giro d'affari dell'industria farmaceutica attualmente si aggira intorno al bilione di dollari l'anno. *Mille* miliardi. *Un milione* di milioni. Cifre di dimensioni inimmaginabili. Corrispondono al prodotto interno lordo di nazioni come l'Australia o la Corea del Sud. È un settore che non avrebbe problemi a mantenere un esercito tutto suo, è il più redditizio in assoluto. In media un quarto del volume d'affari resta come utile." La parte superiore del corpo era riparata dell'ombrellone, la luce del sole riflessa dal tavolo illuminava il viso di uno splendore quasi fanatico. "Si tratta di una concentrazione di capitali da capogiro, dinamica e sempre attiva."

"Una parte però sarà reinvestita nella ricerca."

Berger rise. "Nella ricerca? Hai idea di quanto spendano in media le compagnie farmaceutiche per la ricerca? Forse il dieci per cento del loro fatturato. La maggior parte, almeno un terzo del loro giro d'affari, è esclusivamente riservato al marketing, ovvero alla loro evangelizzazione. Quando commercializzano quelli che definiscono farmaci 'nuovi', spesso si tratta di piccolissime varianti di principi attivi o di generici disponibili già da decine di anni."

"Ma questo cosa c'entra con la tua iniziativa?"

Il blogger per tutto il tempo aveva tenuto gli occhi abbassati, ora per un attimo vagò con lo sguardo oltre Marie. "Perché ti interesso così tanto?"

"Potrei rigirarti la domanda."

"Cosa intendi?"

"Perché ieri sei venuto da me? Perché questa chiacchierata?"

Berger scrollò le spalle. "Te l'ho detto, sei la prima persona interessante che ho visto da *settimane*."

Forse era il caso di dirgli la verità. "Non dovresti nasconderti che..."

"Cosa?"

"Non lavoro per una casa editrice di guide turistiche."

"L'avevo intuito."

"È più un... non so neppure se sia giusto definirlo così: un giornale on-line. In fondo... sì, penso di essere una giornalista."

"Pensi?"

"Sono venuta qui con un..." Cercò le parole giuste. "Con un compito ben preciso."

"Ovvero?" Berger l'osservava e sembrava tranquillo.

"Entrare in contatto con te e..."

"Scrivere un articolo," completò lui la frase. "Hmm." Sembrò riflettere un istante. "Come mi avete scoperto? Tranne due persone fidate, nessuno sa che mi trovo qui. In hotel alloggio sotto falso nome. Come avete fatto?"

"C'è riuscito Simon, il mio collega, con l'aiuto del tuo blog. Non ho ben capito il modo, ma ha scoperto che alloggiavi a La corte della Foresta Nera. Tramite il Wi-Fi dell'hotel. Con il server Proxy."

"Ah," annuì. "Lo immaginavo, niente male, tanto di cappello! E com'è questo giornale? Grande? Piccolo? Privato? Una sorta di community?"

"Piuttosto piccolo. Il *Berlin Post*." Sapeva cosa chiedere, sembrava di nuovo un professionista sereno, ora. Quell'uomo era contraddittorio come i testi che pubblicava.

"Ah," mormorò. "Mi ricordo, i primi a portare in Germania l'idea dell'*Huffington Post*." Nelle sue parole non si percepiva alcuna presa di posizione, era una semplice constatazione. Si passò una mano sulla barba, poi scosse il capo. "Nessun problema. Scrivi. Scrivi quello che ti ho detto oggi."

"Davvero?" Diceva sul serio?

Berger finì il bicchiere d'acqua, poi si appoggiò alla spalliera. Ormai l'angolo dove si trovava il loro tavolo non era più in ombra, ma inondato dalla luce pomeridiana. "Mi sa che hai dimenticato quello di cui un *whistleblower* ha più bisogno."

"Cosa?" chiese Marie.

"Un pubblico."

NAGEL (VI)

Tredici giorni dopo – 6 settembre

"Perfetto, davvero. *Per-fetto*."
Nagel si tirò su a fatica, durante il monologo di Pommerer era sprofondato sulla sedia.
"Sullo schermo avevi... avevi... come dire? Ah! Come ti chiamavo ultimamente? Maigret. Hai un che di maigrettiano e questo piace al pubblico. Sullo schermo l'effetto era semplicemente ottimo. Un investigatore modello. Come Colombo! Non uno di quei leccapiedi a cui la gente è abituata, non un carrierista che con un paio di frasi politicamente ipercorrette si destreggia con i giornalisti." Rise. "Andreas, se non fosse inopportuno, mi azzarderei addirittura a dire che la telecamera ti *ama*."
Non capitava spesso che fosse il comandante ad andare nel suo ufficio. Anzi, fino a quel giorno non era mai successo. Nagel aveva guardato la registrazione della conferenza stampa e si era voltato dall'altra parte per la vergogna. Aveva risposto alle domande degli inviati con tale disinvoltura da rasentare la strafottenza. Non aveva idea di come avessero fatto le agenzie stampa e le testate nazionali, anzi di mezzo mondo, a spedire i loro inviati nella Foresta Nera nell'arco di quattro ore. La sala parrocchiale non era bastata a contenerli tutti. La conferenza stampa era durata quasi un'ora e lui aveva dovuto ripetere sempre le stesse cose: che da tre giorni erano al corrente della scomparsa di un ragazzo, che quel mattino avevano rinvenuto il cadavere e che si trattava senza dubbio di René Berger, il blogger d'inchiesta, il *whistleblower*, l'uomo che aveva rivelato al mondo l'assurdità della morte di centinaia di pazienti.
La pioggia di flash dei fotografi aveva procurato al commissario un mal di testa insopportabile. Dopo la conferenza stampa, con l'auto di Pommerer, era tornato a Friburgo da sua moglie, nel suo letto, con il gorgoglio del fiumiciattolo fuori dalla finestra. Si sarebbe occupato più tardi del bagaglio in hotel. Guardò l'orologio, erano già le dieci del mattino.

"Davvero un ottimo lavoro, sono fiero di te. L'ho sempre detto che sei il migliore." Il comandante si alzò in piedi.

"Nikolas" disse il commissario. Aprì il cassetto inferiore della sua scrivania. "Lo vuoi un caffè?"

"Un caffè?" Pommerer esitò. "No, grazie, stavolta rinuncio, ne ho già preso uno mezz'ora fa. Mia moglie, sai?" Si diede un colpetto al petto. "È convinta che troppi caffè facciano male. Figurati che uno scrittore è morto d'infarto mentre scriveva il suo quarto libro, ne beveva venti tazze al giorno. O quaranta, boh, non ricordo. Comunque grazie mille."

"Davvero non lo vuoi?"

Il comandante lo osservò perplesso. "No, tra l'altro ora devo anche andare, sai, il sindaco... Beh, ci vediamo." Si sporse in avanti sulla scrivania per dare una pacca affettuosa sulla spalla a Nagel. "Ottimo lavoro." Poi sparì.

Il commissario richiuse il cassetto e ne aprì un altro, nel quale c'era una confezione di praline al cioccolato. Mentre stava per aprirla, bussarono alla porta.

"Avanti!"

Era Nadja.

"Allora? Ti sei goduto le ferie sul Titisee?"

Nagel rispose con una risatina cinica.

"Scoperto qualcosa?"

"Forse sì, ma non quello che avevo sperato."

"La cimice era sparita?"

"Era sparita, sì. Ma è venuto a galla qualcos'altro. *Qualcun* altro."

"Berger?" chiese in tono laconico.

"Anche, ma non mi riferisco a lui." Aprì il sacchetto, prese una manciata di praline e le buttò sul tavolo. "Dov'eri ieri?"

"Alla recita di Leonie a scuola. Te l'avevo detto."

"Per una volta che abbiamo un cadavere famoso, tu non ci sei. Ahi, ahi, ahi, mia cara Nadja." Scosse il capo. "Una pralina?"

La collega ne prese due. "Allora, chi è venuto a galla?"

"Una giovane blogger alle calcagna di Berger, a quanto pare da settimane."

"E allora? Ci hai parlato?"

"È sparita."

"Accidenti!" Nadja si passò una mano sulle labbra. "Come lo sai?"

"È saltato fuori anche il suo fidanzato. Si è preso una stanza in un hotel e la cerca."

"Già parlato con lui?"

"Per telefono. Più tardi Schrödinger mi porta di nuovo là. Vieni anche tu?"

"Non posso, ho un disperso, un pensionato sparito nel nulla. La vicina ha trovato la moglie disabile morta in casa."

Nagel sospirò. Forse l'uomo era un mezzo demente e si era perso nel bosco. Perché i migliori talenti della polizia dovevano sprecare il loro tempo con inezie simili? Roba da matti!

Mentre la macchina attraversava il ponte di Johanniter, Bernhard osservava il complesso edilizio sul lungofiume. A causa delle piogge degli ultimi giorni, il Reno si era notevolmente ingrossato e aveva assunto un colore marrone.

"Comunque non capisco cosa ci resti ancora da fare, quella vacanza ce l'hanno promessa da mesi!" Bernhard distolse lo sguardo dal finestrino.

Frank lanciò un'occhiata severa in avanti, per ricordargli che c'era l'autista. "Aspettiamo di sentire cosa ci dice," aggiunse poi sottovoce.

Il giorno prima avevano parcheggiato il furgone a Rheinfelden, nel Baden-Württemberg, e attraversato a piedi il ponte sul Reno per raggiungere l'omonima città elvetica. Da lì erano montati sul treno per Basilea, dove avevano una stanza prenotata all'Hilton, vicino alla stazione delle Ferrovie Federali Svizzere. Solo quella mattina gli era stato comunicato per telefono che la macchina prevista per il pomeriggio non li avrebbe portati all'aeroporto di Zurigo ma aspettati sulla Voltastraße.

L'auto frenò bruscamente a un semaforo pedonale. A Frank scappò un lamento che tradiva il suo nervosismo, poi si passò una mano dietro il collo taurino.

Poco dopo il veicolo svoltò in un vicolo cieco, fiancheggiato da facciate di uffici tirati a lucido. L'autista frenò, si aprì la serranda di un fabbricato anni Sessanta, entrarono in un garage sotterraneo e scesero. Tranne la loro, non c'erano altre auto. Il conducente rimase seduto.

Bernhard c'era stato diverse volte, non sapeva se per Frank fosse lo stesso. Comunque il socio, che gli camminava davanti, sembrava sapersi muovere bene in quel groviglio di corridoi sotterranei. Alle pareti di cemento non si vedeva alcun cartello.

Salirono con l'ascensore fino al quinto piano, pieno di uffici e dipendenti. Senza che nessuno si curasse di loro, passarono attraverso box esagonali a nido d'ape ad altezza spalle fino a raggiungere un corridoio, oltre il quale un altro ascensore li portò al terzo piano interrato.

Anche là sotto nei corridoi ferveva l'attività. Tutto era rivestito di bianco e ai soffitti pannelli luminosi di un metro quadro ciascuno davano la sensazione della luce del giorno. Alle pareti c'erano poster di grande formato di scalate in montagna. Nella sua ultima visita Bernhard era venuto a sapere che si trattava dell'Everest. Alcune immagini mostravano interminabili catene di uomini che, con sguardo caparbio, s'arrampicavano in cordata. Altre raffiguravano i lavori preparatori degli sherpa, che a primavera approntavano le corde per i turisti. Il corridoio era lungo circa settanta metri, Bernhard stimò che su ogni lato ci fosse una ventina di immagini larghe almeno tre metri. Su alcune si riconoscevano i corpi congelati di chi aveva fallito.

Da alcune porte aperte si scorgevano uffici arredati in maniera spartana, quasi sempre occupati da due dipendenti seduti dietro schermi giganti. In una stanza era in corso una videoconferenza.

Finalmente raggiunsero il fondo del corridoio dove, su una porta anonima, si leggeva la scritta "Direzione". Frank lanciò uno sguardo a Bernhard, come a dire finiamo questa storia una volta per tutte. Poi bussò. Da un altoparlante, collocato da qualche parte sopra di loro, si sentì "Avanti." Poi il click dell'apriporta.

Entrarono in una stanza enorme, che ogni volta lasciava Bernhard senza parole. La stretta soglia immetteva in un ampio ufficio circolare di quaranta metri di diametro. Al centro troneggiava un pesante tavolo antico di legno sul quale erano accatastati innumerevoli faldoni, una pila di almeno mezzo metro. Non si vedeva alcun monitor. Quello che più stupì Bernhard fu il gigantesco dipinto panoramico alto fino al soffitto che circondava l'intera stanza. Era nuovo. L'ultima volta l'ambiente era ancora rivestito di legno.

"Vi piace?" Sebastian venne loro incontro con un sorriso cordiale. Era più basso di Bernhard di una testa, magro, indossava una camicia bianca, un paio di jeans, occhiali dalla montatura stretta e aveva la testa quasi calva, se non per una striscia di capelli crespi che si allungava da tempia a tempia.

Bernhard conosceva Sebastian da quasi dieci anni, ormai aveva già superato i sessanta.

"Frank," disse quasi solenne, mentre stringeva la mano del socio. "Bernhard." La sua stretta era piacevole e salda. Con loro parlava svizzero tedesco. "Maestoso, non trovate?" Girò su se stesso, ammirando quel panorama come lo vedesse per la prima volta. "L'ho fatto affiggere alcune settimane fa, una stampa artistica, la riproduzione del panorama di Salisburgo di Johann Michael Sattler dei primi dell'Ottocento. Rappresenta la città e i dintorni, la vista panoramica dalla fortezza trent'anni dopo la morte di Mozart. Impressionante, vero? Si ha davvero la sensazione di trovarsi là."

Frank approvò con un mormorio. Bernhard annuì, mentre lasciava vagare lo sguardo sul panorama dipinto. Nel centro di Salisburgo si individuavano ben pochi passanti. Sul fiume si vedevano delle barche e dei bambini che facevano il bagno. Sullo sfondo svettavano le Alpi bavaresi.

"Accomodatevi, di sicuro vi chiederete perché siete qui."

"In realtà ci aspettavamo di essere a bordo di un aereo," confessò Frank. Si sedette su una delle due sedie di fronte alla scrivania. Bernhard si abbandonò sull'altra.

Sebastian rise. "Sì, sì, mi dispiace. Vi prometto che non appena sarà tutto sistemato, avrete le vostre ferie. Entrambi. Lunghe il doppio, e un premio a cinque cifre, una mancetta quotidiana di diciamo... mille franchi?" Andò dietro la scrivania, si sedette e prese nota. "Dovrebbe bastare."

"Mi scusi se glielo chiedo, beh, in maniera così diretta," disse Frank, "ma cosa resta ancora da sistemare? Ci siamo occupati di tutto, o sbaglio? In ogni caso, abbiamo fatto sparire il cadavere."

Sebastian lo osservò, l'espressione ancora molto cordiale. "Di questo vi sono molto grato, un buon lavoro nonostante le condizioni sfavorevoli. E mi scuso, non era nei nostri piani. È solo che, signori miei, è sopraggiunto un imprevisto. Niente di catastrofico, no, solo allarmante. Allarmante perché inaspettato." Spinse di lato la montagna di faldoni, aprì un cassetto e posò sul tavolo una capsula gialla oblunga. "Sapete di cosa si tratta."

"Una delle cimici," confermò Frank. "L'ho presa io stesso ieri dall'hotel."

"Esatto. Proprio quella che era nascosta nella camera di Berger, l'autista me l'ha appena portata."

Gliel'avevano consegnata poco prima di lasciare l'Hilton. Come aveva fatto ad arrivare prima di loro? Per Bernhard restava un mistero.

"Una genialata, lo ammetto, la mia idea di inserirla in una batteria, ma è proprio questo dispositivo a non farmi dormire da giorni. Mia moglie già mi voleva ricoverare nel centro di Medicina del Sonno. Di solito ho un sonno tranquillo e molto profondo, ma questa capsula, questa dannata cimice..." Scosse il capo. "Perché è qui?" La prese tra pollice e indice. "Perché riesco a tenerla in mano?"

"Non capisco," ribatté Frank spazientito. "È stato lei a dirci che dovevamo prenderla dall'hotel."

"Sì. Ma anche se sono stato io ad affidarle l'incarico, Frank, ho continuato a sperare che l'avessero fatta sparire. Ci ho sperato davvero tanto. Ma..." indicò la cimice, "come vedete."

"*Voleva* che trovassero la cimice?"

Sebastian alzò l'indice. "Vi faccio sentire una cosa. Aspettate." Tirò fuori dal cassetto un piccolo dittafono stravecchio, aveva ancora lo scompartimento per le cassette. Con il mignolo allungato premette "Play".

Si sentì un fruscio, poi Bernhard riuscì a distinguere un dialogo, la voce di una donna. Sebastian alzò un po' il volume: "*...di ritorno al massimo tra un quarto d'ora.*"

"*Fai con calma,*" rispose con dolcezza una cupa voce maschile da basso.

Poi un attimo di silenzio, solo il fruscio dell'altoparlante del dittafono. Bernhard osservò le bobine della cassetta che giravano. In quella stanza un dispositivo digitale non l'aveva ancora mai visto.

"*L'erba cattiva non muore mai.*" La voce maschile.

"*A dopo.*" La donna.

Poi fu aperta e richiusa la porta.

"Bene, ora state attenti," riprese Sebastian. "Dura un po'." Dapprima si sentì solo un forte respiro regolare ma malsano. La persona rimasta doveva muoversi per la stanza, Bernhard immaginò fosse l'uomo. Dopo circa due minuti si sentì raschiare qualcosa, legno su tappeto.

"Ha spinto la scrivania sotto la finestra," spiegò Sebastian. "Cerca la cimice."

"Ma chi è?" chiese Frank. Sollevò le mani. Stava lentamente perdendo la calma.

Colpi, respiri, colpi, respiri. Infine altri passi strascicati e si sentì di nuovo aprire una porta. Stavolta doveva essere quella del bagno, perché i passi rimbombavano.

Trascorsero altri cinque minuti nei quali non successe niente, ma Sebastian non mandò avanti la registrazione. Ogni volta che Frank tentava di dire qualcosa, l'uomo lo fermava con la mano.

"Ora," disse infine.

Un attimo dopo, dal dispositivo si sentì uno strepitio e un chiasso tale da costringere Sebastian ad abbassare il volume. Rumori forti, come di plastica che si piegava e scricchiolava, poi qualcosa che raschiava il metallo.

"Ha tolto la cimice dal telecomando. Ora la guarda."

"Chi?" chiese Bernhard.

"Il commissario," rispose Sebastian. "Osserva la cimice... e..."

Altri rumori forti, di nuovo plastica che raschia, ancora lo strepitio, in ordine inverso a quello di prima.

"La rimette nel telecomando," spiegò Sebastian. "Ecco cosa non capisco."

Qualche secondo dopo si sentì la sigla del notiziario su ARD, il commissario doveva aver acceso il televisore.

Poco dopo bussarono alla porta. "*Andreas?*" di nuovo la voce della donna.

Poi più forte, doveva essere entrata. "*Ah, guardi un po' di tv. Va meglio?*"

Sebastian spense. "E così via. Conversa con la sua collega, si sente il televisore in sottofondo, escono dalla stanza, il tutto senza che lui menzioni la cimice. È un commissario di polizia criminale, indaga sul caso di un ragazzo scomparso e non prende la cimice che ha trovato nella camera d'albergo. Non lo racconta neppure alla sua collega. Tenta persino di mascherare al meglio la sua scoperta. Perché lo fa?"

"La cimice quindi dovrebbe trovarsi ancora là," disse Frank, sembrava soddisfatto di averlo capito.

"Esatto, Frank," confermò Sebastian, la voce nervosa. "La cimice *dovrebbe* trovarsi ancora là."

"Perché, se posso chiederlo?"

Sebastian eluse la risposta con un accenno di sorriso. "Si tratta di Andreas Nagel, sessantun'anni, polizia criminale di Friburgo. Pachidermico, di un'intelligenza sopraffina. Stiamo cercando di ottenere l'elenco dei casi sui quali ha indagato negli ultimi trent'anni."

"Pachidermico?" ripeté Bernhard. Si ricordò l'auto della polizia parcheggiata davanti alla panetteria. "Una palla di lardo?"

"Piuttosto grasso, sì," confermò Sebastian. "Perché? Lo ha visto, Bernhard?"

"Penso di sì."

"Dove?"

"Una volta in un'autopattuglia, in un paesino tra Friburgo e il Titisee. E anche lui una volta mi ha osservato, da una camera dell'hotel La corte della Foresta Nera. Quando volevamo recuperare la cimice."

"Da una camera? Dalla camera di Berger?"

Bernhard richiamò alla mente quell'immagine. Aveva aspettato Frank davanti all'hotel e la sua attenzione era stata attirata da un uomo alla finestra. Quella faccia gli era sembrata conosciuta. "No, no, ero per strada."

"È lui?" Sebastian spinse verso di lui una foto.

Un primo piano. Il viso sembrava si fosse appena sciolto al

sole, con uno sguardo vispo però, quasi arrogante. Bernhard lo riconobbe subito. "Sì, è lui."

Sebastian sospirò. "Allora è un bene che abbiamo rimosso la cimice."

"Perché?" chiese Frank confuso.

"Perché, mio caro Frank, si somministra un farmaco solo quando se ne conosce l'effetto. Se ciò è impossibile, meglio rinunciare." L'uomo ripose il vecchissimo dittafono nel cassetto. "Niente ferie, finché non riporterete questo Nagel su una pista che possiamo comprendere e manovrare. Fino ad allora seguiamone i passi da vicino. Se scopriremo con chi parla, capiremo anche cos'ha in mente, qual è il suo obiettivo. Perché al momento..." Si massaggiò il mento. "Al momento Andreas Nagel per me rappresenta un fattore incontrollabile e pericolosissimo."

Il commissario salì sulla bilancia, indossava solo calzini e mutande. Nello sportello di vetro dell'armadietto dei medicinali riuscì a scorgere la propria immagine riflessa, un informe gigantesco pallone rosa flaccido, su cui spuntava una testa fin troppo piccola. Per qualche strano motivo, quando era nudo i suoi capelli sembravano sempre più radi.

"Centosettantaquattro," mormorò Heinrich Lossberg. Era cinque mesi più vecchio di lui ma, Nagel stesso doveva ammetterlo, sembrava quindici anni più giovane. "Non avevi detto che da gennaio avresti perso dieci chili?" Non si erano mai dati del lei, si conoscevano da più di cinquant'anni, erano andati persino all'elementare insieme.

"L'ho fatto," disse imbronciato il commissario. "Ma da maggio ho ripreso quattro chili."

Heinrich sospirò. "*Gula*, Andreas. *Gula*."

"*Gula*? Ancora con i tuoi vizi capitali?"

"La crapula, Andreas. L'ingordigia."

"Lo so," ribatté Nagel. "Accidenti, lo so anch'io. Ma cosa ci posso fare?"

"Hai sessantun'anni, finora sei stato fortunato."
"In che senso?"
"Altri non riescono ad arrivare alla tua età senza che gli succeda qualcosa."
"Intendi che, statisticamente parlando, dovrei già aver avuto un infarto, un ictus o... che ne so?" Lasciò scorrere lo sguardo lungo la fuga delle piastrelle. "Ormai mi sono rassegnato." Per un attimo scoppiò a ridere. "Sai benissimo che per me è troppo tardi."

Heinrich si alzò e gli diede una pacca sulla spalla nuda. "Su con la vita, lo sai anche tu che hai altri vent'anni davanti, se cerchi di controllarti un po'." Si sedette alla scrivania.

"Ci provo, ma come vedi..."

Il medico scrisse qualcosa al computer. "La glicemia va bene, su questo stai tranquillo. Hai avuto problemi con il Diabecos? Da quanto lo prendi?"

"Dovrebbe essere un anno, giusto? Finora nessun problema."

"Un anno, esatto." Heinrich socchiuse gli occhi per leggere qualcosa sullo schermo. "Ora ti prescrivo il Metofon da assumere per i prossimi sei mesi. È un farmaco nuovo, è esattamente la stessa cosa, sono due monopreparati di metformina, solo che il Metofon costa meno." Sogghignò. "Facciamo contenta la mutua. Ora ti puoi rivestire."

Dalla sera non aveva mai smesso di piovere, dal finestrino dell'auto di servizio Nagel vide scorrere masse d'acqua marrone giù dal pendio vicino alla statale. Da qualche parte lungo il corso del Reno si erano verificate frane, ne parlavano al giornale radio. Alla fine del notiziario si accennò anche al fatto che René Berger non aveva lasciato alcuna lettera di addio prima del suo presunto suicidio. Che la stampa non ne sapesse più di lui lo tranquillizzava.

L'albergo era più un ostello della gioventù che un hotel. Era fuori dal centro, poco distante dai binari della ferrovia, una costruzione a tre piani rivestita in legno, proprio vicino al bosco. Davanti all'edificio si vedevano due tavoli da ping-pong. Schrödinger rimase seduto in auto.

Il foyer sembrava la sala d'attesa di un salone di bellezza, le pareti tinte di giallo, una yucca a ogni angolo. Il bancone era vuoto.

Vicino a un distributore automatico di caffè, che ronzava, era seduto un ragazzo slanciato dai capelli corti e neri e un viso gentile. Indossava una t-shirt blu, jeans chiari e scarpe da ginnastica.

Il commissario si avvicinò. "Signor Steinbach? Jonas Steinbach?"

Il ragazzo sollevò gli occhi e lasciò vagare lo sguardo sorpreso oltre Nagel, ma senza disprezzo. "Esatto," rispose.

Si sedette su una sedia di plastica. "Nagel, polizia criminale di Friburgo."

Steinbach reagì con un mezzo sorriso. "Me l'ero immaginato."

Lui annuì, si erano dati appuntamento la sera prima per telefono. "Da quando è qui in paese?"

"Sono arrivato l'altro ieri," rispose il ragazzo. "Di sera. Verso le dieci. Ieri ho iniziato a fare il giro degli hotel."

"Da quando non ha notizie della sua fidanzata?"

"Beh, in realtà... ex fidanzata. Per ora."

"*Ex* fidanzata?"

"Ci siamo lasciati, poco prima che partisse."

Il commissario mise una mano sull'altra. La cosa assumeva tutt'altra luce, forse la ragazza *non* voleva farsi trovare da lui. "Di chi è stata la colpa?" chiese chinando il capo.

Steinbach non esitò. "Mia. Solo mia."

"Mmm," bofonchiò il commissario, valutandolo con lo sguardo, cosa di cui il ragazzo si accorse.

"Senta," si affrettò a dire. "Non voglio pedinare Marie o dimostrarle che per me è la cosa più importante al mondo. Non si tratta di questo. Dev'esserle successo qualcosa e, a quanto pare, sono l'unico a cui interessa."

"Le credo," lo rassicurò Nagel. "Da quando pensa sia scomparsa?"

"Da una settimana e mezza. Il fatto che ci siamo lasciati è stato... dopo che se n'è andata non mi ha più rivolto la parola. Ha ignorato le mie telefonate e le mie mail. È comprensibile, lo so, però due settimane fa ha risposto. Perché di punto in bianco abbia deciso di riparlare con me, non lo so. Comunque abbiamo parlato. La solita storia, io mi sono scusato, lei ha messo in chiaro che ci sono cose che non si possono aggiustare e così via. Le ho spiegato, beh, com'è andata, e lei era, come dire... strana."

"Strana?"

"Usava solo frasi fatte. Ha detto che era finita in mezzo a qualcosa di sconcertante, forse di pericoloso, ma importante. *Grosso.* Lo ha ribadito più volte. Era sulle tracce di qualcosa di *grosso*. Io non sapevo neppure che fosse qui nella Foresta Nera!"

"Non le aveva detto niente?"

"No, per tutto il tempo ho pensato che si trovasse ancora ad Amburgo. Solo per telefono mi ha spiegato tutto. Il giornale l'ha incaricata di..."

"Quale giornale?"

"Il *Berlin Post*. Marie ci lavora occasionalmente da un paio d'anni ma ora le hanno promesso un posto fisso. Dovrà interrompere gli studi per una stupida formalità, me lo ha detto quella famosa sera, ma non ho capito bene, perché quella maledetta..." Si passò una mano tra i capelli.

"Ed è per questo *Berlin Post* che ha tallonato René Berger?"

"Era in cerca di uno scoop."

"Sa da quanto era qui?"

"Non ne abbiamo parlato, ma presumo già da un paio di settimane. Due settimane fa ha scritto il primo articolo sul blog."

"Articolo sul blog?" L'interesse di Nagel si era ridestato.

"Sì, era questo il suo compito. Le hanno assegnato un blog tutto suo, sulla homepage del *Post*, insieme a un account Twitter e il resto... per farla breve, l'intero pacchetto web 2.0. Non lo ha ancora letto?"

Non sapeva neppure che il *Berlin Post* fosse un giornale on-line. "Le confesso che anche il nome di René Berger mi interessa solo da venti ore." Ma se questa Marie Sommer aveva scritto davvero articoli sul blog, allora esisteva una specie di diario su quanto fatto da Berger nelle ultime settimane.

"Tutti leggono i testi che Marie ha pubblicato. Tutti la citano, guardi lei stesso." Steinbach tirò fuori dalla borsa lo smartphone, digitò qualcosa e mostrò al commissario la pagina dello *Spiegel Online* caricata sul display. Il titolone in cima alla pagina recitava: "Ultima via di scampo. René Berger sempre più alle strette?" "Oppure questo" e aprì la pagina dello *zeit.de*. "Suicidio di Berger. In preda alla paranoia?" Girò lo schermo verso di lui e lesse ad alta voce. "'La blogger Marie Sommer potrebbe essere stata una delle ultime persone ad aver parlato con l'attivista René Berger.'"

Nagel fissò il cellulare, ne era totalmente all'oscuro, perché alla radio non ne avevano parlato? Quella mattina a colazione aveva dato una scorsa al *Badische Zeitung*, dove si riportava il suo intervento alla conferenza stampa con modifiche di poco conto. Doveva leggere quegli articoli sul blog il più presto possibile. Pommerer ne era al corrente?

"Quella telefonata è stata la sua prima e ultima conversazione con la ragazza?" s'informò il commissario.

Steinbach scosse il capo. "Ci siamo ritelefonati due giorni dopo."

"Due giorni dopo, dunque martedì?"

"Martedì, esatto."

"E giovedì Berger si è buttato nel lago," mormorò il commissario.

Il ragazzo lo osservava con vivo interesse. "Esatto. Dal suicidio di Berger Marie non è più raggiungibile."

"Magari potrebbe semplicemente ignorarla di nuovo, come le settimane precedenti."

Steinbach scosse il capo risoluto. "No. No, così però ci areniamo, mi scusi. Innanzitutto Marie ha concluso la nostra ultima telefonata dicendo che ci saremmo risentiti il giorno seguente. Eravamo d'accordo, avevamo ancora alcune cose da discutere."

"Cosa?"

Il ragazzo abbassò lo sguardo. "Avevamo fatto pace."

"Ah." Nagel si massaggiò la fronte. "Volevate ricominciare?"

"Penso di sì. In quella seconda telefonata Marie era ancora più strana della prima."

"In che senso?"

Steinbach si schiarì la gola, poi sollevò lo sguardo. "Era più impaurita."

"Più impaurita?"

"Si sentiva perseguitata."

"Ha usato proprio quest'espressione?"

Annuì. "Era convinta che qualcuno le stesse alle costole ed era anche sicura che pedinassero lo stesso Berger. Lo si legge anche tra le righe del suo blog, ma io l'ho capito solo negli ultimi giorni."

Nagel fremeva, doveva leggere assolutamente quel dannato blog.

"Però sapeva anche che forse era solo una sua fissazione." Il ragazzo scrollò le spalle. "Voleva aspettare il giorno seguente e farsi di nuovo viva con me."

"Però non si è più fatta viva."

"Niente. Nessun nuovo articolo sul blog, cellulare irraggiungibile, non risponde alle mail. Sparita." Steinbach aprì i pugni. "Volatilizzata."

"Qualcun altro ne ha denunciato la scomparsa?"

"No! È questo il problema!" alzò la voce. "Nessuno, tranne me."

"Amici?"

"Non ha veri amici. Non aveva molto tempo, faceva la pendolare fra Berlino e Amburgo..."

"La sua famiglia?"

"Per quanto ne so, con il padre non ha più contatti dagli anni Novanta. Non ha mai parlato molto di lui, non so neppure come si chiami. E sua madre..." sembrava stesse cercando le parole giuste, "sua madre non è più del tutto... lucida. Voglio dire, non c'è da aspettarsi alcuna iniziativa da lei. Da qualche parte ha ancora uno zio, con il quale si telefona ogni due anni. I nonni sono morti. Marie non è una legata alla famiglia, il lavoro è la sua famiglia."

"Un attimo," lo incalzò Nagel. "I suoi colleghi al *Berlin Post* dovrebbero saperne qualcosa, no? Ha provato a telefonare?"

Steinbach scoppiò in una risata amara. "Più volte, anche al caporedattore, ma non mi hanno preso sul serio. Dicono che sta lavorando al servizio su Berger, che non possono dare informazioni su dove alloggi, ma Berger è morto! A quale servizio vuoi che stia lavorando?"

"La sua fidanzata si è fatta dei nemici?"

"No, macché! Dev'essersi ritrovata in mezzo a quella storia dell'industria farmaceutica per via di Berger." Il ragazzo rimase per alcuni secondi con lo sguardo perso nel vuoto, poi si riprese. "Nel suo appartamento un giorno era accesa la luce."

"Nell'appartamento della signora Sommer?"

"Un paio di settimane fa volevo riportarle la chiave di casa, ma non mi ha aperto. In realtà dall'interno non proveniva alcun rumore. Ma da fuori ho visto che dietro a una finestra la luce era accesa. Allora Marie era già qui al lago, quindi qualcuno doveva essersi intrufolato in casa sua."

Forse iniziava a lavorare di fantasia. "Sono solo congetture, quelle che lei..."

"Durante la sua seconda telefonata, quella di martedì, ha detto di non poter parlare apertamente," lo interruppe Steinbach.

"Per quale motivo?"

Si aprì l'ascensore e un gruppo di adolescenti si riversò nella hall. Passando squadrarono Nagel. Quando uscirono dalla porta a vetri uno di loro diede una spallata ridacchiando a quello vicino. Steinbach aspettò che si dileguassero, a quel punto si sporse in avanti appoggiandosi sui gomiti. "Era convinta che camera sua fosse piena di cimici."

Piena di cimici. Il commissario restò impassibile, ma nella sua testa quelle parole riecheggiarono come un amen urlato in una cattedrale gotica. Ecco l'anello di congiunzione con il caso Berger. Marie Sommer sapeva che intercettavano anche lui? Doveva stringere i denti.

"Come le è venuto in mente?" si sforzò di sembrare il più indifferente possibile.

"Non ne ho idea. Lo ha solo accennato."

"In quanti sanno che lei è qui?" Sperò che il ragazzo non avesse sparso troppo la voce della ricerca della sua fidanzata.

Sembrò meravigliato dalla domanda. "Io? Qui? Nessuno. Sono semplicemente salito sul treno, dovevo fare qualcosa."

"Forse è un bene che non lo abbia raccontato in giro."

"Perché?"

"Le prometto che farò tutto il possibile per ritrovare la sua fidanzata." E per quello era fondamentale che il giovane non compromettesse le indagini con decisioni avventate.

"Ma lei lavora per la polizia, giusto?" D'un tratto sembrava diffidente. Raddrizzò la schiena.

"Certo." Nagel rise. Frugò in tasca e tirò fuori il distintivo. Steinbach lo osservò per qualche secondo, poi tornò a rilassarsi.

"Ma perché tutto questo interesse per la scomparsa di Marie?"

"Ci sono delle cose sulla morte di Berger che non mi convincono, cose che però non posso spiegarle. La maggior parte delle quali non so neppure esprimerle. Forse la sua fidanzata è una tessera del puzzle. O persino la chiave di volta dell'intero caso."

Il ragazzo stava per dire qualcosa ma richiuse la bocca. Fissò il pavimento con aria concentrata.

"La contatto subito, se scopro qualcosa. Innanzitutto devo indagare su dove era alloggiata. Mi ci vorranno al massimo due giorni."

"L'hotel di Marie?" Steinbach alzò la testa, sembrava distratto. "Ci sono stato stamattina. L'hotel Gli Abeti."

Nagel frugò nel cappotto in cerca del distintivo, che trovò in una delle tasche interne a doppio filetto. Lo posò sul bancone. "È urgente."

"Prego." La vecchia signora alla reception dell'hotel Gli Abeti si rassegnò. "Vada pure, ma a breve arriveranno gli ospiti che da oggi hanno prenotato la camera, perciò dovrà uscire subito. Non ci vorrà molto, vero?" Indossava un largo, morbido vestito a fiori e portava i capelli molto corti.

Steinbach, che aveva accompagnato il commissario, salì con lui in ascensore fino al terzo piano, senza aprire bocca. La camera 306 si trovava quasi al centro del piano.

Nagel infilò la chiave nella toppa. "A dire il vero, m'interessa solo una cosa," confessò.

"Che cosa?" chiese il ragazzo.

"Poi vediamo." Aprì la porta.

La stanza era in ordine, pronta ad accogliere i nuovi ospiti. Steinbach entrò con una certa esitazione. "Quindi è qui che ha alloggiato per più settimane."

Nagel andò dritto a una fila di prese di corrente, collocate in un angolo della stanza sotto il televisore, e s'inginocchiò lamentandosi per i dolori.

"Cosa cerca?"

Non rispose, avrebbe informato il ragazzo solo una volta sicuro al cento per cento. Passò l'unghia sulla cornice di plastica della presa, sul bordo non trovò niente ma al centro, vicino al bullone, c'erano dei graffi.

Steinbach seguiva confuso il commissario che attraversava la stanza per controllare anche le prese vicino al letto. Trovò ovunque le stesse tracce già viste nella stanza di Berger. Le prese erano state svitate, Marie Sommer aveva cercato qualcosa. Cimici.

Anche il ragazzo iniziò a perlustrare la stanza di sua iniziativa. Aprì alcuni cassetti e controllò negli armadi.

In bagno il paralume della luce era stato svitato e riavvitato, i bulloni erano graffiati proprio come nella stanza di Berger. Probabilmente Marie Sommer non aveva lo strumento adatto, oppure era stato Berger a controllare la stanza? Fino a che punto si era spinto il loro rapporto? Doveva assolutamente leggere quel dannato blog, ma prima gli restava un'ultima cosa da verificare. Nagel andò al tavolo a parete sul quale di trovava il telecomando e aprì il coperchio del vano batterie.

Due pile normali di una comune marca a basso costo. Le tirò fuori entrambe e le controllò, ma erano solo batterie. Sospirò piano, non sapeva nemmeno lui se di sollievo o delusione.

"Guardi." Steinbach s'inginocchiò vicino al muro.

Forse il ragazzo aveva visto qualcosa che a lui era sfuggito. "Che c'è?"

"C'è infilato qualcosa."

Il commissario si avvicinò. Dietro il battiscopa si intravedeva un pezzo di carta che non aveva notato. Lo si scorgeva soltanto se praticamente si premeva la testa contro il muro.

"Ha un coltellino?" chiese.

Steinbach scosse il capo. "Ma forse con la carta EuroCheque." Tirò fuori il portafoglio, estrasse la tessera e la infilò tra il battiscopa e la parete. Riuscì a tirare fuori un foglio formato A5 ripiegato due volte e lo passò a Nagel senza neppure guardarlo.

"Ovviamente non sappiamo se sia della sua ragazza." Il commissario lo aprì, la calligrafia era precisa, femminile, con caratteri rotondi e panciuti.

"Cosa c'è scritto?"

"'30 agosto ore 17:11 stazione di Basel Bad, 2/6 fino alla stazione Messeplatz, 14 fino a Muttenz Dorf, al bar, occhiali da sole, baffi. Michael Balsiger'," lesse ad alta voce. Poi sollevò lo sguardo. "Le dice niente?" Passò il foglietto a Steinbach.

Il ragazzo lo rilesse. "Niente di niente, però è la grafia di Marie."

"30 agosto..."

"Sono istruzioni per incontrare qualcuno a Basilea, giusto?" Steinbach restituì al commissario il foglietto. "I numeri si riferiscono ad autobus o..."

"Tram. I numeri si riferiscono ai tram. Quel nome, Michael Balsiger, le dice niente?"

"No, niente." Sembrava credibile.

"Nel blog Marie ha mai parlato di lui?"

"No, non che io sappia. Dovrebbe leggere il blog, signor commissario."

Sì, accidenti, dovrei, pensò Nagel.

La fantasia del tappeto nella hall sembrava ripetersi all'infinito e Nagel riuscì a distinguere tutte le forme geometriche a lui note. Quando passò davanti alla reception insieme a Steinbach, la vecchia signora con l'abito a fiori gli gridò dietro. "Signor commissario?"

Si fermò. "Hmm?"

"La ragazza non ha fatto il check-out di persona."

"E allora?"

"Mi sono informata. La camera, insieme a quella del suo accompagnatore, è stata prenotata da un giornale di Berlino, in un primo momento per tre settimane. Poi è stata affittata a giornate."

"Il suo accompagnatore?" chiese Steinbach basito.

Non era certo il momento di occuparsi della gelosia di Steinbach. "Il che significa che sarebbe potuta partire in qualsiasi istante?"

"Esatto, ed è quello che ha fatto. Che se ne andava via, però, non ce l'ha comunicato di persona ma per telefono."

"Ha telefonato qui? È sicura che fosse Marie Sommer?"

"La collega assicura che era una voce femminile."

"Ha detto che era in compagnia di qualcuno?"

"Sì, di un suo collega."

"Cognome?"

Stese una piega dell'abito a fiori. "Non so se..."
Nagel accennò a rinfilare la mano nella tasca del cappotto.
"Wenig. Simon Wenig."
"Condividevano la stessa stanza?" s'informò Steinbach.
La donna sogghignò. "Naaa. Erano separati. Due camere singole."
Il ragazzo annuì, doveva sentirsi sollevato, la sua gelosia non aveva fondamento.
"Il nome Simon Wenig le dice niente?" chiese il commissario.
Steinbach scosse il capo. "Non vuole annotarsi il nome?"
Nagel fissò il pavimento affascinato dal tappeto. I disegni sembravano essersi calmati nonostante la loro incredibile dinamicità. "Lo tengo a mente."

Erano in viaggio da più di un'ora, avevano lasciato la città alle tre, ormai erano le quattro passate. Quella mattina Petra aveva spiegato al suo fidanzato che sarebbe rimasta in ufficio fino alle sei e lui aveva raccontato alla moglie la stessa cosa.

Le settimane precedenti erano andati lungo il Reno, vicino Breisach sorgeva una zona industriale abbandonata dove un tempo caricavano le navi, ma ormai l'intera area era in preda al degrado e alla ruggine. C'erano già stati cinque volte. Petra voleva cambiare zona, voleva andare nella Foresta Nera, ma trovare un posto adatto fu più difficile del previsto. Poco dopo Friburgo, avevano deviato dalla statale e dopo alcuni chilometri avevano trovato un parcheggio in un bosco. A Tim però non era andato a genio, ci avevano provato ma lui non c'era riuscito. La paura di essere beccati all'improvviso da una coppietta di anziani l'aveva paralizzato.

Ormai avevano percorso più di trenta chilometri, senza che nessuno dei due aprisse bocca.

Petra era seduta tutta impettita e molto sexy sul sedile del passeggero, indossava un pullover di lana rosso, attillato sul seno abbondante, sopra un semplice top nero che s'intravedeva benissimo sotto la trama larga del maglione. Si accorse dello sguardo di Tim e sorrise. Lui tolse la mano dal cambio e provò a toccarle il capezzolo sinistro infilandola nel collo del pullover, ma non funzionò. "Piano!" disse lei sottovoce.

Poi la donna si aprì i jeans, gli prese la mano e gliela posò sulla lampo. Lui la spinse sotto l'elastico del tanga. Petra era così bagnata che indice e medio scivolarono dentro senza difficoltà.

Ritrasse la mano. "Dobbiamo trovare un posto. Subito."

"Là," indicò lei dopo un altro tornante.

Tim curvò, a destra partiva uno stretto sentiero nella foresta, che dopo pochi minuti terminava davanti a una ripida parete rocciosa. Spense il motore e rimase un attimo con la mano sulla leva del cambio. Due settimane prima aveva avuto due orgasmi, Petra invece niente. Era stata una sua idea mettere in moto e convincerla a sedersi su quella leva. Con il motore in folle, spingendo solo il piede sull'acceleratore, l'aveva fatta venire tre volte. Il giorno seguente, di sabato, sua moglie era andata a fare la spesa con quella stessa macchina e l'aveva rimproverato di usare il cambio con le mani sudate. Petra l'osservò con la bocca socchiusa, sorrise, si mordicchiò le labbra e sbatté gli occhi. Probabilmente aveva intuito a cosa stava pensando.

Stavolta lo fecero in piedi, da dietro, lei che si teneva forte a un albero.

Tim resistette poco, era passato troppo tempo dall'ultima volta. Con sua moglie non succedeva quasi più, due volte al mese lei lo considerava un tributo più che sufficiente.

"Dammi cinque minuti," la pregò dopo essere uscito dal corpo di Petra.

Lei si tirò su a fatica, si girò e gli osservò il pene, passandosi la lingua sui denti. "Ok," gli concesse. "Un attimo che devo..." Accennò con la testa al bosco.

Tim annuì. Rimase lì e per la ventesima volta si meravigliò di non provare alcun rimorso. Niente. Riuscì solo a pensare a come fosse molto meglio senza preservativo. Sua moglie si era sempre rifiutata di prendere la pillola. Prima di Petra, l'ultima volta che aveva penetrato una donna senza preservativo era successo prima della nascita di Sören. Erano trascorsi otto anni, aveva dimenticato come fosse bella quella sensazione.

Uno strillo acuto e affannato squarciò il silenzio. "Cosa c'è?" gridò Tim quasi in tono di scherzo.
Petra urlò di nuovo, lui le corse incontro.
Tremava così forte che si vedeva a dieci metri di distanza.
"Tim! Tim!"
L'abbracciò. Davanti a loro sul terreno giaceva il cadavere in parte putrefatto di un cacciatore. Quando vide i coleotteri camminare fuori dalla bocca del cadavere, dovette voltarsi nauseato. Prese Petra per la mano, la riportò alla macchina e salirono. Per qualche strano motivo chiuse le portiere dall'interno.

> Il suicidio era l'ultima spiaggia per René Berger? Gli interventi della giovane blogger Marie Sommer, che nelle scorse settimane ha intervistato più volte colui che ha rivelato al mondo lo scandalo Eupharin, delineano l'immagine di un ragazzo disilluso, incapace di vivere senza antidepressivi, dubbioso sull'efficacia delle sue azioni... ma che, nonostante tutto, annunciava una nuova scottante rivelazione. Gli articoli sul blog della Sommer suggeriscono che Berger si sentisse bersaglio di concrete minacce. Dietro lo spionaggio riportato dalla giornalista, si nasconde davvero il colosso farmaceutico mediPlan? Non ci sono prove e mediPlan respinge ogni accusa. Ma tutto ciò potrebbe riaccendere il dibattito sullo scandalo Eupharin.

Nagel era seduto nel suo studio al primo piano. Sotto la finestra gorgogliava il ruscello, che quel giorno gli dava così ai nervi da costringerlo ad alzarsi e a chiudere le imposte. Dalle scale saliva un profumo di sugo d'arrosto, Irene stava cucinando. Erano da poco passate le sette.

Al computer aveva aperto le pagine delle maggiori testate giornalistiche tedesche. Sullo *Spiegel Online* lesse l'articolo dall'esplicito titolo "Il suicidio di Berger: forse un gesto disperato".

In fondo c'era il link al blog di Marie Sommer. Nagel ci cliccò. Si aprì la pagina relativa del *Berlin Post*. Tornando a casa aveva chiamato Nadja e l'aveva pregata di informarsi presso la redazione su dove si trovasse la collaboratrice ormai famosa. E anche il suo collega, Simon Wenig. Era sparito anche lui? Forse la redazione berlinese si sarebbe dimostrata più collaborativa con loro che con Jonas Steinbach.

Il commissario si massaggiò la radice del naso. Nel blog si vedeva un primo piano in bianco e nero di Marie Sommer: una ragazza affascinante e dall'aria intelligente, con i capelli raccolti in una coda e gli occhioni scuri puntati sull'obiettivo. Se era stato davvero Jonas Steinbach a rovinare il loro rapporto, allora era un perfetto idiota.

Scrollò gli articoli del blog, circa una dozzina, redatti nell'arco di un paio di settimane. Cliccò sul primo, il testo risaliva alla fine di agosto e aveva il patetico titolo "The show must go on".

> La lotta contro il potere delle grandi multinazionali di norma è lunga, estenuante e solo di rado coronata dal successo. Questo vale tanto per il settore finanziario quanto per le compagnie come la Monsanto, per l'industria bellica e per quella chimica. Che si tratti di Blockupy, attac o Greenpeace, il potere economico dei gruppi industriali supera spesso di centomila volte quello degli attivisti. Tuttavia il vero Golia non sono le banche, la Monsanto o la Nestlé, tantomeno Google o Facebook, bensì l'industria farmaceutica. Da tempo costituisce il ramo economico più redditizio in assoluto. C'è solo una manciata di attivisti che si ribellano contro i produttori di farmaci sempre più potenti e noti all'opinione pubblica. Il più famoso Davide dei nostri tempi, che si è schierato contro il Moloch farmaceutico, ha ancora per così dire la fionda tesa. Al momento si trova in incognito in una località di villeggiatura della Germania del Sud. Ho parlato con René Berger.

Nagel diede una scorsa rapida ai paragrafi successivi. Marie Sommer descriveva la sua prima impressione di Berger, una specie di "Gesù in un adattamento cinematografico da quattro soldi della Bibbia", che spiegava come gli uomini si lanciassero tra le braccia dell'industria farmaceutica come verso una religione surrogata, che già escogitava nuovi piani.

Una nuova rivelazione in vista. Di cosa si tratti però Berger non ne fa menzione, a buon diritto. Con le sue pubblicazioni, che avevano scoperchiato lo scandalo Eupharin, si è procurato nemici potenti. Nemici il cui fatturato corrisponde a quello del prodotto interno lordo di Stati di media grandezza.

L'articolo si concludeva rimandando a ulteriori post.

Tornò al sommario e diede una scorsa agli altri titoli: "Grosso spreco... scarso effetto?", un po' più in basso "Prigioniera nella palude", poi "Ci sono giorni in cui vorrei mollare tutto" e infine "L'ultima frontiera". Nagel ci cliccò sopra.

Il tono era ben diverso dal primo articolo, la blogger riferiva che negli ultimi giorni il sospetto di Berger che la mediPlan lo spiasse si era rafforzato. Non forniva indicazioni chiare, ma scriveva:

> Con ogni probabilità da settimane la mediPlan sorveglia ogni passo di René Berger, è al corrente di tutti i suoi piani e ogni singola parola da lui pronunciata arriva alle orecchie della multinazionale. Questa situazione lo logora, gli risulta sempre più difficile nascondere la propria rassegnazione. Ormai ha la sensazione di essere finito in un vicolo cieco e che gli resti un'unica via d'uscita, superare l'ultima frontiera e chiudere il sipario in sordina.

Nagel rilesse l'espressione "ogni singola parola da lui pronunciata arriva alle orecchie della multinazionale." Marie Sommer allora sapeva che la stanza di Berger era piena di microspie o almeno lo presumeva. La frase finale era anche l'ultima di tutto il blog. L'articolo datava il 31 agosto.

Fuori imbruniva. "Tra cinque minuti scendi?" sentì gridare Irene da sotto. L'arrosto aveva un profumo molto invitante.

Vicino a lui c'era il foglietto trovato nella camera d'albergo di Marie Sommer. L'appuntamento a Basilea aveva avuto luogo il 30 agosto. Cosa le aveva raccontato Michael Balsiger? Era stato lui a richiamare la sua attenzione sulle cimici?

Nagel non aveva detto a nessuno di quel foglietto, neppure a Nadja. Figuriamoci a Pommerer. Il tutto era troppo vago, troppo insondabile, indefinito. Il commissario aveva la sensazione che nel momento esatto in cui avesse condiviso con Pommerer il suo sospetto, lo avesse espresso in maniera chiara e ufficiale, tutto sarebbe crollato. Inoltre tutti erano felici di aver chiuso il caso, la stampa, la polizia, persino dal municipio si erano congratulati, come gli aveva rivelato al telefono Nadja. Lui però doveva continuare a indagare. Gli serviva qualcosa di concreto, di inconfutabile.

Un ultimo tentativo prima di cena. Aprì il motore di ricerca e digitò "Michael Balsiger Basilea".

Un'impresa di verniciatura Ernst Balsiger a Dornach. Una partita di tennis tra Michael Bauer e Gisele Balsiger sulla homepage del tennis club Kleinbasel. Il terzo risultato era il link alla pagina della chiesa cattolica di Pratteln. Tra le "esequie" si annunciava la sepoltura di Michael Balsiger. Nagel prese di nuovo in mano il foglio scritto da Marie: era il percorso per Muttenz. Con la sedia da ufficio logora il commissario si spinse fino alla grossa carta della regione dell'alto Reno appesa alla parete. Basilea, Reinach, Münchenstein, Liestal... Pratteln. I comuni limitrofi di Muttenz.

Non poteva essere solo un caso.

MARIE (VII)
Dodici giorni prima – 25 agosto

Marie andò a La corte della Foresta Nera senza ombrello, sotto la pioggerella. C'era un caldo afoso, non pioveva forte, eppure le strade erano deserte. Sulla terrazza dell'hotel in cui alloggiava Berger non c'era nessuno, le sedie erano chiuse e riposte sotto ai tavoli. Indecisa, cambiò direzione. Il blogger non si vedeva. Decise di entrare nella hall.

La signora alla reception le rivolse uno sguardo interrogativo, ma Berger le venne incontro da un angolo.

"Sorry," si scusò. "Che tempo schifoso. Pensavo che ci saremmo potuti sedere di nuovo in terrazza, ma ora? Qualcosa in contrario se parliamo in camera da me?"

"Da te... sì, certo, perché no?" Lungo la strada s'era immaginata una conversazione nella hall, magari nella sala interna del bar dell'hotel.

"Magnifico. È al secondo piano."

Berger s'incamminò verso l'ascensore. Marie si accorse che indossava la stessa camicia di lino del giorno precedente. All'altezza della cintura si vedeva una macchia rossa delle dimensioni di un centesimo, probabilmente ketchup o sugo di pomodoro.

"Ho già letto il tuo articolo," disse il blogger in ascensore.

Non aveva previsto nemmeno quello. "E che te ne pare?"

"Mi è piaciuto," sorrise. "Sul serio."

L'ascensore si aprì, andarono verso la stanza, lui spalancò la porta. "Et voilà," disse.

Un'onda umida di aria viziata travolse Marie. La camera era buia, soffocante. Entrarono, Berger chiuse la porta, attraversò la stanza e aprì gli avvolgibili.

Era chiaro che nessuno la puliva da settimane. C'erano panni sparpagliati ovunque, sopra l'unica sedia, sopra il supporto del televisore, ammucchiati sul davanzale della finestra, sul letto e sulla scrivania, aggrovigliati a terra. C'era il cestino dell'immondizia pieno di sacchetti di patatine, sul comodino un vasetto aperto con una salsa ormai secca e quasi nera, vicino al cuscino alcuni libri. Il centro nevralgico della stanza era il portatile aperto sul letto.

"Scusa, se avessi saputo che il tempo era così schifoso, avrei rimesse in ordine."

"Ma sei in un hotel," osservò lei. "Non hai il servizio in camera?"

Scosse il capo. "Non lo voglio, mi disturba e basta." Si stese sul letto. "Siediti."

Marie tirò fuori la sedia.

"Butta tutto per terra, tranquilla."

La ragazza prese i panni e li posò vicino alla scrivania.

"Allora, di cosa vuoi parlare oggi? A proposito, mi è piaciuto il modo in cui hai impostato l'articolo sul blog, come una sorta di introduzione al tema."

"Grazie. Magari potresti dirmi ancora del tuo nuovo progetto..."

Berger guardava il soffitto.

"Mi spiego," Marie si affrettò a correggere il tiro, "so bene che non puoi parlarne apertamente, ma magari un piccolo accenno..."

"Diciamo che la location che ho scelto non è casuale."

"Basilea è nei paraggi."

"Per i miei informatori spesso è difficile allontanarsi per tanto tempo dal posto di lavoro. Il più delle volte capita di sera. Spesso hanno famiglia, pertanto non si può viaggiare per mezza Europa in cerca di un luogo neutrale dove incontrarsi."

"Questo significa che attualmente sei in contatto con degli addetti ai lavori?"

"Sì, sono in contatto diretto con dei dipendenti dell'industria farmaceutica. E, a quanto pare, c'è qualcosa di grosso che bolle in pentola. Alcuni giorni fa le prospettive di crescita sono aumentate a dismisura."

"E?" Marie tentò di sembrare annoiata. Non voleva dare l'impressione di essere troppo curiosa.

Berger annuì. "Nel giro di tre o quattro settimane si alzerà il sipario." Si girò di fianco, aprì il cassetto del comodino e tirò fuori la scatola di farmaci verde e bianca che lei aveva visto il giorno prima. Liberò una pillola e se la infilò in bocca, poi si rivolse di nuovo alla ragazza. "Stavolta la mediPlan non avrà scampo. È una tempesta che travolgerà tutti quelli come loro." Sogghignò, il suo lungo pizzetto si alzò un poco, aveva denti perfetti.

"E di cosa si tratta esattamente? Voglio dire, in che direzione...?"

"Diciamo che l'industria ha superato una nuova frontiera."

"In che senso?"

"Nel mercato sono state messe in atto pratiche che dieci anni fa sarebbero state impensabili."

"Coltivando nuove malattie in laboratorio?"

Berger incrociò le mani sul petto e chiuse gli occhi. "Gira voce che sia in corso qualcosa del genere, sì. Che le mie fonti si riferiscano a qualcosa in particolare però non posso dirlo. Davvero."

"Allora cosa scrivo?" domandò Marie prudente. Non aveva ancora preso alcun appunto.

Berger rise. "Beh, tutto! L'epoca della censura è finita da un pezzo, no? L'importante è non mettere a repentaglio le mie fonti, non menzionare nomi di luoghi, né di persone tranne il mio e... beh, lo sai già, no?"

Lei annuì. "Ok."

"Per il resto puoi scrivere tutto quello che vuoi, anche gli aspetti negativi, so benissimo quanto io sia contraddittorio. Mi si può criticare su molti versanti, purtroppo mi smentisco troppo spesso, è una debolezza del mio carattere di cui non riesco a sbarazzarmi."

"Con 'contraddittorio' ti riferisci al fatto che, a quanto pare, tu stesso consumi farmaci?" si sforzò di chiedere con un certo velo di humour.

"Touché." Il blogger non sembrava offeso. "In realtà mi riferivo più alle contraddizioni nei miei testi, ma questo è ovviamente molto peggio." Prese in mano la scatola e la osservò con sguardo malinconico.

"Cos'è?"

"Prozac. Lo puoi scrivere benissimo. Mettimi a nudo nel tuo blog, rivela tutto, mostra al mondo come mi hanno distrutto negli ultimi anni."

"Mia madre è stata per anni... sul serio, ha avuto una forte depressione," disse Marie. "Con tutti gli annessi e connessi. E diversi tentativi di suicidio." Fissava il pavimento. Solo la seconda volta aveva capito che quello della madre non era un banale pisolino pomeridiano. Le aveva infilato le dita in gola fino a farla vomitare. "Non gliel'ho mai davvero perdonato." Quanti anni aveva all'epoca? "Non capisco perché la gente si ammazzi. Tu cosa intendi con 'distrutto'?"

La pioggia batteva forte contro la finestra chiusa a metà dall'avvolgibile.

"Quando inizi a mettere piede in quel campo, raggiungi piuttosto in fretta un punto di non ritorno," spiegò Berger.

"Cioè?" Era grata che non le chiedesse altro di sua madre.

Si passò una mano sul pizzetto. "Ti faccio un esempio. Nel 2008 ho scoperto per caso che un mio ex professore dava supporto a test farmacologici in Africa. Supporto logistico, professionale."

Marie si ricordò dello scandalo, immagini di villaggi pieni di polvere, foto mosse di persone alle quali erano state fatte iniezioni in una tenda. "A ignari abitanti dei villaggi somministravano farmaci ancora non testati."

"Per vedere cosa accadesse, esatto. Ho sollevato l'argomento davanti ai rappresentanti degli studenti della facoltà e ho informato il giornale universitario. Mi hanno persino fatto scrivere un articolo..."

"Dove hai studiato?" Non si trovavano informazioni in merito, niente. Nessuno sapeva cosa avesse fatto Berger prima delle sue rivelazioni o da quale ambiente provenisse.

"Nella Germania del nord," si limitò a rispondere. "Ero già al terzo anno di università. Ho studiato di tutto di più. Poi ho cambiato e sono andato a chimica. Mi piaceva, ma poi..."

"Cosa?"

"È andato tutto a monte. Dopo il mio articolo sul giornale universitario, il professore ha smosso mari e monti per distruggermi davanti all'intera facoltà. Non hai idea di quale sensazione si provi a presentarsi a un esame orale e sapere per certo che quel tipo ti odia e che vuole solo annientarti, che tutta quella maledetta università è contro di te." Sospirò profondamente. "Trovalo poi un lavoro nel settore chimico con una laurea conseguita in quel modo, scienziati influenti che ti gettano addosso discredito, che si rifiutano di scriverti una lettera di presentazione. Però è stato

proprio allora che ho imparato come funziona il sistema. Chi ne manovra i fili."
"E non hai mai stretto dei contatti?"
"Mai."
"Chi era all'epoca il tuo professore? Hai più sentito parlare di lui?"
"Sì, è proprio questa la cosa ironica. Dopo il successo del mio blog, mi ha scritto per scusarsi. Poi ci siamo scambiati qualche mail, si sentiva la coscienza sporca." Berger accavallò le gambe e Marie notò che sotto ai pantaloni di velluto a coste non indossava niente.

La ragazza si voltò verso la finestra, le gocce di pioggia tracciavano solchi nella patina di polvere e polline attaccata al vetro.

"Tornata a casa hai mai avuto la sensazione di aver chiuso la porta del bagno prima di uscire e di ritrovarla aperta?" le chiese sottovoce. "O che il foglietto sulla bacheca fosse appeso da settimane a sinistra e non a destra?"

Due gocce di pioggia si unirono e corsero più velocemente verso il davanzale. Erano davvero entrati in casa di Berger? Si voltò. L'uomo aveva ancora in mano la confezione del Prozac. "No," ammise. "No."

"Primo o poi la roba naturale non ti aiuta più e devi ricorrere a quella sintetica."

Nella hall la donna al bancone lanciò a Marie uno sguardo di disapprovazione. Fuori la pioggia aveva lasciato il posto a un vero temporale. Decise di aspettare un po' prima di uscire, magari avrebbe smesso presto. Simon aveva rinunciato all'idea, maturata la sera prima, di andare da solo sul Feldberg, glielo aveva comunicato a colazione. Voleva trascorrere l'intera giornata a Friburgo.

Si accomodò in un angolo con poltrone imbottite e prese un numero dello *ZEIT*. La luce di un lampo squarciò la sala, ma il tuono non arrivò.

Sfogliò il giornale, guardò le foto di un terremoto in Sudamerica, lesse l'intervista a un capolista dei verdi e un articolo sull'importanza del colesterolo per lo sviluppo mentale della prima infanzia. Con la coda dell'occhio vide passare un uomo, che dal corridoio si dirigeva a passo svelto verso l'uscita. L'uomo oltrepassò la porta d'ingresso, scese le scale, guardò un paio di volte in fretta a destra e a sinistra, poi tornò indietro. La receptionist l'osservò con aria interrogativa, anche lei doveva essere confusa dal suo atteggiamento.

Era di taglia media, con un viso magro e un po' malaticcio. Anche se era rimasto al massimo dieci secondi per strada, aveva il pullover bagnato fradicio e i lunghi capelli neri incollati alla testa. Marie lo riconobbe subito, era il tipo con il binocolo che aveva sorpreso al lago due settimane prima.

Quando i loro sguardi s'incrociarono l'uomo rimase interdetto. Spalancò gli occhi, poi rivolse un sorriso alla receptionist e sparì di nuovo sotto la pioggia.

Il cielo sopra Friedrichshain era nero violetto, una gigantesca coperta di velluto trascinata sulla città, elettrostaticamente carica. Di tanto in tanto all'orizzonte guizzava un lampo, si sentiva un odore metallico, di pioggia. Thomas lanciò un'occhiata diffidente verso l'alto. Si affrettò a raggiungere la sua auto, una BMW Serie 3 nuova di zecca acquistata poche settimane prima da un concessionario a Steglitz.

L'avevano bloccato fra due macchine, un orribile minivan verde menta e una limousine grigio metallizzato con finestrini oscurati. Era la terza volta quella settimana. Gli era già capitato, certo, ma aveva l'impressione che con la BMW lo bloccassero più spesso. L'invidia è una brutta bestia.

Si sedette in macchina, che sapeva ancora di nuovo, un profumo piacevole di qualità, pelle pregiata e tek sudamericano. In realtà forse era solo plastica degassata e spray sintetico per abitacoli.

Con alcune manovre riuscì a liberare l'auto, percorse Petersburger Straße e dallo specchietto retrovisore notò che anche la limousine grigio metallizzato era partita.

La riunione di redazione di mezzogiorno si era svolta senza sorprese. Giovedì il ministro degli Esteri americano sarebbe venuto a Berlino, avevano stabilito i due collaboratori che avrebbero partecipato alla conferenza stampa, uno dei grafici aveva illustrato in modo incredibilmente noioso il nuovo design del sito.

Quando uno stagista curioso gli aveva chiesto notizie sull'andamento del suo piccolo progetto, Thomas aveva risposto con un laconico "Procede". Sì, andava avanti. Marie aveva pubblicato il primo articolo sul blog, ancora un po' zoppicante ma non importava. Avrebbe scritto una storia con i fiocchi, magari le serviva ancora qualche giorno ma ce l'avrebbe fatta, ne era sicuro. Anche in caso contrario non l'avrebbe messa sotto pressione, avrebbe contattato Simon affinché la riportasse sulla retta via, senza farlo notare troppo. Senza pressioni, no. In certe cose era inopportuno, persino dannoso. Sapeva come manovrare i collaboratori per convincerli che le loro azioni fossero sempre frutto di libera scelta.

Svoltò in Karl-Marx-Allee, anche la limousine grigio metallizzato fece lo stesso. Sospirò e lanciò un'occhiata al monitor di bordo, mancava poco alle quattro. Aveva promesso a Carola di essere a casa per le quattro e mezzo, sarebbero venuti dei conoscenti, dei *suoi* conoscenti. Thomas aveva in mente di rintanarsi nel suo studio e di uscire soltanto quando se ne fosse andata anche l'ultima di quelle galline schiamazzanti. Carola voleva preparare il tabbouleh, lui le aveva promesso di portare gli ingredienti.

Parcheggiò la BMW in un posto per taxi davanti alla stazione Alexanderplatz e nel reparto specialità gastronomiche del grande magazzino comprò bulgur, pomodori, menta piperita fresca, cipollotti e limoni.

Quando uscì, la limousine grigio metallizzato era ferma in divieto di sosta davanti al grande magazzino. Iniziò a piovere, si sentivano i tuoni. Lanciò un'occhiata piena di odio ai finestrini oscurati, salì in macchina e partendo fece rombare il motore.

All'altezza di Kollwitzplatz arrivò il temporale e diventò così buio che Thomas dovette accendere i fari, ma neppure così riusciva a vedere più in là di quindici metri. Le gocce scendevano a dirotto sul tettuccio della BMW. Sperò che non grandinasse.

Parcheggiò nel garage sotterraneo, costruito durante la ristrutturazione dietro il palazzo, al quale si accedeva da un grosso passo carrabile. L'unico svantaggio era che per motivi di staticità non era collegato alle cantine, perciò ogni volta si doveva risalire in strada ed entrare dall'ingresso principale.

Dopo soli cinque passi Thomas era fradicio, mentre i sacchetti di carta della spesa zuppi d'acqua si afflosciavano. Nello stesso istante sopraggiunsero lampo e tuono.

Carola doveva essere già in casa. Suonò e si girò, la limousine grigio metallizzato era ferma sull'altro lato della strada, il motore spento. Si rigirò e nel vetro della porta d'ingresso vide il riflesso del finestrino del lato del passeggero abbassato. Si voltò di nuovo e fu sorpreso dal flash di una macchina fotografica.

Ora basta. Ignorò il ronzio dell'apriporta, buttò in un angolo le buste della spesa e attraversò la strada di corsa, sotto la pioggia. Il finestrino della limousine si era già richiuso. Bussò contro il vetro. "Apra!" gli intimò. "Apra!"

Niente.

"Cosa volete, accidenti? Allora? Cosa volete? Sono qui!" Batté i pugni contro il finestrino. "Cosa volete?"

Misero in moto e la limousine si mosse lentamente in avanti, superandolo.

"Ditemi cosa volete!" gridò. I capelli gli si erano appiccicati al viso in ciocche gelide, sentì l'acqua scivolare giù dalla nuca, il petto bagnarsi. "Cosa volete ancora?"

La limousine avanzò lentamente lungo la strada, finché la pioggia l'avvolse come una cortina. All'incrocio vide per un attimo le luci dei freni, poi sparì.

"No, tu non capisci," disse Marie. "Non è più una fissazione. Sono sicura che sorveglino Berger."

"Resta con i piedi per terra," replicò Simon. "Solo perché hai visto due volte la stessa persona?" aggiunse abbassando la voce. Erano seduti sul treno per Friburgo. Il giorno prima Simon non si era più recato in città a causa del maltempo. Quel giorno invece il sole splendeva, Marie aveva avuto l'impressione che René volesse restare da solo, così l'aveva accompagnato.

"Due volte in circostanze sospette, accidenti," precisò. "La prima vicino al lago, di fronte all'hotel di Berger, *esattamente* di fronte, con quel maledetto binocolo. Già questo sarebbe piuttosto inequivocabile. Poi la scena di ieri..."

"Vuoi scriverci un articolo?"

"Non lo so," rispose, "ha detto che posso scrivere di tutto, ha detto che..." Si interruppe, nemmeno lei sapeva bene perché.

"Cosa?" domandò.

"Niente."

Fino al pomeriggio girarono per la città. Era affollatissima, faceva un caldo insopportabile e già dopo due ore Marie ebbe l'impressione di essersi presa un colpo di sole. Si sentiva circondata da una massa vaga di impressioni, un miscuglio informe di teste, gambe, acciottolato, facciate dallo storicismo di dubbio gusto, gorgoglio d'acqua, profumo di salsiccia arrostita e scampanellio di tram. Per qualche strano motivo Simon si era portato una cartina sulla quale erano riportate le zone della città distrutte nella Seconda guerra mondiale. Non appena si trovavano davanti a un edificio grosso modo gradevole alla vista, controllava la cartina ed esclamava "Ricostruzione", seguito dall'anno dell'intervento.

Erano da poco passate le sette quando montarono sul treno per tornare al Titisee. Marie cercò invano di dormire durante il viaggio. Le era esploso un mal di testa lancinante.

Quando finalmente arrivarono davanti alla camera d'albergo, fu felice. Per quel giorno avrebbe rinunciato alla cena.

"Dovremmo festeggiare il tuo primo articolo sul blog?" propose Simon con prudenza. "Ho una bottiglia di vino..."

Lei voleva solo infilarsi a letto. "Naaa, Simon, oggi no, ok? Non mi sento bene."

"Oh," fece pensieroso. "Ok." Senza dire altro si voltò e si diresse in camera sua. Dopo un passo si girò di nuovo, con un'espressione incupita. "È per via di Berger?"

"Ho solo un maledetto mal di testa." Non aveva voglia di sviscerare le vanità ferite del suo collega.

Lui la fissò per un attimo. "È già cominciato?" mormorò in maniera quasi impercettibile. Abbassò lo sguardo.

"Cosa? Cosa è già cominciato? A che ti riferisci?"

Simon alzò la testa. Stanco, aveva uno sguardo quasi di rimprovero, ma c'era anche dell'altro. Pietà? "Niente." Accennò un sorriso forzato. "Niente, a domani."

Il viso di René era liscio come la pelle di un bambino, del lungo pizzetto neppure l'ombra. Sembrava dieci anni più giovane, anche i capelli erano diversi, meno arruffati, più curati. Indossava un paio di pantaloni di tessuto bianco, una polo blu e stava incredibilmente bene.

"Ti sei rasato?"

"Già," confermò il blogger. "Tra un paio di giorni devo incontrare uno dei miei informatori. Uno svizzero perbene, non voglio offenderlo."

"Come ti ho già detto, la barba non ti donava granché."

Rise. "Lo so. Ma sai, la pigrizia."

"Pensavo che te la fossi lasciata crescere per non essere riconosciuto."

"Consideriamolo un effetto collaterale positivo. Ma, se devo dire la verità, il motivo principale è semplicemente che sono troppo pigro per radermi."

Marie entrò. Sembrava avesse cambiato camera d'hotel, i panni sparsi erano spariti, il cestino dell'immondizia svuotato, si sentiva un piacevole profumo di lenzuola fresche. La finestra era aperta.

René si sedette sull'angolo del letto, lei sulla sedia.

"Prima di iniziare..." Doveva assolutamente dirglielo, ma da dove cominciare?

"Sì? Cosa c'è?"

"L'altro ieri mi hai rivelato che una volta hai avuto l'impressione che qualcuno fosse entrato nel tuo appartamento... È possibile che ti sorveglino anche qui?"

Dapprima non rispose, restò pacato. "Perché?" domandò poi.

"La volta scorsa, prima di andarmene, giù nella hall ho visto un uomo. Penso che mi stia seguendo."

René annuì.

"Lo stesso uomo che due settimane fa osservava il tuo hotel con un binocolo, sull'altra sponda del lago."

Per la prima volta sembrò stupito. "E tu lo hai sorpreso?"

"Era lo stesso uomo."

"Capelli lunghi e neri?"

"Lo conosci?" Era stata ingenua a partire dal presupposto di saperne più di René.

"Lo sospetto anch'io, già da due settimane." Sollevò la mano con indifferenza.

"Sono quelli della mediPlan?"

"Probabile. Che mi pedinino pure, tanto non gli servirà a niente."

"A te non importa?" Si era aspettata una qualche reazione, collera o paura.

"Ci si abitua a tutto."

Sembrava di nuovo stanco, molto stanco, come due giorni prima. Marie doveva cambiare in fretta argomento altrimenti avrebbe perso anche quell'occasione. "A proposito, di recente sul blog ho letto il tuo articolo sui parassiti e..."

"Sì?" accavallò le gambe, i piedi infilati in scarpe di pelle marrone lucide. "Sapevi che esiste un gambero parassita che si attacca alla lingua di un certo tipo di pesce? Fa morire lentamente la lingua, la consuma, cresce sempre di più finché la lingua non scompare completamente... e viene sostituita dal gambero. Il parassita, dunque il gambero, diventa la lingua. Il pesce lo può usare come una normale lingua, perché lui reagisce ai segnali nervosi e si muove di conseguenza, rileva al cento per cento le funzioni della vecchia lingua e si nutre del cibo assimilato dal pesce." Rise. "Te lo immagini? Avere un enorme parassita come lingua?"

Perché glielo stava raccontando? "Che schifo," disse lei. "Però non ho capito bene cosa c'entri quell'articolo con il tuo blog, per quale motivo... beh, qual era lo scopo."

René restò serio. "Mi ha affascinato il modo in cui in quei piccoli insetti o batteri sia memorizzato un disegno simile, un programma completo, sorprendentemente articolato e messo a punto nel corpo ospite. È, come posso dire," si grattò la fronte, "una specie di previsione del futuro, capisci? Un progetto, la possibilità di conoscere esattamente una serie infinita di passi successivi, come reagirà l'ambiente, soprattutto come si svilupperà dal punto di vista evolutivo. È stupefacente. Allora ho pensato che avrei potuto trovarci una specie di parallelismo con i farmaci. Perché in ogni prodotto farmaceutico è memorizzato un programma, un programma chimico che viene messo a punto sui pazienti."

"Interessante," commentò Marie. "Davvero. Ma nel tuo intervento si parla d'altro, no?"

"Ovvero?"

"Che l'industria farmaceutica stessa è una specie di parassita."

"Ah," mormorò. "Beh, anche quello è bello." Dalla finestra entrava una piacevole brezza che sapeva di abeti e lago. Le tende danzavano. Sembrò riflettere, poi proseguì. "Comunque la mia nuova associazione di idee mi piace di più. Sai, in fondo una pillola è un ideale compresso. Costringe chi l'assume in un disegno che lei memorizza. Se Marx fosse stato un chimico, avrebbe potuto sviluppare una pillola capace di produrre uomini buoni e altruisti e oggi vivremmo tutti in paradisi comunisti."

Marie si ricordò l'osservazione di Simon di due settimane prima. "Il mio collega è convinto che ogni ideale sia finto, incompleto, e che per questo se ne possa abusare per qualsiasi scopo."

"Hmm." Dondolò la testa. "Sì, ha ragione, però gli sfugge l'essenziale."

"Cosa?"

"L'uomo ostenta ideali a fronte di un comportamento totalmente schizofrenico. Da un lato è consapevole che siano finti, che ognuno di essi in un certo senso sia incompleto, che sia una sorta di visione onirica. I più sono anche coscienti dei rischi che si corrono nell'ingabbiare gli uomini negli ideali, rischi che ti fanno comprendere perché debbano essere incompleti. Perciò il tuo collega ha ragione. Ma dall'altro lato... gli uomini ne sono attirati come per magia. Una strana contraddizione, vero? La maggior parte si lancia in un progetto di vita proprio come un samurai sulla sua spada. Un progetto di vita che viene dato loro d'esempio da personaggi di spicco, amici, parenti, non importa se fondato su teorie oppure sulla religione. È meno faticoso seguire un cammino prestabilito, che doversene cercare uno per conto proprio, ecco perché prosperano farmaci come il Ritalin o simili per migliorare il rendimento. Si vuole farne parte, si desidera realizzare l'ideale del ventunesimo secolo. E per la maggioranza ciò va oltre l'assunzione di una pillola. Ma non si devono condannare queste persone, a loro non resta altra scelta che seguire il cammino tracciato per loro da altri."

Da fuori risuonavano le risate dei bambini, il vento gonfiava le tende fino a farle sembrare coni di luce trasparenti, nei quali il sole pareva prigioniero. Marie non disse nient'altro. Un'unica domanda le martellava in testa: è già cominciato?

NAGEL (VII)
Undici giorni dopo – 7 settembre

Nagel non si sentiva bene, erano anni che non guidava la macchina per un tragitto così lungo. Di solito si faceva scarrozzare da Schrödinger, a volte anche da Nadja, in privato da Irene. Non era più abituato, per questo stava così male. Gli sembrava di avere il mal di mare.

Scese dall'auto e sbatté lo sportello, era già mezzogiorno, per percorrere i settanta chilometri fino a Basilea aveva impiegato quasi due ore. A metà strada aveva dovuto fare una sosta in un autogrill e là era iniziato il malessere. Da Basilea a Pratteln era trascorsa un'altra ora e un'altra ancora l'aveva passata nella chiesa locale, a raccontare al parroco di turno la storia di un parente emigrato in Germania decenni prima. Solo ora era venuto a sapere della prematura scomparsa dell'amato cugino. Dopo quella breve, forzata menzogna, che per via della pessima cera di Nagel sembrava ancora più sincera, il parroco gli aveva fornito l'indirizzo per le condoglianze alla vedova di Michael Balsiger. La donna abitava fuori dal paese, a quasi venti chilometri di distanza. Il viaggio aveva richiesto un'ulteriore ora di guida.

Ora si trovava in una zona residenziale borghese davanti alla casa di Sybille Balsiger, un orribile prefabbricato anni Sessanta ispirato ai progetti di Mies van der Rohe, ma con proporzioni del tutto sballate. Suonò al cancello del giardino. Era una mattinata tranquilla, il cielo era poco nuvoloso, un animale frusciava tra i cespugli.

"Sì?" Dal citofono uscì una voce femminile, la donna sembrava impegnata in qualcos'altro.

"Buongiorno, mi chiamo Nagel e sono della..." indugiò un istante. "Polizia," disse poi. "Posso parlarle un attimo?"

"Polizia? Cosa vuole?" La donna parlava svizzero tedesco.

"Si tratta di suo marito."

Imprecò qualcosa di incomprensibile. "Di nuovo? Cosa c'è stavolta?" Si sentì il ronzio dell'apriporta.

Nagel entrò nel giardino e raggiunse la casa camminando sulle grosse pietre naturali del vialetto. Aveva detto "di nuovo". Frattanto era riuscito a sapere che l'uomo si era ucciso, il parroco lo aveva menzionato poiché convinto che Nagel ne fosse al corrente.

Sybille Balsiger l'aspettava sulla soglia. Era alta, aveva ricci biondi e, nonostante fosse slanciata, mostrava una corporatura da amazzone. Con la mano destra teneva una sigaretta. Rinunciando a ogni saluto, si limitò a un "Venga!", poi aspettò finché non fosse entrato e gli chiuse la porta alle spalle.

La casa era arredata con uno stile freddo, dominavano mobili di design, molto metallo, superfici di legno bianche, bordi in legno nero.

"Si sieda. Io però non l'ho mai vista. È nuovo?"

Il commissario prese posto al tavolo da pranzo. "Non sono della polizia locale."

Anche Sybille Balsiger si accomodò, di fronte a lui. Lo scrutò socchiudendo gli occhi da dietro la sigaretta. "Bensì dalla?"

"Polizia criminale di Friburgo."

Fece un tiro. "Friburgo? Intende la Friburgo tedesca?" Si sforzava di parlare in maniera a lui comprensibile e, tipico di molti svizzeri, confondeva il tedesco colto con quello standard.

Nagel annuì. Che quella visita fosse di natura privata se lo tenne per sé.

"Posso vedere il distintivo? O in Germania avete una piastrina identificativa come negli Stati Uniti?"

Sorrise. "No, un distintivo." Lo tirò fuori dalla tasca.

La donna gli diede un'occhiata. "E cosa vuole? La nostra polizia qui ha già verificato tutto. Un suicidio. Non ha retto più e basta e, a essere sincera, un po' di colpa è anche mia." Si passò la mano con la sigaretta sulle ciglia. "Negli ultimi mesi sono stata ingiusta con lui. Incredibilmente ingiusta." Fece un altro tiro.

"Viveva separata?"

Soffiò fuori il fumo, sporgendo le labbra come se stesse mandando un languido bacio. "Da anni non vivevamo più *insieme*."

Annuì. "Signora Balsiger, sto lavorando a un caso nella Foresta Nera e forse c'è un collegamento con la morte di suo marito."

"Con Michael? Se si tratta di un delitto, sta sprecando il suo tempo. Lui non avrebbe neppure attraversato con il rosso senza andare subito ad autodenunciarsi." Abbassò lo sguardo e con la mano libera si massaggiò la radice del naso. "Mi scusi. Vede, parlo di nuovo di lui con sufficienza." Fece un tiro lungo.

Nagel aspettò un istante. "Signora, come si è ucciso suo marito?"

Lei lo osservò stupita. "Non lo sa? La collaborazione oltreconfine va così male? Si è impiccato, in soggiorno." Scosse il capo. "A trovarlo è stata Gisele, mia figlia. Sa..." Si passò di nuovo il dito sulla palpebra, ma stavolta non riuscì a trattenere le lacrime. Singhiozzava. "Non avrei mai immaginato che si sarebbe spinto fino a quel punto. Non mi sarei mai aspettata che si sarebbe tolto la vita."

Il commissario si tastò il cappotto, nella tasca interna trovò un pacchetto di fazzoletti. Ne tirò fuori due e li posò davanti alla donna.

Lei spense la sigaretta nel posacenere. "Grazie." Si soffiò il naso. "Allora, che collegamento dovrebbe esserci?"

"Quanto è stata in contatto con lui nelle ultime settimane? Cosa faceva dopo la fine del lavoro?"

"Non lo so," rispose. "Ci sentivamo solo di rado."

"Era spesso in viaggio? Ha incontrato qualcuno? Negli ultimi tempi è stato in Germania?"

"Beh, potrebbe darsi, perché no? Ma non ne ho le prove. Di tempo ne aveva abbastanza, sì."

"Perché? Cosa intende?"

"Michael era stato sospeso. Già da settimane."

"Sospeso?"

La donna confermò con un cenno del capo. "Da? Ehm, quando è stato?" Guardò il soffitto pensierosa. "Due settimane fa? È venuto qua, era molto stizzito. Oddio, mi sarei dovuta accorgere che qualcosa non andava."

"Stizzito?"

"Sì, completamente fuori di sé. Si è presentato di mattina e penso che la notte prima non avesse chiuso occhio. Per tutto il tempo ha continuato a ripetere che volevano rovinarlo. Io non ho capito. Era del tutto confuso, quasi impazzito. Ha definito l'industria farmaceutica il flagello dell'umanità."

"Suo marito si occupava del settore farmaceutico?" Si sforzò di non sembrare troppo interessato.

"Non lo sa? Michael ci ha lavorato tutta la vita."

Allora i suoi viaggi non erano casuali. Forse Balsiger era una delle gole profonde di Berger. Ma perché aveva parlato con Marie Sommer?

"In quale azienda era impiegato suo marito?"

La donna ignorò la domanda. "Ah, ha anche chiesto se Jürgen conoscesse un buon avvocato."

"Un avvocato? Per cosa?"

"Per querelare la compagnia, perché il licenziamento non era legittimo e via dicendo."

"Suo marito lavorava a Basilea, presumo."

"Esatto."

Dal posacenere saliva un odore di sigaretta spenta. Nagel fu colto da un improvviso conato di vomito. La nausea era migliorata da quando si era seduto al tavolo, se n'era già dimenticato. Ma in quel momento sentì persino un lieve capogiro. Doveva controllarsi.

Evidentemente Sybille Balsiger si era accorta che qualcosa non andava. "Oddio, non si sente bene?"

Minimizzò con un cenno della mano. "La mia circolazione mi sa, non sono abituato a percorrere lunghi tragitti in macchina."

"Capisco." Non sembrava convinta di quella spiegazione.

Il commissario si costrinse a non divagare. "Signora Balsiger, suo marito negli ultimi due mesi ha vissuto solo in casa sua?"

"In casa *nostra*, sì."

"Sarebbe possibile...?" Per un attimo gli sembrò che la sedia gli stesse scivolando via. Si riprese in fretta. "Sarebbe possibile dare un'occhiata? Ovviamente solo se è d'accordo, non deve sentirsi obbligata. Sono qui, per così dire, in veste privata, non ufficiale."

"Un bicchier d'acqua magari?"

"Sì, volentieri." Nagel sentì le gocce di sudore rigargli la fronte. La donna si alzò e uscì dalla stanza.

"Stamattina volevo passarci. Se vuole può venire con me," gridò dalla cucina.

Nell'appartamento la puzza di fumo di sigaretta si posò sull'umore di Jonas. Era un ricordo di quella sera. La ragazza aveva fumato senza neppure chiedere il permesso, spontaneamente, come posacenere aveva usato una tazza. C'erano voluti giorni per far uscire l'odore dalla stanza.

Jonas chiuse la porta e lanciò lo zaino in un angolo del corridoio. Tornare non era stato facile per lui, ma i soldi piano piano erano finiti e il commissario gli aveva assicurato che stando lì non avrebbe ottenuto niente di più che da casa ad Amburgo. Probabilmente aveva ragione. Era partito dal Titisee alle sette, ora era tardo pomeriggio.

Perché si sentiva la coscienza sporca? Quel viaggio era stato importante.

Non aveva trovato Marie, certo, però nel commissario Nagel aveva trovato un alleato. Si fidava di lui, eppure non era sicuro del fatto che la sparizione di Marie fosse legata al suicidio di Berger. Ma che ci fosse un qualche collegamento era certo.

Andò in cucina e accese la macchinetta del caffè.

Ovviamente restava la possibilità che fosse tornata a casa... ma allora perché diavolo non si faceva viva? No, doveva esserle successo qualcosa.

Era raro che Marie lavorasse con un collega, non era da lei. Simon Wenig, Jonas non aveva mai sentito quel nome.

Appena seduto con il caffè al tavolo della cucina, suonò il citofono. Andò a rispondere. "Sì?"

"Un pacco," sentì frusciare dalla cornetta.

"Scendo subito," disse.

"No, salgo io. Grazie."

La colpa era tutta sua. Prese la tazza di caffè dal tavolo e aspettò vicino alla porta. Poco dopo bussarono.

"'Sera." Il corriere indossava una salopette blu con il logo della compagnia di spedizioni e aveva un viso gentile e rilassato. Jonas gli diede qualche anno in più di lui.

"Una firma qui, per favore." Gli allungò una tavoletta portablocco con la ricevuta.

Firmò.

"Non c'eri nei giorni scorsi, vero?" chiese il corriere, tanto per fare due chiacchiere. "È già la terza volta che provo, ho avuto fortuna. Se neanche stavolta fossi riuscito a consegnartelo, l'avrei riportato in magazzino a Schwarzenbek."

"Sì, non ero a casa," confermò mettendo il puntino sulla "i" di Steinbach.

Il corriere armeggiò con il portablocco e strappò la copia per il destinatario. "Allora? Dov'eri?"

"Sull'isola di Rügen." Non sapeva nemmeno lui perché avesse mentito.

"Bello," mormorò il ragazzo più a se stesso. "Questa è per te." Gli diede la copia. "Hai trovato bel tempo?"

"Magnifico."

"Ci credo, allora... ciao!" Gli rivolse un sorriso cordiale.

Jonas chiuse la porta, tornò al tavolo della cucina e aprì il pacchetto, strappandolo.

Era un librone, un romanzo. *Moby Dick*.

Non aveva mai ordinato quel libro.

Nagel seguiva la macchina di Sybille Balsiger. Era stato faticoso non perderla di vista in autostrada.

Si sentiva un po' meglio, il bicchier d'acqua gli aveva fatto bene, tuttavia avrebbe preferito trovarsi nel suo studio, in pace, con un pezzo di carta dove scarabocchiare i collegamenti sui quali riflettere con urgenza. La richiesta di concentrazione massima sul traffico, per non rischiare di lasciarci le penne, era ciò che più detestava nel guidare. Proprio non capiva come quel modo di viaggiare si fosse imposto negli ultimi cinquant'anni.

Gli squillò il cellulare e per un attimo si chiese se fosse il caso di rischiare e rispondere. Sybille Balsiger andava pianissimo dietro un camion, probabilmente non voleva superarlo. Rispose.

"Andreas?" Era Nadja.

"Sì?"

"Ma dove sei? Cos'è questo rumore? Stai guidando?"

"Lunga storia," si limitò a dire.

"Volevo solo comunicarti che ho chiamato il *Berlin Post* per la tua giornalista scomparsa."

"Marie Sommer, sì." Davanti a lui Sybille Balsiger mise la freccia. "Ah, accidenti," imprecò. "Aspetta un attimo, devo sorpassare. A dopo."

"Cosa?" sentì chiedere prima di posare in grembo il cellulare, afferrare il volante con entrambe le mani e guardare nello specchietto retrovisore. Dietro di lui c'era solo una BMW nera. Mise la freccia, ricontrollò e si spostò sulla sinistra. Subito dopo aver superato il camion Sybille Balsiger si spostò sulla destra. Lui la seguì e riprese in mano il cellulare. Anche la BMW dietro di lui aveva superato e ora rientrava in carreggiata.

"Dimmi," riprese il commissario.

"Ma sei in autostrada?" chiese Nadja incredula. "Andreas, l'ultima volta che ti ho visto guidare... era... era ancora cancelliere Schröder, tua moglie mi aveva invitato a cena e tu mi hai riportata a casa. Dopodiché mi sono dovuta bere due bicchieri di Pinot nero per riuscire ad addormentarmi."

"Irene ti aveva avvertita."

"Dove sei?"

"Te lo racconto lunedì. Sto seguendo una pista."

"Berger o la giornalista?"

"Entrambi. Lunedì, Nadja. Cosa ti hanno detto al *Berlin Post*?"

"Ho parlato con un redattore, o un caporedattore, o che so io, che conosce Marie Sommer. Il suo superiore o qualcosa del genere, non ne ho idea. E lui..."

"Anche lui ha parlato con il suo fidanzato?"

"...era proprio lui ad averci parlato. A suo parere quelle di Steinbach sono tutte assurdità."

"Perché?"

"Perché la redazione è sempre in contatto con lei."

"*Che cosa?*"

"Mi ha assicurato che hanno ricevuto una sua mail stamattina."

"Una mail? Ed è sicuro che sia di Marie Sommer? Ti ha detto di cosa parlava? E dove si trova la ragazza?"

"Gliel'ho chiesto, ma nemmeno lui sembra saperlo con esattezza."

"E cosa scriveva nella mail?"

"Non me l'ha rivelato. Del resto, perché avrebbe dovuto? Non abbiamo alcun elemento su cui far leva, almeno finché la cosa non diventa ufficiale. Perché vuoi approfondire la questione? Qual è il collegamento con il suicidio di Berger? Se vuoi un aiuto, mi devi fornire il quadro completo, Andreas. Il quadro completo. Poi andremo *insieme* da Pommerer."

Sybille Balsiger mise la freccia a destra e Nagel fece altrettanto. "Non posso per telefono, Nadja, non è possibile, è una questione di istinto e... ispirazione. Nemmeno io so dove sia il collegamento, come congiungere il tutto, ma sono sicuro che un nesso esista. Nadja, senza qualcosa di valido non posso andare da Pommerer. Certe cose non possono seguire le vie ufficiali, e non perché siano scottanti, ma perché sfuggono all'ufficialità, vanno al di là d'ogni formulazione. E perché... perché Pommerer metterebbe in ridicolo e stroncherebbe sul nascere tutto il mio lavoro. Ho solo bisogno di una prova, così il comandante non potrà ignorare la cosa. Una singola prova. Poi andrò da lui, *andremo* da lui, promesso. Parola d'onore."

Dall'altro capo della linea un lungo silenzio. "Sei strano, Andreas," disse infine la collega. "Alla tua veneranda età, diventi sempre più strambo."

"Lo so, lo dice anche mia moglie." Nagel superò il cartello di Pratteln.

"Non so se sia il tuo orgoglio a impedirti d'essere un tantino più collaborativo oppure..." Sospirò piano. "Qualunque cosa sia, se non fossi così maledettamente *brillante*..."

"Tempo, Nadja, tutto ciò che mi serve è un po' di tempo." E una pasticca per il mal d'auto, pensò. "Ne riparliamo lunedì, ok?"

"Ok. Però stai attento."

Si fermò a un semaforo rosso, e riattaccò giusto in tempo per liberare la mano e ingranare la prima.

La casa si trovava in una zona borghese, abitata probabilmente da professori di liceo, medici, dirigenti. Doveva essere della fine degli anni Ottanta, viste le tonalità marrone scuro, tegole del tetto comprese. Il commissario parcheggiò sul marciapiede.

"Pensi, a quest'ora con Jürgen e i ragazzi dovevamo essere in vacanza." Salirono le scale fino all'ingresso. "Una settimana sul Baltico in un hotel a cinque stelle. Abbiamo dovuto disdire tutto per organizzare il funerale, ma forse è meglio così. Negli ultimi giorni lassù è poco accogliente, per via del tempo." Aprì la porta.

"Allora?" disse Nagel, con il fiatone dopo solo una dozzina di gradini.

Passarono per il corridoio, che dovevano aver ristrutturato da poco, e andarono in soggiorno, i cui mobili probabilmente non avevano più di un anno. Era tutto in ordine.

"Dunque Michael avrebbe avuto contatti in Germania," riprese la signora Balsiger. "Non me lo sarei mai immaginato, ha sempre evitato quel Paese."

"Non sappiamo ancora niente di preciso."

"Qui." Indicò un lampadario in acciaio inossidabile appeso sopra il tavolo del televisore. "Con una cintura." Sybille si voltò di colpo. "Devo andare un attimo di sopra, dia pure un'occhiata in giro, torno subito." Sparì. Nagel sentì che salendo le scale aveva ripreso a singhiozzare.

Alzò il mento e osservò il lampadario al soffitto. Era fissato con grossi bulloni ornamentali e di sicuro poteva sostenere il peso di un uomo adulto. Sul pavimento si notavano graffi, probabilmente Michael Balsiger aveva spinto da una parte il tavolo del soggiorno, era montato su una sedia e poi l'aveva rovesciata. Ammesso che si fosse trattato di suicidio.

Lasciò vagare lo sguardo sullo scaffale di libri, per lo più grossi tomi di architettura intervallati qua e là da qualche romanzo.

La donna ridiscese le scale con alcune paia di pantaloni in mano e il naso arrossato.

"Trovato qualcosa?" volle sapere. "L'aiuterei volentieri, se solo sapessi cosa sta cercando."

"Non lo so nemmeno io esattamente. Ha usato una delle sedie per...?"

"Così mi hanno spiegato." Infilò i pantaloni in un sacchetto di plastica. "Poi l'ha rovesciata con un calcio. Non deve averlo pianificato a lungo, è stata una soluzione di ripiego."

"Una soluzione di ripiego?" ripeté il commissario voltandosi verso di lei.

"Prima ha buttato giù una confezione di pasticche."
"Ah?"
"Antidolorifici, l'hanno scoperto durante l'autopsia. Aveva problemi all'anca. Poche ore prima ne aveva presa una confezione intera. Abbiamo trovato la scatola vuota di sopra nell'armadietto del bagno, ma non deve essergli bastato. Allora..." Indicò con lo sguardo il lampadario.

"Hanno riscontrato ferite sul corpo di suo marito?"

"Solo al collo, naturalmente, dov'era fissata la cintura." Si schiarì la gola. "Di sotto, in cantina, c'è la stanza degli hobby di Michael. Magari vuole darci un'occhiata."

"Volentieri, sì."

Tornarono verso le scale e Sybille aprì una porta stretta vicino al guardaroba. "Da questa parte."

"Le sono davvero grato, signora Balsiger. Sa, non era obbligata," disse il commissario mentre scendevano.

"Lasci perdere, signor Nagel. Mi sono ripromessa di fare la cosa giusta, almeno stavolta."

La stanza degli hobby aveva il soffitto basso, pareti di cemento lisce e un'unica finestra stretta proprio sotto il soffitto. Il pavimento era ricoperto da vecchi tappeti, ai muri alcuni scaffali erano occupati anche loro quasi esclusivamente da libri di storia dell'architettura. C'era un armadietto da ufficio chiuso, a serrandina, e alcuni monitor sulla lunga scrivania.

"È un impianto di sorveglianza," spiegò la donna. "Negli anni Michael ha trasformato tutta la casa in una fortezza."

"La casa è videosorvegliata?" chiese il commissario. Forse si era trattato davvero di un suicidio, sarebbe stato difficile scampare a quell'impianto. "La polizia ha già guardato le registrazioni?"

La donna scosse il capo. "Non si può, è tutto memorizzato digitalmente sul computer di Michael. Lo ha ideato lui stesso."

Nagel lanciò un'occhiata al computer sotto la scrivania. "E?"

"Ha distrutto tutti gli hard disk, prima di..." Riprese a singhiozzare.

"Ha distrutto gli hard disk?"

"A quanto pare capita spesso, così mi hanno spiegato. La gente non vuole che dopo la morte qualcuno legga i propri dati e magari trovino cose che... beh, imbarazzanti, sa. La polizia dice che è probabile che lui avesse..." singhiozzò di nuovo, "delle preferenze delle quali non sapevo niente e forse anche... anche illegali e... comunque questo spiegherebbe molte cose."

Il commissario tirò fuori dalla tasca interna i fazzoletti di carta. "Capisco." Gliene passò uno.

"Ai ragazzi non ho raccontato niente."

"Posso?" chiese indicando l'armadietto da ufficio chiuso.

La donna annuì, poi si soffiò il naso.

Aprì l'armadietto, era pieno di grossi raccoglitori organizzati per anno.

"Tutte cose private," spiegò la signora Balsiger, "per lo più fatture, contratti, assicurazioni."

"Suo marito si portava mai il lavoro a casa?"

"Era proibito, da un paio d'anni. Hanno uno strano sistema che dovrebbe evitarlo, una scrivania elettronica o roba del genere."

"Di recente qualcuno ha controllato i raccoglitori?" Il classificatore del 2012 si trovava tra quello del 2008 e quello del 2009, quello del 1995 e quello del 1997 erano stati scambiati di posto.

"Perché?"

"Perché non sono più in ordine cronologico."

"Oh, deve essere stato qualche suo collega di qui. Hanno controllato tutti i raccoglitori."

"Ah ecco," disse il commissario e si ritirò su a fatica.

Tornarono di sopra. Nagel ebbe come l'impressione che le scale fossero diventate più ripide. In soggiorno fu colto da un'altra crisi di sudore, il cuore gli batteva all'impazzata, si asciugò le gocce dalla fronte imprecando sottovoce. Cosa gli stava succedendo quel giorno?

Sybille Balsiger sparì in cucina. Il commissario fece dei bei respiri e il battito si calmò un po'. Si riprese.

Senza dare nell'occhio ispezionò alcune finestre e la porta che dava sul terrazzo. Niente. Niente di sospetto.

Tornò la nausea. Dovette sedersi e fu di nuovo in un bagno di sudore.

Quando la donna tornò, le chiese un altro bicchiere d'acqua.

"Certo. Vuole sedersi in terrazza, un po' all'aria fresca?"

"Grazie. Forse sarebbe meglio."
L'aiutò ad alzarsi e l'accompagnò fuori. Lui si abbandonò su una delle sedie di plastica. L'aria era fresca e piacevole, iniziava già a imbrunire.

"Di nuovo quella bestiaccia," mormorò la donna.

Dall'altro lato del giardino, vicino alla siepe, un gatto marrone guardava verso la terrazza.

"Mia figlia gli dava da mangiare prima che traslocassimo, probabilmente Michael ha continuato. Non sappiamo di chi sia. Sciò!" gridò. "Sciò, sciò!"

L'animale sussultò e s'infilò nella siepe.

"Lei ha proprio una brutta cera," commentò la signora Balsiger. "Vado a prenderle l'acqua." Rientrò in casa.

Nagel chiuse gli occhi per alcuni secondi e quando li riaprì il gatto gli stava di fronte. Miagolava.

"Ehi, cosa c'è?" Si guardò intorno, poi si chinò in avanti, la sedia scricchiolò minacciosa. Il gatto gli si avvicinò, lui gli accarezzò il dorso e gli grattò il collo. Fece le fusa.

"Piano, andiamoci piano!" disse. Sentì il collarino nel pelo del gatto, stranamente era solo un pezzo di spago. "Cosa abbiamo qua?" chiese sottovoce. "Fa' un po' vedere." La bestiola gli stava accanto, lui si chinò in avanti appoggiandosi ai braccioli. Gli grattò di nuovo il collo e l'animale alzò un po' la testa. Dallo spago penzolava un cilindretto nero. Nagel diede un'occhiata alla finestra, di Sybille Balsiger nemmeno l'ombra, forse era scesa in cantina a prendere una bottiglia d'acqua minerale.

Gli tolse il cilindretto dal collo e lo osservò meglio. Era una specie di portachiavi, chiuso da un lato con un tappo. Lo aprì.

Era una chiavetta USB. Se la lasciò scivolare nella tasca del cappotto.

Era il limite da non superare mai in una relazione che funzionava, meno che mai dopo essersi lasciati. Jonas era rimasto sveglio a letto fino alle quattro a lottare con i propri pensieri. Forse non era stato sincero al cento per cento, ma in fondo chi lo era davvero? Però lui era uno che si faceva paralizzare per mesi dal senso di colpa.

Il giorno prima l'aveva trascorso su internet a cercare informazioni su Simon Wenig, senza trovare niente. Assolutamente niente. Non aveva un profilo Facebook, nessun account su Twitter, non compariva neppure sulla pagina del *Berlin Post*. Dopodiché aveva letto e riletto il blog di Marie, spulciato ogni post in cerca di un indizio, un'allusione, un'informazione nascosta.

Gli restava un'ultima possibilità per scoprire dove fosse finita Marie e l'identità di Simon Wenig. E magari ciò che era successo tra i due. Era doloroso ammetterlo, ma ormai era sicuro che tra loro fosse nato qualcosa. Solo quello spiegava perché al telefono lei gli aveva taciuto del collega. Certo, era comprensibile, in quel momento non stavano più insieme, ma l'idea era insopportabile. Però se lo era meritato, dopo quella stupida avventura di una notte. Aveva anche pensato che a quel punto erano pari, che magari il fatto potesse costituire la base per un nuovo inizio.

Prima tuttavia doveva trovarla.

Anni addietro aveva scoperto la password del profilo Facebook di Marie. Le era sfuggita una volta, mentre lui le doveva modificare un'impostazione, e lei gli aveva ingiunto in maniera ironica di dimenticarla all'istante, poiché era la sua password "universale" che usava ovunque.

Jonas l'aveva dimenticata sul serio, aveva a tal punto respinto l'idea di ficcare il naso negli account della sua fidanzata e leggere ogni suo messaggio, da cancellarla completamente dalla sua mente.

Fino alla sera prima. Se l'era ricordata come un vocabolo cercato per settimane, che torna in mente all'improvviso, di punto in bianco. Era stato facile, ora non se la sarebbe più dimenticata.

Aprì Facebook e inserì l'indirizzo mail di Marie, poi la password e cliccò su "Accedi".

Mail o password errata.

Non funzionava. In parte si sentì sollevato, in un certo senso. L'aveva cambiata? Provò ad accedere all'account mail di Marie.

L'account non esiste.

Ebbe un brutto presentimento. Tentò di farsi mandare da Facebook una nuova password.

La mail inserita non appartiene ad alcun account.

Provò con l'account Skype della ragazza.

Nome utente non valido.

Si abbandonò sulla poltrona.
L'intera identità on-line di Marie era stata cancellata.

"Ti senti meglio, Andreas?"
"Sì, sì," borbottò Nagel, anche se era una bugia. Non si sentiva più male come dopo il viaggio di ritorno da Basilea, ma la nausea non diminuiva, in più, da alcune ore si era aggiunto un senso di vertigine, che lo assaliva non appena reclinava indietro la testa.
Irene gli accarezzò l'avambraccio. "Lo vuoi un tè?"
Levò gli occhi. "Sì, magari. Grazie."
Gli diede colpetti affettuosi sulla spalla. Nell'uscire dallo studio si tirò dietro la porta con dolcezza. Nagel chiuse gli occhi. Erano sposati da quarant'anni, amava quella donna.
Sul monitor aveva aperto il file dell'unico raccoglitore memorizzato sulla chiavetta USB. Si trattava di documenti che probabilmente Balsiger aveva scansionato. Alcuni sembravano foto.
Quei materiali erano per Berger? Michael Balsiger era uno dei suoi informatori? Oppure erano per Marie Sommer? La ragazza li aveva ricevuti? Magari lei sapeva di cosa si trattava.
Nagel aprì di nuovo il primo documento, sospirando. Un sommario scritto a macchina, senza intestazione né indicazioni di pagine. Erano movimenti di denaro, probabilmente bonifici della mediPlan a una compagnia chiamata Sanora. Alcuni pa-

gamenti erano stati sottolineati in rosso o cerchiati a posteriori, probabilmente dallo stesso Balsiger.

Sulla chiavetta si trovavano anche due studi clinici, in uno dei quali erano annotati i risultati disastrosi dello studio di "fase quattro" dell'Eupharin. Ma cosa c'era di così sconcertante? Di così pericoloso da spingerlo a legarlo al collo del gatto, piuttosto che nasconderlo in casa? Nagel aveva controllato il blog di Berger, consentiva il download dello stesso documento a chiunque ne fosse interessato, perciò quelle informazioni erano disponibili già da tempo. La Sanora era stata coinvolta nello scandalo dell'Eupharin? Era stata corrotta dalla mediPlan? Nagel si prese la testa tra le mani.

Il resto dei file erano stralci di giornale, tra i quali un articolo del *New York Times*, in cui si elencavano gli enormi profitti dell'industria farmaceutica con la vendita ai governi di vaccini contro l'influenza suina.

Cosa c'entrava tutto quello con il suicidio di Berger e la scomparsa di Marie Sommer? Non riusciva a capirlo.

Aprì un file di testo privo di formattazione. Era uno scritto lungo due schermate, senza indicazioni della fonte, sui laboratori in Sudamerica e Asia sospettati di inventare nuove malattie.

Da qualche parte aveva già letto qualcosa di simile.

Aprì il browser e cliccò sul segnalibro che aveva salvato per il blog di Marie Sommer. Se si ricordava bene, era il penultimo articolo.

> ...tiene segreto il tipo di rivelazione annunciato. Ci sarà un nuovo scandalo farmaceutico? È plausibile, tanto quanto la possibilità che Berger torni a un tema di cui si occupa da anni: le malattie di domani coltivate in laboratorio. La prossima influenza suina e la prossima aviaria avranno un'origine sintetica? La nuova esplosione di Ebola sarà pianificata? La peste del ventunesimo secolo si trova già in qualche borsa frigo? E l'industria ha già a disposizione provviste di rimedi adatti?

Si aprì la porta.

"Ecco il tè, Andreas." Entrò Irene, sullo stretto vassoio oltre al tè c'erano tre biscotti. Posò tutto sulla scrivania.

"Come ti senti? Qualche progresso?"
"Qualcosina," disse.
"Fai una pausa. Hai preso le pasticche?"
Nagel annuì e afferrò un biscotto.
"Per la cena è troppo tardi..."
"Saltiamola," propose. "È meglio per..." Si toccò la pancia.
Irene si sforzò di sorridere, ma con sincerità.
Nagel bevve un sorso di tè.
"Prima ha chiamato Kirsten," disse la moglie.
"Ah sì? Cos'ha detto?" chiese, grato di non dover più parlare di farmaci. Da quando sua figlia abitava a Kiel, la vedeva solo ogni paio di mesi.
"Per l'anniversario di matrimonio ci vuole regalare una vacanza."
"Una vacanza? E perché ce lo anticipa? Ci rovina la sorpresa se ce lo comunica con tre mesi di anticipo."
"Vuole sapere dove vogliamo andare."
"Beh, allora..." Prese Irene per i fianchi e la tirò a sé. "Tu dove vuoi andare?"
"Lo sai benissimo, Andreas, ma non possiamo chiederlo a lei. È troppo costoso. Ci vorranno migliaia di euro."
Lui annuì. "Te lo dico io cosa faremo. Diremo a Kirsten di regalarci un buono di un importo ragionevole. Non troppo alto. E il resto lo paghiamo noi e ci andiamo a Natale. Che ne dici? Ok?"
La moglie s'illuminò in volto, lo abbracciò e gli diede un bacio sulla guancia. "Ok."
Lui la strinse ancora più a sé, ora si sentiva di nuovo benissimo, il suo corpicino caldo era un toccasana.
"La chiamo subito," propose Irene.
"Brava." Nagel buttò giù un altro sorso di tè, poi si alzò. "Un attimo, aspetta, penso..."
E vomitò sul tappeto ricevuto in regalo per i suoi cinquant'anni.

MARIE (VIII)
Nove giorni prima – 29 agosto

...importante e ormai irrinunciabile per la trasparenza in campo economico, nell'industria e nella politica. Soprattutto in un'epoca nella quale i mezzi di comunicazione consolidati diventano sempre più un prolungamento delle compagnie più importanti, la blogosfera costituisce l'unico spazio dove poter rendere pubbliche realtà non filtrate. Ecco perché nel ventunesimo secolo essa diventerà il fulcro della democrazia, una specie di parlamento surrogato nella dimensione virtuale.
Innanzitutto però si tratta di un compito solitario. René Berger conduce una vita isolata, lontano da *backlink*, *hashtag*, commenti degli utenti e *like* su Facebook. Ha imparato molto presto cosa signifhichi raccontare verità scomode, ha dovuto accantonare una carriera da chimico per essersi inimicato figure potenti con un articolo su un giornale universitario. Va da sé che nella sua vita oggi non ci sia spazio per una relazione stabile.
"Una pillola è un ideale compresso," sostiene il blogger. "Proietta chi la assume in un piano ineluttabile." Sul suo comodino l'antidepressivo è sempre pronto.

Marie si massaggiò le tempie, poi rilesse gli ultimi paragrafi. Era piuttosto soddisfatta.

Era da poco passata mezzanotte. La mattina aveva fatto da sola una corsetta intorno al lago, poi aveva trascorso il pomeriggio da René. A cena l'incontro con Simon era stato inevitabile, erano rimasti seduti l'uno di fronte all'altra per mezz'ora ed era stata davvero dura.

Simon lo sapeva. Non l'aveva detto apertamente, ma sapeva che era stata a letto con René. Marie non aveva idea di come lo avesse scoperto, ma lui non era certo un idiota. Aveva solo fatto due più due. Aveva avuto l'impressione che il collega non avesse ancora deciso come reagire. Comunque il ruolo del bambino offeso e permaloso, che rispondeva a ogni domanda a monosillabi semi-ironici, gli calzava sempre meno.

Marie non vedeva l'ora che tutto finisse e di non essere più costretta a incrociare Simon. La gioia provata nel rileggere quei paragrafi grossomodo riusciti era già sparita. Ora si sentiva meschina. Aprì il browser e fece quel che abitualmente faceva quando non sapeva più come giudicarsi: cercò il proprio nome su Google.

Di solito tra i primi risultati compariva sempre il suo profilo Facebook e alcuni vecchi articoli già archiviati dal *Post* in cui, in via del tutto eccezionale, veniva menzionato il suo nome. Nome che spuntava pure sulla homepage del liceo che aveva frequentato, nell'elenco dei diplomati del 2007.

Ma ora il primo risultato su Google era un articolo sullo *Spiegel Online*. L'adrenalina le schizzò fino alla punta delle dita. Il pezzo s'intitolava "Berger prepara il prossimo colpo da maestro?".

Cliccò. Era un trafiletto di soli tre paragrafi nella sezione "Panorama" del giornale. Già dal principio la descrivevano come "la blogger Marie Sommer" che "ha incontrato René Berger in una località di villeggiatura tedesca". Tra le "Altre informazioni" si trovava anche il link al suo blog.

Marie si buttò sul cuscino e fissò il soffitto. Allora era così. Lo *Spiegel* linkava il suo blog. Era così che ci si sentiva a essere famosi, a toccare con mano la *fama*. Non un senso di superiorità, non come vincere una gara, ma un enorme senso di responsabilità. E quello era solo l'inizio.

Aprì il programma di posta elettronica e mandò a Thomas Sessenheim il link insieme al messaggio:

Bingo ;) cari saluti, marie.

NAGEL (VIII)
Nove giorni dopo – 7 settembre

Si strinsero la mano. "Sprungfeld. Si accomodi. Mi dica. Come si sente?"

"Non tanto bene." Nagel salì a fatica sul lettino, rivestito da un telo di carta che gli scricchiolò sotto. Indossava ancora i pantaloni della tuta che si era infilato una volta tornato da Basilea. Sopra, un pesante pullover di lana nel quale era entrato grazie all'aiuto di Irene. La camicia se l'era dovuta togliere, perché macchiata.

Il medico diede un'occhiata al monitor. "Lei è diabetico?"

Era riuscito ad arrivare fino alla macchina, nonostante fossero ricominciate le vertigini, nonostante avvertisse lo stomaco nell'esofago, come se avesse vomitato lava. Erano già le ventidue, perciò Irene l'aveva portato al pronto soccorso della clinica universitaria. A quell'ora non aveva voluto disturbare Heinrich, anche se avrebbe fatto di sicuro un'eccezione per lui.

"Sì, diabetico," confermò Nagel. Per un attimo aveva perso il filo del discorso. Si asciugò il sudore dalla fronte con la manica del pullover. "Non mi era mai capitato di sentirmi così."

"È successo all'improvviso o..."

"No, è tutto il giorno che mi sento, come dire... è da stamattina che ho un po' di nausea."

"Assume regolarmente il Diabecos, giusto?"

Forse avrebbe dovuto chiamare Heinrich. Quell'ometto mingherlino con la riga da una parte non gli andava particolarmente a genio. Quanti anni avrà avuto quel medico? Non più di una trentina, pensò. Forse dietro quel tono da funzionario nascondeva solo insicurezza.

"Sì, Diabecos... o meglio," gli tornò in mente, "Metofen, da un paio di giorni. Ma il mio medico di famiglia dice che sono la stessa cosa."

"Sì, non fa differenza. Hanno entrambi la metformina come principio attivo." Sprungfeld aprì un documento sul monitor, ma Nagel non riuscì a distinguerne il contenuto. "Potrebbe trattarsi

dei soliti effetti collaterali della metformina. Comunque è meglio ricontrollare la glicemia," spiegò.
Il commissario porse l'indice al dottore, per il prelievo.
"Ha messo qualcosa nello stomaco nelle ultime ore?"
Scosse il capo. "Niente di niente. Semmai ho *rimesso* fuori."
Sprungfeld non accennò neppure un mezzo sorriso. Era concentrato sul display. "Centoquaranta milligrammi per decilitro. Non è *così* male... il braccio, per favore."
Nagel arrotolò la manica e si lasciò misurare la pressione.
"Ovviamente è subottimale," mormorò il medico, "ma ancora accettabile."
Cliccò di nuovo al computer, poi iniziò a digitare qualcosa. "Dunque, quelli che ha provato sono i normali effetti collaterali della metformina. Dovrebbero attenuarsi nell'arco della notte. Strano però che si siano manifestati soltanto ora, di norma si verificano alla prima assunzione. Adesso le prescrivo qualcosa contro la nausea, da prendere per la notte, per il resto... le prescriverei in prova qualcos'altro, un composto generalmente più tollerabile della metformina pura. È d'accordo?"
Nagel scrollò le spalle. "Se è più tollerabile..."

Per arrivare in sala d'attesa bisognava percorrere un lungo corridoio deserto e inondato da una fredda luce al neon. Il commissario dovette tenersi al corrimano, si sentiva ancora le gambe un po' deboli. Quando la porta automatica si aprì ronzando, vide Irene avvolta in una giacca invernale fin troppo pesante, probabilmente la prima che, nella fretta, era riuscita ad agguantare nel guardaroba. Gli corse incontro e lo abbracciò.
"Allora?" chiese. "Allora?"
"Domattina sarà tutto a posto," la tranquillizzò il marito. "Solo effetti collaterali. Probabilmente è dovuto al nuovo farmaco che mi ha consigliato Heinrich. Il medico infatti me ne ha prescritto un altro."
Gli si accoccolò al petto. Le braccia della moglie non riuscivano a cingerlo completamente, da decenni ormai. Quando Irene sciolse l'abbraccio, Andreas con il pollice le asciugò le lacrime dagli occhi.

Sapeva che Heinrich parlava dei vent'anni che gli restavano solo per incoraggiarlo.

Ma alle Seychelles voleva andarci a tutti i costi, gliel'aveva promesso.

MARIE (IX)

Nove giorni prima – 29 agosto

René lo tirò fuori e si girò di fianco. "Scusa," disse. "Scusa, ma non ce la faccio." Si coprì.

Marie si mise a sedere e non disse niente. Aveva preso lui l'iniziativa, ma appena entrata in camera aveva avuto la sensazione che qualcosa non andasse. Lo aveva trovato come al solito al centro del letto, davanti al portatile. La porta non era chiusa a chiave. Le era sembrato assente, teso, il fatto che avesse voluto fare subito sesso probabilmente era stato solo un tentativo per farle sembrare tutto normale.

Gli osservò la schiena muscolosa, che si alzava e abbassava lentamente con il respiro, a ritmo regolare. Nonostante la parte inferiore del corpo fosse nascosta dalla coperta, si accorse che non si trattava affatto di un problema fisico. Del resto non ne aveva neanche la sensazione.

"Vuoi parlarne?" chiese cauta. "Cosa c'è che non va?"

René scalzò la coperta, balzò in piedi con una bella erezione ancora in atto, andò alla scrivania e prese la scatola verde e bianca del Prozac. Dopo averne ingoiato due pasticche, tornò a stendersi vicino a lei e si tirò la coperta fino al mento. Evitava ogni contatto fisico.

"È solo che..." Deglutì.

Marie si rinfilò il tanga.

"È quella mail che ho ricevuto stamani."

"Mail? Che tipo di mail?" s'informò lei.

Guardava di lato, fuori dalla finestra. "Non posso dirtelo."

"Perché no?"

"Ti metterei solo in pericolo." Si voltò e la guardò. "Capisci, no?"

"Brutte notizie?" domandò la ragazza.

"*The worst*," sussurrò.

"Riguarda l'uomo che volevi incontrare? Lo svizzero?"

René la guardò con la coda dell'occhio, sembrava riflettere su

come replicare, infine annuì. "Sì, lui." Si premette i pugni contro la fronte. "*Dio*, sono stato io a spingerlo, cazzo."
"È successo qualcosa? È..." Marie deglutì. "È morto?"
Da fuori si sentì sbattere un portellone di carico, era mattino presto, l'inizio di una giornata grigia e afosa di fine estate. Mancava poco a settembre, ormai erano lì da tre settimane. Marie aveva saltato la colazione, ne era contenta. Negli ultimi due giorni, statisticamente parlando, era andata a letto con René ogni cinque ore.
"*Morto?* No, per l'amor del cielo! Ma forse andrà tutto a monte. Se ci ripensa, se lo costringono a ripensarci, significa che ne sono al corrente, che sanno tutto. Allora..." Scosse di nuovo il capo. "Allora non so proprio cosa succederà," aggiunse in tono quasi piagnucoloso.
"E tu non mi vuoi..."
"Non posso." Parlava più forte, ma sempre con il tono lagnoso. "Lo vorrei tanto, ma è meglio se ne resti all'oscuro. Credimi, è meglio! Rimane ancora una possibilità, aspetto un altro messaggio che potrebbe salvare tutto."
"Quando arriverà?"
"Stasera, tra un'ora, domani... chi lo sa?" Si rannicchiò in posizione fetale.
Non poteva aiutarlo senza sapere di cosa si trattasse. Che c'era di tanto pericoloso da tenerlo così segreto? Cosa aveva in mente che lo agitava? Buttò il capo all'indietro. "Se vuoi che me ne vada..."
"Se non ti dispiace, sarebbe meglio."
"Ok." Marie si alzò. "Ci vediamo domani?"
"Forse."
"Hmm." Si rivestì e in bagno si sistemò i capelli.
Quando era già alla porta, René le gridò dietro. "Aspetta!"
"Cosa c'è?"
"Mi puoi... mi puoi mettere quella scatola sul comodino?"
"Il Prozac? Sei sicuro?"
"Ti prego."
Andò alla scrivania e prese in mano la scatola. "Non so cosa ti sconvolga tanto, forse non voglio nemmeno saperlo, ma questa

roba di certo non ti aiuterà!" Sbatté la scatola sul comodino e se ne andò.

Quando passò per il paese, Marie ebbe di nuovo la sensazione di essere travolta da un mostruoso vortice, un ciclone che risucchiava tutto e la scaraventava nel suo occhio, facendola turbinare all'infinito.

Una volta in camera aprì il portatile, digitò l'indirizzo del suo blog e controllò i commenti. La redazione aveva tre moderatori che da casa controllavano con regolarità gli ultimi post degli utenti, ma lei preferiva verificare di persona che non ci si fosse dello spam.

L'articolo sullo *Spiegel* aveva sortito l'effetto sperato. Nella notte ogni suo singolo intervento sul blog aveva ricevuto una media di venti commenti, per lo più neutrali verso il suo lavoro, piuttosto riferiti a Berger. Si leggevano cose del tipo: "L'azione di Berger e di quelli come lui è importante per un paziente moderno e illuminato." Oppure: "Meglio non sapere quel che Berger intende tirare fuori da quel pantano." In molti raccontavano in breve le proprie esperienze, alcuni probabilmente più anziani mostravano la ferma convinzione che un medico di famiglia antipatico costituisse già una prova sufficiente della corruzione dell'intero sistema sanitario. Era sempre sorprendente la rapidità con la quale arrivavano certi commenti così idioti.

Infine trovò un post che per un attimo la lasciò interdetta.

> Sì, sì, *all aboard the berger-train*. È stomachevole come ogni giornale da quattro soldi e una sedicente blogger qualsiasi tenti di ricavare qualcosa dalla notorietà di Berger.

Marie aprì subito un'altra finestra del browser, che nascose il testo. Cliccò per un po' sul sito di Reddit, poi spostò la finestra in alto finché sotto la critica non apparve il link "cancella" dell'amministratore. Ci cliccò, poi chiuse il programma.

Andò in bagno per bere un po' d'acqua dal rubinetto, quando tornò controllò la posta. L'intervento sullo *Spiegel* aveva scatenato anche un'alluvione di mail. La maggior parte dei mittenti voleva che lei riportasse un messaggio a Berger, altri si presentavano come *whistleblower*. Decise di leggerle più tardi. Quando stava per chiudere lo schermo, le saltò all'occhio un mittente. Era una mail di Jonas, il suo indirizzo non l'aveva ancora bloccato. L'aprì.

> Marie,
> ho appena letto l'articolo sullo *Spiegel*, forse in questo modo riesco a contattarti. Capisco che cerchi di ignorarmi, ma voglio solo parlare un attimo con te. Chiamami quando mi leggi. Ti prego.
> Jonas

Osservò a lungo la mail, che un po' la tranquillizzò. Prese il cellulare dal comodino, sbloccò il numero di Jonas e gli inviò un sms.

> Chiamami.

Cinque minuti dopo lo smartphone vibrò.

Rispose. "Non so cosa ci sia ancora da discutere," attaccò senza neppure aspettare un saluto, ma il tono fu meno efficace di quanto desiderato.

"Come stai?" chiese Jonas dall'altro capo della linea. Sembrava sollevato ma anche teso. "Sono settimane che provo a contattarti."

"Sono settimane che provo a ignorarti." Ma anche stavolta il tono non fu come sperato. "Cosa mi volevi dire?" si affrettò ad aggiungere. "Mi auguro che siate felici insieme. Di sicuro avrà ben altre qualità oltre a quelle tettone."

"Dormo al massimo quattro ore, accidenti, perché mi scervello tutta la notte per capire come sia successo."

"Non so proprio aiutarti," replicò lei fredda. "Solo tu sai la risposta."

"E invece no, me lo domando ogni secondo. Non ci capisco niente neppure io."

Marie chiuse gli occhi per figurarsi di nuovo la scena: Jonas nudo, frastornato, sciocccato, poi quella risata. "Jonas, è finita la carta igienica." Il preservativo usato, quel seno gigantesco che catalizzava tutta l'attenzione, con i succhiotti, il fumo di sigarette spente... "A proposito, come si chiama?"

"Non so nemmeno questo!" gridò Jonas all'altro capo del telefono. "Non ne ho idea."

Ma chi voleva prendere per il culo? "Non sai neppure come si chiama? Scusa, Jonas, ma..."

"No, dico sul serio. All'inizio mi ha detto Claudia. Poi, più tardi, all'improvviso ha voluto che la chiamassi Sheela. E..."

"*Sheela?*" Marie scoppiò a ridere.

"Sì. Quale sia il suo vero nome non ne ho alcuna idea, non l'ho più vista dopo quella sera. Se l'è svignata pochi minuti dopo di te e da allora più niente."

"E dovrei crederti?" gli chiese, anche se credeva a ogni singola parola. Nemmeno Jonas poteva inventarsi una cosa così stupida.

"È tutto vero. Se non mi avessi evitato per settimane, se mi avessi aperto invece di startene dietro la porta chiusa, ti avrei già spiegato da un pezzo. Tutta questa storia è..."

"Un attimo," lo interruppe Marie. "Ma cosa dici? Quand'è che ti ho ignorato standomene dietro la porta chiusa?"

"Dopotutto il mattino seguente volevi fare una stupidaggine ma io ti ho fermata."

"Cosa?" sorrise. "Lo credi anche tu? Ma è ridicolo, Jonas! Pensi davvero che mi sarei tagliata le vene solo perché ti sbattevi un'altra?" Era stata troppo dura. "Scusa. Non volevo."

Lui non disse niente. Per un po' si sentì solo un pulsare ritmico della linea.

"Jonas, mi hanno trattenuta in ospedale non più di due ore."

"Ma il coltello..."

"Non lo so come mi sia finito in mano, ero completamente ubriaca, m'ero scolata mezza bottiglia di vodka e una bottiglia di vino. Forse l'ho usato per aprire il tappo di sughero. Di sicuro non per quello che pensi tu."

"Capisco che sei arrabbiata."

Marie sospirò. "Allora cos'è accaduto quella sera?"

"È successo tutto talmente in fretta." Sembrava molto obiettivo. "Quel pomeriggio avevo avuto la prova scritta di meccanica delle oscillazioni ed era andata piuttosto bene. Volevo chiamarti ma eri irraggiungibile."

"Ero in treno," borbottò lei.

"Ho pensato, beh, a quanto pare alla mia ragazza non interessa come sia andato l'esame, posso anche uscire." Rise. "Quindi scendo in birreria e mi faccio un paio di pinte, per festeggiare. Capisci?"

"Capisco." Cominciò a sentirsi in colpa. Soltanto allora le tornò in mente che il giorno prima dell'esame lui le aveva scritto. Quella mattina avrebbe almeno potuto augurargli in bocca al lupo. Se l'era dimenticato.

"Sono rimasto da solo per tutto il tempo, fino alla terza birra. Poi mi si è seduta vicino."

"Sheela."

"In quel momento si chiamava ancora Claudia."

Marie dovette sorridere. "E poi? Ti ha fatto sbronzare?"

"Era con un'amica, ho pensato che non ci fosse nulla di male, mi avevano persino invitato. Poi l'amica se n'è andata. A un certo punto le è venuto in mente di salire di sopra da me. Ho protestato, lei mi ha spiegato che tanto eri a Berlino, saresti arrivata solo l'indomani e che comunque di me non te ne fregava granché. Marie, aveva ragione lei. In quel momento ho pensato che avesse ragione, nei giorni precedenti non c'era stato più tanto interesse… prima almeno mi mandavi un sms di in bocca al lupo. Quello per l'esame di Costruzione di ponti te lo ricordi? Con l'ippopotamo."

"Stompf, stompf, speriamo che il ponte di Jonas mi regga," disse Marie, d'un tratto con un nodo in gola.

"E la mattina di nuovo niente."

"E poi…"

"Cosa avrei dovuto fare? Mi conosci. Ne hai approfittato anche tu, quando ti è parso. Con quel maledetto top da urlo."

Rise. "Sei proprio uno scimmione primitivo, Jonas."

"Mi ha fatto ubriacare sul serio, Marie. Mi ha fatto sbronzare e si è approfittata di me."

D'un tratto lei ebbe il desiderio di accarezzargli la testa.

"Di' un po', dove sei?" le chiese. "Ho letto di te sullo *Spiegel Online*. Una località di villeggiatura nella Germania del Sud? Da quanto tempo sei là?"

"Sul serio non lo sai?"

"E da chi dovrei saperlo?"

"Beh, da Thomas! Non gliel'hai chiesto?"

"Ho chiamato il *Berlin Post*, ma si sono rifiutati di darmi qualsiasi informazione."

"Tutto nel massimo riserbo. Solo noi sappiamo dove soggiorni Berger e solo io ci parlo." E solo io ci vado a letto.

"Ma dove sei di preciso? In Baviera?"

"Foresta Nera," rispose Marie. "Titisee."

"E cosa ci fa Berger sul Titisee?" chiese Jonas divertito.

"Legge il mio blog," replicò lei.

"L'ho letto anch'io. Si parla solo della grossa rivelazione che ha in mente. Ma cosa sia di preciso non si sa."

"È piuttosto sconcertante, sul serio, forse lo stanno persino spiando."

"Spiando? E chi?"

"Non lo so, magari la mediPlan. Non ci capisco niente neppure io."

"Sei da sola là? Sei in un hotel?"

"Di' un po', Jonas, ma prima a cosa ti riferivi dicendo che ho fatto finta di non essere a casa? Quando è successo?"

"Due settimane fa volevo riportarti la chiave dell'appartamento ma non hai aperto, anche se eri in casa."

"Aspetta, aspetta. Dici che ero in casa? Come fai a saperlo?"

"Beh, quando sono arrivato la luce era spenta. Quando me ne sono andato invece era accesa."

"Quando è successo? In che giorno della settimana?"

"Giovedì?"

"Io sono arrivata qua martedì. Sei proprio sicuro che la luce fosse accesa?"

"Sì, sicurissimo. Pensi che ci fosse qualcuno nel tuo appartamento?"

"Forse il padrone di casa," ipotizzò Marie. L'uomo le aveva comunicato che non c'erano guasti all'impianto elettrico dell'ingresso. "Un attimo, la luce veniva dall'ingresso? Oppure dalla camera? Sei riuscito a capirlo?"

"Dall'ingresso? Sì, potrebbe darsi, non me lo ricordo."

"Magari era davvero il padrone di casa." Non ne era per niente convinta. "Comunque sono felice che ci siamo chiariti."

"Possiamo...? Domani posso richiamarti?"
"Certo, perché no? Telefonami quando vuoi. Hai qualche esame nei prossimi giorni?"
"Meccanica dei fluidi, ma solo dopo la pausa tra i due semestri."
"Beh, ti auguro buona fortuna già da ora. Sai com'è, ultimamente sono diventata un po' smemorata."

"Ti intendi di elettronica?"
Simon infilzò un pisello con la forchetta. Per cena servivano una grigliata mista con verdure che non era niente male. Negli ultimi cinque minuti non si erano scambiati una parola. "Di hardware? O cosa?"
"No, no, uno o due gradini più in basso. Diciamo di ingegneria elettronica."
Lui tagliò un pezzo di filetto di tacchino e lo immerse nell'intingolo. "Di che si tratta?"
"Mettiamo che tu voglia sorvegliare un appartamento."
Simon buttò giù un sorso di Coca-Cola.
"Bene, se volessi registrare quello che si dice in un appartamento e magari installare persino una telecamera, servirebbe molta corrente?"
"Dipende." Il ragazzo scrollò le spalle. "Se il segnale dev'essere trasmesso a lunga distanza e senza cavi... ma perché? Pensi che Berger sia videosorvegliato?"
"Si potrebbe collegare la telecamera direttamente all'impianto elettrico dell'appartamento?"
"Certo. E così potresti persino portare il segnale... per esempio in cantina."
"E cosa succederebbe se il dispositivo di sorveglianza si guastasse?"
Simon alzò lo sguardo. Aveva un po' di unto all'angolo della bocca. "Dove vuoi arrivare?"
"Scatterebbe il salvavita? La sorveglianza andrebbe a farsi friggere?"

"Sì, certo, in un normale impianto elettrico succederebbe questo." Prese il tovagliolo e si pulì la bocca, poi spinse indietro la sedia. "Vado un attimo in bagno."

Marie stava per chiedergli quanto grande fosse un dispositivo del genere ma richiuse la bocca. Il suo collega sembrava con la testa altrove, lei s'immaginava benissimo dove. Si alzò e andò al buffet dei dolci. C'era il tiramisù.

Quando tornò, il suo collega era già a tavola, intento a finire l'insalata. Marie si sedette.

"Senti," riprese, "gli ultimi giorni sono stati un po' faticosi."

Lui si fermò con la forchetta davanti alla bocca aperta. "E allora?"

"Volevo solo dirti che ti capisco, ma che anche tu devi renderti conto che tra noi non c'è stato niente..." Cercò la parola giusta. "Niente di *impegnativo*. Il tuo atteggiamento negli ultimi giorni mi è sembrato un po' infantile."

Simon buttò la forchetta nel piatto e Marie trasalì. Poi sembrò ricordarsi qualcosa, probabilmente che era lì per lavoro. Socchiuse gli occhi e si massaggiò il sopracciglio destro. Le sue parole furono calme, sommesse. "È *difficile*, ok?"

"Lo capisco, ma..."

"Sì, lo so, è colpa mia, è stato poco professionale, sul serio. Non avrei... avrei dovuto metterlo in conto. Anzi, lo sapevo fin dall'inizio che faceva parte del piano." Alzò lo sguardo. "Del *tuo* piano. Già quando siamo arrivati hai messo in chiaro che lo avresti abbindolato con ogni mezzo."

Lei non replicò. La forchetta era caduta nell'intingolo, la tovaglia si era costellata di macchioline rosse.

"Sono un idiota, lo so, non avremmo dovuto fare quella maledetta passeggiata. Quello stupido temporale. Uno sbaglio."

Marie si sporse leggermente in avanti sul tavolo. "Per me è stato bello," sussurrò, "ma è stato per una volta, ok? Forse per un attimo ho persino sperato che tra noi..." Simon alzò lo sguardo ma lei non terminò la frase. "René non sta tra noi, sta di fronte a noi. Noi siamo dalla parte dei giornalisti. Anche per me è difficile, sai? Cerco di fare il mio mestiere e di essere all'altezza delle aspettative alimentate da quel cazzo di articolo sullo *Spiegel Online* che parla di me. Perché questa è l'unica chance che mi resta, dato che l'università me la posso scordare. Ora però, tutto a un tratto, *tu* mi remi contro, René si barrica dietro ai suoi antidepressivi e il mio ex..." Si fermò. Quello era meglio non raccontarglielo. "Sarebbe solidale da parte tua se almeno mettessimo fine alla nostra faida."

"Cos'ha Berger?" Simon corrugò la fronte.

"Non ne ho idea. Stamattina ha ricevuto una mail catastrofica, ma non mi ha detto né cosa ci fosse scritto, né perché fosse così catastrofica." Mangiò un cucchiaio di tiramisù, il mascarpone era un po' acidulo. "Certo, un piccolo indizio su cosa bolle in pentola me lo avrebbe potuto dare. È in contatto con uno svizzero, immagino un dipendente di una compagnia farmaceutica a Basilea."

"Sì, in effetti," commentò Simon. Guardò le macchie sulla tovaglia. "Mi dispiace, ok?" aggiunse poi sottovoce. "Forse dovremmo riavviare la nostra amicizia e ricominciare dal punto di ripristino di tre settimane fa."

Marie dovette ridere. "È l'espressione che usate voi nerd per indicare un nuovo inizio?"

"Probabile."

"Ok. Allora riavviamo."

Una volta in camera la ragazza si buttò sul letto e accese la televisione. Almeno un problema lo aveva risolto. Dopo cena Simon non era salito con lei, ma era andato a fare una passeggiata notturna intorno al lago, da solo. Piano piano lo avrebbe metabolizzato.

In tv davano *Chi vuol essere milionario?*. Non aveva voglia di cose più impegnative, perciò sprimacciò il cuscino in modo da creare una specie di sofà e ci si appoggiò con la schiena.

Il pensiero che avessero installato sul serio una videocamera nel suo appartamento, forse una cimice, era così surreale, così improbabile che bollò quel sospetto come un'idea paranoica. Forse si era trattato davvero solo di un corto circuito che, in un modo o nell'altro, si era riparato da solo.

Aprì il portatile per leggere le mail rimaste. Da quel pomeriggio il numero era quasi raddoppiato. Se fosse andata avanti di quel passo, in redazione avrebbe avuto bisogno di una collaboratrice solo per le risposte.

Per fortuna la maggior parte non superava i due capoversi. Alcuni comunque mazzolavano a suon di teorie del complotto. Diede una scorsa a una caotica invettiva in cui si delineava un'intricata congiura mondiale, un testo che partiva dal declino del sistema metropolitano negli Stati Uniti e si concludeva con l'ipotesi che Stanley Kubrick avesse inscenato l'allunaggio.

Un'altra mail era più stringata:

> La prendono per i fondelli. Se vuole scoprire la verità sull'Eupharin, mi chiami da una cabina telefonica.

In fondo alla mail c'era persino il numero di telefono.

Da Thomas invece nessuna risposta, ma di sicuro aveva letto l'articolo.

Spinse da parte il portatile. Chi si lamenta del livello dozzinale dei commenti on-line, dovrebbe leggere le mail che si ricevono non appena si rende pubblico il proprio indirizzo.

A *Chi vuol essere milionario?* il concorrente era convinto che Richard Nixon fosse stato colpito dallo scandalo *Billgates*. "Da noi a Treptow il Watergate è un club. Non ha senso. E *bill* in inglese significa disegno di legge, come in *Bill of Rights*."

Affondò con la testa nel cuscino. "La prendono per i fondelli." Perché qualcuno le scriveva una cosa simile? Chi la prendeva per i fondelli? E di quale verità sull'Eupharin stava parlando?

"Intende il *Bill of Gates*?" lo schernì Jauch. "Gli piacerebbe di sicuro." Il pubblico schiamazzò.

Di colpo il concorrente era disperatissimo. "Forse allora... mi sa che è il *Goldengate*."

Riaprì il portatile e lesse di nuovo la mail. Il numero di telefono iniziava con 0041, il prefisso della Svizzera.

Erano da poco passate le dieci e mezzo, si annotò le cifre, balzò dal letto, s'infilò un cardigan, prese il portafoglio e uscì dall'hotel.

La notte era fresca, si sentiva già aria d'autunno. La stazione se ne stava sola soletta al margine del bosco. Regnava un silenzio tale da sentire il ronzio delle luci al neon. Marie entrò nella cabina telefonica davanti alla stazione e compose il numero.

Risposero dopo il secondo squillo.

"Sì?" Una voce maschile, sembrava affannata.

"Ciao," disse Marie. "Ehm, chiamo per scoprire la verità?"

Per alcuni secondi all'altro capo della linea non si sentì altro che un lontano fruscio. Poi l'uomo dal forte accento svizzero rispose. "Ora le spiego come raggiungermi. Non dica niente, a nessuno."

NAGEL (IX)
Dieci giorni dopo – 8 settembre

Nagel guardò l'orologio, poi prese la scatola dal tavolo e ingoiò la sua pillola di mezzogiorno.
Per la prima volta da giorni si rivedeva il sole e per essere gli inizi di settembre faceva un caldo insolito. Se ne stava sulla sdraio in giardino, in t-shirt e pantaloncini, alla sua destra il ruscello che gorgogliava, dall'altro lato del prato Irene con il cappello di paglia impegnata nel piccolo orto.
Erano le tre di domenica, si sentiva alla grande, il collasso cardiocircolatorio della sera prima già dal mattino gli era sembrato un fatto surreale. Sulle ginocchia aveva i documenti stampati, li stava esaminando da mezzogiorno, quei movimenti di denaro gli parevano quanto mai sospetti. Michael Balsiger aveva segnato con lo stesso colore coppie di transazioni, Nagel con la calcolatrice aveva ricontrollato due volte ognuna delle circa quindici coppie, il risultato era sempre lo stesso: una cifra era sempre il triplo e mezzo dell'altra. Pagamenti automatici, che ogni volta finivano nelle casse di una ditta chiamata Wenderley, non appena un importo veniva accreditato al gruppo Sanora. Forse le due aziende erano collegate. Forse alla Sanora venivano trasferite di nascosto grosse somme.
Gli studi clinici dell'Eupharin erano quasi altrettanto interessanti. Il primo risaliva all'estate del 2011 ed era lo stesso documento presente anche sul blog di Berger, che aveva innescato lo scandalo mediPlan. Si trattava di uno studio di fase quattro che, dopo il nulla osta per l'Eupharin, intendeva verificarne i possibili effetti a lungo termine. Il documento riportava dettagliate colonne di cifre, spiegando poi in maniera inequivocabile che, dopo alcuni anni di assunzione regolare del farmaco, sussisteva il rischio di coaguli al cervello. Il consiglio dei responsabili dello studio era chiaro, il prodotto doveva essere ritirato subito dal commercio.
La mediPlan però aveva tolto l'antidepressivo dal mercato solo un anno dopo, quando la stampa aveva riportato casi di decessi, paralisi, perdita della vista e demenza presenile.

Il secondo documento ribadiva quasi gli stessi risultati, ma non risaliva al 2011, bensì al 2007. Riportava gli esiti dello studio clinico di fase tre, sei mesi *prima* dell'immissione in commercio del farmaco. Dunque la mediPlan aveva saputo fin dal principio i rischi legati all'Eupharin.

Era quella la bomba nascosta in quei documenti? L'informazione che Balsiger voleva trasmettere a Berger o a Marie Sommer? Nagel non ne era convinto. La gente non ne poteva più di scandali. Da un certo punto in poi, come danno d'immagine, un'impresa poteva permettersi quasi tutto, presto o tardi la reazione dell'opinione pubblica si sarebbe limitata a una scrollata di spalle. Era risaputo.

No, doveva esserci dell'altro. Molto altro.

Si stiracchiò. Sopra di lui il cielo era tappezzato di cirri bianchi, dalla strada risuonavano voci squillanti di bambini che giocavano.

Irene lo raggiunse con un ciuffo di erbacce. "Ti sei arenato?"

"Ho la sensazione che mi sfugga qualcosa."

"Lo scoprirai, lo scopri sempre." Personalmente però lei non voleva più saperne, non lo aveva mai voluto. "Un po' d'acqua? Un succo d'arancia? Appena spremuto?"

"Sarebbe bello, sì."

Lo osservò sorridendo. "Torno subito." Poi cambiò espressione e corrugò la fronte, contraendo le sopracciglia fino a formare una linea unica. "Ecco che di nuovo parcheggia qui."

"Chi?" chiese il marito.

Irene raggiunse il cancello del giardino a passo deciso. "Ehi," gridò. "*Ehi!*"

Nagel si tirò su a fatica. Al di là della siepe vide una BMW nera. La moglie bussò ai finestrini oscurati. "Non può parcheggiare qui! Quante volte glielo devo ripetere?"

Il conducente mise in moto, subito dopo Nagel sentì il rumore della macchina che si allontanava.

Irene tornò. "Turisti," mormorò. "Allora, ti preparo la spremuta."

Il commissario cercò di seguire l'auto con lo sguardo, ma la siepe glielo impediva. Nel vicinato era una lite continua, o perché gli ospiti bloccavano la strada con le macchine o perché, come in quel caso, turisti in cerca di parcheggi gratuiti posteggiavano là, vicino al centro storico. Si stese di nuovo sulla sdraio e riprese in mano i documenti.

Diversi articoli di giornale illustravano le reazioni della stampa i giorni successivi alle rivelazioni di Berger. In una prima intervista un portavoce della mediPlan aveva dichiarato a *Le Monde* che si sospettavano "incongruenze" da parte dei responsabili dello studio, che ora si intendeva verificare. Da lì il titolo in prima pagina sullo *zeit.de*: "La mediPlan accusa di superficialità un partner di vecchia data". Dato che oltre all'Eupharin, Sanora aveva testato quasi una dozzina di altri farmaci della compagnia e si temeva di gettare discredito su gran parte della gamma di prodotti, poche ore dopo la mediPlan aveva pubblicato una rettifica dove, in sostanza, si sosteneva che mai avevano dubitato della professionalità di Sanora e che confidavano in una futura positiva collaborazione.

I soliti battibecchi su responsabilità e teste che rotolano. Due giorni dopo l'opposizione aveva colto l'occasione per attaccare la politica sanitaria del governo federale, che il giorno seguente a sua volta aveva espresso la "sua piena fiducia nel settore farmaceutico".

Se solo avesse potuto parlare con Michael Balsiger! Chissà se aveva lasciato una lettera d'addio. Gli venne in mente di non averlo chiesto alla moglie e decise che il mattino seguente le avrebbe telefonato, in fondo aveva il suo numero di cellulare.

Sentì che gli stava venendo mal di testa, era il momento di concedersi una pausa. Si tirò su a fatica, dalla finestra aperta della cucina avvertì il rumore della centrifuga. Poteva aiutare Irene a dividere a metà le arance.

Una volta giunto all'ingresso, la moglie gli venne incontro con in mano un vassoio con due bicchieri, un'enorme brocca di spremuta e due deliziose fette di *Baumkuchen*.

MARIE (X)
Nove giorni prima – 30 agosto

L'espresso regionale entrò in una cadente stazione di provincia, prima di Basilea. Marie cercò di decifrarne il cartello, ma il sole e la polvere sollevata dalle frenate dei treni merce avevano scolorito la scritta. In base alla tabella di marcia stava per arrivare a Basilea. Dieci minuti prima il treno si era inerpicato su per un'altura, ai piedi della quale serpeggiava il Reno. L'altro lato era già in Alsazia e per un breve lasso di tempo sul suo cellulare era subentrato un operatore mobile francese. Ora attraversava di nuovo la pianura, davanti al finestrino gli impianti arrugginiti di uno scalo merci e all'orizzonte solo le ciminiere fumanti di una fabbrica. Erano le dodici e un quarto.

Poco prima di entrare in stazione, le strisce pedonali cambiarono colore e diventarono gialle. Era in Svizzera.

A Simon non aveva raccontato della sua gita, neppure a Berger, proprio come aveva insistito Michael Balsiger.

Le aveva persino detto quali biglietti acquistare. Come da istruzioni, era andata con il treno fino a Friburgo e là aveva preso l'espresso regionale per Basilea.

Non sapeva se Michael Balsiger fosse il suo vero nome ma, per qualche strano motivo, aveva avuto la sensazione che per lui fosse importante che lei lo conoscesse, lo aveva ripetuto più volte e le aveva proposto persino di fare lo spelling. Le sue istruzioni erano state così dettagliate che lei se l'era dovute annotare.

Sulla piazza della stazione di Basel Bad trovò ad attenderla un tram della linea 6. Acquistò il biglietto che le aveva indicato, salì a bordo e scese a Messeplatz, dove aspettò la linea 14. Il viaggio fino a Muttenz durò quasi mezz'ora.

Il paese era un tipico sobborgo dall'atmosfera tranquilla. Marie si guardò intorno in cerca del bar. Girò una volta su se stessa, poi lo vide al pianterreno della filiale di una banca.

Era più una tavola calda e già da fuori notò che all'interno non c'era seduto nessuno. Balsiger doveva aspettarla a un tavolo in fondo a sinistra, in un angolo, però non c'era. Si guardò di nuovo intorno, a caccia di un uomo con occhiali da sole e baffi, come si era descritto, ma niente. Da dentro le avevano lanciato qualche occhiata, allora si fece coraggio ed entrò. Si fermò un attimo e ricambiò sottovoce il "Grüezi", poi si diresse al tavolo all'angolo e ordinò un espresso.

Balsiger arrivò dopo il suo primo sorso, o almeno Marie immaginò che si trattasse di lui. Era di una certa età, dinoccolato, in jeans e giacca grigia leggera. Nonostante le nuvole indossava gli occhiali da sole. Sembrava un tantino ridicolo, il personaggio di un poliziesco di bassa lega. La tensione gli si leggeva in faccia, sotto i baffi serrava e sfregava di continuo denti, lingua e labbra. I capelli erano crespi e unti ma anche il resto dava un'impressione trasandata. In mano aveva una borsa di stoffa con il logo di un supermercato. Guardò più volte fuori dalla vetrata, poi anche lui mormorò un saluto rivolto al bancone e si diresse al tavolo di Marie.

La ragazza gli strinse la mano fredda e umida. Le si sedette di fronte e attaccò subito a parlare. "Signora Sommer?"

Lei annuì.

"Dobbiamo fare in fretta."

Faticava a capirlo.

"Ho finto di andare a fare spesa alla Coop e sono uscito da un ingresso secondario. Se tra dieci minuti non torno, se ne accorgeranno," spiegò lui accennando alla borsa di stoffa.

Arrivò la cameriera.

"Per me solo acqua, grazie."

"La sorvegliano?" chiese Marie dopo che la donna si era allontanata.

Balsiger fece cenno di no. "Vogliono scoprire se ho in mente qualche sciocchezza. Dobbiamo sbrigarci. Ho letto il suo blog, è vero che è in contatto con Berger?"

"Sì, parliamo," disse Marie con prudenza.

"Mi ascolti, lei sta correndo un grosso rischio."

"Un grosso rischio?"

"Dove si trova al momento Berger?"

"Al Titisee. Conosce...?"

Balsiger la interruppe con un gesto della mano, come se se lo fosse aspettato. "E lei alloggia in un hotel?"

Marie annuì.

"Se ne vada oggi stesso o sarà troppo tardi."

"Troppo tardi per cosa?" Non riuscì più a trattenere una risata. "Cosa intende?"

Arrivò l'acqua.

"*Merci*," Balsiger ringraziò e prese un sorso minuscolo. La cameriera sparì in cucina, lasciandoli soli nel bar.

"Lei e René Berger siete coinvolti in un accordo sottobanco." Guardò nuovamente fuori dalla vetrata, poi infilò una mano nella tasca del cappotto, tirò fuori una busta da lettere e la spinse nervosamente sul tavolo verso di lei. "Dentro troverà una memory card con tutti i documenti che le servono. Lasci perdere Berger, ormai è spacciato. Li pubblichi e si garantirà un posto nella storia del giornalismo d'inchiesta. Adesso, però, metta via la busta. Presto!"

Marie prese la busta e se la infilò nella borsetta.

"Ci troverà anche i risultati di due studi clinici sull'Eupharin. Li confronti. Confronti tutto e noterà che..." Sollevò lo sguardo e impallidì. Doveva aver visto qualcosa in strada. Lei ne seguì lo sguardo ma non scorse nessuno, la strada era vuota.

"Vada alla toilette," sibilò Balsiger tra i denti. "Presto!"

"Cosa?"

"Vada subito alla toilette. La potrebbero riconoscere." Prese il bicchiere d'acqua e si alzò.

Marie fece altrettanto, quasi in automatico. Gli occhi pieni di panico dell'uomo le misero soggezione.

"Non torni prima di cinque minuti." Si girò di nuovo. "Ruota tutto intorno alla INC, capisce? Dipende tutto dalla INC, confronti i documenti e... presto alla toilette. Si sbrighi!"

Attraversò a grandi passi il bar, il bicchiere d'acqua ancora in mano, e si sedette a un altro tavolo. Ora anche lei vide in strada un tipo vestito in maniera stranamente discreta che si avvicinava al locale. Come le era stato ordinato, sparì in bagno e in corridoio incrociò la cameriera con la quale scambiò un sorriso. Vicino alla porta della toilette sentì Balsiger parlare molto educatamente in tedesco svizzero. "A questo tavolo c'è più sole." Si chiuse dentro la cabina del bagno.

Quell'uomo sembrava sfinito. Era davvero sorvegliato? E da chi? La stessa organizzazione che pedinava Berger? Aprì la busta, conteneva sul serio una memory card nera. Se la infilò nei jeans, poi strappò la carta, la buttò nel water e tirò lo sciacquone.

A scanso di equivoci, di minuti ne aspettò dieci. Solo allora uscì e tornò al suo tavolo. A quello vicino era seduta un'anziana signora, che le sorrise quando si sedette di nuovo davanti al suo espresso.

Michael Balsiger era sparito.

Erano quasi le sei di sera quando scese dal treno al Titisee. La stazione era sommersa da una marea di turisti mordi e fuggi che tornavano a Friburgo.

Era impossibile passare dalla biglietteria, perciò s'incamminò verso la stretta uscita secondaria sull'altro lato del binario, che lei e Simon avevano usato il giorno del loro arrivo.

Entrò nel corridoio e si fermò. Rimase immobile per una frazione di secondo, poi si girò e tornò indietro.

Lo aveva riconosciuto. *Li* aveva riconosciuti. Si avvicinò a un distributore automatico di bevande e sbirciò dietro l'angolo attraverso il vetro. L'uomo con i capelli lunghi, quello che aveva visto nella hall dell'albergo e qualche giorno prima col binocolo. Di fronte a lui c'era un tipo tarchiato, capelli corti e giacca di pelle. Si scorgevano delle rughe sul collo taurino. Aveva riconosciuto subito anche lui. L'aveva già visto due volte, la prima sull'intercity rapido da Amburgo a Friburgo e la seconda davanti alla toilette sul treno per il Titisee. Gli era piombato addosso. Era lo stesso uomo, ne era sicura.

Tornò nell'atrio della stazione e si fece largo a fatica tra la calca di turisti fino a raggiungere l'uscita. Sentì qualche imprecazione ma se ne infischiò, doveva andarsene da lì, doveva uscire in strada, aveva bisogno di pace, di riflettere. Voleva stare da sola.

Dopo tre minuti il silenzio della zona residenziale la avvolse come una coperta soffice, perciò rallentò il passo.

Se l'uomo dal collo taurino e quello con i capelli lunghi neri erano insieme, allora significava che non solo René si trovava sotto continua sorveglianza, ma che osservavano anche lei da quando era partita da Amburgo. Magari persino da prima. Forse il corto circuito in casa sua non era stato causato da uno scarafaggio smarrito tra i cavi. Quei due la sorvegliavano già da quando aveva preso l'incarico di scrivere quella storia? Spiavano anche Thomas? Era possibile che tutto il *Berlin Post* pullulasse di talpe? Chi erano i misteriosi finanziatori di cui parlava Thomas?

Marie si sentì rabbrividire. Superò le aiuole di fiori curate in maniera impeccabile, dietro la staccionata del giardino verniciata in maniera impeccabile, e vide il suo hotel. Solo ora si rese conto di guardare in avanti in maniera quasi ossessiva, qualcosa la tratteneva dal voltarsi e controllare se qualcuno la seguisse, se qualcuno l'avesse presa di mira. All'inizio anche a Michael Balsiger era successo così? Anche lui si era rifiutato di voltarsi? Non era la cosa più comprensibile del mondo? Che senso aveva il libero arbitrio, se ogni azione veniva spiata, se ogni movimento, gesto, parola aveva un immediato equivalente in un mondo parallelo nascosto che non dimenticava niente, se ogni cenno, risata, strizzatina d'occhio era soltanto un'altra voce su un protocollo di sorveglianza, un altro lemma su un pezzo di carta?

Entrò nel parcheggio dell'hotel.

Si tranquillizzò solo una volta dentro l'ascensore. Doveva mantenere la calma. Doveva visionare i documenti, pianificarne quindi la pubblicazione, e avvertire René. Non si era dimenticata le parole di Balsiger: "Berger è spacciato". Forse la situazione non era ancora così nera. Doveva parlare con Simon, era l'unico a poterla aiutare. Bisognava metterlo al corrente non appena avesse saputo qualcosa di più, forse quella sera stessa o magari l'indomani. Meglio l'indomani. Doveva impedire che si buttasse a capofitto in qualche stupida azione azzardata, peggiorando le cose. Ma soprattutto non doveva sapere che li spiavano già da quando erano partiti da Amburgo, non sarebbe mai riuscito a nasconderlo, non era tipo da fingere. Non c'è niente di più pericoloso di un cacciatore che sa che il capriolo si è accorto di lui.

Quando la porta dell'ascensore si aprì, Simon le venne incontro. Sembrava affannato. "Marie!" gridò.

"Simon," rispose lei, sforzandosi di sembrare calma.

"È tutto il giorno che ti cerco. Dove sei stata?" Aveva un'aria preoccupata.

"Io? Torno ora da Friburgo. Scusa ma avevo bisogno di stare un po' da sola."

"Ah, capisco." Non era convinto. "Mi ha chiamato Thomas, voleva sapere come andava, gli ho raccontato che pensi che spiino Berger... ma non è così, giusto?"

Non lo sapeva neppure lei. "Probabilmente no," mormorò. "Cos'ha detto?"

"Era entusiasta."

"*Entusiasta?*"

"Ha detto che devi scriverlo a tutti i costi. Assolutamente!"

No, non era una buona idea. "Non so..."

"Forse è il motivo della letargia di Berger!"

"Sì, può darsi." Ma in quel caso sarebbe stato solo il tassello di un mosaico, ne era sicura. La depressione di René nascondeva qualcosa di più. "Ci penserò. Ci vediamo domattina a colazione?"

Simon annuì. "Certo. Cos'hai fatto a Friburgo?"

"Sono stata nella cattedrale," mentì. L'indomani gli avrebbe raccontato tutto, se avesse scoperto qualcosa di più. Ma fino ad allora...

"Tutto il giorno?"

"Ci starei tutto l'anno."

NAGEL (X)

Dieci giorni dopo – 9 settembre

Nadja vide uscire a marcia indietro un coleottero nero da una narice. Anche nella cavità orale sgambettavano innumerevoli insetti. La pelle del vecchio era di un verde grigiastro, sembrava ricoperta da una specie di muschio. Se le macchie facessero parte del processo di decomposizione organica o se gli strati superiori dell'epidermide fossero già stati divorati, non lo sapeva. Lo avrebbe chiarito l'autopsia. In ogni caso, la pioggia degli ultimi giorni non aveva giovato al cadavere.

Lei e Schrödinger erano stati i primi ad arrivare. I colleghi della Scientifica stavano faticando a trovare il posto. Anche loro due avevano quasi mancato lo stretto sentiero nel bosco.

Il vecchio aveva una grossa ferita d'arma da fuoco al collo, il fucile era a terra vicino al cadavere. Per quanto Nadja riuscisse a vedere, la cartuccia era entrata nel cranio per riuscire poi dall'orecchio sinistro. S'infilò i guanti, prese in mano il fucile e aprì la canna. Cadde il bossolo. Un incidente di caccia, forse si era appoggiato al fucile ed era partito il colpo.

Si chiese per un istante se fosse il caso di aspettare la Scientifica, poi decise di no. Sollevò il cappotto con circospezione. Nella tasca interna trovò il portafoglio, nello scomparto trasparente il documento d'identità: Walter Spander, nato il 5 ottobre 1932.

"Cercavo proprio te," disse dopo aver letto quel nome.

Schrödinger tornò dalla macchina, si era informato tramite la ricetrasmittente su dove fosse finita la Scientifica. Il cellulare non aveva campo e il villaggio più vicino era a quasi dieci chilometri.

"Allora?"

"Dovrebbero arrivare tra un quarto d'ora."

Schrödinger salì su un tronco marcio.

Significava che avrebbe dovuto affrontare per altri quindici minuti quel silenzio imbarazzante, iniziato già quando erano in auto. Sì, perché con il collega le chiacchiere di circostanza erano impossibili. "Incidente di caccia, immagino."

"Da quanto tempo sarà qua?"

"Non ne ho idea, un paio di giorni? Un paio di settimane?" Il cadavere era stato rinvenuto già due giorni prima, ma la coppia che lo aveva trovato si era decisa a informare la polizia solo quella mattina. "Ne avevano denunciato la scomparsa." Alzò il portafoglio con la carta d'identità. "Walter Spander. Un paio di giorni fa una vicina ha trovato morta sua moglie. Era sulla sedia a rotelle e non era autosufficiente."

"Incidente di caccia," ripeté Schrödinger.

Eccolo di nuovo, quel silenzio insopportabile. "Davvero tragico, a quest'età."

"Perché?" Il collega fissava il foro d'uscita sull'orecchio.

"Beh, perché..." La domanda l'aveva spiazzata.

"Quando si ha a che fare con un'arma, la prima regola è non puntarsela mai contro," disse lui.

Nadja alzò le spalle. "Forse con il tempo era diventato imprudente?"

"Probabilmente è morto sul colpo."

"Sì, è probabile." Quando accidenti arrivava la Scientifica?

"Non ha nemmeno cercato di attutire la caduta," proseguì Schrödinger.

Era vero, il busto era piegato di lato, le braccia indietro. "Sì."

"E il sangue è colato verso il basso, ovvio," annuì il collega pensieroso.

In lontananza si sentì il rumore di un motore. "Finalmente. Andiamogli incontro." Nadja s'incamminò verso la piccola radura.

"Se si è trattato di un incidente," osservò Schrödinger alle sue spalle, "se è morto subito, se il sangue è colato in questa direzione e non ha neppure allungato le braccia per attutire la caduta, allora perché le mani sono imbrattate di sangue?"

Nadja si fermò e si girò. "Che cosa?"

MARIE (XI)

Nove giorni prima – 31 agosto

Marie inserì per la decima volta la parola "INC" su Wikipedia. Dopo la mediPlan e la Spencer negli Stati Uniti, si trattava della terza compagnia farmaceutica in ordine di grandezza al mondo. La INC e la mediPlan erano entrambe le aziende leader di Basilea. Insieme realizzavano quasi il novantacinque per cento del fatturato dell'industria farmaceutica svizzera. La INC sponsorizzava musei, esposizioni d'arte, fiere, era proprietaria di tutte le squadre di calcio svizzere, e a Lucerna sovvenzionava persino un'università tutta sua. Ma dov'era il collegamento? Dov'era il nesso con l'Eupharin? E con René? Perché ruotava tutto intorno alla INC e perché, secondo Balsiger, il blogger era "spacciato"?

Mancava poco alle nove. Marie era rimasta fino a notte fonda davanti ai documenti salvati sulla memory card di Balsiger. Aveva tentato di decifrarne il senso, di carpirne il segreto.

Forse avrebbe dovuto rileggere gli articoli di giornale che l'uomo aveva copiato sulla memory card. Forse il legame era nascosto lì.

Il giorno prima, mentre tornava da Basilea, aveva pensato a come procedere: avrebbe dovuto scrivere un articolo sul blog, informare Thomas e tenere una riunione cospirativa con Simon. Però, in quasi dieci ore, non era neppure riuscita a scoprire cosa diamine volesse comunicarle quel tizio così strano.

Doveva richiamarlo, doveva parlare di nuovo con Michael Balsiger, in fondo il suo numero ce l'aveva. Subito dopo colazione gli avrebbe telefonato.

La colazione, accidenti, aveva promesso a Simon che l'avrebbero fatta insieme ma non si era ancora neppure vestita. Andò in bagno, si diede una sistemata in fretta e furia e corse di sotto.

Lui era già seduto al tavolo, con davanti un guscio d'uovo vuoto, una tazza di caffè vuota e diverse marmellatine monodose aperte.

"Scusa, scusa." Si sedette affannata. "Lo so, l'avevo promesso, mi sono svegliata tardi."

"Fa niente." Sorrise con la bocca chiusa. "Ti ho salvato un cornetto." E glielo mise sul piatto.

"Grazie."

"Allora? Ci hai pensato stanotte?"

"A cosa?"

"Alla proposta di Thomas di scrivere come tengono sotto controllo Berger. Che potrebbe essere il motivo della sua depressione."

Marie addentò il cornetto e masticò. "Prima devo parlarne con René," disse.

Simon raccolse con il dito le briciole sul piatto. "Affari tuoi."

Una volta in camera decise che dopo la doccia avrebbe chiamato Balsiger dal telefono a gettoni della stazione. In caso di successo, avrebbe raccontato tutto a René. Prima a lui, poi a Simon. René era l'unico che secondo Balsiger era in pericolo.

La sua attenzione venne attirata da una mail, perché scaricarla con la connessione del cellulare richiese quasi tre minuti. Dapprima Marie pensò che fosse un feedback particolarmente pretenzioso al suo ultimo intervento sul blog, magari con un grosso allegato. Aveva già ricevuto altre mail dove le si chiedeva un'opinione su alcuni comunicati stampa.

Quella però era diversa, anche perché la riga dell'oggetto era vuota. Anche il mittente era un indirizzo usa e getta, il messaggio stesso era costituito solo dalla pubblicità di instantmail.org a piè di pagina e da un:

per lei, signora sommer.

L'allegato consisteva in tre file mp3.

Aprì il primo.

All'inizio si sentì solo un fruscio, doveva trattarsi della registrazione di un microfono difettoso. In sottofondo, una voce smorzata e distorta. Poi probabilmente avevano regolato il microfono, il fruscio diminuì, sparì, aumentò di nuovo, infine la voce, maschile, si sentì chiara e forte. *"Perché ti interesso così tanto?"*

Sentì il sangue pulsarle nelle dita. Conosceva quella voce, era di René.

Poi la propria risata affettata. "*Potrei rigirarti la domanda.*"
Era uno scherzo di cattivo gusto di René? Era il suo modo di prendersi gioco di chi si interessava a lui? Aveva registrato la conversazione con il portatile?
"*Cosa intendi?*" domandava la voce di René.
"*Perché ieri sei venuto da me?*" chiedeva di rimbalzo lei. "*Perché questa chiacchierata?*"
Spense, chiuse gli occhi e respirò a fondo. Poi aprì il secondo file mp3.
Come in quello prima si sentiva un microfono ovattato, poi la voce di Simon. "*Ho scovato Berger perché è stato possibile.*"
"*Perché è stato possibile?*" si sentì chiedere.
"*Perché ci sono riuscito.*"
La conversazione della prima sera nella camera d'albergo di Simon. Le tremavano le mani. Avviò l'ultima registrazione.
L'audio era buono fin dall'inizio. In sottofondo si sentiva un fruscio, un lieve ridacchiare. Per alcuni secondi dominò il silenzio assoluto, poi i gemiti soffocati di una donna.
I gemiti di Marie. I suoi. "*Piano,*" si sentì dire sottovoce.
"*Perché?*" replicava René.
"*Quello del mio ex era un po' più sottile.*"
Ridacchiarono entrambi.
Marie premette "stop", l'mp3 durava quasi altri venti minuti. Chiuse il portatile, tremava in tutto il corpo. Era successo tre giorni prima, René era stato da lei, nella sua stanza, l'unica volta che era entrato in camera sua. Erano proprio lì, sul suo letto. E qualcuno...
Balzò in piedi, attraversò la stanza, spalancò la porta e in tre passi raggiunse quella di Simon. Bussò tre volte, quattro, dieci, nessuno le aprì. Dov'era, porca miseria? Doveva parlargli. Prese l'ascensore e scese al pianterreno, ma non era più nemmeno nella sala ristorante.
Risalì di sopra, in camera sua, chiuse la porta a doppia mandata e si fermò al centro della stanza. Dove potevano aver nascosto il microfono? Continuava a tremare. Forse c'era persino una telecamera? Ma dove? Niente griglia del condizionatore, il lampadario consisteva solo in una lampadina con un semplice paralume ricamato.

Si premette i pugni alle tempie, disperata.

Entrò in bagno, aprì il beauty-case e ne rovesciò il contenuto nel lavandino: rimmel, cipria, mollette per capelli, crema per le mani, lo specchietto andò in frantumi. Infine trovò la limetta da unghie.

Uscita dal bagno, si avvicinò alla finestra, per strada non c'era anima viva. Chiuse la tenda, poi si sedette sul pavimento e con la limetta iniziò a svitare la cornice della presa di corrente.

Un'ora dopo aveva aperto, controllato e riavvitato tutte le prese di camera e bagno. Era seduta per terra, di nuovo al centro della stanza. Nel tentativo di aprire la lampada al soffitto del bagno, si era procurata un bel taglio all'indice. Aveva avvolto la ferita con della carta igienica, le altre dita erano escoriate e rovinate dall'intonaco, le unghie rigate.

Non aveva trovato un bel niente.

Passò la punta delle dita sul tappeto. Doveva concentrarsi, doveva riflettere. Quella mail era un avviso. Un avvertimento dalle stesse persone che avevano aizzato contro di lei e René quei due cani da guardia. Da quanto la mediPlan li stava tenendo d'occhio? Michael Balsiger aveva insistito che lo chiamasse da una cabina telefonica. Doveva sapere che la sorvegliavano. Leggevano anche le sue mail? Aveva messo in pericolo anche Balsiger? Eppure si era attenuta a tutte le istruzioni, a parte...

Gli appunti sul tragitto. Si era annotata le indicazioni per il viaggio ma non aveva eliminato il foglietto. Scattò in piedi, prese i jeans dalla pila di vestiti e tirò fuori dalla tasca il pezzo di carta piegato. Andò in bagno per strapparlo, buttarlo nel water e tirare lo sciacquone, ma all'ultimo ci ripensò. Prove. In seguito, in caso di pubblicazione, sarebbe stato importante avere quella prova scritta. L'opinione pubblica aveva tutto il diritto di sapere e lei avrebbe raccontato l'intera storia in maniera chiara ed esaustiva. Pertanto il foglietto di carta le serviva, eccome. Lo infilò nel battiscopa sotto la finestra, come nascondiglio sarebbe stato sufficiente.

Doveva avvertire René. Se lo intercettavano già da settimane, allora sapevano della sua fonte. Il suo informatore era in pericolo.

S'infilò la limetta da unghie in tasca e uscì dalla camera.

Dopo cinque minuti era davanti a La corte della Foresta Nera. Le grosse ali da pipistrello del tetto quel giorno sembravano particolarmente minacciose. Nella hall una comitiva di turisti si cimentava nel suonare uccellini di legno. Ridevano, soffiavano nei fischietti, ridevano e fischiavano. La donna alla reception la salutò con un cordiale cenno del capo. Lei si diresse all'ascensore senza nemmeno rispondere al saluto e salì.

Solo dopo il terzo colpo alla porta, René borbottò qualcosa dall'interno. Come al solito non si era chiuso a chiave, perciò premette la maniglia ed entrò.

Fu travolta da un'aria umida e viziata, la luce del giorno filtrava a malapena dal tessuto delle tende avvolgendo la camera in una fioca luce rosso scuro. Lui era steso sul letto, senza coperta né vestiti. Contrasse le labbra in un sorriso, gli occhi socchiusi. Balbettò un quasi incomprensibile "ma non dovevi venire a mezzogiorno?".

Marie chiuse la porta alle sue spalle e la serrò a chiave. Sul comodino vicino a René vide un bicchiere d'acqua e diverse scatole di pasticche. Allora non prendeva solo il Prozac, ma anche altri farmaci dei quali non le aveva mai raccontato.

Si chinò sul letto e sentì un odore di sudore acidulo e dolciastro provenire da lui. "René, sei in pericolo," gli sussurrò poi all'orecchio.

"Meglio se torni a mezzogiorno," mormorò il blogger.

Lei scosse il capo e alzò leggermente il tono, sempre sommesso però, nella speranza che la cimice non registrasse. "No, ascoltami, dobbiamo parlare adesso, è una cosa seria. Ho ricevuto una mail con le registrazioni…"

"Stenditi vicino a me. Perché stai tutta storta?"

"Con le registrazioni fatte in camera mia e *qua dentro*, capito? Nella tua stanza!" Si sforzò di parlare in tono perentorio, per quanto possibile sussurrando. "Ti stanno intercettando, ti spiano!"

"Hai fame?"

"René, qui è pieno di cimici! Ma mi stai ascoltando? In questa stanza ci sono microspie, probabilmente ti sorvegliano *da settimane*. Sorvegliano te, me e Simon. Tutti noi."

"Hai rivisto il nostro comune amico?" domandò lui. "Ma cosa vuole? Io sono prudente. Sono troppo furbo per quelli là, sono prudente." Sorrise. "Non ti agitare. In pentola bolle qualcosa di grosso e ci sarai anche tu. Ma prima calmati un pochino, dai, prendine una." Indicò il blister di pillole.

Marie si alzò di scatto. Non le importava un accidente se stessero registrando ogni sua singola parola. "Porca miseria, René! Se solo afferrassi il problema! Pensi che tutta questa robaccia risolva la tua situazione?" Indicò il comodino. "Non capisco perché butti giù tutte queste pasticche e neppure perché sei così apatico. Dovresti lottare, mi ascolti? Non puoi lasciarti andare così, amico! Devi controbattere, altrimenti hanno vinto loro, chiaro? Altrimenti hanno davvero vinto loro. E vestiti, *per favore*."

Il blogger scrollò le spalle. "In pentola bolle qualcosa di grosso. Un colpo di scena."

"Cosa, porca miseria, cosa? Sono giorni che parli del tuo fantasmagorico progetto che scuoterà dalle fondamenta l'industria farmaceutica. Ma, accidenti, si può sapere cos'è?"

"Non ne posso parlare." Chiuse gli occhi. "Stenditi vicino a me," ripeté.

Lei si prese la testa tra le mani, disperata. Era inutile raccontargli di Michael Balsiger e del suo viaggio a Basilea, non sarebbe servito a niente neppure dirgli dei documenti. Poi, in fondo, dove parlare al sicuro? Era impossibile trovare un punto non sorvegliato. "Ora basta." Tirò fuori dalla tasca la limetta da unghie e iniziò a svitare la presa di corrente vicina alla parete.

"Ma cosa fai?" chiese lui, perdendo subito interesse alla sua risposta.

Dopo un quarto d'ora Marie iniziò a svitare ogni presa anche in bagno.

"Tu sei matta. Ma cosa cerchi?" chiese lui.

"Cimici!" gridò lei. "Cimici, dannazione!"

"La-scia-le sta-re," canticchiò René. "Se non puoi tornare indietro, allora sei finito in un vicolo cieco mortale."

Non trovò niente, neppure nella camera. Chi aveva nascosto quelle maledette cimici era stato proprio bravo.

"Mi ascolti?" le chiese.

"Vicolo cieco, sì." Cosa diavolo voleva dire? Non aveva senso. Forse le avevano già rimosse, come nel suo appartamento ad

Amburgo. Una cimice difettosa doveva aver provocato il corto circuito all'ingresso. Probabilmente la intercettavano già, dopo che il *Berlin Post* aveva scoperto dove risiedeva il blogger e programmato di farne una storia. Forse c'era persino una talpa in redazione, oppure sorvegliavano Thomas in persona. Tutto era possibile.

"Devono superare l'ultima dannata frontiera e togliermi di mezzo. In sordina, però, perché altrimenti..." disse René.

Marie lo guardò, aveva la testa girata di lato, intanto si era tirato la coperta fin sulla pancia. "Di cosa parli?"

Non rispose più, aveva chiuso gli occhi. La ragazza si avvicinò al comodino per guardare meglio le scatole dei farmaci, ma né i nomi né le sostanze contenute le dicevano qualcosa. Scosse lentamente la testa. Quell'uomo era un relitto umano. Probabilmente già da tempo sapeva delle cimici ma non le aveva detto niente per proteggerla. Era per quello che non era sceso nei dettagli riguardo al suo progetto, riguardo alla sua fonte? Se non lo scuoteva neppure una totale sorveglianza con microspie e uomini alle calcagna, quanto inaudito doveva essere il fardello che portava? Si sentì girare la testa, probabilmente per l'aria malsana. Doveva uscire da lì.

Quando lasciò la stanza, René russava forte e regolare.

L'unica arma che aveva era l'opinione pubblica. Un giornalista, nella migliore e più democratica delle ipotesi, era la microspia negli uffici dei potenti che metteva la gente al corrente di attività illegali e sospette. A questo proposito, Marie decise di ricorrere alla trasparenza, quella dal basso verso l'alto, non il contrario. Per la sorveglianza di gruppi potenti si applicavano tecniche simili a quelle adoperate per i singoli: occorreva solo invertire la rotta e prendere le organizzazioni nella loro interezza, considerarle come individui. Allora le si poteva colpire con le loro stesse armi. Doveva fare leva sull'opinione pubblica, doveva scrivere sul blog, ma con prudenza, non aveva prove concrete. Che le registrazioni provenissero davvero dalla mediPlan non poteva provarlo. Non aveva riscontri convincenti neppure per dimostrare che sorvegliassero in maniera sistematica lei e René. Eppure, mentre camminava sul lungolago, aveva la sensazione che tra le righe dei documenti di Michael Balsiger si nascondesse qualcosa che le era sfuggito. Ma cosa? Balsiger aveva insistito che lo chiamasse da una cabina telefonica, dunque sapeva della sorveglianza. Doveva decifrare il più in fretta possibile il significato di quei documenti e René in quelle condizioni non poteva esserle d'aiuto. Doveva parlare con Simon, ma il collega era sparito. Provò di nuovo a contattarlo al cellulare ma era ancora irraggiungibile. Se era per gelosia, forse se n'era andato in giro e ignorava di proposito le sue chiamate. Che atteggiamento infantile.

In quel momento le vibrò il cellulare, guardò il display, era Jonas.

Rispose solo dopo la settima vibrazione. "Sì?"
"Ciao, Marie."
"Ciao." Mentre parlava, camminava a grandi falcate.
"Hai dimenticato che dovevamo sentirci una seconda volta?"
"No, non me ne sono dimenticata, o meglio sì invece. Come stai? Stai studiando per l'esame di meccanica dei fluidi?" Svoltò nella strada del suo hotel.
"Cos'hai?" Jonas sembrava preoccupato. "Sembri stressata."
Lei scoppiò a ridere. "Non lo so se quella sia proprio la parola adatta."
"Perché? Cos'è successo?"
Marie superò la stazione. "Sono finita in qualcosa di grosso."
"Lo so, si capisce dal tuo blog."
"Stanno braccando Berger, lo sorvegliano di continuo. Probabilmente sanno tutto di lui."
"Ne sei sicura?"
"E sorvegliano anche me, mi stanno seguendo già da quando sono partita da Amburgo. E mi spiavano anche prima, hanno messo delle cimici a casa mia."
Jonas dapprima non replicò. "Per cosa?" chiese poi.
"Per scoprire ciò che René... cosa abbia in mente Berger. Per controllare quello che pubblicherò sul blog ed essere sempre un passo avanti. Questa storia sta diventando troppo rischiosa per me. Io... certo, lo so, può essere una mia fissazione. Cioè, fino a stamattina lo pensavo anch'io, ma oggi... sai quella sensazione che

si prova quando tutte le nostre paure di colpo trovano conferma nel peggiore dei modi?"

"Marie, cos'è successo?"

Era arrivata al parcheggio dell'hotel. Si girò e un centinaio di metri dietro a lei vide avvicinarsi una figura vestita di nero. Era il tipo con il collo taurino? Non poteva rimanere là, doveva entrare nella hall, entrare nell'hotel. "Non posso parlare, Jonas. Richiamami domani, ok?"

"Ehi, Marie, ma cosa c'è che non va?"

"Leggi il mio blog."

NAGEL (XI)

Nove giorni dopo – 9 settembre

Nagel posò il vasetto bucherellato dello yogurt sulla tazza, ci mise dentro un filtro e aggiunse due cucchiai di polvere di caffè. L'acqua già bolliva, la versò lentamente sulla polvere fino a ricoprirla del tutto. Aspettò dieci secondi poi ci rovesciò il resto dell'acqua. Il caffè gorgogliava nella tazza.

Rigirò la sedia da ufficio verso la scrivania. Erano le nove. Prese in mano il rapporto tossicologico sul corpo di René Berger e diede una scorsa al testo. Nel sangue del blogger avevano riscontrato considerevoli quantità di fluoxetina, un antidepressivo venduto in Germania sotto diversi nomi. Il più noto era quello commerciale americano: Prozac. Nel suo stomaco erano stati trovati residui di pasticche, che tuttavia non spiegavano l'enorme concentrazione di antidepressivo. Era da supporre che da giorni assumesse il principio attivo in quantità maggiore del normale e poco prima del suicidio avesse ingerito altre pillole. La morte era stata per annegamento, non si riscontravano forme di violenza. Si era sedato con le compresse, lasciato cadere in acqua e poi semplicemente era andato a fondo.

Il commissario sospirò. Compose per la terza volta il numero di Nadja, ma non rispose nessuno. Afferrò il referto, si alzò a fatica e uscì dalla stanza, dimenticandosi del caffè.

Nadja non era neppure nel suo ufficio. Richiuse la porta e si fermò un po' perplesso in corridoio, quando si aprì la porta accanto e apparve la giovane agente dai capelli castani che alcune settimane prima si era unita alla squadra, ma della quale non sapeva ancora il nome.

"Cerca la signora Freundlich? È partita con il signor Schrödinger un'ora fa."

"Ah sì? E dove sono andati?"

"Incidente di caccia. Qualcuno ha rinvenuto il cadavere di un ottantenne dato per scomparso da giorni."

"Grazie," bofonchiò. "Quando torna, deve venire subito da me, è urgente." Si girò e se ne tornò nella sua stanza.

Aprì la ventiquattrore, tirò fuori la pila di file stampati, la sbatté sulla scrivania e iniziò a rovistare tra i documenti in cerca degli studi di fase tre e quattro sull'Eupharin. Voleva confrontarli di nuovo.

Squillò il telefono, imprecò. Non era il momento. Continuò a scartabellare la pila di fogli, ma il telefono non demordeva.

Rispose. "Nagel."

"Signor Nagel, finalmente! Buongiorno, io..."

"Chi parla?" Si infilò il telefono tra orecchio e spalla e riprese a sfogliare i documenti in cerca degli studi.

"Jonas Steinbach."

"Buongiorno, signor Steinbach." Ma dove erano finiti?

"Commissario, ho provato a chiamarla anche ieri ma..."

"Era domenica."

"Sì sì, lo so. Ma ho notato una cosa, ieri, non so neppure come dirlo."

"Cosa? Cos'ha notato?" Il ragazzo sembrava affannato e seriamente preoccupato.

"Si tratta di Marie."

Nagel batté il pugno sulla pila di fogli. Accidenti! Si era dimenticato a casa gli studi clinici, sul comodino. Se li era portati a letto la sera prima. "Allora? Che ha scoperto?"

"Ho provato a loggarmi sul profilo Facebook di Marie e sul suo account di posta elettronica e, beh..."

Forse avrebbe dovuto chiamare Irene per chiederle di portargli i documenti o la chiavetta USB. Chiuse gli occhi e sospirò. "Lei conosce la password di Marie?" chiese alla cornetta.

"Sì, me l'ha detta una volta, ma me ne ero completamente dimenticato. Comunque, commissario, gli account sono stati tutti cancellati."

"Che cosa?"

"Facebook, posta elettronica, l'account Twitter, quello su Reddit. Ne aveva persino uno vecchio su un forum per giornalisti alle prime armi. Tutto cancellato. Anche quello di Skype non c'è più. L'intera sua identità on-line. Sparita."

"Ne è sicuro?"

"Ho verificato."

"Potrebbe averlo fatto lei?"

"Certo, ma a quale scopo? Sembrerebbe una sorta di suicidio digitale."

O di omicidio digitale, pensò Nagel, ma se lo tenne per sé.

"Deve esserle successo qualcosa. Voglio almeno denunciarne la scomparsa."

Il commissario si massaggiò le tempie. "Lei non prenda iniziative, però ha ragione, signor Steinbach." Era arrivato il momento di imboccare le vie ufficiali. Avrebbe informato Pommerer, lo aveva promesso anche a Nadja. "Me ne occuperò io, le assicuro che scopriremo dove è finita la sua fidanzata. Provvedo subito a inoltrare la denuncia di scomparsa così si apriranno altre possibilità."

"Avvierete una ricerca?"

Per quella purtroppo avevano pochi indizi a disposizione, ma non voleva deludere il ragazzo. "Sì, forse. Ci penso io."

"Grazie, commissario."

"Ora devo riattaccare, sono pieno di lavoro fino al collo, mi faccio vivo io, d'accordo? La chiamo al massimo entro domani sera."

Si salutarono. Nagel si appoggiò alla spalliera e fissò il soffitto. Michael Balsiger e Marie Sommer si erano incontrati, lui aveva commesso un suicidio reale, lei digitale. Doveva esserci un legame, poco ma sicuro. Ma quale? La blogger aveva scoperto cosa era nascosto in quei documenti? Era diventato troppo pericoloso per lei? E soprattutto, era ancora viva?

Se solo non si fosse dimenticato a casa quei maledetti studi! Afferrò di nuovo la cornetta per chiamare Irene, ma in quel momento gli venne in mente che almeno lo studio di fase quattro era tra i documenti scaricabili dal blog di Berger. Digitò l'indirizzo sul browser, cercò l'articolo, scrollò la pagina verso il basso e cliccò sul link.

Stava stampando il documento, quando in un piccolo riquadro vicino all'articolo, sotto la scritta "Related", notò un link che la prima volta, giorni avanti, gli era sfuggito. Il titolo era: "Eupharin CTD".

Aprì un enorme file zippato che conteneva cartelle e sottocartelle piene di innumerevoli altri file in pdf e xml. Era il documento di autorizzazione dell'Eupharin? Diede una scorsa, in fondo c'erano cinque cartelle principali, da module-1 a module-5. Ci cliccò. La maggior parte delle sottocartelle erano contrassegnate da nomi che riusciva a malapena a pronunciare.

Nel module-5 notò la cartella "clinical-study-reports", studi clinici. L'aprì. L'interno conteneva sei sottocartelle, delle quali una era denominata "efficacy-safety", sicurezza. Ci cliccò. Il filo di Arianna che attraversava la struttura delle cartelle nella barra del titolo della finestra si allungava sempre di più. In un'ulteriore sottocartella, "indication-1", trovò il *folder* "controlled-studies" che raccoglieva quasi sessanta documenti in pdf. Scrollò impotente la pagina, iniziando già a sentire un lieve mal di testa. I nomi dei file ora non sembravano più creati in automatico dal computer, ma formulati da una persona. Ne trovò uno con lo stesso nome del pdf dello studio di fase tre memorizzato sulla chiavetta USB di Balsiger. L'aprì.

Cliccò su "Stampa" e scrollò qualche volta in su e in giù il pdf. Nel paragrafo "Conclusion" lo colpì qualcosa. Era lungo una mezza paginetta. Corrugò la fronte, era sicuro che quel paragrafo, letto anche a casa, fosse di quasi quattro pagine. Mentre la stampante rumoreggiava, diede una scorsa al testo. Nella copia sulla chiavetta di Balsiger si ribadiva il sospetto pericolo di formazione di coaguli e il considerevole aumento del rischio di ictus. Si sconsigliava in maniera esplicita l'immissione in commercio del farmaco. Nel documento che ora aveva sotto mano invece non si trovava nulla di tutto ciò.

Assolutamente nulla. Nessuna critica. Niente che ne sconsigliasse la somministrazione.

Girò la sedia verso la stampante e prese i fogli. Da qualche parte nel documento di Balsiger aveva visto una tabella che documentava questo pericolo. Sfogliò le pagine, la tabella mancava. Nell'intero studio non si trovava alcun indizio sull'aumento del rischio di formazione di coaguli, nessun accenno a possibili ictus dopo un'assunzione a lungo termine. Lo studio era quasi lo stesso che si trovava sulla chiavetta ma ogni paragrafo, ogni sottocapitolo, ogni tabella e ogni diagramma che parlava a sfavore di una possibile introduzione in commercio dell'Eupharin era stato rimosso.

Aprì Wikipedia e digitò CTD, *Common Technical Document*, dove si elencano le specifiche per l'approvazione di un nuovo medicinale da parte delle autorità competenti. Aprì di nuovo l'articolo sulla registrazione del farmaco, che aveva letto già diverse volte senza per questo capirne di più. Caricò la pagina della biblioteca comunale e digitò le parole "industria farmaceutica". Solo pochi libri davano l'impressione di essere seri. Si decise per un volume piuttosto anonimo di vari autori, poi avvicinò la cornetta del telefono all'orecchio, compose il numero di casa e aspettò che Irene rispondesse. Diede un'occhiata all'orologio, erano le dieci passate. Quel giorno sua moglie aveva lezione solo di pomeriggio.

"Sì?"

"Irene, sono io."

"Come stai?" La sua voce era come una calda pioggia estiva, lo calmava subito.

"Mi faresti un favore? Mi porteresti in questura i documenti che ho lasciato sul comodino? Sono due fascicoli tenuti insieme da graffette."

La sentì salire le scale ed entrare in camera da letto. "Passo tra quindici minuti."

"Grazie. Ah, un'altra cosa, potresti prendermi un libro in biblioteca? S'intitola... un attimo... *Introduzione all'industria farmaceutica*."

MARIE (XII)

Otto giorni prima – 1 settembre

Il legno della scrivania sembrava ormai immaginario, iperreale. Per nove ore Marie aveva toccato solo touchpad e tastiera. A un certo punto, tra le tre e le cinque e mezzo, si era anche addormentata, ma poco prima delle sei si era rimessa al portatile.

Ora sapeva a cosa si riferiva Michael Balsiger.

Ruotava tutto intorno alla INC. Tutto.

Bussò di nuovo alla porta di Simon.

Alle dieci, a mezzanotte e alle due aveva ripetuto quel gesto, senza mai trovarlo. La riduzione del campo visivo, insorta dopo ore passate a leggere norme per la registrazione di farmaci, test clinici, diapositive introduttive per studenti di farmacia, articoli di giornale e pagine di Wikipedia, le aveva impedito di preoccuparsi seriamente. Adesso però, con la luce del giorno fuori dalla finestra, la mente lucida, una dormita di due ore e mezzo e una doccia gelida, era più che agitata. In fondo anche la stanza di Simon era sorvegliata, poteva essergli successo di tutto.

Erano quasi le nove, si trovava davanti alla porta di Simon con zaino, scarpe da trekking e una giacca leggera, a bussare un'ultima volta.

"Sì, sì. Un attimo," si sentì finalmente dall'interno.

La porta si aprì. Di fronte a lei un ragazzo completamente assonnato. "Marie!" disse sorpreso, quando vide lo zaino. "Avevamo qualcosa in programma?" Si strofinò gli occhi.

Lei guardò diffidente dentro la stanza, non poteva parlare liberamente. "Dove sei stato ieri? E dove sei stato tutta la notte?"

"Non te l'avevo detto?" Corrugò la fronte. "Mi sembrava che ne avessimo parlato a colazione. Come mai quello zaino?"

"Andiamo a fare una passeggiata."

"Una passeggiata?" Rise. "Ma non hai visto il meteo?"

Lei gli lanciò un'occhiata insistente e disperata. Ti prego, non fare tante storie, pensò, ti prego, è importante! "Io però ho voglia di una passeggiata, facciamo il giro del lago," disse senza cambiare tono e con la testa gli indicò il corridoio. Rispondi di sì, mettiti qualcosa e vieni con me, accidenti!

Simon guardò in camera. "Potrei solo un attimo...?"

"No, ora, il tempo peg-gio-re-rà."

Lui la osservava, gli doveva sfuggire il perché di quell'atteggiamento, poi però sembrò intuire qualcosa. "Ok, ok, se proprio insisti."

Dieci minuti dopo uscirono dall'hotel, Marie faceva da guida.

"Dove mi porti?" chiese Simon.

"Te lo dico dopo, aspetta e vedrai."

Dal cielo scendeva una pioggia sottile simile a nebbia, la ragazza sentiva le goccioline scivolarle giù dal naso. Il cielo era grigio scuro, era cominciato l'autunno.

Per alcuni minuti camminarono in silenzio lungo la provinciale che circondava il paese, poi Marie imboccò il sentiero nel bosco.

La strada era asfaltata, ma la pioggia abbondante aveva formato profonde pozzanghere. Avanzavano lenti, lei pensava con terrore alla scivolosa pista di terra battuta che li attendeva.

Arrivarono a una curva, a sinistra il bosco si apriva offrendo una vista panoramica sul paese e sul lago.

"Fermo." Si bloccò e tirò Simon tra i cespugli. Si sentiva il rumore delle loro scarpe nel fango. La ragazza si rannicchiò dietro un fitto arbusto. "Accovacciati," gli ordinò. "Ora aspettiamo."

"Accidenti, Marie, ma cosa diavolo...? Sei impazzita?"

"Sssh." Faceva troppo rumore. Perché non si fidava di lei? "Ci spiano, ci intercettano, René, te e me. Ho le prove. Hanno provato a intimidirmi, ieri sera ho ricevuto una mail. Ci sorvegliano, fa tutto parte del loro piano," gli disse sibilando.

Il ragazzo aprì la bocca, ma non replicò. Sbatté le palpebre più volte, era perplesso. "Ne sei sicura?" chiese alla fine.

"Assolutamente. È una brutta storia, peggio di quanto immagini René. Aspettiamo. Se ci stanno seguendo, passeranno da qui."

Intanto Simon si era tolto lo zaino, che appoggiò a un albero. "Passeranno?"

"Sì, sono almeno in due. L'uomo con il binocolo e il suo complice. Alto, tarchiato, un'aria poco rassicurante, ricordi? L'ho visto sul treno da Amburgo a Friburgo, e poi su quello per il Titisee. Ci segue da Amburgo."

"Perché?" chiese Simon, sforzandosi anche lui di parlare sottovoce.

"Cani da guardia. Ci devono impedire di scoprire troppo. Calmo ora. Sssh!"

Dalla radura nel bosco si riusciva a vedere l'inizio della strada dall'altro lato del paese. Non c'era anima viva. Anche il lungolago, del quale Marie scorgeva un pezzetto, sembrava deserto, case e hotel sonnecchiavano davanti allo specchio d'acqua, ricoperte da un cielo grigio.

Non veniva nessuno. La ragazza aspettò cinque minuti. "Forse non si sono accorti che siamo spariti. Proseguiamo."

Poco dopo raggiunsero il viottolo. Ora anche Simon capì dove stavano andando. "Alla baita?" chiese. "Perché?"

"Perché è l'unico posto dove poter parlare qualche ora senza essere spiati. Ho già messo in pericolo un'altra persona, perché non sono stata abbastanza prudente. Mi hanno seguito a Basilea."

"Sei stata a Basilea?" Marie sentì che il collega le si era fermato alle spalle. Si girò verso di lui.

La osservava socchiudendo gli occhi. "Quando?"

"Ieri l'altro," rispose. "Te ne parlo dopo."

"Avevi detto di essere stata a Friburgo."

"Non era il momento di raccontartelo. Mi dispiace."

"E cos'hai fatto a Basilea?"

"Dopo. Nella baita."

Proseguirono per un po' in silenzio. "Perché nella casetta è meglio che in camera tua?" chiese infine il ragazzo.

"Loro non sanno di questa casetta, è impossibile che ci abbiano seguiti quella volta del temporale. Inoltre nella baita non c'è campo per i cellulari. Anche se mi sorvegliassero dal portatile o dal cellulare, sarebbe impossibile che arrivasse loro qualcosa. La baita è perfetta."

"Ti sorvegliano dal cellulare?"

"La mia stanza è piena di cimici," rispose senza girarsi né rallentare il passo. "Quella di René è piena di cimici. La tua è piena di cimici. Ricordi la nostra conversazione la prima notte in hotel?"

"Sì, sì, certo."

"Ho ricevuto una mail, con un mp3 in allegato: l'intera conversazione, registrata."

"*Che cosa?*" Simon la prese per le spalle e la costrinse a girarsi.

"Insieme a una registrazione dalla camera di René e una dalla mia." Preferì non scendere nel dettaglio sul loro contenuto. "Ora capisci perché preferisco la casetta?"

"Incredibile," mormorò lui, scuotendo lentamente la testa. "È davvero incredibile. Ti rendi conto di che storia potrebbe venirne fuori? Dobbiamo raccontarla a Thomas. Lo hai già scritto sul blog?"

Aveva completamente perso il lume della ragione. "Simon, qui non si tratta di quella maledetta storia! Non hai idea di ciò che sta succedendo, ho passato tutta la notte a spulciare quei documenti, lo sai quante pagine mi sono letta? Centinaia, probabilmente migliaia. Avrò dormito al massimo due ore. Non si tratta più della storia, René è in pericolo e ci finiamo sempre di più anche noi."

"Ma se ci succedesse qualcosa sarebbe la miglior assicurazione per..."

"Ieri notte ho pubblicato un breve testo, niente di specifico. Ecco perché ora voglio andare alla baita, voglio discuterne con te. Non posso mettere ancora più a repentaglio noi e René."

"Ok, ok." Simon annuì. "Hai ragione. Di cosa vuoi discutere con me?"

"Dopo. Ho il portatile, ti mostrerò tutto."

Gli alberi avevano riparato dalla pioggia il viottolo, che era in condizioni migliori di quanto temuto da Marie. Avanzarono più spediti della prima volta, procedendo senza intoppi. Non parlarono molto. Dopo circa un'ora ai loro piedi si aprì la vallata dove la provinciale si snodava come un grigio verme solitario in direzione di Friburgo. Anche quel giorno non videro macchine.

Scesero giù per il viottolo pieno di tornanti.

"Ne hai già discusso con Berger?" chiese il ragazzo.

Marie rispose di no. "Ieri volevo informarlo delle cimici, ma non credo che abbia compreso. Non ho idea di che robaccia butti giù, però ne aveva il comodino pieno."

"Speriamo che non gli vengano idee stupide."

Attraversarono la provinciale e salirono su per il sentiero nella foresta.

La casetta era là dove l'avevano lasciata, si avvicinarono, le persiane erano chiuse e dalla grondaia penzolavano gocce di muschio.

Salirono i due gradini di legno e cercarono di pulirsi le suole, strofinando le scarpe davanti alla soglia. Il ragazzo tirò fuori dalla tasca il suo mazzo di chiavi e aprì il lucchetto con il grimaldello.

"Mi chiedo ancora come tu abbia imparato," commentò lei.

Dentro si sentiva odore di muffa. Marie si avvicinò al tavolo sul quale c'era ancora il pezzo di carta scritto al proprietario della baita. "Il messaggio è ancora qui, non è venuto nessuno."

Si avvicinò alla finestra, l'aprì e guardò fuori. Nessuno in vista. Poi posò lo zaino sul tavolo e tirò fuori il portatile.

"Chiudi la porta."

NAGEL (XII)
Otto giorni dopo – 9 settembre

Ormai erano quasi le tre di pomeriggio. Irene era passata a portargli i documenti e il libro verso le undici. Si tirò in grembo il grosso volume rosso *Introduzione all'industria farmaceutica* e lo sfogliò fino al capitolo "Procedure di autorizzazione". Il file zippato del blog di Berger era il formato web del *Common Technical Document* sviluppato dalle Autorità Regolatorie del Farmaco allo scopo di uniformare e accelerare il procedimento. La richiesta per l'autorizzazione di ogni farmaco andava presentata in quel formato.

Nagel diede un'altra scorsa allo studio di fase tre sulla chiavetta di Balsiger, dove si metteva chiaramente in guardia dai pericoli dell'Eupharin. Con risultati del genere il prodotto non sarebbe mai stato autorizzato. La sola presentazione della domanda avrebbe costituito uno spreco di denaro, di tempo e di lavoro. Era quello lo scandalo scoperto da Michael Balsiger? Lo aveva comunicato a Marie Sommer? In seguito, per ottenere il via libera, la mediPlan aveva presentato uno studio di fase tre falsificato e la Sanora era stata pagata per una ricerca da cui erano state rimosse tutte le segnalazioni di rischio.

Il commissario si massaggiò le tempie. Era assurdo, perché la mediPlan avrebbe dovuto mettere in commercio un farmaco di cui era perfettamente al corrente dei terribili effetti collaterali a lungo termine? Neppure i grossi guadagni dei primi due anni avrebbero coperto i danni d'immagine e le richieste di indennizzo. L'azienda doveva aver messo in conto che si sarebbe rovinata da sola, e non solo: se la frode fosse venuta a galla, ne avrebbe determinato la chiusura certa. Per come la vedeva lui, la compagnia farmaceutica non aveva motivi ragionevoli per falsificare quello studio. Eppure l'autorizzazione era stata richiesta con quella documentazione contraffatta.

Sfogliò di nuovo l'*Introduzione*, dando una scorsa anche ad altre pagine, oltre al capitolo sull'autorizzazione. Quel libro incuteva paura, metteva a nudo l'intero settore industriale proprio perché non era uno di quei comuni libri-verità sull'industria farmaceutica. Solo una piccola parte era dedicata allo sviluppo e autorizzazione dei nuovi farmaci, il resto verteva sui nuovi approcci con i quali legare ancor di più i pazienti all'industria. I farmaci stessi finivano in secondo piano, lo scopo principale era andare incontro sempre e comunque alle esigenze del "cliente", ovvero del paziente, e offrirgli un' "idea globale". Insomma, la classica propaganda e lavaggio del cervello.

Aveva dato una letta al capitolo sulle prospettive future e i nuovi mercati: un breve paragrafo descriveva un metodo ampiamente consolidato per creare siti web dedicati alla salute, specificando solo nel *footer*, a malapena visibile, che la gestione delle pagine erano affidata una certa compagnia farmaceutica. In una pagina informativa sulla pillola anticoncezionale, per esempio, i moderatori presentati in veste di esperti dovevano consigliare per lo più i prodotti di quella azienda. In un altro paragrafo si suggerivano nuovi metodi per carpire "informazioni" sui pazienti, in maniera da stabilire "i bisogni dei potenziali acquirenti" e offrire "prodotti" di cui avessero "reale necessità". In sostanza si trattava di spingere medici e farmacie a raccogliere dati e a trasmetterli alle case farmaceutiche. Con un filo di malinconia si parlava dei tempi passati quando, per un marketing di successo, era sufficiente regalare ai medici curanti viaggi gratuiti e beni materiali per indurli a prescrivere determinati farmaci. Il nuovo approccio consisteva piuttosto nell'offrire ai medici un "pacchetto completo" che abbracciasse anche "la consulenza tecnico-economica". Il medico di famiglia si sarebbe trasformato sempre più in un semplice burattino dell'industria farmaceutica, in un operatore in franchising, che non prendeva la minima decisione senza il supporto di opuscoli, seminari e consulenti ben indirizzati. Il tutto veniva esposto con spaventosa schiettezza il target del volume erano le nuove leve del comparto.

Tutti i metodi e gli approcci venivano presentati con la massima naturalezza e disinvoltura. Erano quelle le informazioni che l'industria celava?

Sfogliò un'altra pagina e la sua attenzione fu catturata da un breve paragrafo dove, per inciso, si raccontava con entusiasmo di una compagnia di Basilea che aveva messo a punto minicapsule hi-tech capaci di inviare dalla pancia del paziente informazioni in diretta sul suo stato di salute. Chiuse il libro e lo allontanò disgustato.

Agguantò il telefono per la terza volta e compose il numero di Sybille Balsiger. Nadja era ancora irraggiungibile, doveva essere finita in qualche zona della Foresta Nera priva di campo. Perché un banale incidente di caccia li tratteneva così a lungo, per la miseria?

Rispose una voce femminile. "Balsiger."

"Signora Balsiger! Sono il commissario Nagel, si ricorda?"

"Commissario, come va? Si è ripreso?"

"Sì, va meglio, grazie. Grazie davvero. Non la disturbo mica?"

"Nient'affatto, i ragazzi sono a scuola, il mio..." Esitò. "Il mio compagno è al lavoro."

"Sa, avrei un altro paio di domande su suo marito che mi ero appuntato da qualche parte, un attimo... accidenti..." Frugò tra i documenti sulla scrivania, ma non riuscì a trovare il bigliettino. "Non importa, penso di ricordarmele. Per esempio, mi sono completamente dimenticato di domandarle per quale compagnia lavorasse suo marito. Ha detto che operava a Basilea, dunque per la mediPlan, esatto?"

"MediPlan?" Sybille Balsiger rise. "Per l'amor del cielo, no, per fortuna no, altrimenti avremmo subito terribili conseguenze economiche per lo scandalo di quel René Berger. No, no, Michael lavorava per la INC."

"INC," ripeté Nagel e sentì le dita intorpidirsi.

"Sì, non sono in molti a sapere che anche questa azienda si trova a Basilea. Di solito si tende a collegarla a Düsseldorf, ma sono sempre stati attivi anche qui e un paio d'anni fa ci hanno trasferito la sede principale."

Il commissario non le prestava più ascolto. La INC. Frugò tra i fogli fino a trovare gli articoli di giornale memorizzati sulla chiavetta USB. Spulciò i titoli in prima pagina.

"MediPlan informata da mesi sui possibili effetti collaterali letali", "Il portavoce della mediPlan ipotizza incongruenze nell'esecuzione di uno studio clinico", "Scherno e derisione per mediPlan: le accuse agli esecutori dello studio sull'Eupharin danneggiano non solo l'azienda ma l'intero settore".

Un responsabile dell'industria farmaceutica in un'intervista dichiarava che se la mediPlan avesse rinfacciato alla Sanora un lavoro poco pulito negli studi iniziali, avrebbe dovuto ritirare dal mercato "anche tutti gli altri farmaci" i cui studi clinici erano stati condotti da quel gruppo, "medicinali che in parte erano in commercio da vent'anni senza incidenti." A piè di pagina si leggeva che "Franz Unterberger è manager della INC di Basilea".

INC.

"MediPlan ridimensiona le accuse alla Sanora" titolavano il giorno dopo. La collaborazione con il gruppo sarebbe proseguita.

"Commissario Nagel? Commissario, è ancora là?"

"La richiamo più tardi, signora Balsiger." Riattaccò.

Dove era finito quel maledetto documento con i movimenti di denaro? Forse, forse... lo trovò tra i comunicati stampa. Per certe prestazioni offerte dalla Sanora, nello stesso istante si trasferiva il triplo e mezzo della somma pure alla Wenderley Public Relations. Le comunicazioni al beneficiario del bonifico alla Sanora spesso consistevano in criptiche combinazioni di lettere, solo alcune erano comprensibili.

"Tox. Rapporto Duovin", "Farmacocinetica 2 Flexon", "Sponsoring Phase-Two-Study Xenol".

Aprì Google e digitò la parola "Duovin". Il primo risultato fu una pagina su Wikipedia, di cui lesse rapidamente il primo paragrafo. Un analgesico messo in commercio nel 2010. Dalla INC.

"Flexon". Nome proposto per un principio attivo contro l'insufficienza cardiaca. Nel 2009 la ricerca era stata fermata dopo che, durante uno studio, sette pazienti su ventiquattro avevano manifestato una forte caduta di capelli. Il principio attivo era stato sviluppato dalla INC.

"Xenol". Un antipiretico ancora in fase di autorizzazione. Sviluppato dalla INC.

La INC aveva pagato la Sanora.

La INC aveva falsificato lo studio di fase tre dell'Eupharin.

Nagel afferrò il telefono e premette il tasto di chiamata rapida per il cellulare di Nadja.

Era ancora irraggiungibile.

MARIE (XIII)

Otto giorni prima – 1 settembre

Il portatile era aperto sul tavolo di legno al centro della baita. Dall'esterno nessun rumore, tranne il lieve fruscio delle foglie. In un angolo della stanza, sulla rete di metallo del letto, era appoggiato il plaid che due settimane e mezzo prima avevano pulito e ripiegato prima di tornare all'hotel. Simon aveva preso dallo zaino una barretta di müsli.

"Tu non hai fame?" chiese masticando.

Marie rispose di no con il capo. "Cominciamo?"

Il ragazzo addentò di nuovo la barretta, poi annuì.

"Ok." Lei aprì la cartella dove aveva raccolto i documenti. "Questa è la prova che ha scatenato lo scandalo Eupharin." Cliccò sul pdf.

"Conosco."

"Già sei mesi prima che le conseguenze mortali diventassero note, la mediPlan aveva ricevuto i risultati dello studio complementare di fase quattro, che riportava in maniera inequivocabile i casi di decesso avvenuti e ne prospettava altri."

"Eppure non sono intervenuti," disse Simon.

"All'epoca giravano voci che la mediPlan fosse al corrente già da prima degli effetti collaterali a lungo termine, voci contraddette persino sul blog di René. Neppure la concorrenza ipotizzava che la compagnia avesse deliberatamente messo in commercio un farmaco pericoloso. L'unica sua colpa era stata di aver tentato per quasi sei mesi di spremere ogni singolo centesimo da quel farmaco, finché i casi di decesso erano aumentati a tal punto da attirare l'attenzione della stampa."

"Un danno d'immagine incommensurabile."

"Per il quale probabilmente la mediPlan non ha colpa."

"Hmm?" Simon, letto rapidamente il pdf, alzò la testa perplesso. "Cosa intendi?"

"Il viaggio a Basilea. Cosa credi che ci sia andata a fare?"

Lui scrollò le spalle ridendo. "E che ne so? Hai visitato un museo d'arte?"

Marie restò seria. "La sera prima avevo ricevuto una mail."
"E?"
Gli raccontò di come fosse entrata in contatto con Michael Balsiger. "Ci siamo incontrati in un sobborgo della città. Intanto credo di aver capito che lavorasse alla INC."
"INC?"
"Un'altra azienda farmaceutica di Basilea."
"Sì, sì, conosco la INC," disse Simon. "E di cosa avete parlato? Quindi era un vero incontro cospirativo." Rise di nuovo.
"Mi ha consegnato dei documenti, ma per ora non ci ho ricavato niente."
"E perché non sei venuta da me?"
"Prima volevo provarci da sola, inoltre non potevamo parlare liberamente. Vuoi ascoltare le registrazioni?"
"No, ti credo sulla parola."
"Stanotte non ho fatto altro che studiarmi quei documenti e condurre ricerche, ora penso di sapere cosa stia succedendo."
"Cosa? Dai, spara," chiese lui con insistenza.
"Questo è lo studio di fase tre sull'Eupharin, datato agosto 2007." Aprì il documento. "Qui si segnalano i possibili effetti collaterali, si menziona espressamente la possibile formazione di coaguli e si sconsiglia la messa in commercio dell'Eupharin."
Simon aprì la bocca. "Questo significherebbe...?"
"All'inizio non l'avevo notato. Pensavo che lo studio di fase tre fosse completamente a posto e che la mediPlan sapesse già in quel momento della pericolosità dell'Eupharin. Pensavo che quello fosse lo scandalo di cui Balsiger voleva informarmi. Ma i risultati dello studio sono proprio quelli che devono essere presentati alle Autorità Regolatorie del Farmaco. Non si tratta di una relazione provvisoria, lo studio di fase tre è il più importante per richiedere l'autorizzazione, è quello in cui il principio attivo viene testato per la prima volta su un gruppo più cospicuo di individui. Sul blog di René ho trovato la documentazione che è stata presentata alle autorità. In gergo tecnico si chiama *Current Technical Document* e..."
"*Common Technical Document*," la corresse Simon.
Se ne intendeva davvero. "Giusto. Comunque, quel documento

conteneva uno studio di fase tre in cui erano stati tolti i punti scabrosi."

Simon abbassò la testa. "È chiaro quello che significa, no? La mediPlan ha falsificato lo studio per potersi fare largo sul mercato con quel farmaco nonostante i pericoli."

"Anch'io l'avevo ipotizzato all'inizio, ma non è così. Sarebbe assurdo, la compagnia si sarebbe tirata la zappa sui piedi da sola. Episodi del genere non graverebbero solo sull'immagine, sarebbero soggetti anche a enormi indennizzi. E se poi fosse venuto a galla che avevano falsificato lo studio, sarebbe stato un vero suicidio. No, sono sicura al cento per cento che la mediPlan abbia ricevuto la versione già ripulita dello studio, reputandola assolutamente attendibile."

"Ma... chi le avrebbe rifilato di nascosto uno studio falsificato? E a quale scopo?"

"Michael Balsiger mi ha detto una frase molto significativa: 'Tutto ruota intorno alla INC.' E stanotte ne ho capito anche il significato."

"Allora questo tuo Balsiger la sa proprio lunga," commentò Simon.

Marie lo osservò per un attimo, con un certo piglio severo sul volto. Quel commento forse avrebbe voluto essere ironico eppure sembrava quasi geloso, sì, pieno di astio. "Ecco un estratto conto dei movimenti di denaro, dalla chiavetta USB di Balsiger. Senza intestazione, solo dati. Vedi? Questi bonifici che ho segnato in rosso si riferiscono tutti a un farmaco che è già stato autorizzato o che è in fase di sviluppo. I bonifici vanno tutti alla Sanora."

"Sanora?"

"Un gruppo di cliniche private che conduce studi farmacologici. Sono loro ad aver curato anche lo studio di fase tre dell'Eupharin. È raro che siano le compagnie farmaceutiche a compiere studi clinici in prima persona, il più delle volte si presentano in veste di finanziatori, si parla di sponsorizzazioni."

"Lo so. E questi farmaci..."

"Sono tutti farmaci della INC. E i pagamenti vanno tutti dalla INC alla Sanora. Ma il bello è che..." Alzò l'indice. "Il bello è che questi compensi ufficiali alla Sanora, segnati in rosso, che sono regolari, sono collegati a questi altri segnati in verde, versati alla Wenderley Public Relations. È sempre il triplo e mezzo della somma e le remunerazioni vengono effettuate l'istante preciso in cui partono i bonifici per la Sanora."

"Wenderley?"

"Una ditta prestanome della Sanora, presumo. Per ricevere pagamenti senza che nessuno se ne accorgesse."

"Ma per cosa?"

"Perché la Sanora truccasse lo studio clinico sull'Eupharin!"

"La INC paga la Sanora affinché questa aiuti la mediPlan a commercializzare l'Eupharin? Ma a cosa gli servirebbe?"

"Non capisci?" gridò Marie. "La INC promette alla Sanora consistenti fondi per collaborare. La Sanora è d'accordo. Dopo alcuni mesi o anni conduce lo studio sull'Eupharin per la mediPlan ma i risultati non sono buoni, il farmaco è pericoloso. La Sanora non invia lo studio di fase tre subito alla mediPlan ma alla INC, ecco perché arriva nelle mani di Michael Balsiger! Sono sicura al cento per cento che lui lavori alla INC. E la INC coglie l'occasione e incarica la Sanora di rimaneggiarlo e di inviare alla mediPlan un documento positivo, favorevole all'autorizzazione."

"Ma a che pro?" Simon smaniava.

"Per eliminare la concorrenza! Perché non riesci a capirlo? La INC ha rifilato una bomba alla mediPlan, un farmaco i cui effetti collaterali si sarebbero mostrati solo dopo anni di utilizzo. Una volta arrivati i primi risultati, provvisori, dello studio di fase quattro, la mediPlan decide di aspettare e vedere se davvero la situazione è così grave. Perché ritirare dal commercio un farmaco solo a seguito di alcune segnalazioni, che magari si rivelano infondate, comporterebbe perdite miliardarie. Ecco perché aspettano. Ma la INC sapeva che avrebbe reagito in quel modo, ogni grossa compagnia lo avrebbe fatto. Poi la stampa sente puzza di bruciato, per alcuni giorni in prima pagina si percepisce una certa agitazione nell'aria, però niente che esca fuori dall'ordinario. Alla fine René Berger, blogger fino ad allora quasi sconosciuto, riceve da una fonte anonima lo studio di fase quattro dove si dimostra che la mediPlan era al corrente degli effetti collaterali letali già da sei mesi. E da lì parte lo scandalo."

"E la fonte anonima era..."

"La INC, ovvio!" gridò Marie. "La INC continua a pagare la Sanora per ottenere i risultati della fase quattro prima ancora della mediPlan. Poi aspetta il momento giusto, individua un giovane blogger un po' ingenuo e gli passa la documentazione. Dopodiché deve solo attendere che lo scandalo esploda. Accidenti, Simon, la INC ha pianificato tutto fin dall'inizio, da almeno cinque anni preparava un'enorme campagna diffamatoria per mettere in ginocchio la mediPlan, il suo principale concorrente. E ha *funzionato!*"

"Ma non hai prove per dimostrarlo," mormorò Simon.

"Però è la sola spiegazione che darebbe un senso a questa storia. E alla sorveglianza di tutti noi. Ora però René costituisce un potenziale pericolo per loro. Continua a ripetere che in pentola bolle qualcosa di grosso. Forse Michael Balsiger non era il solo a sapere. Forse un altro dipendente ha contattato René e gli ha raccontato le stesse cose. Con me non ne parla e quello che più teme la INC è che l'intera storia venga a galla. Ecco perché spiano lui e anche noi, e ci stanno così alle calcagna. La INC ha una paura tremenda che scopriamo la verità. Vogliono che critichiamo la mediPlan, non che sbirciamo dietro le quinte. E a questo ci pensano i due gorilla."

"Non so." Simon fissava il pavimento di legno. "Mi sembra una teoria tirata per i capelli, non trovi?"

Diceva sul serio? "Tirata per i capelli? Simon, che ci spiino è un dato di fatto, ho ricevuto le registrazioni."

"Sì, hai ragione." Si massaggiò la radice del naso. "Prima però dovremmo contattare Thomas e chiedergli cosa ne pensa. Lo chiamiamo subito?"

"Sì, certo, perché no? Qui non ci intercettano di sicuro."

Simon tirò fuori il cellulare. "Ah, merda. Manca il segnale."

"Vero," ammise Marie.

Il ragazzo sorrise. "Ti ricordi come eri rilassata quando abbiamo passato la notte qua? Proprio perché mancava il segnale al cellulare ed era impossibile che il tuo ex ti contattasse, giusto?"

"Sì, me lo ricordo." Perché tirava fuori quell'argomento proprio ora?

"Ultimamente ci hai riparlato al telefono?"

Doveva dirgli la verità? Scosse il capo, era meglio non raccontargli di Jonas e delle sue nuove aspettative. "Ti rendi conto di ciò che significherà per noi rendere pubblica questa storia? Clamore e fama senza precedenti, il blog di René Berger in confronto sarà una bazzecola. Diventeremo famosi, capisci?"

"Vado un attimo fuori a vedere se c'è campo, magari oltre la radura."

"Ok."

Simon sparì. Marie si appoggiò alla spalliera. Diceva sul serio quando parlava della loro fama. Se se la fossero giocata bene, se ora negli ultimi metri prima del traguardo fossero stati abbastanza prudenti e avessero pianificato nel dettaglio ogni singolo passo, ebbene quella sarebbe diventata *la* storia dell'anno. Allora sì che si sarebbe seduta sulla poltrona nello studio televisivo di Jauch a raccontare a milioni di persone come avesse smascherato da sola gli intrallazzi delle compagnie farmaceutiche. Il suo collega non sembrava cogliere l'opportunità o forse non era interessato a quel genere di cose?

Thomas avrebbe di sicuro acconsentito, rivelazioni simili avrebbero portato al *Post* una marea di nuovi lettori.

E René? Come avrebbe reagito? Lo sapeva già? Magari si era reso conto che da mesi era solo un burattino nelle mani della INC ed era stato quello il motivo scatenante della sua depressione.

Guardò fuori dalla finestra, Simon camminava avanti e indietro sulla piccola radura, lo sguardo fisso sul display del cellulare.

Forse non avrebbe dovuto raccontargli che con Jonas era finita, così non sarebbero stati insieme su quella rete di metallo e quantomeno fra loro le cose sarebbero state più semplici nelle ultime settimane.

Un dubbio improvviso la strappò a quei pensieri, qualcosa non quadrava. Di che avevano parlato l'ultima volta che erano stati lì?

Simon si arrese e rientrò nella casetta. "Niente da fare, un triangolo delle Bermuda. Inoltre ho la batteria quasi scarica. Forse ne ho una di riserva."

"Simon," disse Marie, senza scollare lo sguardo dal piano del tavolo. Sua madre, il flirt di suo padre, la paura del ragazzo di non essere all'altezza delle aspettative nel primo semestre. Per il resto...

"Hmm?" Sembrava impaziente. Lo sentì cercare la batteria nello zaino, alle sue spalle.

"Come sapevi che Jonas mi ha tradita?"

"Cosa?"

Marie infilò più volte l'unghia del pollice in una tacca nel legno. Era nervosa. "Non te l'ho mai raccontato, eppure tu ne hai parlato, proprio a questo tavolo. Con molta disinvoltura. Sono assolutamente sicura di non avertelo mai rivelato, già in treno per Friburgo avevo deciso così. Come facevi a saperlo, eh?"

Si girò per guardarlo negli occhi mentre le rispondeva. Un oggetto di gomma lungo e nero, con un motivo a rombi, stava per colpirla alla testa. Per tutto il tempo Simon doveva aver avuto quel randello nello zaino.

NAGEL (XIII)
Otto giorni dopo – 9 settembre

Nagel era alla fermata davanti alla questura e si rinfilò il cellulare nel cappotto, Nadja era ancora irraggiungibile.

Sfiorò con lo sguardo l'orologio sopra di lui, erano già quasi le cinque. Infilò automaticamente la mano nella tasca del cappotto e tirò fuori la scatola del Metofen. Con il blister già estratto, sbucò da dietro l'angolo il tram. Rinfilò la scatola in tasca e salì.

Il mezzo era strapieno, tutta gente uscita dal lavoro, un chiasso incredibile. Trovò un posto libero vicino alla porta, il tram ripartì in direzione centro città.

Dalla mattina non aveva più toccato cibo, era rimasto otto ore seduto a leggere i documenti di Balsiger, aveva bisogno di una pausa. Sarebbe sceso tre fermate dopo, a Johanneskirche, si sarebbe seduto al bar sulla sponda del Dreisam e avrebbe fatto uno spuntino, una porzione di patatine fritte e una salsiccia con salsa al curry. Prima di due ore Nadja non sarebbe arrivata dalla Foresta Nera e Pommerer se n'era già andato a casa. Più tardi gli avrebbe chiesto al telefono di tornare in questura, la sua presenza era imprescindibile. Probabilmente avrebbero dovuto passare la notte al lavoro.

Se la INC procedeva nel modo che lui supponeva, allora nei giorni successivi sarebbe scoppiato un putiferio. Probabilmente aspettavano il momento adatto per incolpare la mediPlan anche della morte del blogger, magari subito dopo la chiusura delle indagini. Pommerer aveva pubblicamente annunciato che presto avrebbe archiviato il caso, ma il commissario era convinto che la INC avrebbe avviato una campagna allo scopo di addossare all'azienda concorrente il suicidio di René Berger. Sarebbe stato un colpo che avrebbe messo definitivamente ko la mediPlan.

Il tram curvò cigolando e s'imbucò nel sottopasso della stazione di Höllental.

Se non si fossero mossi subito, se non avessero iniziato immediatamente le ricerche, il prossimo titolo in prima pagina sarebbe stato di certo: "Marie Sommer scomparsa". E sotto: "La giovane giornalista che ha collaborato per alcune settimane con René Berger, sparita dal giorno del suicidio del blogger".

Forse non l'avrebbero più trovata, così la mediPlan sarebbe stata incolpata anche di questo.

Il commissario premette la fronte contro il finestrino freddo. Perché non se n'era accorto prima? Perché si era lasciato sfuggire che quello della INC era il solito accordo sottobanco per eliminare la concorrenza? Si era fatto accecare anche lui dall'ovvietà? Probabilmente avrebbe dovuto rivolgersi a Pommerer prima e informare Nadja già domenica. Forse quella sua ostinata indagine in solitaria era stata un errore madornale.

Oppure il piano della INC era un altro? Anche lui era stato risucchiato nel disegno mostruoso che la INC seguiva da anni e attuava in maniera scrupolosa e ineluttabile?

Era previsto che trovasse la cimice nella stanza di Berger? Forse l'avevano rimossa proprio perché non aveva abboccato all'amo.

O invece avevano già in mente di toglierla? Le piste che seguiva erano state tracciate da altri?

Forse anche quel momento di riflessione mista a dubbio era parte del loro piano.

Il sudore gocciolava dalla fronte al vetro, scorrendo giù fino a bagnargli il dorso della mano. Di fronte a lui, vicino alle porte del tram, un bambino di quattro o cinque anni lo osservava con una curiosità sfrontata. Che già a quell'età fossero capaci di prenderlo in giro per il suo peso, era una novità.

Gli vibrò il cellulare in tasca. Nadja, finalmente. In quel caos non l'avrebbe certo capita, gli altri passeggeri chiacchieravano talmente forte che...

Tentò di estrarre il cellulare dalla tasca ma non ci riuscì. Il braccio non si muoveva. Ordinò alla mano di entrare nella tasca, però niente. Il cellulare si zittì, ma poco dopo riprese a vibrare.

Il bambino, capelli corvini e occhi scuri, lo osservava con crescente interesse.

Provò con l'altro braccio, tentò di muovere le gambe, di girare la testa per chiedere aiuto alla persona seduta a fianco, di dire qualcosa, ma riuscì solo a schiudere le labbra. Intanto la guancia si era incollata al finestrino, sentiva in bocca il sapore del vetro impolverato.

Il tram raggiunse la fermata, passeggeri che scendevano, altri che salivano, lo spazio ancora più angusto, poi riprese la sua corsa.

Dalla sua bocca gocciolava saliva.

Nessuno badava a lui tranne il bambino che ora sorrideva. Aveva un viso dai tratti regolari e lo sguardo vispo, indossava jeans e una t-shirt rossa. Piegò la testa di lato e aiutandosi con la mano fece una smorfia con la metà sinistra del viso, mostrando la parte rossa dell'occhio, metà dei denti e delle gengive. Gli faceva il verso.

Il flusso di saliva aumentò, poi si affievolì. Fuori Nagel vide la torre della cattedrale oltre i tetti.

Il bambino dai capelli corvini era sparito.

Quando il commissario riprese i sensi per l'ultima volta, il tram aveva già invertito la direzione di marcia, dal capolinea tornava verso il centro.

MARIE (XIV)

Otto giorni prima – 1 settembre

Il risveglio fu preceduto da una fase di dormiveglia, per qualche istante si ritrovò in un mondo a metà tra realtà e sogno, dominato da un forte senso di paralisi.

Quando aprì gli occhi vide sopra di lei un soffitto di legno grezzo. Provò ad alzarsi ma non ci riuscì. Poi si ricordò del colpo. Simon.

Sollevò un po' la testa, guardò di lato e in basso, verso le sue gambe. Simon l'aveva legata alle sponde del letto, con brandelli di lenzuolo.

Per quanto era rimasta priva di sensi?

Pensare in quel momento era peggio che staccarsi una gomma da masticare da sotto le suole. Alzò di nuovo la testa. La figura scarna del ragazzo armeggiava vicino alla finestra con una padella e il cellulare. Tentava di crearsi una specie di ricevitore. Chi voleva chiamare con tanta urgenza?

"Simon."

Lui trasalì e si girò solo dopo una breve pausa. "Sveglia?" le domandò un po' insicuro.

"Ho sete."

"Anch'io, accidenti, ma dove lo trovo qualcosa da bere?" Sembrava nervoso.

"Nella mia borsa c'è una bottiglia d'acqua," suggerì cauta.

Il ragazzo andò al tavolo, aprì la cerniera della borsa, tirò fuori la bottiglia, svitò il tappo e bevve con avidità. Quando smise, più di metà della bottiglia era vuota. L'appoggiò sul tavolo.

"Simon," lo implorò.

Lui sospirò snervato, riprese la bottiglia, si avvicinò lentamente al letto e l'accostò alla bocca di Marie. Metà dell'acqua le colò sulle guance.

"Quando arriveranno, dovrai essere abbastanza a posto," le disse. "Non voglio beccarmi altri rimproveri."

"Quando arriveranno? Quando arriverà *chi*?"

Simon scrollò le spalle. "Frank e Bernhard."

"Frank e Bernhard? E chi sono?" Poi capì. "Sono i due che...?"

"Penseranno loro a te. Niente paura, almeno Bernhard è piuttosto gentile. Frank invece..."

Marie chiuse gli occhi. "Allora avevo ragione."

"Su cosa?"

"È la INC a manovrare tutto, a foraggiare René con i segreti industriali della mediPlan costruiti a tavolino per lui, tramite presunti *whistleblower*. E così getta sulla concorrenza un'enorme valanga di discredito. E anche tu ne sei coinvolto."

Simon accennò un sorriso. "Non hai minimamente idea di cosa ci sia in ballo, Marie."

"Quando ti hanno assoldato? Qual è il tuo compito? Probabilmente mi tieni d'occhio da quando ci siamo incontrati la prima volta in treno. Sei tu che hai riempito di cimici la mia stanza d'albergo e anche la tua, per dissipare qualsiasi sospetto, o sbaglio?"

Il ragazzo ora rideva. "Il fatto che tu ancora pensi in termini di tempo o di sorveglianza, dimostra che non hai capito niente. Proprio un bel niente. Cimici! Ah!" Alzò il tono di voce. "Fra dieci anni ripenseremo con nostalgia alle cimici, come oggi al grammofono o al telegramma. Rimpiangeremo i tempi passati in cui vita e progetto trovavano il loro equilibrio entro coordinate di tempo e di spazio. In cui si poteva ancora prendere in mano una cimice e rimuoverla come una spina dalla carne."

"Ovvio," mormorò lei. "Ecco perché mi hai spinta a scrivere sul blog che René era sorvegliato. Che mi accorgessi della sorveglianza era parte del piano fin dall'inizio, o sbaglio? Se lo avessi divulgato, chiunque avrebbe subito pensato che la mediPlan spiasse ogni singolo passo del blogger per timore di ulteriori rivelazioni. E questo spiega anche la mail con le registrazioni nelle nostre stanze. Dovevo interpretarlo come un tentativo d'intimidazione sempre della mediPlan, scriverlo sul blog, vero? Da quanto la INC lo pianifica? Sei stato tu a mandarmi quella mail, dico bene?"

Simon non rispose. "Trovo sempre grazioso il modo in cui la plebe continui imperterrita a ragionare secondo il principio di azione e reazione. Se è convinta che la politica sia corrotta, che l'informazione sulla stampa sia in qualche modo pilotata, allora parte sempre dal presupposto che i giornalisti scrivono certe cose in cambio di denaro. Oppure che i giornali non stampino articoli critici su chi fa pubblicità da loro. Il cittadino medio non pensa altro, non vuole pensare altro. Che il giornalista stesso non sappia affatto di essere pilotato, non viene mai in mente a quegli omuncoli. Forse neppure il politico riesce a capire che i lobbisti lo manipolano, e loro non intuiscono di essere manipolati a loro volta, non lo immaginano neppure. Bisogna giocare di sponda, Marie, per avere successo."

"Cosa sa René? Immagina qualcosa?"

"Berger non immagina un bel niente," replicò lui con una smorfia maligna. "E tu hai immaginato qualcosa?"

Marie provava un senso di vertigine, a ogni battito sentiva pulsare il punto dove il manganello l'aveva colpita. No, non aveva immaginato nulla, assolutamente nulla, pure lei era stata un burattino proprio come René.

"È stato fatto un casting su vastissima scala e alla fine sei risultata tu l'unica adatta," spiegò Simon. "Dovresti sentirti lusingata. Nel tuo caso calzava tutto a pennello."

"Calzava tutto a pennello?"

"Aspetto fisico, talento, intelligenza, contesto familiare. Non hai idea di come sarebbe stato il tuo futuro se tu, maledizione, avessi semplicemente fatto quello che ci si aspettava da te!"

Apparizioni in televisione e conferenze stampa, Thomas gliene aveva parlato. Marie si spaventò. Forse anche lui...?

Simon si passò una mano sul viso. "Hai rovinato tutto, non so quale sia il piano B, ma di sicuro tu non ci sarai."

"Thomas lo sa? È coinvolto anche lui?" Il pulsare dietro la testa divenne così insopportabile che fu costretta a chiudere gli occhi.

"Se penso che per poco non annullavano ogni cosa, perché non ti ritenevano adatta!" Era come se riflettesse ad alta voce e nel contempo s'infuriasse sempre di più. "Nessuno aveva messo in conto che saresti crollata, pensavano avessi un carattere forte, e nemmeno che saresti finita addirittura in ospedale. A quel punto sono sorti immediatamente dei dubbi. Ma persino io mi sono impegnato in tuo favore, e ora guarda in che situazione del cazzo mi ritrovo. A chi pensi daranno la colpa di tutta questa merda, eh? Fanculo, se solo avessi segnale al cellulare!"

Marie riaprì gli occhi, Simon armeggiava di nuovo con la padella. "Allora non lo sa nessuno che siamo qui?"

Lui rise. "Sei matta? Pensi che fosse parte del piano fare quattro salti a letto con te? L'obiettivo di quel giorno era una semplice passeggiata per istaurare un rapporto di fiducia. Non erano previsti temporali, né baracche sperdute nel bosco. Meno che mai il sesso. Non sanno neppure che esiste questa catapecchia. Se fosse venuto fuori... qui non si tratta di milioni o miliardi, si tratta di più, di molto di più. Che casino!" Si prese la testa tra le mani. "Devo riflettere, merda. Devo riflettere!" Lasciò cadere sul pavimento la padella e con un unico gesto della mano ripulì il tavolo. Il biglietto di scuse al proprietario della baita svolazzò per terra.

Ritirò fuori il cellulare, fissando lo schermo come fosse un oracolo.

Se i due tirapiedi della INC non sapevano dove si trovavano, allora forse restava una speranza. Marie tentò di mettersi più comoda ma i nodi erano stretti. Girò la testa per osservare meglio i legacci. Erano brandelli di stoffa intrecciati a mo' di funi, che Simon aveva annodato. Cercò di ruotare il polso destro per vedere meglio il nodo, ma non ci riuscì. Però notò qualcos'altro. La fune alla mano sinistra era sporca di ruggine.

Simon infilò il cellulare nella tasca dei pantaloni e risollevò da terra la padella. Lei iniziò a muovere su e giù il polso, sentendo una resistenza sulla stoffa nel punto arrugginito.

NAGEL (XIV)

Otto giorni dopo – 9 settembre

Nadja era seduta sul sedile del passeggero, accanto a Schrödinger, e cercava di contattare Andreas. Aveva trascorso le ultime ore sul luogo del ritrovamento del cadavere di Walter Spander insieme alla Scientifica. In base alle prime analisi la ferita alla testa non destava sospetti, tracciava l'angolo giusto che si sarebbe formato se il cadavere si fosse appoggiato al fucile e per sbaglio fosse partito un colpo.

Ma Schrödinger aveva ragione, il sangue sul palmo delle mani non proveniva dalla ferita alla testa né era sangue d'animale. Era umano. Il vecchio cacciatore doveva aver lottato con qualcuno e ferito il suo avversario, altrimenti non si sarebbe sporcato così.

Lanciò il cellulare nel portaoggetti della vettura di servizio.

"Maledizione!"

"Prova con la radio."

"Non sanno neppure dove si sia cacciato."

La morte di Spander risaliva alla settimana nella quale René Berger era scomparso dalla barca. La Scientifica si era insospettita nel trovare così poco sangue sul terreno boschivo in cui avevano rinvenuto il cadavere. Probabilmente era stato spostato. Solo l'autopsia avrebbe fatto chiarezza.

"E ora dove andiamo esattamente?" chiese Schrödinger.

"Alla baita," rispose Nadja.

Alcuni giorni prima, a seguito del ritrovamento del cadavere della moglie di Spander, un vecchio amico aveva denunciato la scomparsa dell'anziano cacciatore. I due uomini si sarebbe dovuti incontrare dietro Oberried, in una piccola baita nel bosco di proprietà dell'uomo che aveva dato l'allarme. Walter Spander non c'era mai arrivato, il suo amico lo aveva aspettato per quasi due ore. Con ogni probabilità il cacciatore in quel momento era già morto. Il tutto era successo il giorno dopo la scomparsa di Berger.

Nadja era sicura che ci fosse un legame.

Forse Spander era stato alla baita molto prima che arrivasse il suo amico.

Voleva perlustrare quella casetta, la Scientifica rimase invece sul luogo di ritrovamento del cadavere.

Dopo circa venti minuti di viaggio la poliziotta indicò uno stretto sentiero nel bosco che si diramava dalla strada principale. "Ecco il crocifisso, deve essere qui."

La baita era chiusa a chiave.

"Lo si può forzare," disse dopo aver esaminato il lucchetto.

La casa poggiava su sostegni alti quaranta centimetri, le assi di legno erano isolate dal terreno con della carta catramata.

"Aiutami." Spinsero un po' di lato la carta catramata e Nadja diede un'occhiata. Sotto la casetta era buio, si sentiva odore di muffa, di umido.

"Vado io o vai tu?" chiese la poliziotta.

Il collega sospirò. "Fammi prendere almeno il k-way."

Schrödinger andò alla vettura di servizio e tornò con una mantellina di plastica gialla. Tra un lamento e l'altro si sdraiò sul terreno e iniziò a strisciare sotto la baita.

"Vedi qualcosa?"

"Niente," gridò.

"Aspetta!" Lei corse alla macchina, prese una torcia e gliela lanciò.

"Grazie."

Per alcuni minuti non si sentì altro che il cinguettio degli uccelli e le imprecazioni sommesse del poliziotto, che d'un tratto gridò. "Ecco!"

Nadja si chinò sotto la baita. "Cosa?"

"Sangue. Sangue che gocciola dalle tavole di legno."

"Lo sapevo!" Poi si abbassò di nuovo. "Vado alla macchina a chiamare la Scientifica via radio. Ci faremo dare la chiave dal proprietario della capanna," disse al collega.

"Aspetta." Schrödinger fece capolino, teneva la torcia tra i denti. Uscì da quello spazio angusto e si rimise in piedi. "C'era qualcos'altro, probabilmente caduto da un interstizio tra le tavole."

Le diede un pezzo di carta, sul quale si vedevano schizzi di sangue secco. Era una busta per il pane. Sul retro si leggeva un messaggio scritto a penna: "Caro proprietario della casetta, mentre camminavamo ci ha sorpresi un temporale e siamo stati costretti a rifugiarci qui. Abbiamo usato una candela, però abbiamo rimesso tutto a posto. Grazie mille! Simon e Marie".

MARIE (XV)
Otto giorni prima – 1 settembre

"Ma perché la INC non ha preso qualcuno che controllava già? Perché non ha corrotto un giornalista? Perché tutta questa messinscena con me e René?"

Simon sollevò la testa e la guardò dall'altro lato della baita. Marie smise di sfregare su e giù la mano.

"Allora prima non mi hai ascoltato!" gridò il ragazzo. "Non si può semplicemente reclutare la gente e dettargli ciò che deve dire, non funziona così, non risulterebbe credibile. Nessuno riuscirebbe a spacciare per autentica una convinzione alla quale non è arrivato da solo. Bisogna lasciargli credere che stia compiendo il cammino che ha scelto lui, è così che si pilotano le persone! È così che gira il mondo, ovunque, pensa ai titoli in prima pagina! Pensa alle pubblicità. Sei miliardi di esseri umani, e forse solo la patetica esistenza di una manciata di loro non viene manipolata ogni secondo che passa. Anch'io sono manipolato." Si massaggiò la fronte. "Magari prima o poi ci sarà la possibilità d'informare il diretto interessato, ma sempre e solo in un secondo momento," aggiunse dopo una pausa.

"Sarebbe successo anche a me?" chiese Marie. "Prima o poi avrebbero reclutato anche me in via ufficiale? Se lo scordino pure!"

Il ragazzo non replicò, arricciò le labbra in un sorriso e avanzò di un passo verso di lei.

"Come riuscirai domani a guardarti allo specchio?" si affrettò a chiedergli.

Simon si fermò. "Come? Io dovrei avere rimorsi? E tu che principi hai? Sei tu quella venuta fin qui per fare carriera! Sbaglio o cerchi solo una buona storia che ti consenta il grande salto? Di gonfiare il tuo ego? E dovrei essere *io* quello con i rimorsi?" Scosse il capo. "Dei due sono il solo che ha una visione globale delle cose. Lascio che accadano, perché ne riconosco il senso, non permetto che a spingermi siano motivazioni meschine. Come te."

Si girò di nuovo verso la finestra, Marie riprese a muovere in fretta la mano, doveva alimentare quel fiume in piena di parole.

"E quale sarebbe questa visione globale delle cose?" chiese. "Che la INC diventerà la maggiore industria farmaceutica al mondo?" Il nodo al polso era già un po' allentato, ancora un paio di minuti e avrebbe avuto la mano libera.

Simon scoppiò a ridere. "Come se si trattasse di questo! Non hai capito un accidente, ti sfugge proprio cosa sta succedendo! Tutti i problemi che affliggono il mondo, la miseria, la confusione, la maledetta decadenza dell'Occidente, la mancanza di linee guida per una vita onesta, la totale decadenza dei costumi, la spinta pervasiva, quasi cancerosa, dell'individuo verso un unico ultimo obiettivo... a tutto questo c'è una sola risposta, soluzione, organizzazione: l'industria farmaceutica. Soltanto lei oggi è in grado di stabilire un'idea del bene e del male che metta tutti d'accordo e che non possa più essere distorta! Non uno strano concetto di illuminazione o un'etica complicata, che nessuno capisce o che sia interpretabile a piacimento. Qualcosa invece di semplice, di elementare, di comprensibile: il bene è salute, il male è la malattia."

Sembrava completamente pazzo, nel suo sguardo notò un che di fanatico.

"Ma l'industria farmaceutica non è un'organizzazione," osservò Marie.

"Vedi, inizi a capire! Il primo obiettivo è proprio questo, dobbiamo proseguire con le fusioni degli ultimi anni, unire il settore fino a ottenere un unico enorme gruppo che abbia il sapere e il potere di ristabilire l'ordine. E chi mai sarebbe più adatto ad accelerare queste fusioni se non la INC?"

D'un tratto sentì la mano sinistra libera, non più legata alla sponda del letto. Nello stesso istante si percepì un tintinnio. Un pezzo di fil di ferro arrugginito della rete si era staccato ed era caduto per terra. Il rumore dell'impatto le era sembrato così forte da ricordarle il suono delle campane di una chiesa. Rimase immobile. Simon però non si era accorto di niente, parlava a ruota libera.

"E tu vieni a dirmi che dovrei essere io ad avere i rimorsi? In pentola bolle qualcosa di grosso, Marie, per l'umanità! E ogni mattina, quando mi guardo allo specchio, sono fiero di me. Grazie a te, però, e a quel maledetto Michael Balsiger, la nostra avanzata ha subito un'ennesima frenata, ma la pagherete, questo è certo." Afferrò il cellulare e andò alla porta. "Torno subito."

Non appena l'anta si chiuse alle spalle di Siomon, Marie col braccio libero iniziò a sciogliersi anche l'altra mano. Non riusciva a capire il modo in cui aveva legato i brandelli di stoffa. Da qualsiasi parte tirasse, il laccio continuava a stringersi attorno al polso. Cercò di strappare il tessuto e le singole fibre, infine sentì che, anche se di poco, si stava allentando e riuscì a infilare l'indice sotto al passante. Il nodo si sciolse, anche l'altra mano era libera. Una volta seduta aveva iniziato a liberarsi i piedi, quando da fuori sentì rumore di scarpe sulla ghiaia. Pochi secondi dopo vide Simon da una delle finestre. Si ributtò sul letto avvolgendosi un brandello di lenzuolo intorno al polso sinistro, per il destro non c'era tempo. Strinse con il pugno l'altro pezzo di stoffa e riportò la mano nella posizione originaria.

La porta si aprì. "Fanculo alla Foresta Nera, devo raggiungere Oberried e cercare una cabina telefonica." Lanciò il cellulare sul tavolo e camminò avanti e indietro un paio di volte. Evidentemente non si era accorto di nulla.

"In realtà potrei facilitare la cosa a entrambi." Andò all'armadietto della cucina. "Come ti ho già detto, Frank non è uno che va tanto per il sottile. Me ne saresti grata." Aprì il cassetto e tirò fuori un rugginoso coltello da cucina. Passò l'unghia del pollice sulla lama un paio di volte, poi si avvicinò.

Si fermò davanti al letto e osservò Marie. "La maggior parte degli uomini sognerebbero di finire a letto con una come te e probabilmente si sentirebbero persino intimiditi nel vederti nuda. Per me non è stata una grossa sorpresa." Un ghigno libidinoso. "Nelle notti torride dormivi proprio nella stessa posizione, con braccia e gambe divaricate a X. La telecamera era nascosta nella lampadina di camera tua, impossibile scoprirla. Così come in bagno. Solo all'ingresso, purtroppo, abbiamo avuto un problemino con il ripetitore. Altrimenti avremmo visto anche la tua sbandata con l'alcol."

"Allora sei stato tu a installare le telecamere?" chiese Marie.

"Ho solo visionato le immagini, dovevamo vedere come si

evolveva la nostra piccola blogger nel suo biotopo. La puttana, ecco qual era il mio incarico. Sono stato io a pagarla perché rimanesse nell'appartamento del tuo ex finché non fossi arrivata. Fino al giorno dopo, se necessario. Scusa ma facevi tanto la preziosa, quando ti volevano affidare la storia di Berger, anche se era tutto già pronto. Thomas le ha provate tutte ma tu preferivi concentrarti sugli studi e trascorrere serate noiose con quel bamboccio. Dovevamo affrettare la cosa, una crisi di coppia, un seminario non superato, et voilà, pronta a partire per la Foresta Nera. Perché tu alle offese reagisci sempre così, buttandoti a capofitto nel lavoro, con un'ambizione smisurata."

Giocherellò un po' con il coltello, poi la guardò dritta negli occhi. "Ora ti starai chiedendo se ne sia capace, vero? *Mi ucciderà sul serio? Sarà abbastanza uomo per farlo?* Per me non è facile, credimi. Ti sei mai trovata in una situazione simile? Ti sei mai dovuta domandare se saresti capace di uccidere qualcuno?"

Sì, le tornò in mente che una volta si era posta la stessa domanda. Si ritrovò a sorridere.

Per una frazione di secondo quel sorriso spiazzò Simon.

NAGEL (XV)

Otto giorni dopo – 9 settembre

Nadja era tornata in questura verso le sette. Aveva dato lei stessa un'occhiata nella baita, dopo che il proprietario l'aveva aperta, ma all'interno non avevano trovato nulla di interessante: la rete metallica di un letto, un tavolo, due sedie, un armadio più grande e uno più piccolo. Il pavimento sembrava ripulito a fondo di recente. Spettava alla Scientifica approfondire.

Avanzò lungo il corridoio fino alla porta di Andreas. Bussò più volte ma non rispose nessuno, allora abbassò la maniglia e sbirciò all'interno. Vuoto. Probabilmente era già andato a casa. Tornò nel suo ufficio e vide che nella stanza accanto era ancora accesa la luce.

Bussò alla porta aperta. "Ehi," disse.

"Ciao, Nadja." Il più delle volte Christina lavorava fino a tarda notte.

"Per caso hai visto Andreas oggi?"

"Il commissario Nagel? È stato qui stamattina, voleva parlarti. Ha detto che era urgente."

"Urgente? Sai dove sia finito?"

"Sarà già andato a casa."

"Grazie."

Tornata nel suo ufficio, prese il telefono e compose il suo numero. Non rispose nessuno. Allora provò a contattarlo a casa, c'era la segreteria telefonica. Lasciò un messaggio. "Ciao Andreas, sono io, Nadja. Penso di aver intuito cosa sia successo a Marie Sommer. Richiamami al cellulare non appena senti questo messaggio."

Si abbandonò alla spalliera della sedia.

La Marie che aveva firmato quel biglietto era davvero Marie Sommer, la giornalista della quale aveva parlato Andreas? E come era collegata con Spander? Chi era il Simon con il quale aveva trascorso la notte nella baita?

Squillò il telefono. Nagel, finalmente. Rispose.

"Signora Freundlich?" Non era lui.

"Sì?"

Era la Scientifica. "Volevo solo informarla che il sangue sul pavimento della baita è lo stesso ritrovato sulle mani di Walter Spander."

"Sicuro?"

"Direi di sì."

"Grazie."

Riattaccò, non sapeva come sentirsi. Significava che Walter Spander era stato nella baita? O che la persona in questione lì aveva perso sangue ma Spander era entrato in contatto con lei solo in un secondo momento? Che fosse stato addirittura Spander a ucciderla? Il sangue era di Marie Sommer? In quella baita aveva avuto luogo un alterco durante il quale la ragazza era stata assassinata dal vecchio cacciatore? O era stato qualcun altro a ucciderla, poi Spander aveva trovato il cadavere e questo l'aveva condannato a morte?

"Forza, Andreas, chiamami!" esclamò ad alta voce. Durante le sue maledette indagini non la metteva mai al corrente di niente, lavorava quasi in maniera autistica, e soltanto perché in passato Pommerer aveva rovinato un'indagine agendo troppo in fretta. Come aveva detto una volta? "Pommerer non capisce che già la raccolta di informazioni in sé provoca un cambiamento nell'informatore. Ecco perché bisogna agire con cautela, mai estorcere niente!"

Doveva semplicemente parlare con lui, che probabilmente sapeva molte più cose rispetto alla settimana precedente. Prese di nuovo la cornetta del telefono e compose il numero di casa. Squillò una, due, cinque volte.

Poi alzarono la cornetta, senza però dire niente.

"Pronto?"

"Chi parla?" Era Irene, la moglie, la voce sembrava stranamente monotona, priva di espressione. Doveva essere successo qualcosa.

"Sono io, Nadja. Posso parlare con Andreas?"

"Nadja!" L'ultima parte del nome esplose nel ricevitore. Poi Irene iniziò a singhiozzare.

"Irene, cosa c'è?"

Era difficile capire ciò che diceva. "Sono appena tornata a

casa e... hanno chiamato, devo andare subito... lui... non sanno quanto..."

"Procediamo con ordine, cosa è successo? Dove devi andare?"

"Andreas! È in ospedale."

"In ospedale?"

"Non so nemmeno io cosa sia successo, hanno detto che ha avuto un collasso sul tram e io devo... non so nemmeno... ora vado..."

"Aspetta, aspetta! Tu non vai da nessuna parte. Ti accompagno io!"

Era in terapia intensiva. Un'infermiera le accompagnò fino a una porta dall'aspetto futuristico, di metallo e legno.

"Sembra sveglio," le avvertì, "ma non restateci male se non vi risponde. Non sappiamo ancora se sia una cosa temporanea o permanente."

"Cosa? Che cosa?" chiese Irene. Si era infilata in fretta e furia il cappotto, senza nemmeno abbottonarlo. Aveva gli occhi rosso fuoco, durante il viaggio non si era calmata un attimo.

L'infermiera aprì la porta ed entrarono.

La stanza era priva di finestre e poco accogliente, sembrava più un laboratorio che una camera d'ospedale.

Il letto era proprio al centro, non accostato alla parete. Sopra, appesa a un braccio telescopico, una lampada come quelle che Nadja aveva visto dal dentista. Un altro braccio sosteneva uno schermo con il cardiogramma.

Lui giaceva immobile, occhi e bocca spalancati. Un bip regolare ne indicava il battito cardiaco.

"Andreas," lo chiamò la moglie, che si precipitò al lato del letto ma non ebbe il coraggio di toccarlo. Da sotto la coperta sporgeva il braccio sinistro, al quale erano collegati diversi tubicini.

Il marito non reagì, fissava il soffitto con sguardo vuoto.

"Andreas. Andreas."

L'infermiera si avvicinò a Nadja. "È improbabile che la sua condizione cambi nelle prossime settimane. Sono necessari ulteriori accertamenti per stabilire quanto è stata compromessa l'attività cerebrale. Meglio se parlate con il professore, sarà qui a momenti."

Nadja non rispose, non ci riuscì.

"Appena la sua condizione si sarà stabilizzata, lo sposteremo in una camera più bella, niente paura."

"È... *cosciente*?" le chiese Nadja volgendo lo sguardo verso il commissario. La forma corpulenta era inconfondibile anche sotto la coperta.

"In questo momento non può sentirla."

Serrò le labbra e annuì.

"Lo sapevo," disse Irene sottovoce. "Lo sapevo da anni. E anche lui."

Nadja si avvicinò piano piano al letto e si accostò lentamente ad Andreas, il cui petto si alzava e abbassava a ritmo regolare. D'un tratto la collega ebbe il desiderio di capire dove guardasse, voleva sapere cosa vedesse, *dove fosse*.

Si chinò su di lui e lo fissò dritto negli occhi. Le ciglia erano incrostate, la cornea giallastra e attraversata da venuzze ben visibili. Le venne la pelle d'oca. Uno sguardo morto, completamente inespressivo, dove il comprendere, l'interpretare non c'erano più. Come se tutte le chiuse si fossero spalancate, consentendo all'intero l'universo di scivolare via indisturbato.

"Scusate." L'infermiera passò tra loro. "Solo un attimo, devo..." Teneva in mano una sottile pipetta. Lasciò cadere in ogni occhio cinque gocce di un liquido chiaro. "Per la pulizia."

MARIE (XVI)

Otto giorni prima – 1 settembre

L'ampiezza, l'immensità, ecco cosa rendeva così affascinanti gli specchi d'acqua. Quella sensazione di essere finalmente arrivati e allo stesso tempo di avere ancora davanti tutte le possibilità. Di poter abbracciare con lo sguardo ogni singola rotta da seguire, fino all'orizzonte.

Purtroppo però valeva solo in riva al mare.

Marie s'inginocchiò sul bordo del lago e cercò di scorgere la propria immagine riflessa. Tutto inutile, era già troppo buio. Non aveva idea di che ore fossero ma dovevano essere almeno le otto e mezzo. Non sapeva quanto fosse rimasta nella baita, neppure ciò che era successo dopo. Tantomeno quanto tempo le fosse servito per tornare indietro. La borsa con il portatile l'aveva lasciata là.

L'acqua era piatta come una lastra di vetro. Nemmeno un filo di vento. Alla sua sinistra, sull'altra sponda del lago, si vedeva il bagliore dei lampioni sul lungolago ed era come se La corte della Foresta Nera, illuminata a giorno, troneggiasse su tutto. Immerse la mano nell'acqua e sciacquò via il sangue incrostato.

Le restava solo una persona con la quale confidarsi, nemmeno Jonas l'avrebbe più capita. Magari l'avrebbe ascoltata, ma non l'avrebbe mai capita. Non per colpa sua.

A quell'ora non si vedeva anima viva, anche la reception de La corte della Foresta Nera era deserta. Marie entrò in ascensore, si guardò allo specchio, grosse ciocche di capelli le ciondolavano giù. Aveva un aspetto orribile, ma non le importava. In vita sua non si era mai sentita così arida, così priva di sentimenti. Non aveva la minima idea di come procedere, così decise di andare da René, l'unico appiglio rimasto. Anche se lo avesse trovato steso a letto, stordito, narcotizzato, avrebbe potuto ascoltarla lo stesso. E l'avrebbe capita.

Si fermò davanti alla porta, dentro si sentiva la sua voce.

"...non so neppure dove sia, maledizione. Non mi ha detto niente, per me è un mistero. Ieri era completamente fuori di testa, ha cercato cimici ovunque. Cosa avrei dovuto fare? È già la seconda volta che sparisce! Amico, controllarla non è compito mio!"

Marie afferrò la maniglia, ma esitò. Da dentro non si sentiva più niente. Sarebbe dovuta tornare sui propri passi? Correre alla stazione, prendere un treno per Friburgo e andare alla polizia? E poi? Cosa sarebbe successo?

Premette la maniglia, la porta si aprì silenziosa.

In camera era accesa solo la flebile luce del comodino. Le servì un istante per orientarsi. René era seduto sul bordo del letto, indossava una camicia di lino e un paio di jeans. Probabilmente non si era accorto di lei. Una seconda persona era appoggiata alla parete, una terza era seduta sulla sedia della scrivania.

La persona alla parete aveva lunghi capelli neri e un'espressione malinconica, quasi triste. L'uomo sulla sedia della scrivania era tarchiato e forzuto.

Frank e Bernhard. Marie si fermò sulla porta.

Quello dai capelli neri si accorse di lei e spalancò la bocca dallo spavento. René doveva aver notato la sua reazione, perché anche lui si voltò e impallidì di colpo. "Marie, oddio..."

Anche il tipo tarchiato la vide. "Bernhard, la porta! Svelto!" disse.

In tre passi il tipo dai capelli neri le fu alle spalle e chiuse la porta. Cercò di afferrarla per i polsi, ma lei si divincolò e andò da René. "No," si sentì dire. "No, non può essere, non anche *tu*."

René si voltò dall'altra parte e si nascose il viso con le mani. Ora anche Frank le era alle spalle. L'afferrarono entrambi, Frank sotto le ascelle, Bernhard per i piedi. D'un tratto si ritrovò in orizzontale, cercò di divincolarsi. Quando Frank spinse più avanti la mano, Marie gli addentò un dito, era salato, sentì l'osso con gli incisivi.

"Aaah!" gridò l'uomo e la lasciò cadere. "Cazzo! Brutta piccola troia!"

Marie era con la schiena a terra, ma Bernhard la teneva ancora per i piedi.

"Amico, non startene lì impalato come un idiota," gridò Frank a René, mentre si controllava il dito. "Aiutaci!"

René si alzò dal letto. Frank la riprese sotto le braccia. La ragazza cercò di liberarsi le gambe scalciando. "Lasciatemi!" gridò. "So *tutto*. Ho i documenti di Michael Balsiger, il vostro discepolo pazzo della INC, quella mezza sega! So tutto! *Tutto!*"

Quando Marie si riprese, si ritrovò stesa e imbavagliata sul pavimento del bagno, le mani legate al radiatore da numerose fascette. Cercò di tirarsi su, ma non ci riuscì. Con quel bavaglio era difficile respirare, al petto e alle spalle un nuovo dolore, che non derivava dalla lotta con Simon nella baita.

Al di là della porta si sentivano ancora le voci di Frank, Bernhard e René, ma non capiva di cosa parlassero, forse sussurravano per prudenza.

Scivolò un po' di lato per portare la testa dalle mattonelle allo zerbino della toilette. Quel tappetino puzzolente di urina sotto la testa era la prima sensazione piacevole dopo ore.

Si era sbagliata. René non era un burattino nelle mani della INC, era al corrente di tutto. Avevano recitato tutti una parte da misero teatrino di quart'ordine e lei, con lealtà e diligenza, ne aveva persino parlato sul blog. Quando si era decisa ad andare a Basilea per incontrare Michael Balsiger, aveva preso per l'ultima volta una decisione che la INC non aveva anticipato? Che non faceva parte del loro piano?

La discussione oltre la porta si infiammò. Qualcuno, probabilmente Frank, si era avvicinato al bagno, ora lei capiva ogni parola.

"In fondo restano solo due possibilità: o annullano tutto oppure decidono di continuare e di sfruttare a nostro vantaggio questo inconveniente."

"Ciò che succederebbe nel primo caso è ovvio." Era la voce del tipo con i capelli neri, Bernhard.

"Quello?" chiese René.

"Assolutamente," rispose Frank. "In tal caso ci sarebbe un'unica soluzione."

Bernhard e René discussero su qualcosa di incomprensibile. Poteva immaginarsi benissimo quale sarebbe stata l'unica soluzione, ma stranamente il pensiero non la preoccupava affatto.

"Sì, sì, lo so, una maniera la si trova. Ci facciamo lasciare l'attrezzatura vicino al confine. Ma se scelgono di annullare tutto e quella fosse l'unica soluzione, allora potremmo continuare a giocare a condizioni diverse," propose Frank per placarli.

Qualcuno, probabilmente René, domandò cosa intendesse.

"Dico che i titoli in prima pagina farebbero una bella impressione."

"Quali titoli in prima pagina?" Ora si capiva benissimo che era René a parlare.

"'Giovane blogger scomparsa nel nulla', e questo subito dopo aver annunciato dal suo blog che René Berger aveva in serbo qualcosa di grosso, qualcosa che avrebbe fatto tremare la mediPlan."

Un mormorio di riflessione.

"Non so se a Basilea sarebbero d'accordo, ma sono sicuro che sarebbe quella la direzione che prenderebbero. Da ieri abbiamo anche il furgone, pure dal punto di vista logistico sarebbe fattibile portare fuori da qui il cadavere."

Dunque volevano ucciderla, a prescindere dalla decisione finale che avrebbero preso.

"Ma dov'è Simon?" intervenne René. "Non era in giro con lei?"

"Che ne so dov'è finito quello stronzo?" replicò Frank. "Da ieri ho la sensazione che ci nasconda qualcosa. Non mi fido più di lui, avremmo dovuto scegliere qualcun altro."

"Chiediamolo alla ragazza," propose Bernhard, "domandiamole dove si trova, magari lei lo sa. Poi telefoneremo a Basilea."

Di nuovo un mormorio, stavolta di consenso, poi la porta si aprì.

"Ah!" esclamò Frank incrociando lo sguardo di Marie. "Ci siamo svegliate?"

Marie gli rivolse uno sguardo carico d'odio.

"Se ti tolgo il bavaglio alla bocca, prometti di non metterti a strillare?" chiese lui.

Marie annuì.

"E di non mordere?"

Annuì ancora più concitata.

"Parola d'onore?"

La ragazza alzò gli occhi al cielo e rispose con un "Mmm"

snervato. Aveva preso una decisione e voleva che tutto finisse il più in fretta possibile. Avrebbe raccontato loro di Simon.

"Ok, ci proviamo." Frank le si inginocchiò vicino e allentò il bavaglio.

Marie tossì e si inumidì le labbra. Gli angoli della bocca erano escoriati, sentì sapore di sangue. Rivolse all'uomo uno sguardo gelido.

"Vi è sfuggito un dettaglio che scombussolerà i vostri piani su di me," disse.

NAGEL (XVI)
Nove giorni dopo – 10 settembre

Fu come se degli occhiali, che prima gli avevano annebbiato la vista al punto da non distinguere più il chiaro dallo scuro, piano piano acquistassero nitidezza. Non sapeva quando fosse cominciato quel processo, da quanto avesse ripreso coscienza, quante sensazioni delle ultime ore appartenessero al sogno e quante alla realtà. Poco a poco il velo davanti agli occhi si dileguò, distinse dei contorni e una macchia quadrettata e azzurrognola al centro del campo visivo, probabilmente una finestra. A un certo punto apparve una figura bianca indistinta, poi sentì una goccia gelida prima nell'occhio sinistro, che gli procurò un'onda d'urto in tutto il corpo, poi in quello destro.

Finalmente ci vide bene.

L'ultima cosa che Nagel riusciva a ricordare era l'atto di infilarsi nella tasca del cappotto la scatola di medicine alla fermata davanti alla questura. Ora dov'era? Quanto tempo era passato?

Doveva chiamare Nadja, doveva contattarla a tutti i costi, bisognava discutere delle cose da dire a Pommerer. Occorreva procedere con cautela, probabilmente la INC aveva uomini ovunque.

Tentò invano di alzarsi, ma lo avevano legato al letto.

Dalla finestra chiusa si vedeva il cielo azzurro, a destra del campo visivo sbucava la punta di un ramo d'abete. La finestra era incorniciata da due tende turchesi, la parete rivestita di carta da parati ruvida. Nonostante la bella giornata la stanza era immersa in una luce fredda e sterile, da qualche parte doveva essere accesa una lampada al neon. A sinistra notò una porta, ai suoi piedi saliva la sponda lucidissima del telaio del letto di metallo, vicino alla finestra c'era un tavolo con due sedie, su una semplice tovaglia bianca un vaso di vetro con un fiore e appeso al soffitto un supporto con il televisore. Si sentiva un bip regolare.

Era una stanza d'ospedale. Si spaventò. Il tempo non era bastato, non ce l'aveva fatta ad andare alle Seychelles. Sentì il ronzio di una mosca vicino all'orecchio destro. Quando comparve nel suo campo visivo, tozza, pelosa e nera, tentò di seguirne la traiettoria di volo, ma lei scappò e lui non riuscì ad andarle dietro con lo sguardo.

Solo ora si rese conto di non poter muovere gli occhi. Erano come congelati, rivolti verso un punto poco al di sopra della finestra, impossibile staccarli da quella posizione. Tentò di guardare a sinistra, tutto inutile, non riusciva a muovere le pupille nemmeno di un millimetro.

Era davvero in ospedale? Gli avevano persino fissato gli occhi, probabilmente con una specie di molletta. Non riusciva neppure a sbattere le palpebre.

In qualche modo doveva contattare Irene, dirle che si trovava là, di sicuro si stava preoccupando.

Apparve di nuovo la figura bianca, riuscì a distinguere una ragazza dai capelli corti castani, non particolarmente attraente, i pori della pelle fin troppo dilatati. Un'infermiera? Gli tamponò la fronte con un batuffolo d'ovatta, poi avvicinò al letto un alto attaccapanni al quale era appesa una sacca per trasfusioni. Gli rivolse uno sguardo inespressivo, come se non fosse nient'altro che un oggetto. Non si era accorta che si era svegliato? Tentò di farglielo capire, cercò di parlare, muovere un dito della mano o del piede, ma non funzionò. Provò a controllare almeno il respiro, a trattenere il fiato, ma il torace si alzava e abbassava in maniera autonoma. Il corpo era completamente paralizzato.

Gli balenò in mente una cosa. Ictus. Il suo cuore cominciò a battere più forte e anche quel bip insistente accelerò.

La porta si spalancò ed entrò un uomo, forse poco più che trentenne. Aveva i capelli corti e castani, un aspetto allenato e incredibilmente in salute. L'infermiera si voltò verso di lui e gli rivolse un sorriso, che l'uomo ricambiò. Probabilmente era il medico.

"Come stiamo?" chiese.

"Nessun cambiamento," rispose l'infermiera.

"Mmm, vediamo. Faccia un prelievo di sangue." Nagel sentì l'infermiera armeggiare con qualcosa al suo braccio sinistro. "Non là, all'altro braccio. Faccia una nuova paracentesi."

La donna girò intorno al tavolo, in mano aveva una specie di siringa. Il medico tirò fuori dalla tasca una torcia e per un attimo gli illuminò gli occhi. Sentì qualcosa di fresco spruzzato sul braccio destro, poi la puntura. Se l'aspettava, quindi gli fece ancora più male.

"Hmm." Il medico doveva essersi accorto di qualcosa. Tenne la torcia davanti al viso di Nagel, poi iniziò a muoverla su e giù, a destra e sinistra. Il commissario tentò di seguirla, ma non ci riuscì. Poi il medico iniziò ad allontanarla e riavvicinarla al viso, più volte. "Hmm," fece di nuovo. "Signor Nagel, riesce a sentirmi? Riesce a farmelo capire in qualche modo?"

Lui ci provò, ma niente.

Il dottore chiese all'infermiera se avesse un pezzo di carta.

Per un attimo la sentì cercarlo da qualche parte, poi passare un foglio A4 e una matita al medico, che ci scrisse sopra qualcosa e si spostò quel tanto da farlo scomparire dal suo campo visivo. "Glielo tenga davanti al viso," disse.

L'infermiera reggeva il foglio a una ventina di centimetri dagli occhi di Nagel. Sopra si leggeva a grandi lettere: "LO LEGGA!"

"E ora laggiù."

La donna attraversò la stanza, si fermò vicino alla finestra e tenne il foglio davanti al petto. Senza gli occhiali Nagel dovette sforzarsi, ma riuscì a ottenere una visione quasi nitida della scritta.

Il medico schioccò più volte la lingua. "Mi dia un ago nuovo," chiese poi all'infermiera. Sentì un fruscio, poi la donna gli passò una siringa uguale a quella che lei stessa aveva usato poco prima. Il medico tenne l'ago davanti agli occhi di Nagel, la punta rivolta proprio verso le sue pupille. Il bip accelerò.

Il medico guardò qualcosa, probabilmente il dispositivo che monitorava il suo battito. "Signor Nagel, ascolti, ha avuto un incidente d'auto," spiegò. "Anche sua moglie è rimasta ferita."

Era vero? Nagel avvertì un brivido gelido in tutto il corpo. Il cuore scalpitava, il bip assunse un ritmo staccato.

Come stava Irene? Era andato a casa in tram e poi era tornato al distretto con lei? Aveva guidato lui? Era colpa *sua*?

L'infermiera guardò scandalizzata il medico, che continuava a osservare il paziente. "Ok, è più che evidente," concluse. Gli afferrò delicatamente le dita. "Signor Nagel, niente paura, sua moglie sta bene. Ieri notte è stata qui da lei fino alle tre e le ha anche canticchiato qualcosa. Ieri lei ha avuto un ictus, sul tram. Mi dispiace. Mi sente? Le giuro che sua moglie sta benissimo, arriverà presto. Mi sente? Tra mezz'ora sarà qui, con sua figlia. Proprio stamani l'abbiamo spostata in una stanza più bella, lo ha notato? Le piace?"

Nagel sentì calare lentamente il proprio battito. Che razza di gioco sadico era mai quello?

"Si sta calmando, sente tutto quel che diciamo. Vada a chiamare Schenker," spiegò il medico.

MARIE (XVII)
Otto giorni prima – 2 settembre

Il tempo trascorreva con una lentezza insopportabile, Marie stimò che fosse già passata mezzanotte. I rumori dei clienti che si preparavano per la notte, che avvertiva attraverso le tubature dell'acqua, piano piano erano calati. Per un po' aveva persino pensato di battere contro il termosifone per farsi notare, ma nella sua condizione era quasi impossibile, e anche infantile, e poi Bernhard lo avrebbe sentito subito. Non ci provò nemmeno.

Al di là della porta Bernhard e René chiacchieravano a voce bassa. Frank aveva già lasciato la stanza da un'eternità, per contattare qualcuno a Basilea con il cellulare. Il motivo per cui non aveva telefonato dalla camera restava un mistero. Non voleva che lei sentisse? Tanto ormai sapeva tutto.

Comunque, non potevano più ucciderla; Marie aveva sbarrato loro la strada e per la prima volta in quella giornata provò una sottile sensazione di superiorità.

Aveva una gran voglia di parlare con sua madre, avrebbe voluto spiegare tutto almeno a lei, almeno per una volta, un colloquio chiarificatore. Probabilmente avrebbe pure capito le sue ragioni.

Fuori, nella stanza, aprirono la porta. Doveva essere tornato Frank, ma nessuno disse niente. Richiusero la porta, poi trascorsero quasi dieci secondi prima che si sentisse la voce di René. "Allora?" chiese. "Cos'hanno deciso?"

Frank non rispose, ma lei udì che camminava per la stanza.

"E ora che facciamo?" domandò di nuovo René. Evidentemente Bernhard si tratteneva, non apriva bocca.

Tentò di far scivolare la testa più vicino alla porta. Dovette contorcersi a tal punto da avere la sensazione che presto le si sarebbe slogato un braccio.

"Di' qualcosa, cavolo!" Di nuovo René. "Li hai contattati?"

Finalmente Frank si decise a parlare, la voce era tranquilla e rilassata, le sembrò persino di percepire un certo sfottò sul nervosismo del blogger. "Il piano resta, non cambia niente. È d'accordo su ogni cosa. Domani andrà tutto come abbiamo discusso ieri, niente variazioni, hai sentito René?"

"Sì... e poi?"

"Aspettiamo qualche giorno per vedere come si svilupperanno le indagini della polizia. Quindi lasceremo che il *Berlin Post* divulghi la notizia della scomparsa. A Basilea stanno valutando quale sia il modo più appropriato per spargere la voce che la ragazza sia stata tolta di mezzo dalla mediPlan. Dice che potrebbero coinvolgere anche il suo ex."

"Mmm," fece René. "Per ora sembra ragionevole, ma..."

"Ho già detto," lo interruppe Frank, "che è d'accordo su tutto."

"Ma come facciamo con Simon, una volta eliminata Marie? Lei non parlerà."

"Non preoccuparti per lui," lo tranquillizzò. "Hanno i loro metodi, Sebastian si è già attivato per trovarlo. Quella pensa di averci in pugno ma si sbaglia di grosso, sottovaluta le capacità della nostra divisione."

Marie chiuse gli occhi. Aveva rischiato e perso, era la fine. Fece un sospiro profondo.

"E chi...?" René si bloccò. "Chi se ne occuperà?"

"Lo faremo noi, stanotte," rispose Frank. "Ci metteranno a disposizione un garage vicino al confine."

"Ma come avrà ottenuto quei documenti?"

Frank rise. "Tu pensi troppo, Berger! A Basilea ritengono di aver individuato la falla nel sistema. Un pesce piccolo di nome Michael Balsiger. Da settimane gli hanno già messo alle calcagna una squadra. Come sia riuscito a incontrarla senza farsi notare, per me resta un mistero."

Cosa sarebbe successo a Balsiger? Cosa avevano in mente? Era sua la colpa?

"Ok," disse René. "Allora presumo che tutta l'agitazione..."

"Sia stata inutile, sì. Ci vuole ben altro che una mediocre blogger per impedire a questo treno di raggiungere la sua meta."

"Domani parleremo di come procedere." Bernhard intervenne per la prima volta da quando era tornato Frank.

"Sì, di come procedere," convenne il socio. "Hai già messo la cimice?"

"L'ho infilata prima, nel telecomando."

"Resta da attaccare il pezzetto di blister del Prozac in fondo al cestino. Così domattina non sarà rimosso dagli addetti alle pulizie."

"Incolliamolo con un pezzetto di gomma da masticare," propose Bernhard.

"Buona idea. Vedi, Berger, queste sono buone idee. Bernhard almeno ci pensa a guadagnarsi i suoi soldi. A te quanto hanno promesso?"

Il blogger non rispose.

"Noi dovremo accontentarci di un piccolo premio e di una vacanza di tutto riposo, a te invece regaleranno una nuova vita. Che invidia!"

"Parliamo di come procedere," cambiò argomento René.

"Ha ragione," disse Bernhard. "Domani niente dovrà andare storto."

"Ok," Frank si schiarì la gola.

"Allora," cominciò René, "farò il check-out... quando?"

"Il più tardi possibile. Verso le dodici."

"E il mio bagaglio?"

"Lo lascerai alla stazione."

"Cosa mi porterò in barca?"

"Solo lo zaino. Ti metterai pantaloni di velluto a coste, una t-shirt e una giacca di pile. Inoltre portati dietro una bottiglia d'acqua dalla quale hai bevuto, nel caso venisse loro in mente di cercare tracce di DNA."

Nel bagno sopra Marie tirarono lo sciacquone. "È importante che il noleggiatore di barche ti guardi dritto in faccia," sottolineò Frank. "Perché dovrà ricordarsela. Scambiaci quattro chiacchiere."

Marie seguì il resto della conversazione con indifferenza. Sembravano essere arrivati a un argomento spinoso, perché parlavano così piano che lei riuscì a capire meno della metà di quel che dicevano.

"E la scatola di medicine?" chiese René. "La lascio sulla barca o la porto via?"

"Portala via," disse Frank risoluto. "Il noleggiatore di barche l'avrà già vista. Inoltre qui nel cestino troveranno il pezzetto di blister del Prozac. È sufficiente. Non vogliamo che sia tutto troppo evidente. Le cose non mostrate, ma solo intuite, sono sempre più reali di quelle rivelate in modo spudorato. Il cervello crede a quello che inventa e mette in discussione solo quello che viene esposto in vetrina."

Ma di cosa diavolo discutevano? Era quella la grande bomba di cui René aveva parlato di continuo?

Marie chiuse gli occhi, al di là dalla porta continuavano a mormorare ma ormai era impossibile distinguere le parole. Le sillabe guizzavano per la stanza come bagliori di luci su pitture rupestri. Era un tribunale arcaico, che si era ritirato per deliberare la sua sentenza di morte.

Il rumore della chiave nella toppa del bagno la svegliò. Aveva dormito un sonno profondo, privo di forme e colori, in cui i fatti del giorno non contavano. La porta si aprì. Dalla camera entrò l'aria pesante e muffosa di una lunga discussione. Stesa sullo zerbino della doccia socchiuse gli occhi. Dal bagliore accecante della lampada della camera si stagliò la sagoma nera di Frank. Che ore erano? Sbatté le palpebre e si tirò su a fatica. Era arrivato il momento? Era pronta, non aveva paura. Forse un'altra mezz'ora, forse un altro viaggio in macchina, forse un'altra camminata faticosa nel bosco, legata, poi... Per Jonas e sua madre le dispiaceva...

"Sì, è sveglia," confermò Frank.

Si accorse che l'uomo parlava al cellulare.

Fuori Bernhard era seduto sul letto e fissava immobile il pavimento. René non si vedeva, probabilmente lo avevano mandato via, oppure se n'era andato di sua spontanea volontà. Era stato così vigliacco da non voler restare. Codardo. O forse era proprio con lui che Frank parlava al telefono?

Frank annuì. "Subito." Le avvicinò all'orecchio il cellulare madido di sudore. "Per te."

Dall'altro capo della linea non si sentiva niente. "Sì?" chiese. La domanda si perse in lontananza, in fondo era solo una spettatrice che osservava da lontano le proprie azioni.

"Marie?" uscì dall'altoparlante. Una voce femminile e magnetica. "Sono Jacqueline Ysten."

NAGEL (XVII)
Otto giorni dopo – 10 settembre

Nadja bussò piano alla porta e aspettò fino a sentire dall'interno un timido "Avanti". Entrò nella stanza. Al tavolo era seduta una donna all'incirca della sua età, che non riconobbe subito ma che intuì essere la figlia di Andreas. Kirsten. Non l'aveva mai incontrata di persona. Era alta, sui jeans indossava una semplice camicetta e aveva i capelli biondi lunghi fino alle spalle. Nelle foto a casa di Andreas non aveva più di quindici anni, allora portava gli occhiali e la coda di cavallo. Sapeva che si era trasferita a Kiel. Vicino al letto era seduta Irene.

"Mia madre mi ha raccontato di te," disse Kirsten. "Grazie di averla accompagnata qui ieri."

"Il minimo che potessi fare."

Kirsten annuì e le sorrise grata. Lo sgomento e la preoccupazione nello sguardo le conferivano una certa dignità solenne. "Guarda, papà, c'è Nadja," disse.

Il commissario stava esattamente come il giorno prima, steso a letto, bocca e occhi spalancati, lo sguardo fisso in avanti, i capelli radi incollati alle tempie. Irene prese un tovagliolo dal tavolo e iniziò a ripulire la saliva che gli colava dalla bocca.

"Ciao Andreas," lo salutò Nadja insicura.

Irene fece un cenno del capo per incoraggiarla. "Parlagli, Nadja, puoi dirgli tutto."

"E capisce tutto?"

Irene le aveva telefonato due ore prima per spiegarle grossomodo la prima diagnosi: sindrome locked-in, uno pseudo coma. Andreas era cosciente ma intrappolato nel proprio corpo.

"Il professor Schenker vuole sottoporlo a qualche altro esame per misurare le onde cerebrali," spiegò. "Ma ne è già sicuro. Hai visto come è accelerato il battito, quando sei entrata? Si accorge di ogni cosa." Rise. "Prima riflettevamo che è un peccato non riuscire a controllare il battito cardiaco, perché altrimenti Andreas potrebbe inviarci messaggi in codice Morse." Rise di nuovo, ma le lacrime le rigavano le guance. "Scusa." Prese un fazzoletto pulito. "Tanto neppure lo conosce, il codice Morse."

"Non ci sono modi per comunicare con lui?"

"Esistono dispositivi per comunicare mediante l'attività cerebrale," intervenne Kirsten. "Papà dovrebbe imparare a pensare a determinate cose quando vuole dire sì e ad altre quando vuole dire no. Il congegno lo registrerebbe. O almeno è così che ho capito."

Irene accarezzò Andreas sulla fronte. "Volevi parlare con lui?"

"Ho portato un paio di cose che volevo mostrargli."

"Il professor Schenker dice che ogni attività e forma di coinvolgimento gli fanno bene."

"Allora, se anche tu sei d'accordo, Andreas..." Gli sorrise, ancora un po' impacciata. "Ho portato..." Nadja posò sul letto la ventiquattrore. "Se non ti dà fastidio, la metto qui. Bene, se ti ricordi, qualche giorno fa mi hanno incaricata di indagare sul caso di una persona scomparsa. Una donna ha ritrovato morta la sua vicina di casa, settantadue anni, costretta sulla sedia a rotelle e completamente dipendente dal marito, Walter Spander, di cui lo stesso giorno un conoscente ha denunciato la scomparsa. I due uomini si erano dati appuntamento in una baita a Oberried."

Nadja raccontò ad Andreas come lei e Schrödinger fossero arrivati sul luogo del ritrovamento del cadavere di Spander, gli riferì del sangue sulle mani del cacciatore e di come lei e il collega avessero perlustrato la casetta nel bosco.

"Nella baita abbiamo trovato del sangue, si tratta dello stesso rinvenuto sulle mani di Spander. Nel frattempo la Scientifica ha stabilito che alcune settimane dopo il posto è stato ripulito a fondo. Dunque deve essere successo qualcosa là dentro e ho l'impressione che abbia a che vedere con Berger."

Le pulsazioni di Andreas accelerarono in maniera notevole, quasi sopra a cento.

"Spander è morto il giorno dopo il suicidio di Berger, probabilmente hanno trasportato il suo cadavere dalla baita fino al bosco. L'autopsia ha rivelato che il colpo alla testa è stato inferto dopo la morte. Hanno finto un incidente. Davanti alla capanna abbiamo individuato tracce di gomme che coincidono con quelle ritrovate vicino al lago Titisee da una delle nostre squadre di ricerca. Appartengono a un Mercedes Transporter. Non ho fatto altro che pensare a quello che avevi detto riguardo al suicidio di Berger, che magari è stata tutta una farsa, che magari è stato solo un modo per toglierlo di mezzo. Sei stato tu a raccontarmi della giornalista scomparsa, Marie Sommer. E noi sotto la baita abbiamo trovato questo."

La collega aprì la valigetta e tirò fuori una copia del messaggio di scuse per il proprietario della casetta. "Le macchie scure sono schizzi di sangue." Mentre gli teneva il documento davanti al viso, con la coda dell'occhio guardava il monitor dell'elettrocardiogramma. Le pulsazioni erano salite quasi a centocinquanta battiti al minuto.

"Pensi che questa Marie sia Marie Sommer?"

Centosessanta battiti.

Nadja scambiò uno sguardo con Irene.

"Vuole risponderti, ma non ci riesce," disse Irene.

Nadja annuì e prese la mano di Andreas. "Non ce l'ho con te perché mi hai raccontato così poco, lo so come lavori, lo so bene. Hai paura che la tua idea si volatilizzi non appena ne parli. L'ho capito. Se solo mi avessi lasciato qualche indizio..." Scosse lentamente il capo e chiuse gli occhi. "Penso che il sangue nella baita nel bosco sia di Marie Sommer. Penso che lei sia stata uccisa in quella casetta e Walter Spander abbia scoperto il misfatto, ecco perché è dovuto morire anche lui. E sono assolutamente sicura che questo Simon," gli indicò il nome sul foglio, "che era con lei in quella casetta, sia la chiave di tutto. Così collimerebbe. Berger è morto e anche Marie Sommer è morta. Oppure mi sbaglio? Non sai quanto vorrei il tuo aiuto in questo momento."

"Ha trascorso tutto il fine settimana su quei documenti," le rivelò Irene, mentre sistemava una ciocca di capelli dietro l'orecchio del marito.

Nadja alzò la testa. "Che tipo di documenti?"

"Test clinici o roba del genere. Credo li abbia presi da quel sito internet, la pagina di quel René Berger, ma non ne sono sicura. Non mi ha spiegato niente, figurati, però ci ha trascorso l'intero fine settimana. Mi ha anche mostrato le interviste che quella giornalista ha fatto a René Berger. Erano di quella Marie Sommer?"

"Sì, sì, esatto!" esclamò Nadja. "Che documenti erano? Dove sono ora?" Forse Andreas era arrivato molto più avanti di lei. Il monitor dell'elettrocardiogramma mostrava un battito ancora superiore ai centoventi.

"Ieri mattina glieli ho portati in questura, se li era dimenticati a casa. Gli altri se li era portati dietro."

"In questura? E *ora* dove sono?"

"Probabilmente ancora sulla sua scrivania," rispose Irene. "Non aveva alcuna borsa, quando lo hanno ritrovato sul tram."

"Andreas," disse Nadja, "avresti qualcosa in contrario se mettessi a soqquadro il suo ufficio per cercare quei documenti? Se sì, allora ti prego di pensare a quando ci è sfuggito l'assassino della sponda del Reno nel 2009, solo perché Pommerer aveva rivelato al *Badische Zeitung* la nostra pista più calda."

Osservò il monitor dell'elettrocardiogramma. Il battito scese da centoventi a centodieci, a cento, infine si stabilizzò a settantacinque.

"Grazie," disse Nadja.

MARIE (XVIII)

Otto giorni prima – 2 settembre

Il due settembre René Berger lasciò la camera a La corte della Foresta Nera, dove aveva alloggiato per oltre un mese. Nel telecomando del televisore lasciò una cimice che aveva la forma di una batteria e che si poteva intercettare con la rete del cellulare. Sul fondo del cestino della spazzatura era incollato un pezzetto del blister di Prozac, che per la polizia e la stampa sarebbe stato un primo indizio della sua depressione causata da una situazione senza via di scampo. Nello zaino portava una bottiglia d'acqua, da cui aveva già bevuto diversi sorsi e sulla cui filettatura aveva messo un piccolo lembo di pelle delle sue labbra. Indossava pantaloni di velluto a coste beige, una giacca di pile anche quella color terra, con il colletto alto chiuso fino a sotto il mento. Aveva quasi lo stesso look mostrato tre mesi prima da Günther Jauch. Portava lo zaino sulla spalla sinistra, mentre con la mano destra trascinava la valigia lungo il corridoio. Una volta in ascensore osservò la propria immagine allo specchio. Era soddisfatto.

La hall dell'hotel era deserta, a parte la donna alla reception. Erano le undici e cinquantasette esatte. Andò al bancone e fece il check-out. La receptionist poteva avere al massimo vent'anni e gli sorrise garbata. Lui ricambiò il sorriso, sforzandosi di sembrare il più impacciato possibile.

Poi lasciò l'hotel. Erano le dodici e tre minuti. Nonostante il cielo coperto si mise gli occhiali da sole e s'incamminò verso la stazione di Höllental, dove stipò la valigia in una cassetta di sicurezza. Poi si sedette nel parco adiacente, su una panchina nascosta da un abete. Ci rimase circa un'ora e mezzo.

Quando ebbe l'impressione che una vecchietta, che gli si era piazzata di fronte, lo avesse notato, se ne andò e si accomodò nel bar deserto della stazione. Comprò una copia dello *ZEIT*, lesse un articolo su Edward Snowden, sorrise stanco e ordinò un secondo cappuccino. Quando uscì dal bar, erano da poco passate le tre.

Trascorse il resto del tempo su una panchina sul lungolago

sforzandosi di fissare lo specchio d'acqua con aria malinconica. Il tempo stava lentamente peggiorando.

Poco prima delle quattro attraversò la spiaggia di ghiaia bianca e scricchiolante fino al piccolo noleggio di barche, il cui proprietario non aveva avuto clienti negli ultimi tre quarti d'ora. Era un uomo di mezza età, slanciato, aveva ancora tutti i capelli e si accorse di lui non appena mise piede sulla spiaggia.

Berger si avvicinò. Notò il modo in cui lo squadrava e fu sicuro che la prima impressione fosse positiva.

"Si può ancora noleggiare?"

"Rannuvola," si limitò a rispondere l'uomo, alzando gli occhi al cielo.

Berger guardò l'orologio, erano le quattro in punto. Perfetto. Domandò il prezzo per un'ora e pagò.

Poi pronunciò la frase che aveva provato tutta la mattina davanti allo specchio. "Quanto è profondo il lago?"

La domanda sortì proprio l'effetto sperato. Il noleggiatore, che stava mettendo i soldi in cassa, per un attimo rimase interdetto. Probabilmente stava riconsiderando la sua prima impressione positiva. "In certi punti arriva a quaranta metri," rispose subito dopo.

Gli staccò la ricevuta e gli chiese se se la cavasse con la barca. Berger rispose di sì, poi, con un gesto provato anche quello a lungo, si infilò la mano nella tasca della giacca e tirò fuori una confezione di Prozac. Estrasse una pillola dal blister e se la lanciò in bocca con voluttà, lentamente, in maniera ben visibile. Il commento successivo, un misto di indifferenza e malinconia venutogli in mente la sera prima, calzava a pennello. "Bella giornata, no? Mette proprio di buonumore!"

Già nel pronunciarlo si accorse di aver sbagliato il tono. La reazione dell'uomo fu altrettanto deludente, sembrava non sapere esattamente come valutare quell'osservazione, ma la perplessità sul volto tradì che non si sarebbe dimenticato tanto facilmente di quel cliente.

René Berger si affrettò a entrare in acqua con la barca e remò veloce sul lago. Sulla sponda vide il noleggiatore che lo seguiva con lo sguardo. Infine lo vide girarsi e incamminarsi verso il bar del lungolago. Probabilmente non si aspettava altri clienti per quel giorno, quella di Berger era l'unica barca sul lago. Le previsioni meteo si erano rivelate giuste.

Dopo alcuni minuti raggiunse il centro dello specchio d'acqua. Guardò verso la sponda, poi tirò fuori di tasca l'orologio da polso subacqueo. Le quattro e dieci, gli restava più di un quarto d'ora. Sarebbe bastato. Sulla sponda il Transporter ancora non si vedeva, Frank e Bernhard avevano impiegato tutta la notte e la mattina per sottoporre al solito *trattamento* il cadavere di Marie nel garage vicino al confine. Forse avrebbero tardato, o forse no. Il meccanismo era stato messo in moto, ora ogni ruota dentata agganciava inevitabilmente l'altra. Alle quattro e trenta il furgone bianco si sarebbe trovato là, sulla sponda, al riparo dagli sguardi, lontano dal sentiero degli escursionisti che girava intorno al lago.

Berger aprì lo zaino, prese la bottiglia d'acqua e la posò con cautela sul fondo della barca. Poi tirò fuori la bombola d'ossigeno alta una trentina di centimetri, impiegata di norma durante le immersioni in profondità per le risalite d'emergenza e munita di chiusura a velcro. Aveva dai cinque ai dieci minuti di autonomia. Controllò la sponda, poi girò la barca di traverso rispetto al lungolago e assicurò la bombola d'ossigeno al remo in modo che rimanesse quasi completamente sott'acqua. Tirò fuori la bussola da immersione e se la legò al polso. Poi lanciò lo zaino nell'altro angolo della barca, si sedette sulla panchina per remare e, come avevano stabilito, si lasciò scivolare piano piano in acqua. Dalla riva doveva sembrare che avesse perso lentamente i sensi.

L'acqua era gelida. Nuotò subito sotto la barca per riemergere dall'altro lato, quello invisibile dalla spiaggia. Liberò la bombola d'ossigeno dal remo, se l'allacciò al corpo e controllò il boccaglio. Infine iniziò l'immersione.

Si era esercitato diverse volte, ma non in quel lago. La visibilità era davvero pessima. Nuotò con movimenti ampi e rilassati per non consumare ossigeno. Dato che era privo di occhialini, già dopo poco l'acqua lacustre iniziò a irritargli gli occhi e per lunghi tratti dovette nuotare alla cieca. Solo di tanto in tanto dava un'occhiata alla bussola da immersione. Due giorni prima avevano studiato le correnti del lago giungendo alla conclusione che non avrebbero costituito alcun problema.

Doveva solo mantenere la rotta con l'aiuto della bussola e in otto minuti circa avrebbe raggiunto la riva.

NAGEL (XVIII)

Otto giorni dopo – 10 settembre

Nadja non si era trattenuta oltre e Nagel le era grato per aver dato la priorità alle indagini, piuttosto che sentirsi in obbligo di restare al suo capezzale. Ogni secondo in più trascorso lì sarebbe stato solo tempo sprecato. Non poteva aiutarla, non poteva fornirle alcun indizio, non poteva raccontarle del suo viaggio a Basilea, di Michael Balsiger, neanche consigliarle di coinvolgere Pommerer e avviare una collaborazione con la polizia elvetica. Non poteva riferirle della INC, di tutto il gioco sporco che quella compagnia conduceva da anni. Doveva arrivarci da sola. Lui aveva impiegato tre giorni, sperò che lei lo intuisse più velocemente.

Il bruciore agli occhi aumentava e lui moriva dalla voglia di veder spuntare l'infermiera che glieli detergeva a intervalli regolari con una soluzione oculare. Prima di andarsene, Irene gli aveva acceso la televisione, davano un gioco a premi. Il gesto della moglie era stato a fin di bene ma lo strillare di un entusiasmo forzato della conduttrice gli dava ai nervi, gli impediva di riflettere.

Restava ancora una domanda, un'unica domanda poco chiara. René Berger lo aveva saputo? Era stato una vittima che la INC aveva spinto al suicidio per affibbiarne la colpa alla mediPlan, oppure anche lui faceva parte del tutto? Era stato *tutto* davvero una farsa? Forse era ancora vivo? Quello ritrovato era proprio il suo cadavere? C'era il documento, il DNA combaciava con quello isolato sulla bottiglia d'acqua ritrovata, ma cosa significava? Forse avevano messo di proposito quel DNA sulla bottiglia. Oltre alle riprese televisive e alle foto sui giornali, non avevano a disposizione altri segni particolari del blogger da poter confrontare con quel corpo.

E poi lo strano luogo del ritrovamento, il morto servito quasi su un vassoio d'argento.

Se solo avesse potuto parlarne con Nadja, se solo avesse potuto parlarne con *qualcuno*!

Il bruciore agli occhi era quasi insopportabile.
Mancava poco alle otto.
Finalmente si aprì la porta e comparve l'infermiera. "Buonasera, signor Nagel. Sta bene?" gli chiese garbata.
Tirò fuori la fialetta, l'aprì e gli mise cinque gocce per occhio. Un sollievo incredibile.
"Dopo torneremo in tre per girarla un pochino, così evitiamo piaghe da decubito, ok?" Guardò il televisore. "Ma è basso," notò. "Le alzo un po' il volume?"
No, no, no, no. La prego no.
Troppo tardi, aveva già preso il telecomando e alzato un bel po' il volume.
"A dopo, signor Nagel."
Per fortuna il gioco a premi era alla fine.
C'era una cosa che lo tormentava da alcune ore. Nadja aveva detto a Irene di essere stata nel suo ufficio ma di non aver visto niente sulla sua scrivania. Eppure era convinto di aver lasciato quei documenti sparpagliati sul tavolo, senza risistemarli prima di andarsene. La sua intenzione era stata di andare giusto un attimo lungo il Dreisam a mangiare qualcosa. Sarebbe rimasto fuori mezz'ora al massimo. Ma allora dove erano spariti?
Forse la donna delle pulizie li aveva ordinati e riposti nell'armadio, era già capitato. Nadja li avrebbe trovati, il numero di telefono di Jonas Steinbach lo aveva memorizzato nel suo cellulare. Irene ne conosceva persino il pin. La sua collega avrebbe avuto a disposizione tutto quello che le serviva per proseguire le indagini.
In televisione ora davano il telegiornale, le notizie in primo piano erano le nuove insurrezioni in Egitto.
Poi Nagel non credette ai propri occhi.

Jonas aveva passato la maggior parte del giorno in attesa della telefonata del commissario. Non era uscito di casa e verso le sei e mezzo aveva mangiato alcuni avanzi di verdure presi dal frigo insieme a un piatto di penne. Per tutto il tempo aveva cercato di concentrarsi su qualcos'altro. Ormai avrebbe dovuto iniziare già da un pezzo a studiare per l'esame che doveva sostenere dopo la pausa tra i due semestri. La mole di lavoro era immensa e il numero delle sue presenze a lezione era vicino allo zero. Ma non appena tentava anche solo di leggere un libro, non appena provava a svagarsi guardando uno degli ultimi tre nuovi episodi di *House of Cards*, dopo cinque minuti si accorgeva che scorreva solo le righe senza leggere, che guardava solo sfilare le immagini sul monitor senza capire il collegamento tra le azioni.

Verso le tre e mezzo aveva perso la pazienza e aveva alzato il telefono.

Non aveva risposto nessuno. Aveva provato moltissime volte, ormai riconosceva la voce apatica del messaggio registrato dal fruscio che anticipava la prima sillaba. Il cliente da lei chiamato non è al momento raggiungibile.

Forse il commissario se ne era semplicemente dimenticato. Di sicuro la scomparsa di Marie era solo una delle dozzine di urgenze all'ordine del giorno. In effetti la promessa promessa di occuparsene lui stesso era stata soltanto un pretesto per tenerlo buono. Ma allora perché era così convinto della sua competenza? Quando aveva visto Nagel per la prima volta, era rimasto scioccato. Un uomo che aveva difficoltà a sedersi su una sedia. Difficile immaginarselo capace di condurre un'indagine e a risolverla con successo.

Doveva fare qualcosa. Negli innumerevoli lavoretti svolti parallelamente all'università, aveva imparato una cosa: non succedeva mai niente, assolutamente niente, se non ci si pensava da soli. L'etica professionale della maggior parte della gente si limitava a mantenere lo *status quo*.

Decise di andare alla polizia, là ad Amburgo. Voleva parlare con persone che fossero sempre a portata di mano, in grado di perquisire l'appartamento di Marie, agenti a lui comprensibili, privi di frasi farfugliate.

Aprì il portatile e cercò "Polizia di Amburgo".

Quando stava per cliccare sul link, notò un titolo apparso nel suo lettore RSS.

Rimase di sasso. Cliccò e diede una scorsa all'articolo. Poi avviò il video, la ripresa in diretta di una conferenza stampa.

Nadja aprì di nuovo tutti i cassetti dell'armadietto di Andreas. Il caos regnava sovrano, come previsto. Il commissario non aveva classificato un bel niente, non usava cartelline, nei raccoglitori persino le graffette erano una rarità. Si imbatté in fotocopie di documenti scritti a macchina risalenti a casi degli anni Ottanta, rapporti autoptici, descrizioni di luoghi di reato, sentenze giudiziarie e articoli di giornale. Documenti ufficiali erano mischiati a promemoria scritti a mano e illeggibili.

Dei test clinici neppure l'ombra.

Ispezionò di nuovo lo scaffale pensile: alcuni manuali e un paio di testi di legge. Quello che mancava in quell'ufficio, che era sempre mancato, era qualcosa che lo rendesse accogliente, delle piante, piccoli souvenir, regali in bella mostra. Non c'era niente del genere. Lo scaffale era un modello standard degli anni Settanta, che in tutti gli altri uffici era già stato sostituito da tempo. In quello di Andreas no.

Prese due bicchieri di carta dal ripiano, la macchina del caffè ideata da Nagel. Negli ultimi tempi ci aveva davvero preparato il caffè, perché ai bordi si vedeva ancora la polvere secca. Li rimise a posto.

Poi notò un librone rosso non allineato agli altri volumi, buttato lì senza cura: *Introduzione all'industria farmaceutica*. Lo aprì. Era un manuale rivolto agli studenti, col timbro della biblioteca comunale in prima pagina. Andreas aveva segnato diverse pagine con un'orecchia.

"Il *Common Technical Document*."

"Il collo di bottiglia: la procedura di autorizzazione."

"Panoramica, futuro, prospettive."

Era ciò di cui si era occupato nel fine settimana? Verificare l'autorizzazione dell'Eupharin? Ma con ogni probabilità era alla portata di tutti, non poteva essere quella l'informazione pericolosa scoperta da Marie Sommer.

Sentì un senso di stanchezza alle tempie, le serviva un po' di caffeina, di sicuro però non da quell'arnese creato da Andreas con i vasetti di yogurt. Portò con sé il libro nella sala ristoro vuota, preparò un caffè, si sedette con la tazza a uno dei tavoli e iniziò a leggere il capitolo sulla procedura di autorizzazione.

Dopo appena tre paragrafi chiuse il libro disperata, non aveva capito mezza parola. O la procedura era formulata in maniera così complessa per evitare errori, oppure il settore farmaceutico si trincerava in una torre d'avorio inespugnabile, che si difendeva da attacchi esterni con una lingua tutta sua.

Prese un sorso di caffè, poi accese la televisione e fece zapping tra i canali. Una volta arrivata su Phoenix, si fermò. Quando mostrarono la diretta di una conferenza stampa, alzò il volume.

MARIE (XIX)
Otto giorni prima – 2 settembre

L'interno del Mercedes Transporter era buio, solo dal bordo della presa d'aria aperta penetrava un po' di luce del giorno. Frank era seduto su un grosso borsone sportivo nero, Bernhard per terra, nessuno parlava. Erano arrivati da un quarto d'ora.

"Dov'è finito, maledizione? Sono già le cinque meno venti," brontolò Frank dopo aver guardato l'orologio.

"Qualche problema con la bussola, forse," ipotizzò Bernhard.

"Dio mio, ma quel rimbambito sarà capace di fare qualcosa?" Frank scosse il capo.

"Sssh!" lo zittì il socio, alzando una mano. "Sssh."

Fuori si sentì un rumore di passi lenti ed esitanti. Scarpe sulla ghiaia. I due si scambiarono uno sguardo. Poco dopo bussarono al portellone del vano di carico, due colpi brevi, uno lungo, poi altri due brevi.

Frank aprì la chiusura d'emergenza. La luce del giorno accecò Marie, all'inizio non si distingueva niente.

"Svelto," ordinò Frank.

René salì e Frank gli richiuse il portellone alle spalle.

Il blogger era fradicio, aveva i capelli e i vestiti incollati al corpo. Intorno alla vita era allacciata la piccola bombola d'ossigeno, il tubo con il boccaglio penzolava verso il basso.

"Sei in ritardo," disse Frank inespressivo.

A René servì qualche secondo per abituarsi al buio del vano di carico, poi spalancò gli occhi spaventato. "Cosa ci fa *lei* ancora qui? Non dovrebbe già...?"

Marie cercò di non guardarlo. Era seduta in un angolo in fondo al vano di carico, ancora legata e imbavagliata.

"È mancato il tempo," bofonchiò Frank. "Ce ne occuperemo più tardi."

"E ora?" René corrugò la fronte. "A me sembra un rischio in più. A Basilea sono d'accordo?"

"Il rischio è un problema nostro," puntualizzò Frank.

"Per lei?" Con un cenno del capo René indicò i recipienti di plastica vicini alla ragazza. Cinque grossi contenitori pieni di un liquido chiaro. Frank e Bernhard li avevano caricati alcune ore prima. Fece un sorriso mezzo storto.

Erano stati in giro tutto il giorno. Erano partiti in mattinata e Marie era rimasta per l'intero viaggio chiusa nel vano di carico. La notte ci aveva anche dormito. Dopo circa due ore si erano fermati, il portellone si era aperto e Bernhard aveva caricato un'idropulitrice ad alta pressione e una sega a catena. Dopo un'altra mezz'ora erano arrivati in una specie di zona industriale. Dal portellone era riuscita a scorgere cisterne e lucidi tubi d'acciaio inox. Frank e Bernhard avevano infilato nel furgone i recipienti. Nelle due ore del viaggio di ritorno il liquido nei contenitori di plastica aveva gorgogliato piano.

"Per entrambi," rispose Frank alla domanda di René.

Il blogger sogghignò, poi annuì. "Ok. Ok. Allora andiamo? Dobbiamo sbrigarci."

Frank e Bernhard si scambiarono un'altra occhiata. "Sei in ritardo," ripeté il primo.

"Lo so, lo so, maledizione," replicò lui spazientito. "Ero finito troppo a sud, sono dovuto tornare indietro."

"Ti ha visto qualcuno?" borbottò Frank.

"Nessuno."

"Per il resto è filato tutto liscio?"

"Tutto secondo i piani." Osservò i due uomini. "Penso che da terra presto si accorgeranno che la barca è vuota, ecco perché dobbiamo fare in fretta. Andiamo via prima che qui si scateni l'inferno."

"Ha ragione," confermò Bernhard, "il tempo stringe."

"Allora, togliamoci il pensiero." Frank sospirò, raccolse da terra un paio di guanti sbrindellati e se l'infilò. Poi si tirò su e anche Bernhard si alzò. Entrambi dovettero incassare la testa nelle spalle per non sbatterla contro il tetto del furgone.

Bernhard andò in fondo al vano di carico, tirò fuori un rotolo di cellofan e iniziò a disporlo in diversi strati.

René seguiva i movimenti delle sue mani. "Cosa? Qui? E se fa resistenza? Ma siete matti?"

Bernhard si avvolse gli ultimi strati di pellicola intorno ai polsi mentre Frank iniziò a preparare una siringa.

"Non dovremmo allontanarci di qualche chilometro prima di..."

"René," lo interruppe Frank.

Il blogger si girò. "Cosa?"

Bernhard alzò le braccia e con un movimento rapido passò la pellicola oltre la testa di René giù fino alla pancia e la strinse.

"Cosa diavolo?" Il blogger fu colto così alla sprovvista da non avere neppure il tempo di difendersi. Braccia e mani erano intrappolati dalla pellicola. Cercò invano di liberarsi.

Frank si avvicinò di un passo e gli serrò le gambe tra le sue, poi gli infilò una mano in bocca.

René si contorceva boccheggiando come un pesce, Marie ne vedeva le dita che lottavano sotto la pellicola. Cercò di staccare la testa dalla presa di Frank, che però doveva avergli afferrato così forte la lingua da costringerlo a cacciare un urlo farfugliante di dolore. Aveva gli occhi sbarrati, nei quali ardeva panico allo stato puro. Cercò di addentare le dita di Frank, ma il guanto era imbottito. Il suo aguzzino restò impassibile.

"Aiutami," disse a Bernhard, "ma attento, niente ferite."

Bernhard aveva annodato la pellicola dietro alla schiena dell'uomo. S'infilò anche lui i guanti imbottiti e da dietro gli premette le mani sulle orecchie e sulle tempie, immobilizzandogli la testa. Il blogger guaiva come un cane.

"Tienilo fermo," ordinò Frank. Con una rotazione del polso gli aprì di nuovo un po' la bocca, sembrava che stringesse ancora la lingua tra le dita. Con la mano sinistra teneva la siringa. Si avvicinò così tanto al viso del prigioniero che i loro nasi quasi si sfiorarono. "Pensavi davvero che tutta questa faccenda sarebbe finita senza un cadavere? Senza un cadavere *credibile*? Hai creduto sul serio alla stronzata di una nuova identità e di una nuova vita?"

René cercò ancora una volta di liberarsi e gridò qualcosa di incomprensibile.

"Chiudi il becco, testa di cazzo di uno snob!" ringhiò il suo aguzzino. "Se ti muovi, giuro che ti ficco la siringa dritta nel culo, intesi?" Poi più forte. "Intesi?"

Lui annuì.

"Ora ti appioppiamo un bel cocktail da overdose," gli spiegò. "Insieme al resto delle pasticche che hai già nello stomaco e con la confezione nella tasca dei pantaloni dovrebbe essere più che sufficiente a farlo sembrare un suicidio." Avvicinò l'ago della siringa alla sua bocca. "Sentirai una leggera puntura sotto la lingua," lo avvisò con un ghigno. "Non vogliamo mica che più tardi, durante l'autopsia, trovino qualche buco sospetto!"

René cercò di nuovo di gridare, ma la forza rimastagli gli bastò solo per un piagnucolio isterico.

"Sentilo, urla come un maiale sul banco del mattatoio. Ti prometto che non sentirai dolore." Frank gli infilò ridendo l'ago in bocca, attraverso i denti. Marie vide le spasmodiche contrazioni con le quali il blogger cercava invano di liberare le gambe. Mentre Frank premeva lo stantuffo della siringa, Marie non distolse lo sguardo.

Frank tirò via la siringa e la buttò a terra. "Niente paura, non sentirai niente."

René strizzò gli occhi. Bernhard gli legò anche le gambe con la pellicola, poi gli tappò la bocca, lasciandogli libero il naso.

Frank si sfilò i guanti, aprì il borsone, tirò fuori l'attrezzatura da sub e la indossò.

René diventava sempre più calmo. Quando Frank controllò il boccaglio, il blogger aveva già chiuso gli occhi.

Per tutto il tempo non aveva scambiato una parola con Marie. "Parleremo appena torno," le disse Frank.

Lei scosse il capo, il bavaglio le tagliava gli angoli della bocca.

"Toglile quel coso," ordinò a Bernhard. "Scusa, una misura precauzionale, per evitare che Berger si insospettisse."

"Scordatelo!" disse Marie con la bocca di nuovo libera. "Parleremo in hotel, a Friburgo. Voglio delle garanzie, non dirò nulla prima di averle." Si sorprese lei stessa della propria voce. Sembrava calmissima, cristallina.

Frank sospirò e guardò il socio, che scrollò le spalle. "Non c'è pericolo che lo trovino stanotte?" sibilò.

"È molto improbabile che qualcuno passi là prima di domattina presto," rispose la ragazza.

Frank si massaggiò un sopracciglio. "E il cellulare di Simon?"
"Anche quello è là," rispose Marie. Ne avevano già discusso una decina di volte. "Così come il mio portatile e il coltello. I documenti sono sulla memory card infilata nel portatile, non ne ho altre copie. Vi fornirò le indicazioni stradali esatte. È a una ventina di minuti in macchina da Friburgo, un posto facile da raggiungere, ma senza di me non lo troverete mai."

Frank borbottò qualcosa di incomprensibile. "È pronto?" chiese poi a Bernhard.

Il socio annuì.

"Liberiamolo."

Bernhard tagliò con le forbici la pellicola dal corpo di René. Il torace continuava ad alzarsi e abbassarsi leggermente, respirava ancora. Frank prese il binocolo, aprì il portellone e guardò fuori.

"Sulla spiaggia non si vede nessuno," borbottò.

"La barca è ancora sul lago?" chiese Bernhard.

"Sì."

"Recupereranno la barca prima di iniziare a cercarlo sulla sponda del lago."

Frank annuì. Posò il binocolo per terra, poi scese dal furgone. Marie appoggiò la testa sul lato interno della fiancata, aveva un incredibile bisogno di chiudere gli occhi e dormire.

Bernhard aiutò Frank a trascinare il corpo stordito di René per i pochi metri che separavano il veicolo dall'acqua. Poi sparirono dal campo visivo di Marie. Dopo mezzo minuto tornò soltanto Bernhard e fece capolino nel vano di carico.

"Mi dispiace che tu abbia dovuto assistere a quella scena." Le rivolse un sorriso timido. "Ora è tutto finito. Aspetta un attimo, vado a prenderti qualcosa da bere nell'abitacolo, poi ti slego."

"Grazie."

Sparì. Marie sentì aprire e richiudere lo sportello davanti. Poco dopo l'uomo ricomparve con una bottiglia d'acqua. L'appoggiò sul pavimento davanti alla ragazza, e iniziò a liberarla.

"Però devi restare nel vano di carico," le spiegò. "Per sicurezza."

L'aveva previsto. "Lo capisco."

L'uomo sorrise, poi chiuse il portellone e tornò nell'abitacolo. Dopo circa un quarto d'ora arrivò anche Frank. Montò lamentandosi nel vano di carico, passò davanti a Marie senza rivolgerle una parola e bussò tre volte alla parete dietro l'abitacolo. Bernhard mise in moto e partì.

Frank posò l'attrezzatura da sub, si sedette allungando le gambe sul pavimento e si appoggiò con la schiena a uno dei bidoni. Sembrava esausto, respirava con affanno.

I fusti vicino a Marie gorgogliavano e sbatacchiavano tra di loro. "È andato tutto bene?" chiese cauta.

Lui si scostò i capelli bagnati dal viso e le rivolse uno sguardo beffardo. Sotto di lui si era formata una pozza d'acqua. Non disse niente.

NAGEL (XIX)
Otto giorni dopo – 10 settembre

Era un semplice podio bianco da oratore che, con il suo elegante arco proteso in avanti, ricordava i doccioni delle chiese gotiche. Al centro campeggiavano solenni le lettere INC in rilievo. Si vedeva spuntare un microfono, il podio tuttavia era ancora vuoto. Anche lo sfondo era costituito solo da uno schermo bianco ma, sulla base delle ombre che si muovevano qua e là e dei mormorii, si poteva concludere che la sala fosse piena. Poco dopo, nell'inquadratura comparve la testa di una giornalista che si alzò e si riaccomodò. L'emittente aveva rinunciato a una voce fuoricampo.

Poi il bisbiglio in sala cessò, lasciando il posto a una pioggia di flash. Della persona che entrava in scena all'inizio si scorse solo l'ombra sullo schermo bianco, via via più grossa, poi più piccola e nitida.

Da destra arrivò una ragazza, che si sistemò sul podio. Indossava una camicetta bianca, un blazer nero e una gonna intonata, nera anche quella. Ai piedi un paio di tacchi alti che, a quanto pareva, non le davano alcun problema. Un fermaglio dietro la nuca le appuntava i capelli, che le ricadevano lungo la schiena in una morbida cascata. Lo sguardo era caldo, quasi grato per l'attenzione, gli occhi sfavillanti. I movimenti flessuosi e disinvolti sembravano non costarle alcuna fatica. Sistemò il microfono all'altezza giusta, con piglio esperto, poi con dita lunghe ed esili prese un manoscritto, guardò in avanti e poi di nuovo il leggio, su cui erano poggiati i fogli.

Era lei, non c'erano dubbi. Era cambiata, quasi irriconoscibile, ma lei. Il modo in cui sembrava essersi calata nella parte era tanto spaventoso quanto impressionante. In sovrimpressione apparve anche il suo nome: Marie Sommer, addetto stampa.

Senza aspettare la fine della pioggia di flash, iniziò a parlare con voce calma e professionale.

"Signore e signori, benvenuti a questa conferenza stampa purtroppo indetta all'improvviso e mi scuso subito per non aver avuto il tempo di organizzare il materiale cartaceo. La prossima volta saremo più efficienti. Vedete, io stessa mi trovo ancora in fase di rodaggio." Si sentirono lievi risatine. "Signore e signori, come sapete da decenni la INC, in qualità di compagnia farmaceutica orientata alla ricerca, si impegna in favore della trasparenza nei nostri processi di produzione, della sicurezza dei pazienti e soprattutto a rispettare gli standard etici nello sviluppo di nuovi farmaci. Va da sé che questi principi non dovrebbero fermarsi ai cancelli della nostra azienda. Un'impresa farmaceutica che rifiuta tali linee guida non nuoce solo a se stessa ma all'intero settore della ricerca, e di conseguenza al paziente. È naturale dunque per noi e per me richiamare l'attenzione sul malcostume anche di certi nostri concorrenti. Questo non per ragioni di concorrenza, ma nella convinzione che solo un'industria farmaceutica trasparente, integra e pulita sia capace di superare le sfide del ventunesimo secolo."

Si concesse una pausa più lunga, durante la quale riprese la pioggia di flash.

"Negli ultimi tempi abbiamo raccolto prove evidenti del fatto che la compagnia farmaceutica mediPlan AG, con sede a Basilea, abbia posto sotto stretta e ininterrotta sorveglianza il blogger René Berger, come conseguenza delle sue rivelazioni dello scorso maggio. Le settimane precedenti al suicidio Berger è stato monitorato giorno e notte, hanno intercettato le sue telefonate, letto le sue mail, messo una cimice nella sua camera d'albergo. È da supporre che la mediPlan AG abbia smascherato, intimidito e messo a tacere un *whistleblower* della sua stessa azienda. Come sapete, io stessa poche settimane fa ho parlato più volte al giorno con il blogger, eravamo diventati buoni amici e spesso discutevamo fino a tarda notte. In quel periodo mi sono resa conto che la situazione diventava sempre più disperata per lui. Fonti con le quali aveva collaborato per anni all'improvviso tacevano, René era molto angosciato all'idea di aver messo in pericolo persone a causa delle sue denunce. Almeno nel periodo nel quale sono rimasta in contatto con lui, mostrava una forte dipendenza da farmaci. Non a caso, come risulta dalle indagini della polizia, nel suo corpo sono stati ritrovati residui di un antidepressivo, il Prozac. Sono convinta che quell'uomo sia stato spinto al suicidio dalla mediPlan AG e questo sospetto diventa ancora più scandaloso se si considera il fatto che lui, come sapete dal mio blog, nella fase precedente la sua scomparsa aveva parlato spesso di una grossa rivelazione che avrebbe danneggiato profondamente quella compagnia farmaceutica. Per la INC un simile modo di agire è assolutamente inaccettabile, un comportamento contro il quale protestiamo apertamente e dal quale prendiamo le distanze in qualità di membri della comunità di ricerca farmaceutica."

Raccolse i fogli scritti a mano e arretrò leggermente, quindi riprese la pioggia di flash. Poi per un attimo sullo schermo balenò l'ombra di un microfono sospeso: era il momento delle domande.

Si sentì una voce molto bassa, che poco dopo aumentò di volume, il giornalista ora parlava al microfono.

"Mi scusi. Ulrich Danner, *Süddeutsche Zeitung*. Signora Sommer, non trova strano che una giovane giornalista, impegnata fino a un mese fa a scrivere un blog contro l'industria farmaceutica, d'un tratto diventi l'addetto stampa per la Germania della seconda multinazionale farmaceutica al mondo? Non si tratta solo di un incredibile salto di carriera, ma anche di un'inversione di rotta quantomeno interessante, rispetto alle sue priorità."

Risatine.

Marie annuì sorridendo. "La ringrazio per la domanda, perché mi offre l'occasione di spiegare le mie ragioni. Dopo il suicidio di René, per qualche giorno ho cercato un alleato con il quale approfondire le impressioni e le ipotesi maturate durante il periodo a contatto con il blogger. Il *Berlin Post*, il mio precedente datore di lavoro, non mi sembrava adatto. Quasi allo stesso tempo ho ricevuto un'offerta dalla INC. Non è stato facile prendere questa decisione, mi creda, ma la INC mi ha garantito più volte di essere pronta, anche nel proprio interesse, ad aiutarmi a chiarire le motivazioni di questo suicidio. La compagnia vuole dare precisi segnali in favore della trasparenza e contro le attività illecite e proprio il fatto di nominare addetto stampa una persona famosa per non essere un'amica dell'industria farmaceutica dovrebbe costituire una prova sufficiente a dimostrare la serietà di questi proponimenti. Nei suoi ultimi giorni René sosteneva sempre più spesso l'assurdità delle azioni di guerriglia come la sua. Alla fine era giunto alla conclusione che un cambiamento positivo sarebbe potuto partire solo dall'interno. Anch'io adesso condivido questa opinione."

Il microfono fu fatto passare.

"John Tyler, *New York Times*. Miss Sommer, pochi minuti fa ha rivolto accuse piuttosto pesanti alla mediPlan. Ha qualche prova e, in caso positivo, dove possiamo trovarla?"

"Grazie. Questa è ovviamente una questione importante. Come ho detto e come potete leggere nel materiale cartaceo, che purtroppo stanno ancora distribuendo, abbiamo una prova significativa contro la mediPlan AG. Tale prova sarà resa nota non appena la polizia locale avrà concluso le indagini."

"Peter Mündig, *taz*. Signora Sommer, quali pensa siano state le motivazioni della INC per assumerla come addetto stampa?"

"Come ho già detto, la INC vuole dare chiari segnali di trasparenza contro le attività illecite e l'arbitrio imprenditoriale. Il ventunesimo secolo comporterà per l'umanità nuovi pericoli ancora non stimabili. I campi di battaglia non ci vedranno schierati gli uni contro gli altri, la vera guerra sarà contro virus e batteri. La stessa peste non è stata ancora debellata. Nuovi e più resistenti agenti patogeni, contro i quali i classici antibiotici sono completamente inutili, continuano a svilupparsi in maniera costante. L'umanità dovrà affrontare sfide immani anche nell'ambito delle guerre chimiche e biologiche. La INC è convinta che l'uomo potrà superare queste sfide solo recuperando la fiducia nell'industria farmaceutica. Ovviamente sono consapevole che ci sono anche altri motivi per i quali la INC si è rivolta a me." Sorrise. "Mi si può senz'altro definire una cyberesperta."

Un'altra risata isolata, subito soffocata.

Il giornalista del *taz* voleva rivolgerle un'altra domanda, ma gli avevano già tolto il microfono, si vide solo che muoveva le labbra. Gli venne in soccorso un collega, che doveva aver sentito la domanda.

"Dirk Wallbach, *Zeit Online*. Signora Sommer, si è appena descritta come 'cyberesperta', eppure di lei non c'è traccia in rete: né un profilo Facebook, né interventi sui forum, né un account Twitter. Dunque su cosa si basa esattamente la sua autovalutazione?"

"Stia pur certo che la mia non è affatto un'autovalutazione. Capirà senz'altro che, quando si assume una posizione del genere, le attività private in rete vanno ridotte."

Un giornalista francese le rivolse alcune domande sulle droghe che cambiavano il carattere, che forse erano state somministrate di nascosto a René Berger. Mentre l'uomo parlava, la telecamera zoommò un primissimo piano di Marie Sommer. Sembrava ascoltare con attenzione la domanda, ma pochi secondi dopo si rese conto per la prima volta che la stavano filmando. Forse aveva visto la propria immagine ingrandita su un qualche schermo. Trasalì un istante e per un attimo fissò dritta la telecamera. Poi cambiò espressione. In maniera quasi impercettibile, per una frazione di secondo, il suo sguardo sembrò perso.

Tornò immediatamente a osservare il pubblico, avvicinò la bocca al microfono e rispose alla domanda.

MARIE (XX)

Otto giorni prima – 2 settembre

Il motore del Mercedes Transporter rombava monotono. Frank, che nell'ultima mezz'ora non aveva perso di vista Marie neppure per un attimo, si era addormentato.

La ragazza appoggiò la testa all'indietro e si ritrovò a pensare a Jonas. Glielo avrebbe voluto risparmiare, ma ovunque l'avesse portata il furgone, ovunque l'avessero portata dopo quella notte che avrebbe passato in un hotel di Friburgo, non ci sarebbe stato posto per lui. Sperò che Jonas superasse la cosa. In fondo era un ottimista, un tipo concreto. Era fondamentale nel suo lavoro da ingegnere.

Senza garanzie, non avrebbe detto loro niente. Voleva vederle nero su bianco, voleva conferme solide e la sicurezza di uno spazio pubblico, un bar o qualcosa del genere. Lo aveva chiarito anche a Jacqueline Ysten. Le era sembrata una donna di parola, ma doveva lo stesso essere prudente. Se non avessero accettato le sue richieste, non avrebbero mai saputo dove fosse Simon né dove si trovasse il suo portatile e il cellulare del ragazzo. Nell'arco di un paio di settimane, quando il proprietario della capanna fosse tornato, avrebbe trovato il cadavere insieme a tutto quello che era memorizzato nel cellulare e sul portatile. Non potevano correre un rischio simile.

Il furgone si fermò, forse per via di un semaforo. Marie lanciò un'occhiata alla piccola leva che chiudeva dall'interno il portellone posteriore. Sarebbe stata l'occasione perfetta. Frank dormiva e il veicolo si era arrestato, probabilmente già nei quartieri periferici della città. Avrebbe potuto darsela a gambe, nascondersi nell'androne di un palazzo, chiedere aiuto a qualche passante. Probabilmente avrebbe funzionato.

Ma sarebbe stato anche infantile. Ormai non si tornava più indietro.

Bernhard partì e il furgone riprese velocità. Frank russava forte.

Lo sguardo di Marie cadde sulla motosega, che durante il viaggio era scivolata e si era fermata ai suoi piedi. Il rubinetto della benzina era aperto, sarebbe bastato afferrarla e tirare il cordoncino di avviamento una singola volta, due al massimo. Il tempo sarebbe stato più che sufficiente, prima che Frank si svegliasse e realizzasse cosa stava succedendo.

Si ritrovò a sorridere, appoggiò la testa all'indietro e chiuse gli occhi soddisfatta. Per la prima volta in ventiquattro ore, concesse a quelle immagini di riaffiorarle alla mente.

Simon era parso sorpreso, le era sembrato persino di leggere una specie di legittimazione nella sua espressione. Probabilmente lo shock gli aveva impedito di provare dolore. Si era distratto solo per una frazione di secondo, Marie gli aveva strappato di mano il coltello arrugginito, aveva alzato il braccio e glielo aveva conficcato nella gola, senza quasi incontrare resistenza. Era stato proprio quello a stupirla, quanto facile fosse togliere la vita a un altro essere umano, quanto piccolo fosse l'ostacolo posto dalla natura.

Simon aveva tentato di tirare via il coltello, per un attimo l'aveva persino stretto in mano. Ma poi era crollato.

Marie si era liberata i piedi e si era messa a cavalcioni del ragazzo. Era ancora vivo, anche se a ogni battito del cuore gli usciva dalla gola e dalla bocca un fiotto di sangue rosso scuro.

Non era stata la paura a spingerla a continuare, né la sensazione di potere, ancora più grandiosa di quanto si fosse mai immaginata. Erano state le sue ultime parole, pronunciate rantolando. Si era chinata e gli aveva avvicinato l'orecchio alle labbra, per sentirlo.

"Come fai a essere sicura che non lo abbiano previsto? Che anche la mia morte non faccia parte del piano?"

Lei gli aveva preso il coltello e lo aveva tenuto sospeso su di lui con entrambe le mani.

Il sangue gli gorgogliava dalla bocca, eppure sul viso gli si era disegnato un ghigno cinico. "Come fai a sapere che la decisione che io muoia sia davvero tua?"

Aveva spinto giù il coltello con tutta la sua forza, conficcandoglielo nel petto.

NAGEL (XX)

Nove giorni dopo – 11 settembre

Era un caldo insolito per una notte di inizio autunno. L'infermiera, che intanto Nagel aveva scoperto chiamarsi Nicole, prima di andarsene aveva aperto la finestra e lui gliene era stato grato. Di tanto in tanto gli saliva su per il naso l'aria notturna, un odore meraviglioso.

Immaginò fosse all'incirca l'una. Nel reparto dominava il silenzio illusorio delle notti in ospedale. In qualsiasi istante un'emergenza avrebbe potuto interrompere quella calma, in qualunque momento si sarebbero potuti sentire passi frettolosi fuori in corridoio, grida dalle stanze vicine, l'atterraggio di un elicottero sul tetto.

Ma ora dominava il silenzio, la stanza era buia, la televisione muta. Dopo la fine della conferenza stampa era rimasta accesa ancora quasi due ore, prima che l'infermiera Nicole la spegnesse. La spia rossa dello standby lo accecava, facendo a gara col bagliore verde dello schermo dell'elettrocardiogramma.

Si ricordò di un episodio delle elementari, oltre cinquant'anni prima. Da allora non ci aveva mai ripensato, ma di punto in bianco nelle ultime ore quel ricordo aveva prevalso su tutti i pensieri e le congetture.

Era cresciuto in un paesino dell'Alta Foresta Nera. All'epoca viveva al margine del paese, in un casale stravecchio che poco dopo la guerra suo padre aveva acquistato a prezzo stracciato, perché si trovava in condizioni davvero misere. In realtà, là dentro ci avevano vissuto solo Nagel, sua madre e la sorellina. Il padre aveva abitato in una casa immaginaria. Per quasi dieci anni infatti a chiunque passava a trovarli raccontava entusiasta le modifiche che voleva apportare, inventando finestre là dove si vedeva solo intonaco sfaldato e sognando di ripristinare la vecchia scala di legno del piano di sopra. Nel suo archivio aveva persino un cassetto interamente riservato ai progetti per il casale, nessuno dei quali realizzato, il denaro non sarebbe bastato, la situazione era sempre rimasta pessima. Ci aveva pensato la madre di Nagel a sbarcare il lunario della famiglia con lavoretti vari, finché il padre non aveva finalmente ceduto alle sue pressioni, l'aveva venduto e si erano trasferiti in un appartamento in città.

A quei tempi per andare a scuola doveva attraversare il paese. Era una giornata estiva, mancava poco alle vacanze, e lui si era alzato prima di tutti gli altri e messo in marcia prestissimo.

Una volta in piazza, l'orologio del campanile segnava appena le sette meno un quarto e la scuola non sarebbe iniziata che alle sette e mezzo, perciò si sedette su una panchina davanti a un castagno proprio al centro dello slargo.

Aveva contato le castagne ancora acerbe, mentre intorno il villaggio piano piano si svegliava e in strada spuntavano i primi passanti.

Era successo quando era arrivato già quasi a duecento: in quel momento era stato assalito dal dubbio che quello di fronte a lui non fosse un castagno. Certo che lo era, aveva contato le castagne! Che dubbio idiota. Eppure di punto in bianco non ne era più così convinto e aveva sentito il bisogno di alzarsi e chiedere al primo adulto che incontrava se si fosse trattato davvero di un castagno. Allo stesso tempo si vergognava così tanto di quella sua insicurezza che si costrinse ad alzare la testa per osservare l'albero. Tutto inutile, la sensazione di estraneità aumentava sempre di più. D'un tratto non era sicuro nemmeno che quello fosse per davvero un albero, l'idea stessa di albero gli sembrava completamente assurda, come se l'avesse inventata pochi minuti prima e né il concetto né la cosa in sé esistessero sul serio.

Più osservava il castagno, si accaniva a considerarlo di nuovo un albero, tentava disperatamente di chiarirne la natura, e più gli sembrava solamente un'oscena forma intrecciata che tendeva verso l'alto, che puntava dritta oltre la sua testa, oltre il cielo, oltre la luna e il sole. L'albero era diventato un'immagine inquietante che continuava a cambiare forma e colore, che gli mulinava davanti agli occhi anche quando lo nascondeva con le mani.

Quel giorno non aveva risposto a nessuna domanda, aveva persino evitato di guardare i suoi compagni per timore che, osservandoli troppo a lungo, avrebbe provato lo stesso spaesamento avuto con il castagno della piazza. Nell'intervallo era andato a sedersi in un angolo del cortile, dov'era rimasto indisturbato a ragionare sulla giustificazione da dare per non tornare in classe al suono della campanella.

Era stata la prima volta che aveva provato quella sensazione di incompletezza, quella mancanza di qualcosa di cui il resto dei compagni disponeva in maniera del tutto inconsapevole, qualcosa di così ovvio che non esisteva neppure una parola per descriverlo.

Dalla finestra entrò una ventata più forte che gonfiò le tende.

Non aveva più voglia di riflettere, non aveva più senso fondersi il cervello a pensare se Marie Sommer fosse stata costretta a quella recita in tv, se fin dall'inizio avesse fatto parte di tutta quella storia o invece solo dalla morte di Berger, se la INC le avesse affidato l'incarico di addetto stampa come contropartita per qualcosa o se anche quello era stato previsto da anni. Non aveva più senso neppure chiedersi di chi fosse il sangue ritrovato da Nadja nella baita, cosa fosse successo là dentro, come fosse morto davvero Berger, se si fosse trattato di omicidio o suicidio. Se aveva cercato di sbrogliare i nodi che era riuscito ad afferrare era stato solo perché erano intrecciati tra loro, solo perché altrimenti gli sarebbero subito, irrimediabilmente scivolati dalle dita. A un certo punto nel corso degli ultimi vent'anni, ammise, era riaffiorata quella sensazione provata da bambino. In quel mondo non si sentiva più a casa.

Il tipo era entrato senza il minimo rumore, infilandosi dalla porta come il vento dalla finestra. Nagel l'aveva visto fin dall'inizio, un uomo alto, vestito di scuro e con lunghi capelli neri, che lo osservava sicuramente già da un minuto. Lo conosceva, l'aveva incrociato già una volta, da qualche parte, nelle settimane precedenti.

L'intruso indugiò, sembrava come combattuto, benché invano. In fondo era buono anche lui, il commissario ne era sicuro. In fondo era buono anche quell'uomo.

Lo fece con il cuscino, il classico modo per non lasciare tracce visibili. Nagel odorò il sudore della sua stessa testa, quando il corpo prese a respirare più veloce, in preda al panico, all'isterica ricerca d'aria. Non era più il suo corpo, non lo era più da tempo.

Infine un'immagine eclissò tutto il resto, l'immagine di una sera d'estate del 1968, alcuni compagni di studi lo avevano convinto a fare un giro in bici fuori città dopo gli esami di maturità, sulla sponda del Dreisam. Là avevano bevuto birra e vino e a un certo punto l'aveva vista, la vide, Irene, come stava in piedi nel fiume, come sta in piedi nel fiume, con l'acqua solo fino alle caviglie, perché è poco profonda, indossa un vestito rosso legato in vita da una cintura, ora anche lei si accorge di lui, finalmente lo guarda...

EPILOGO

Rudolf dovette perlustrare diverse volte la fila delle tombe più recenti, prima di trovarla. La lapide mancava, in terra era piantata solo una semplice croce di legno. Sotto, sul terreno, si vedevano ancora le corone di fiori. Su quella più grossa si leggeva: "I colleghi, INC."

La tomba di Michael era sobria. Nel giro di poche settimane, una volta piazzata la lapide e incaricato un giardiniere di occuparsi dei fiori, si sarebbe completamente persa tra le altre.

Si erano badati i figli a vicenda, Michael stava quasi per diventare il padrino di Max, Rudolf non si era dimenticato di tutto, non avrebbe mai potuto. Erano stati amici del cuore per decenni.

Erano le cinque e mezzo e non si vedeva nessun altro al cimitero. Rudolf c'era andato diretto dal lavoro, era la prima volta in assoluto.

Alla riunione strategica di quel pomeriggio Unterberger aveva prospettato il futuro glorioso della INC e parlato con entusiasmo di "emerging market" e della quantità modesta, rispetto alla concorrenza, di brevetti in scadenza negli anni successivi. Aveva raccontato quasi con euforia degli "attacchi" imminenti di diversi medicinali generici, ossia di farmaci equivalenti, piazzati in maniera strategica. Ma il settore più promettente era quello dei vaccini che, secondo lui, avrebbe assicurato grossi profitti e nel quale la INC era ben piazzata. Come la maggior parte dei dirigenti della multinazionale, Unterberger era convinto che l'anno successivo l'azienda sarebbe diventata la più grande e forte compagnia farmaceutica al mondo. "E tutto quello che mi aspetto da voi è impegno." Aveva iniziato a dare del tu senza eccezione a chiunque si trovasse sotto di lui nella gerarchia. "Motivazione. Identificazione. Coraggio. E soprattutto lealtà assoluta e incondizionata."

Rudolf non era stato neppure al funerale. Si chinò e accarezzò il nastro della corona della famiglia. "Mi dispiace, Michael," disse poi sottovoce.

Tornò al parcheggio.

Nel viaggio verso casa se la prese comoda. Imboccò vie traverse e stradine di campagna, più di una volta dovette stare attento a non perdere di vista la direzione. La mente vagava di continuo. Il giorno prima c'era stata la conferenza stampa, ma durante la riunione Unterberger non ne aveva fatto cenno.

Alla radio un esperto di mercati azionari riferì che in quel momento, per ragioni di credibilità e prestigio, la mediPlan avrebbe fatto meglio a confessare piuttosto che negare tutto. Poi dissero che le sue azioni erano precipitate quasi del settanta per cento e che, nonostante le prove schiaccianti, la compagnia continuava a respingere anche le accuse più recenti. Rudolf cambiò emittente.

Poco dopo Arlesheim si accorse della BMW blu che, come si ricordò in quel momento, lo seguiva anche mentre andava al cimitero.

Arrivò a casa solo verso le sette mezzo. Quando chiuse la porta del garage, sua moglie Beatrice era già sulla soglia.

"Dove eri finito?" Sembrava preoccupata. "Ti ho aspettato per cena, ora devo riscaldarla un attimo. Allora, cosa hai fatto?"

"Sono stato da Michael," rispose senza guardarla.

Beatrice cambiò subito atteggiamento e lo abbracciò. "Ce l'hai fatta finalmente," mormorò. "Come ti senti?"

Non rispose.

"Manca anche a me, certo," disse la moglie. "Manca anche a me."

Per cena aveva preparato spaghetti al ragù, che riscaldati erano diventati una pappa. Max era in giro con gli amici e avrebbe mangiato in città, perciò erano soli in casa.

Non si scambiarono mezza parola. Dopo circa cinque minuti Rudolf scattò in piedi e andò alla finestra della cucina. Sul lato opposto della strada vide la BMW blu. Tentò di sbirciare attraverso i finestrini ma non ci riuscì, era già troppo buio.

Tornò a sedersi a tavola.

"Cosa c'è?" chiese Beatrice.

"Niente. Pensavo fosse tornato Max."

"Non rientrerà prima delle due. È venerdì."

Guardarono un film strappalacrime in televisione ma Rudolf era distratto. Verso le dieci e mezzo andarono a letto.

Mentre Beatrice si preparava in bagno, lui si avvicinò alla finestra della camera. Non voleva, ma guardò lo stesso.

La BMW era ancora sul ciglio della strada.

Quando lei uscì dal bagno, si girò. "Nei giorni scorsi hai notato quella BMW parcheggiata qua sotto? Di chi è?" le chiese.

"Hmm? Quale BMW?" domandò la moglie e lo raggiunse alla finestra.

"Quella," rispose conciso.

"Mai vista," disse lei, scrollando le spalle. "Lì si può parcheggiare, non è mica vietato." Lo prese per mano. "Vieni a letto, tesoro."

"Non sono stanco. Credo che andrò giù a guardare un altro po' di tv."

"Oh." Ritirò la mano. "Ok, allora..."

"Buonanotte," disse Rudolf.

"Buonanotte."

"Qualcosa non va, Rudi?" gli chiese quando era già quasi fuori dalla camera.

"Va tutto benissimo," rispose senza voltarsi.

"Non mi nascondi niente, vero? Me lo diresti se ci fosse qualcosa, giusto?"

"Certo che te lo direi. Non è niente, buonanotte tesoro."

"Buonanotte."

Uscì dalla porta e se la tirò alle spalle.

Il cielo era grigio sul cimitero principale di Friburgo.

Che Andreas volesse essere cremato lo sapeva da tempo, ne avevano parlato apertamente, e Irene aveva anche compreso il motivo di quella decisione. Suo marito aveva sempre avuto problemi con la propria corporatura. Da giovane si era vergognato della sua figura dinoccolata, da vecchio della sua obesità.

Eppure durante il funerale la dimensione del tumulo l'aveva stupita lo stesso, un buco largo come un piatto e profondo neppure un metro.

Appena iniziarono a cadere le prime gocce di pioggia, posò sulla tomba la composizione floreale che lei stessa aveva preparato per il compleanno del marito. Poi lasciò il cimitero e tornò a casa in tram.

Irene seguì solo di sfuggita il dibattito sul suicidio di René Berger e la colpa ricaduta sul gruppo industriale mediPlan. Non le interessava. Da Nadja aveva appreso che Andreas si era immerso in quelle indagini, perché convinto che nella storia del suicidio di Berger qualcosa non quadrasse. Ora la polizia aveva avviato un'inchiesta ufficiale in quel senso, o almeno così le aveva raccontato in segreto la collega di suo marito. Il materiale probatorio consegnato dalla INC alla polizia, di sicuro effetto mediatico, secondo lei era tanto interessante quanto inutile. Si trattava delle cimici che doveva aver trovato Marie Sommer, delle registrazioni delle conversazioni tra lei e il blogger, delle mail private ricevute da Berger nelle quali lo avevano intimidito e che lui aveva consegnato alla giornalista poco prima di morire. Intanto Irene era venuta a sapere che anche Andreas aveva trovato una cimice. La poliziotta era convinta che, a distanza di settimane, le indagini ufficiali contro la mediPlan fossero ancora molto indietro rispetto a quanto da lui scoperto prima di morire e riteneva altamente improbabile che riuscissero a ottenere qualcosa di concreto.

Irene scese dal tram. Per arrivare a casa ci volevano altri cinque minuti a piedi, intanto pioveva a dirotto, un freddo e appiccicoso temporale autunnale. Si riparò sotto l'ombrello.

Il giorno dopo il funerale, con Kirsten aveva preso in considerazione l'ipotesi di vendere la casa e trasferirsi in un appartamento. In un primo momento le era sembrata una decisione ragionevole, ma ormai aveva accantonato l'idea. Voleva tenere quella casa, soprattutto quel giardino, era il suo quartiere, molti dei vicini li conosceva da trent'anni. Non intendeva andarsene.

Entrata in casa si sfilò gli stivali, poi si preparò una tazza di tè alla menta piperita con miele.

In passato, molto ma molto tempo prima, quando Kirsten era appena nata e loro abitavano ancora nell'appartamentino a Kirchzarten, da un giorno all'altro lei era stata presa da una paura paranoica che Andreas morisse in servizio. All'epoca non era ancora commissario, e spesso lo mandavano di pattuglia in giro per le strade. Aveva passato nottate intere, da sola con la neonata, a immaginarsi Andreas assalito da un marito ubriaco o da un conducente aggressivo, steso a terra in un lago di sangue, che tentava di chiamare aiuto via radio. Aveva pianto tanto ma a lui non aveva mai detto niente.

Ora che aveva perso la vita in circostanze quasi prosaiche, le sembravano soltanto sciocchezze adolescenziali. Andreas, semplicemente, era morto per arresto respiratorio. Come, nessuno poteva dirlo con certezza. La causa più probabile era che gli fosse andata di traverso la saliva, oppure un altro ictus gli avesse bloccato i muscoli respiratori. Per Irene era irrilevante, contava solo che per altri due giorni fosse stato cosciente. Contava solo che alla fine di ogni visita lo avesse salutato come fosse stata l'ultima volta.

Tolse la bustina di tè dall'acqua, la buttò nel cestino e con la tazza in mano salì nello studio del marito.

I documenti di cui si era occupato Andreas il fine settimana prima dell'ictus non erano più ricomparsi. Nadja aveva rovistato nel suo ufficio ed era stata anche là, nello studio, ma non aveva trovato niente. Neppure il cellulare era stato ritrovato. La spiegazione più plausibile era che lo avesse perso sul tram e che qualcuno se lo fosse intascato. Ma i documenti?

Nello studio del marito aveva sempre regnato il caos assoluto, ancora più che nel suo ufficio al quartier generale. Da decenni Irene aveva rinunciato a inculcargli il senso dell'ordine. Non riusciva proprio a lavorare in un ambiente comunemente definito ordinato, per lui ordine e disordine erano solo punti di vista. Era sempre stato diffidente nei confronti di quelli che intendevano per ordine l'angolo retto e il classificare gli oggetti in base a grandezza, forma e colore. Solo con Irene aveva fatto un'eccezione.

Comunque quella stanza, grazie a lei, era più accogliente del suo ufficio in città. Durante i lavori di ristrutturazione aveva insistito per rivestire completamente di legno scuro la parete ovest priva di finestre, cosa che negli anni Novanta era fuori moda, ma che ora era tornata in auge e considerata di gran classe. La scrivania grossa e massiccia, che dominava il centro della stanza come un altare, l'avevano ereditata dal nonno di Irene. Mentre cercava i famosi documenti, Nadja si era limitata a spostare il caos che vi regnava sopra, senza toglierlo del tutto, forse per rispetto.

Intonato all'indolente dignità della scrivania, tra l'angolo da lettura e la libreria, era steso un tappeto persiano. Irene si avvicinò a uno dei due scaffali accostati come due guardiani alla parete dietro la sedia da scrivania. Andreas li aveva sempre definiti il museo dei cliché. Erano pieni di souvenir da innumerevoli viaggi: una pietra vulcanica dalle Canarie, due bambole di porcellana dal Giappone, un ventaglio spagnolo, una palla di vetro con la neve del Tower Bridge, un set di matriosche, un elefante di legno dal Sudafrica, poi una fila di miniature da pochi euro della Torre Eiffel, della Statua della Libertà, del Colosseo, della Porta di Brandeburgo e del Teatro dell'Opera di Sydney. Tra una bottiglia d'olio d'oliva artisticamente dipinta e una pipa a forma di corno alpino, in posizione abbastanza centrale su una tovaglia realizzata all'uncinetto da Irene stessa, si trovava un souvenir del viaggio in Thailandia nel 2002: una statuetta di Buddha dal sorriso benevolo. Suo marito l'aveva comprata per scherzo.

Quel souvenir però doveva trovarsi in soggiorno, nel mobile dietro al divano. Irene d'un tratto ne era completamente convinta.

Prese con cautela il Buddha e lo sollevò dallo scaffale. Mentre lo portava verso il corridoio sentì qualcosa tintinnare all'interno. Girò la statuetta in modo che l'apertura sul retro guardasse verso il basso e cadde qualcosa di nero.

Posò la statuetta con cautela sul pavimento e raccolse l'oggetto, un cilindretto di plastica con un occhiello di metallo all'estremità. Un portachiavi. Tirò via il tappo e comparve una chiavetta USB.

In realtà quel giorno, dopo molto tempo, Thomas aveva intenzione di venire a capo di un lavoro. Alcuni mesi prima il *Berlin Post* aveva preparato una serie di scatti intorno all'aeroporto di Berlino-Brandeburgo e l'immagine di un municipio su cui campeggiava il logo di una compagnia elettrica gli era rimasta impressa. Voleva scriverci un articolo, ma il problema era a chi assegnare il pezzo. Mandare Boris significava ridurre tutto a una montagna di opinioni dei residenti. Mandare Viola, voleva dire leggere già dopo i primi tre capoversi una citazione di Marx e un commento del tipo "prima ci hanno tolto i mezzi di produzione e ora ci fregano anche la pubblica amministrazione". Forse Sabrina. Ci rifletté un istante, non era convinto. Sospirò. Quella storia sarebbe stata perfetta per Marie.

Quando bussarono, aveva appena preso il foglietto con i punti da discutere durante la riunione del pomeriggio. La sua porta era sempre aperta. Alzò la testa, era Ralf, il suo capo.

"Thomas," disse, "hai un attimo?"

No, non ce l'ho, pensò. Invece con un gesto gli indicò di entrare e annuì. "Per il direttivo, sempre. Accomodati."

Ralf era vestito in maniera impeccabile, come sempre, in contrasto con la testa maltrattata da creme abbronzanti e gel per i capelli.

"Come va?"

Thomas dovette ridere. "Come vuoi che vada?" E scrollò le spalle.

Ralf lo osservò con attenzione ma la voce rimase calma. "Lo so, le ultime settimane non sono state facili."

"Non sono state facili." Quell'eufemismo era quasi comico. "Mi avete fatto spiare, amico!"

"Sssh!" sibilò il capo. Si girò e guardò la porta. "È stato inopportuno, lo so, ma volevano andare sul sicuro. Non sapevano se fossi affidabile."

"Certo che sono affidabile." Non lo aveva dimostrato abbastanza negli ultimi mesi?

"Non ti avremmo fatto caporedattore se non lo avessimo dato per scontato, ma convincere altri della propria personale valutazione di una persona è tutt'altra cosa." Scosse il capo. "Come va in redazione?"

"Andrebbe meglio se avessimo ancora Marie con noi, anche quello è stato inopportuno. Il *Berlin Post* sarebbe dovuto diventare la piattaforma su cui sviluppare l'intera storia. Come avevi detto? 'Prova a immaginare di avere una collaboratrice di spicco, ospite fissa nei talk show.' Stronzate, Ralf!" Thomas dovette reprimere la sua rabbia. "Tra le stagiste Marie era la femmina alfa, lo è stata fin dall'inizio. Allora spiegami come dovrei fare ora a realizzare qualcosa con questa miseria che mi rimane!"

"Hmm." Ralf era perplesso.

"Cosa vuoi? Perché sei venuto?"

"Tra un paio d'ore arriverà Hauber per discutere della sua nuova rubrica. Vorrei che tu chiarisca in soldoni le aspettative e le formalità."

"Hauber?"

"Il professor Hauber, dell'università di Amburgo."

"Ah, il professore di Marie." Se ne ricordava. Dovevano avergli promesso qualcosa in cambio.

"Posso contare su di te?"

Thomas corrugò la fronte e si coprì gli occhi con una mano, disperato. Annuì.

"Bene, poi scrivimi una mail per farmi sapere com'è andata."

Lo sentì alzarsi e uscire dalla stanza senza aggiungere altro.

Affondò ancora di più nella poltrona da ufficio. Solo cinque minuti dopo riuscì a staccare la mano dagli occhi.

Dopo quasi dieci semestri Jonas non si era ancora abituato agli ultimi cinque minuti prima dell'inizio di una prova scritta. Non che avesse paura degli esami, anzi, ogni volta non vedeva l'ora di togliersi il pensiero, nel bene o nel male. Ma quegli ultimi minuti prima di cominciare, quando l'adrenalina raggiungeva un livello stabile, l'odore tipico degli edifici anni Settanta saliva su per il naso, insopportabile, il chiacchiericcio piano piano cessava e ognuno, in preda alla tensione, fissava un punto preciso, ecco, quei minuti li odiava proprio.

Nelle ultime settimane si era completamente isolato, trascorrendo giornate intere in casa, nella semioscurità, davanti a diagrammi, formule e presentazioni in PowerPoint. Aveva ricalcolato nei minimi dettagli e a più riprese tutti gli esercizi del semestre e letto persino alcuni approfondimenti. Lavorare fino al completo esaurimento, a prescindere dai risultati, era sempre stato il metodo migliore contro i pensieri negativi.

Guardò l'orologio, mancavano quattro minuti all'inizio dell'esame. Gli venne in mente di avere ancora il cellulare acceso in tasca. Lo tirò fuori per spegnerlo, ma vide che aveva ricevuto un messaggio da un numero che non conosceva.

Lo aprì, gli apparve un disegnino a matita, un aeroplano con diversi passeggeri che montavano a bordo. Una delle figure che saliva le scalette era una colomba con un fumetto in cui si leggeva: "Gurr, gurr, speriamo che Jonas abbia calcolato bene i flussi d'aria dell'aereo." Sotto il disegno: "In bocca al lupo!"

Gli assistenti iniziarono a distribuire le prove scritte. Ancora due minuti. Cancellò il messaggio, spense il cellulare e se lo rinfilò in tasca.

Alla radio uno scienziato intervistato annunciava una nuova ondata d'influenza simile a quella aviaria e suina.

"Dobbiamo prepararci già da ora a un numero di vittime paragonabile a quello dell'influenza spagnola."

Nadja scese con l'auto la rampa del garage di Schlossberg. Guardò l'orologio sul cruscotto, erano da poco passate le cinque. Doveva sbrigarsi.

"Mamma, quando andiamo da papà?" gridò Leonie dal sedile posteriore.

"Subito, tesoro, subito. Mamma deve sbrigare solo una cosina."

Parcheggiò, scese dalla macchina e liberò la bambina dal seggiolino. Poi attraversarono il centro storico, in direzione della biblioteca comunale.

Era stata una giornata faticosa, c'era stato un omicidio a Haslach. Non avevano ancora trovato un sostituto per Andreas, erano sotto organico e tutti dovevano fare gli straordinari. Alcune settimane prima, quando Pommerer si era attivato per verificare le prove dalla INC contro la mediPlan, Nadja aveva fatto turni doppi. Un impegno inutile, che per Pommerer si era tradotto in sostanza nel rilasciare interviste. Che Berger fosse stato spiato, lo aveva intuito già Andreas. Le prove però non riconducevano in maniera inequivocabile alla mediPlan e poiché non c'erano ulteriori indizi, tre settimane prima il comandante aveva sospeso le indagini. Al quartier generale era tornata la pace, l'ordinaria amministrazione, a Nadja andava bene così. Avvertiva già i primi segni di quel cinismo pessimista il cui vizio, anni prima, aveva cercato di togliere al commissario Nagel.

Era una bella giornata di ottobre, freddina. Sulla piazza della cattedrale avevano appena tolto le bancarelle del mercato e Leonie correva avanti cacciando via i passerotti che spizzicavano i brezel caduti a terra.

Una volta in biblioteca, spedì la figlia nell'angolo riservato ai bambini. "Torno subito, ok?" Poi raggiunse le postazioni internet passando tra gli scaffali.

Non c'era nessuno tranne lei. Posò la borsa vicino alla tastiera e tirò fuori la chiavetta USB che Irene aveva trovato nello studio di Andreas. La infilò nel computer, poi aprì OpenLeaks, il sito creato di recente dagli ex sviluppatori di WikiLeaks che dissentivano dalla linea politica di Julian Assange. Nadja da giorni prendeva informazioni. Anche OpenLeaks offriva la possibilità di inserire notizie cifrate e anonime. Aprì la pagina, e con essa il campo dove caricare messaggi e allegati. Ci trasferì tutti i file memorizzati sulla chiavetta USB. Nello spazio apposito digitò: "Confrontate i documenti di autorizzazione Eupharin. mediPlan non ha colpa. La INC ha pianificato tutto per screditare agli occhi dell'opinione pubblica e della politica i suoi principali concorrenti in Europa."

Cliccò su "Invia", senza neppure rileggere il testo. Poi chiuse la pagina, sfilò la chiavetta USB e andò a riprendersi la figlia.

Tornarono al garage sotterraneo, passando davanti alla cattedrale.

"Mamma, io mangio una pizza graaande così," disse Leonie. "Lo sai cosa mangia papà?"

"Non lo so," rispose passandole le dita tra i capelli. "Magari non la pizza."

"Che ci vai a fare in pizzeria, se non prendi la pizza!"

All'altezza di Konviktstraße buttò la chiavetta USB in un cassonetto. Non voleva saperne più nulla.

L'ufficio occupava quasi tutto il piano. La parete continua di vetro inframmezzato soltanto da sottili montanti di metallo circondava quasi l'intero livello, interrotta solo da un ascensore rivestito di legno e dalla porta, anch'essa in mogano scuro, che conduceva alla tromba delle scale.

La settimana precedente, uscendo dall'ascensore per la prima volta, era rimasta quasi sconvolta dalla vista. A nord lo sguardo arrivava oltre il Reno fino alla Foresta Nera. Con il bel tempo si scorgevano anche il Belchen, il Feldberg e i Vosgi al di là del centro storico. A sud le Alpi si distinguevano benissimo, facevano pensare a una strana muraglia di granito che sia a destra che a sinistra si perdeva all'orizzonte, impedendo la vista di Milano, Torino e Verona. Quel giorno però era grigio. Dietro la cortina di pioggia era difficile scorgere persino il Massiccio del Giura.

Marie osservava la propria immagine riflessa nel vetro. Il blazer grigio attillato le stava a pennello. Dopo pranzo si era risistemata il trucco. I capelli ora li portava sempre raccolti da un fermaglio marrone dorato.

Si voltò. Jacqueline Ysten era appoggiata alla scrivania, le mani puntellate agli spigoli del tavolo, le gambe accavallate. Sopra di lei era acceso un enorme lampadario quadrato. Un lieve sorriso, poi lasciò quella posa plastica per avvicinarsi con leggiadria.

La ragazza girò di nuovo la testa verso la finestra. Sotto di loro la città aspettava di essere scossa dai prossimi grandi rivolgimenti. "Ho mandato un messaggio al mio ex. Non so perché. Aveva un esame scritto."

"Pessima idea. Ha risposto?" le chiese Jacqueline alle spalle.

"No," rispose Marie. E senza pensarci, senza neanche volerlo, proseguì. "Michael Balsiger..."

"Le autorità sono convinte che si sia trattato di suicidio."

Marie deglutì. Il fatto che un uomo fosse morto solo per averla contattata... lei non aveva dovuto muovere un muscolo, la morte gli si era posata sopra come una coperta nera.

Sotto la pioggia i passanti attraversavano il ponte di Wettstein, puntini senza volontà trascinati da una sponda all'altra del Reno. Da lontano avevano tutti lo stesso colore cinereo.

"La scorsa settimana abbiamo parlato del commissario," iniziò Jacqueline. "Nagel. È morto soffocato nel sonno, meglio che lo sappia anche tu."

Da quell'altezza il Reno sembrava un gigantesco vortice che rosicchiava i ponti della città. Nessun passante che si affrettava sul Wettstein capiva quanto effimera fosse quella costruzione. A nessuno di quegli insetti neri che correvano di qua e di là era chiaro che il fiume avrebbe accettato solo per poco di essere sbeffeggiato da tutti quegli archi di pietra tesi sopra di lui.

"Sarebbe stato un rischio incalcolabile," commentò Marie.

"Incalcolabile," confermò Jacqueline.

A Marie era diventato chiaro che per lei gli esseri umani erano sempre stati solo quello, forme senz'anima che le danzavano davanti, che potevano infastidirla oppure essere sfruttate a proprio vantaggio, niente di più. E Jonas invece? Si ricordò della notte in cucina, di quella lama esatta, senza peso, quasi un prolungamento naturale del suo braccio. Quella notte sarebbe stata pronta, lo avrebbe fatto. Se fosse arrivato prima, se fosse venuto senza polizia...

Sentì un nodo alla gola, premette il viso sul tessuto freddo e inodore del blazer di Jacqueline Ysten.

"Lo so," sussurrò Jacqueline. "Lo so, ma hai preso la decisione giusta. Non è meglio dedicarsi anima e corpo a una cosa piuttosto che combatterla? Non è molto più semplice, molto più sensato, molto più da adulti?"

Marie si staccò dalla donna, si passò la punta delle dita sulle palpebre e si ricompose. "Frank e Bernhard," disse poi.

"Ho già parlato con il nostro amico sottoterra."

"Sanno troppo."

"Ci penserà lui."

"Quando?"

"Domani. Al momento sono nelle Filippine, in vacanza. Abbiamo qualcuno sul posto."

"Meglio sciogliere i loro corpi," aggiunse Marie. "Sarebbe possibile?"

"Glielo farò presente."

Marie si sforzò di sorridere. "Grazie."

A Jacqueline squillò il cellulare, lo tirò fuori dalla tasca interna e rispose. "Sì?"

Sotto il ponte delle Tre Rose una barca scivolava piano piano nel verso della corrente.

"Ne abbiamo appena..."

Marie cercò invano di distinguere le persone in coperta.

"Cosa?" chiese Jacqueline dietro di lei. Sembrava sconvolta. "Quando?"

Gocce di pioggia battevano sul vetro, scivolando giù lungo percorsi già tracciati da gocce precedenti e rifrangendo la luce. La città sfumò.

"Ma com'è possibile?" gridò Jacqueline su tutte le furie.

Dall'altro lato della finestra i tratti del volto di Marie apparivano sfocati. La sua figura avvolta da un blazer attillato sembrava stranamente artefatta. Dietro di lei una donna vestita di nero correva per la stanza gesticolando in maniera convulsa. Parlava al cellulare.

Dal tetto dell'edificio accanto, Marie, all'ultimo piano del palazzo principale della INC, sembrava una persona molto sola, una forma sbiadita che si stagliava sulla vetrata illuminata e inframmezzata soltanto da sottili montanti di metallo.

Se, malgrado la pioggia, un osservatore si fosse trovato in cima al palazzo reale, dietro il coro della cattedrale, avrebbe scorto un'unica striscia chiara che coronava l'edificio dall'altro lato della città. Gli altri piani erano al buio. Forse, strizzando un po' gli occhi, sarebbe riuscito a distinguere una macchiolina scura riempire una delle vetrate illuminate, per poi sparire di nuovo.

Poco dopo si spense anche quella luce e gli ultimi piani della sede dell'azienda si librarono come un parallelepipedo rettangolare nerissimo sul Reno, che scorreva pigro e indifferente verso il Mare del Nord.

Ringraziamenti

Il mio sincero ringraziamento va a Lisa Kuppler che, ancora una volta, è stata di inestimabile valore per la finitura del testo, come pure a Beate Riess, senza l'intervento e gli spunti della quale il romanzo sarebbe rimasto una bozza.

Marzo 2015
Patrick Brosi

Collana Gialli Tedeschi

Friedrich Ani
SÜDEN
Il caso dell'oste scomparso (2 edizioni)
Senza cellulare, senza parole da sprecare. L'investigatore Tabor Süden entra nella psiche delle persone fino a immedesimarsi con loro. A Monaco, l'oste di una birreria è scomparso da due anni. La pista porterà Süden a Sylt, l'isola più a nord della Germania.

Friedrich Ani
SÜDEN E LA VITA SEGRETA
Un nuovo caso per Tabor Süden. Sulla misteriosa scomparsa di Ilka, la cameriera di un locale di Monaco, la polizia ha ormai chiuso le indagini. Non aveva amici ed era gentile con tutti, ma Süden intuisce che Ilka nascondeva qualcosa.

Friedrich Ani
M COME MIA
Süden e le ombre del passato
Monaco di Baviera. C'è qualcosa di sospetto nella giornalista Mia Bischof che ha affidato al detective Süden l'incarico di ritrovare il suo compagno, un tassista svanito nel nulla. Dubbi che trovano conferma quando emergono indizi inquietanti sull'uomo scomparso. Pare frequentasse ambienti neonazisti.

Simone Buchholz
REVOLVER
Le ragazze del porto di Amburgo
È primavera ad Amburgo, ma la giornata comincia male per la giovane PM Chas Riley. La ballerina di un night è stata trovata morta vicino al fiume, con una parrucca celeste e senza scalpo. E non sarà l'unica vittima.

Harald Gilbers
BERLINO 1944
Caccia all'assassino tra le macerie
Tra le macerie di una Berlino devastata dai bombardamenti, il cadavere di una donna viene trovato orrendamente mutilato. Nel cuore della notte un ufficiale delle SS preleva l'ex commissario ebreo Oppenheimer, che sembra essere l'unico in grado di risolvere il caso.

Brigitte Glaser
DELITTO AL PEPE ROSA
Il primo caso della cuoca Katharina Schweitzer
Katharina Schweitzer è felicissima: è la nuova pasticciera del miglior ristorante di Colonia. Ma dietro la porta della cucina serpeggiano malumori, invidie e tresche. La cena con delitto è servita. E Katharina veste i panni della detective, assistita dall'esuberante coinquilina Adela, ex ostetrica di mezza città.

Brigitte Glaser
MORTE SOTTO SPIRITO
La cuoca Katharina torna a casa
Rientrata a casa per assistere la madre con una gamba rotta, Katharina Schweitzer si ritrova suo malgrado ai fornelli della locanda di famiglia nella Foresta Nera. Nel frattempo nella valle infuria la protesta contro una pista da sci poco ecologica. Quando l'ambientalista Konrad Hils viene trovato morto, Katharina, pungolata dall'immancabile amica Adela, metterà da parte il grembiule.

Lisa Graf, Ottmar Neuburger
GULASCH DI CERVO
Caccia al tesoro nel cuore della Baviera
La blogger ventenne Ljuba, la studiosa di storia Marjana e l'ex eroe dei tempi di Chernobyl Viktor sono l'improbabile e spassoso terzetto lanciato alla ricerca del tesoro di Hitler, ancora sepolto tra le montagne bavaresi. Inseguiti da killer mafiosi e trafficanti di banconote false, i tre attraversano l'Europa tra alberghi a cinque stelle, scarpe Prada, fughe spericolate e calate in grotta.

Alfred Hellmann
SIA FATTA LA TUA VOLONTÀ
Thriller berlinese
Sullo sfondo di una Berlino psichedelica, comica e grottesca, la vita di Julius von Thelen, direttore di un albergo di lusso, viene completamente stravolta. Un fantomatico assassinio, un delirio religioso, una prostituta d'alto bordo: tutto sembra condannare Julius alla rovina.

Volker Klüpfel, Michael Kobr
SPICCIOLI PER IL LATTE
Il primo caso del commissario Kluftinger
Klufti ama i piatti tradizionali e la quiete delle sue montagne, mentre sua moglie adora viaggiare e medita di trascinarlo in vacanza a Maiorca, ma il commissario questa volta ha un'ottima scusa per non allontanarsi dalla Baviera. Proprio nel suo paese è stato strangolato il chimico alimentare del caseificio. Dietro l'immagine da cartolina si celano oscuri traffici.

Edgar Noske
IL CASO ILDEGARDA
Abbazia di Rupertsberg, nei pressi del Reno, 1177. Una forte pioggia fa emergere dalla terra lo scheletro di uno sconosciuto. Ildegarda di Bingen, la famosa badessa e venerata veggente, sembra voler nascondere la vera identità del corpo, ma incalzata dalle domande del suo giovane segretario, svelerà segreti dolorosi.